MARCELLO SIMONI

DIE ABTEI DER HUNDERT TÄUSCHUNGEN

MITTELALTER-THRILLER

Aus dem Italienischen
von Barbara Neeb und Katharina Schmidt

emons:

Bibliografische Information der Deutschen Nationalbibliothek
Die Deutsche Nationalbibliothek verzeichnet diese Publikation in der Deutschen Nationalbibliografie; detaillierte bibliografische Daten sind im Internet über http://dnb.d-nb.de abrufbar.

Die Originalausgabe erschien 2016 unter dem Titel »L'abbazia dei cento inganni« bei Newton Compton editori, Rom.

MIX
Papier aus verantwortungsvollen Quellen
FSC® C083411
www.fsc.org

Umschlagmotiv: Montage: Valentino Sani/Arcangel Images, robodread/Depositphotos.com, shutterstock.com/gmstockstudio, shutterstock.com/Morphart Creation
Umschlaggestaltung: Nina Schäfer
Gestaltung Innenteil: César Satz & Grafik GmbH, Köln
Druck und Bindung: CPI – Clausen & Bosse, Leck
Printed in Germany 2018
ISBN 978-3-7408-0435-0
Mittelalter-Thriller
Originalausgabe

Selig sind die Augen, die sehen, was ihr seht.
(Lukas 10,23)

PROLOG

Wälder um Ferrara
7. Januar 1349

Der Wolfsjäger schlich langsam zwischen Weiden- und Eichenstämmen über den Schnee. Der Mond stand noch hoch, die Morgendämmerung zeigte sich als schwacher Silberstreif zwischen dem Himmel und den weiß verschneiten Wipfeln. Der Mann hielt seine Fackel hoch in die Luft, ließ die Flussdämme hinter sich, während er, die Augen fest auf den Boden geheftet, auf der Suche nach Spuren in nördliche Richtung weiterzog.

Er betrieb dieses Geschäft von Kindesbeinen an, zunächst zusammen mit seinem Vater und später dann allein. Der Wolfsjäger hasste die Menschen, noch mehr allerdings Hunde, nichtswürdige Tiere, die unterwürfig ihrem Herrn dienten. Es gab nur einen Ort, an dem er sich zu Hause fühlte, den Wald, denn nur dort erregten sein wilder, struppiger Bart und sein grimmiges Wesen weder Verachtung noch Spott.

Ein fernes Heulen ließ ihn innehalten und nach dem Dolch greifen, den er unter dem Fellumhang trug. Doch er holte ihn nicht heraus. Obwohl dieser Laut so schaurig klang wie das Gelächter des Teufels, wusste er, dass er die Stille weitaus mehr zu fürchten hatte. Denn aus ihr krochen die schlimmsten räuberischen Kreaturen.

Sollen sie doch kommen, dachte er. Er durchstreifte ein Gebiet, in dem überall Fangeisen und Fallen verteilt waren. Nur er allein kannte die Stellen, an denen sie sich befanden. Falls sich irgendein wildes Tier zeigte, wüsste er schon, wohin er es locken müsste, damit es seine Pfoten an die richtige Stelle setzte. Seit mehr als einer Woche war ihm jedoch kein Wolf mehr in die Fallen gegangen. Diese vermaledeiten Viecher wurden mit jeder Nacht schlauer, trotz der

Kälte, die sie hungrig machte und die sie immer weiter in die Nähe von menschlichen Ansiedlungen trieb.

Während das Heulen sich im Wind verlor, begann der Jäger, seine Fangeisen der Reihe nach zu kontrollieren, legte, wo nötig, neue Köder aus Schlachtabfällen aus. Die verlockendsten Bissen steckte er auf lange Ruten, die am Stamm einer Rosskastanie befestigt waren, und ging dann zu der leichten Senke, in der er am Vortag mit Gift getränkte Überreste einer Ziege platziert hatte. Er war gezwungen, diese Köder weitab von den Waldwegen auszulegen, wo nur wilde Tiere sie entdecken würden, denn das *herba luparia* würde nicht nur diese töten, sondern jeden, der in Zeiten der allgemeinen Hungersnot selbst einen halb verwesten Kadaver noch verlockend fände.

Daher nahm er nicht an, dass irgendein Mensch das Gerippe fortgeschleppt haben könnte, als er bemerkte, dass es nicht mehr am ursprünglichen Platz lag. Er fand es zwanzig Schritt weit entfernt unter einem Wacholderbusch. Den Spuren nach zu schließen hatte ein Wolf es dorthin gezerrt und halb aufgefressen, ehe er weitergezogen war und nun irgendwo am Gift verendete. Der Jäger folgte den Abdrücken im Schnee in der Hoffnung, ein Weibchen zu finden. Für diese wurde nämlich besser gezahlt. Besonders, wenn sie trächtig waren. Er untersuchte einen Blutfleck vor seinen Füßen und folgte der Spur, den gezückten Dolch nach unten gerichtet, bereit zuzustoßen. Vielleicht lebte das Tier ja noch und würde sich wehren, auch wenn es im Sterben lag.

Die scharlachroten Tropfen führten ihn zu einer Stelle, an der das Gestrüpp dichter wurde, bis zu den Wurzeln eines großen Baumes. Dort lag der Wolf. Ein mageres Exemplar, das Fell von der Krätze zerfressen und das Maul voller Blut.

Mit einem enttäuschten Seufzer steckte der Jäger den Dolch wieder ein. Ein so stark beschädigtes Fell konnte er nicht gebrauchen. Er beugte sich dennoch über das tote Tier, um das Geschlecht festzustellen, als plötzlich im Dickicht aufflackernde Lichter seine Aufmerksamkeit erregten.

Er kauerte sich hinter den Stamm und sah einige Gestalten, wie sie zwischen den Bäumen hervortraten. Kutten, Umhänge und lange Kapuzen, Laternen, um die Dämmerung zu erhellen. Es waren höchstens fünfzehn, von denen auf den ersten Blick keine bewaffnet zu sein schien. Und doch, je näher er sie kommen sah, desto stärker wuchs seine Angst. Ehe man ihn bemerkte, löschte er seine Fackel und beobachtete von seinem Versteck aus weiter das Geschehen.

Wie ein Zug von Gespenstern bewegte sich die Prozession über den verschneiten Boden bis zu einer Stelle, an der die Zweige der Sträucher sich zu einer Art Bogen verflochten und ein Portal in die Finsternis formten. Doch all das ängstigte den Jäger nicht allzu sehr.

Auf einmal jedoch musste er einen Schrei unterdrücken. Er brach Hals über Kopf auf, um sich hinter die ihm so verhassten Stadtmauern zu flüchten, als er sah, was den Kopf des Zuges bildete.

Eine Frau auf dem Rücken einer Bestie.

Eines Tiers, das es, wenn überhaupt, nur an einem Ort geben durfte: in der tiefsten Hölle.

ERSTER TEIL

DER BOGEN AUS LICHT

1

Abtei Santa Maria di Pomposa
10. Januar 1349

Gualtiero betrachtete die Wölbung der Apsis, dann die Fresken auf der Wand darunter. Heilige, Engel und Selige waren um den Christus *Pantokrator* versammelt, fügten sich perfekt in die Abmessungen des Bogens, der so zu einem Portal in die Ewigkeit wurde. Im Laufe der letzten Jahre hatte er sich schon oft vorgestellt, wie er selbst dieses Thema darstellen würde, und hatte dabei in Gedanken ständig die Abfolge der Bilder, der Farben und sogar die Nuancen der Schatten verändert, auf der Suche nach Vollkommenheit. Schließlich hatte Gualtiero sich damit abfinden müssen, dass sein Traum von einem anderen verwirklicht wurde.

Daher richtete er seine Augen mit einer gewissen Verbitterung auf den bärtigen Mann, der über ihm auf einem Gerüst stand und mit einem Fehhaarpinsel letzte Hand an sein Werk legte. Gerade arbeitete er an den Flügeln des Erzengels Michael, den er während der Seelenwägung abgebildet hatte. Gualtiero war fasziniert. Er hatte in den wenigen Tagen bei *Mastro* Vitale de Equis mehr gelernt als von seinem Vater während ihres ganzen Lebens auf Wanderschaft, und nun wusste er genau, was für eine Art Maler er werden wollte.

Da es Vitale an Hilfskräften mangelte, hatte dieser ihn als Gehilfen angenommen, allerdings unter der Maßgabe, dass er mit ihm nicht das Geld teilen musste, das der Abt für das Fresko ausgelobt hatte. Meist hatte Gualtieros Aufgabe zwar nur darin bestanden, die Farbpigmente vorzubereiten, den Putz aufzubringen und schwere Gegenstände umzustellen, aber er hatte trotzdem großen Nutzen aus dieser Zeit gezogen und sich abgeschaut, wie der *magister pintor* den Gesichtern Anmut und den Figuren Plastizität verlieh. Fragen zu stellen hatte er vermieden, da er wusste, wie sehr Künstler sich scheuten, ihre Geheimnisse preiszugeben. Außerdem hatte Gualtiero gehört, dass Mastro de Equis rasch den Pinsel mit dem Dolch vertauschen konnte, den zu führen er angeblich bei der Bürgerwehr des Viertels Porta Stiera in Bologna gelernt hatte.

»Seht Ihr Fehler?«, fragte der Maler plötzlich und kletterte vom Gerüst herab.

Gualtiero hatte das Gefühl, er erwartete jetzt ein Lob von ihm. Lächelnd breitete er die Arme aus. »Ich sehe keinen«, sagte er und widmete sich wieder dem unteren Teil des Freskos, das das Leben des heiligen Eustachius, des Schutzpatrons gegen die Pest, abbildete.

Nach anfänglichem Zögern hatte Abt Andrea beschlossen, Eustachius mehr Kampfgeist zu verleihen, um mit diesem Bildnis dem Schrecken des Schwarzen Todes, der in den Landen der Emilia und der Romagna immer noch Opfer forderte, etwas entgegenzusetzen. Dennoch war es seltsam, an einem Ort des Gebets einen Heiligen auf einem Pferd zu sehen. Aufrecht im Sattel sitzend, dem Hirsch gegenüber, der ein Kruzifix in seinem Geweih trägt, zeigt Eustachius sich kriegerisch, der Falke auf seinem linken Arm verstärkt diesen Eindruck noch. Vitale musste zugeben, dass sein Bild einer Miniatur ähnelte, die Gualtiero vor einigen Monaten geschaffen hatte, was diesen mit Stolz erfüllte.

»Und was werdet Ihr nun tun, Meister?«

Ehe er antwortete, ließ de Equis seinen Blick über die langen Wände des Kirchenschiffs schweifen, die von alten und inzwischen verblassten Fresken bedeckt waren. Sie hätten restauriert werden müssen, aber die Abtei verfügte nicht über ausreichende Mittel, um ihn damit zu beauftragen, geschweige denn dafür, ein Werk *ex novo* anfertigen zu lassen. »Ich werde nach Bologna zurückkehren«, erklärte Vitale und strich sich mit den farbverschmierten Fingern über das Kinn. »Ich muss mich um meine Werkstatt kümmern und habe Aufträge zu erfüllen.«

»Ich frage mich, ob Ihr nicht zufällig –«

Vitale unterbrach Gualtiero mit einer Handbewegung. »Glaubt Ihr wirklich, ich wüsste nicht, was Ihr sagen wollt? Diese Frage treibt Euch seit unserer ersten Begegnung um.« Er betrachtete ihn mit aufrichtigem Bedauern. »Ihr scheint begabt, aber ich habe bereits einen Lehrling. Besser gesagt, einige. Ganz abgesehen davon seid Ihr für diese Aufgabe zu alt.«

»Aber ich habe bereits Erfahrung«, entgegnete Gualtiero, dessen Gesicht sich gerötet hatte. »Mein Vater war ein *Mastro pittore.* Ehe er starb, hat er mir alles beigebracht, was er wusste.«

»Ihr müsstet dennoch wieder von vorn beginnen. Ich habe meine eigenen Methoden und verlange, dass diese befolgt werden.«

Gualtiero ballte die Fäuste. Schließlich hatte er nicht nachgefragt, weil er sich zu viel anmaßte, sondern weil er dringend einen Beruf finden musste, um für sich und seine Liebste den Lebensunterhalt zu verdienen. Und ganz gleich, wie sehr er sich auch das Hirn zermarterte, er sah keine andere Lösung, als das eigene Talent zu nutzen. »Ihr habt recht, ich bin schon fast zwanzig«, gab er zu. »Dennoch würde ich die niedersten Aufgaben übernehmen, nur um Euch zufriedenzustellen.«

De Equis zögerte, aber ehe er noch etwas sagen konnte, ließ ihn ein Geräusch sich dem Eingang der Kirche zuwenden. Die Tür öffnete sich mit einem lang gezogenen Knarren, und eine in einen Kapuzenumhang gehüllte Gestalt trat ein.

Der Mann schloss hastig die Tür, um den pfeifenden Wind draußen zu halten, und kam durch das Kirchenschiff auf sie zu. Dabei schüttelte er den Schnee von der *Garnache*, die er über seiner schwarzen Kutte trug. Ein Hund folgte ihm hinkend.

»Ehrwürdiger Abt«, begrüßte ihn Vitale mit einer Verbeugung.

Pater Andrea beachtete ihn nicht weiter, sondern schob stumm die Kapuze nach hinten, um das Fresko der Apsis besser bewundern zu können. Er war immer häufiger in der Kirche erschienen, und jeder Besuch hatte ihn zufriedener zurückgelassen. Doch so glücklich wie in diesem Augenblick hatte der Abt noch nie gewirkt. Er nickte beifällig und ließ den Blick über die tiefgründige Miene Christi und seine selig lächelnden Anhänger schweifen. Dann betrachtete er die vier Evangelisten weiter unten, die an ihren Schreibpulten sitzend dargestellt waren, und schließlich den Zyklus über den heiligen Eustachius. Als Letztes musterte er den Mönch, der zwischen dem Pantokrator und der engelshaften Madonna kniete. Dieser war fast schon am Rand des Freskos angeordnet, und er war auch der Einzige ohne Aureole, was ihm zusammen mit seiner Tonsur und dem bartlosen Gesicht eine entwaffnende Schlichtheit verlieh. »Wenn ich mich so unter all diesen Heiligen abgebildet sehe«, sagte Abt Andrea, »fühle ich mich etwas unwohl dabei, möchte ich doch keinesfalls, dass meine Mönche mir übermäßigen Hochmut vorwerfen könnten.«

»Falsch wäre es nur, wenn Ihr auf diesem Bild fehltet«, entgegnete Vitale. »Schließlich seid Ihr der Auftraggeber dieses Werks.«

»Das wäre ich, wenn die Goldflorin, mit denen ich Euch bezahle, aus meiner eigenen Tasche stammten«, wehrte Andrea ab.

»Das ist mir bewusst. Ein französischer Ritter, habe ich gehört …«

Abt Andrea lächelte nur und ging nicht auf das Thema ein, dann zeigte er auf das Fresko. »Ihr habt meinen Beifall, Mastro de Equis. Das ganze Kirchenschiff erstrahlt in neuem Glanz.«

»Ihr schmeichelt mir, ehrwürdiger Vater. Außerdem gilt: *Color est lux*.«

»Gut gesprochen, da wir uns in einem Benediktinerkloster befinden«, sagte Andrea spöttisch. »In einem Zisterzienserkloster würden wir der *vanitas* bezichtigt.« Er wartete ab, bis ihm der Maler zustimmte, dann wandte er sich Gualtiero zu. Als er dessen verzweifelte Miene bemerkte, runzelte Andrea die Stirn. »Kommt mein Besuch gerade ungelegen?«

»Keineswegs«, sagte de Equis. »Obwohl Euer Miniaturist –«

»Ich bin kein Miniaturist mehr«, stellte Gualtiero richtig und brach damit sein Schweigen.

»Ihr könntet es jederzeit wieder sein.« Abt Andrea klang hoffnungsfroh. »Eure *Illuminationen* auf Pergament sind ebensolche Meisterwerke wie die Fresken der Apsis von Mastro Vitale.«

Gualtiero war durchaus empfänglich für Lob, aber diese Worte kamen ihm übertrieben schmeichelhaft vor. »Ich danke Euch«, sagte er und neigte leicht den Kopf, »doch Ihr dürft es mir nicht übel nehmen, wenn ich es vorziehe, in die Fußstapfen meines Vaters zu treten.«

Andrea zuckte zusammen. »Eures ... Vaters?«, rief er erschrocken.

Gualtiero schaute ihn zunächst erstaunt, dann voller Verachtung an. »Ja, meines Vaters!« Obwohl er die Identität seiner wahren Eltern nur einem einzigen Menschen enthüllt hatte, einem Freund, dem er vertraute, war er doch nicht so naiv anzunehmen, dass niemand sonst dieses gefährliche Geheimnis kannte. Doch hätte er dabei niemals an den Abt von Pomposa gedacht. »Der Mann, der sich um mich gekümmert hat, seit ich in Windeln lag: Mastro Sigismondo de' Bruni, der ungerechtfertigt gehenkt wurde. Habt Ihr ihn vielleicht bereits vergessen?«

»Wie ich Euch gerade erklärte«, ging Vitale dazwischen, der nicht begriff, was da gerade vorging, »ich kann ihn nicht zu meinem Lehrling machen, weil –«

»Ja, und?«, fuhr Gualtiero nun auf und entlud seinen Zorn an ihm. »Dann empfehlt mich eben einem Meister, der es mit Euch aufnehmen kann!«

Mit nervösem Lachen wich de Equis zurück. »Etwas zu beharrlich, unser de' Bruni!«

»Etwas zu verblendet, wolltet Ihr wohl sagen.« Abt Andrea schien seine unglückliche Bemerkung inzwischen vergessen zu haben. Mit grimmiger Miene umrundete er Gualtiero und musterte ihn so genau, als wollte er seine Gedanken lesen. »Obwohl er diverse Gründe angeführt hat, hat er bislang nicht erklärt, weshalb er wirklich einen Beruf ergreifen möchte.«

Gualtiero verschränkte die Arme vor der Brust. »Bei allem Respekt, das ist meine Sache.«

»Dies stellt niemand in Abrede, mein Sohn«, fuhr Andrea fort. »Und dennoch möchte ich nicht, dass Ihr, nur weil Ihr ein Weib nehmen wollt, Eure Zukunft wegwerft.«

Als er hörte, wie mit solcher Oberflächlichkeit über ihn geurteilt wurde, hätte Gualtiero beinahe die Kontrolle über sich verloren. Nur um unangenehme Folgen zu vermeiden, verbarg er seine Wut und setzte ein gezwungenes Lächeln auf. »Ihr wisst wohl, wie sehr ich Euch schätze, *abbas*. Dennoch ist die Zeit vorbei, in der Ihr für mich entscheiden konntet.«

»Wenn ich mir das in der Vergangenheit erlaubt habe, dann nur, um Euch vor den Fallstricken der Welt zu bewahren und vor den noch schlimmeren Folgen, die sich aus Eurem aufbrausenden Wesen ergeben. Und jetzt ... jetzt ... diese Besessenheit für ein Weib!«

»Sagt so etwas nicht! Hofft Ihr etwa immer noch, aus mir einen Mönch zu machen?«

Pater Andrea wandte den Blick ab. »Das war nicht der Grund, aus dem ich mit Euch sprechen wollte. Ich habe Euch einen Vorschlag zu machen, und ich hoffe, Ihr habt so viel Verstand, Ihn zumindest zu erwägen ...«

Ehe er noch etwas hinzufügen konnte, war draußen vor der Kirche ein helles Wiehern zu vernehmen. Die drei Männer verstummten schlagartig und lauschten den Geräuschen. Anscheinend war eine Gruppe Wanderer in der Abtei angekommen.

Erbost über die Unterbrechung eilte Andrea mit energischen Schritten über den Mosaikboden zum Eingang und riss das Portal auf. Vor ihm lag der schneebedeckte Hof, in dem sich die Bogengänge des Kreuzgangs gegen den grauen Himmel abhoben. Wenige Schritte von ihm entfernt rissen zwei Reiter an den Zügeln ihrer Pferde, um deren Temperament zu bändigen.

»Was führt Euch hierher, *Messeri*?«, rief der Abt laut und versuchte, das Heulen des Windes zu übertönen.

»Der Bischof«, erwiderte einer von ihnen. »Er schickt uns, um nach einem Ritter zu fragen, Maynard de Rocheblanche.«

»Rocheblanche?«

»Befindet er sich noch innerhalb dieser Mauern?«, fragte der Reiter.

»Ja, aber …« Abt Andrea sah sich unangenehm berührt um. »Jetzt ist er nicht da … Er jagt in den Wäldern.«

Der Mann, der als Erster gesprochen hatte, stieß einen Fluch aus. »Schickt sofort jemanden aus, ihn zu suchen. Wir können nicht warten.«

»Ich werde gehen!«

Überrascht sah Andrea sich nach Gualtiero um.

Dieser war bereits auf dem Weg nach draußen. »Ich weiß, wo ich Messer Maynard finden werde. Ich bitte um die Erlaubnis, mir ein Pferd der Abtei auszuleihen.«

Andrea war versucht, ihm dieses zu verweigern, aber die ungeduldigen Mienen der Boten zwangen ihn zuzustimmen. »Nehmt Rufus, er ist am schnellsten.« Er seufzte ergeben. »Aber gebt acht.«

Gualtiero hatte ihm bereits den Rücken zugekehrt und war auf dem Weg nach draußen.

Andrea blickte ihm nach, bis er ihn im reinen Weiß des Schnees nicht mehr erkennen konnte. Er fasste sich und wandte sich wieder den Boten des Bischofs zu. »Nun denn, was wollt Ihr von Rocheblanche?«

2

Rufus' Hufe jagten fast geräuschlos über den schneebedeckten Pfad. Gualtiero duckte sich möglichst tief in den Sattel, hielt die Zügel fest umschlossen und kniff die Augen zusammen, um sie vor den weißen Eiskörnchen zu schützen, die ihm der Wind ins Gesicht blies. Er trug nur eine einfache Wolltunika, darüber einen *Chaperon* und lederne Beinlinge, er war jedoch so in Gedanken versunken, dass er die Kälte nicht spürte. Mit einem Wutschrei stieß er seinem Pferd die Fersen in die Seiten, um es anzutreiben. Was erlaubte sich dieser alte Mönch? Wie konnte er es wagen, über Gefühle zu sprechen, die er selbst nicht kannte! Noch ein Wort, und er hätte den Abt angeschrien, obwohl dieser ihm in den schwierigen Momenten der letzten Zeit beigestanden hatte. Der Verlust seiner Eltern war für ihn nur der Auftakt zu etlichen Schicksalsschlägen gewesen, die ihn mit jenem schweigenden Gott hadern ließen, einem Gott, der so anders war, als er auf den Fresken der Kirchen dargestellt wurde. Daher sollte der ehrwürdige Andrea ihm besser keine Predigten halten!

In schwindelerregendem Galopp jagte Gualtiero über den verschneiten Weg zwischen den kahlen Baumgerippen hindurch und stellte sich dabei vor, dass er gegen jeden Fallstrick, jedes Leid und gegen all jene anstürmte, die sein Leben auf den Kopf gestellt hatten. Als durchscheinende Gesichter zogen sie an ihm vorbei. Einige waren die tatsächlich lebender Menschen, andere manifestierten sich als grauenerregende Ungeheuer. »Hol sie doch alle der Teufel!«, fluchte er.

Gualtiero riss an den Zügeln seines Pferdes, um nicht in einem Dornengestrüpp zu landen, und bog scharf nach links auf einen immer enger werdenden Pfad ab. Von hier an wurde der Schnee tiefer, sodass er nicht mehr galoppieren konnte. Doch dies kümmerte ihn nicht, da er bereits an der Stelle angelangt war, die Maynard de

Rocheblanche für gewöhnlich aufsuchte. So viele Male hatte er ihn von dem verlassenen Gräberfeld im Wald reden hören, auf dem er, wie er erzählte, den Hauch der Vergangenheit spüren konnte. Als Gualtiero den alten Friedhof erreicht hatte, verstand er, was Maynard damit meinte. Und während er im Schritt über die mit alten Gräbern übersäte Lichtung ritt, kam er sich wie ein Eindringling vor. Dort stand knapp ein Dutzend alter Grabsteine, deren Inschriften durch den Zahn der Zeit unleserlich geworden waren. Pater Andrea zufolge waren sie für Langobarden errichtet worden, tapfere Krieger, die in einer lange zurückliegenden Schlacht gefallen waren.

An einer Stelle, wo die Bäume wieder dichter standen, fand er Maynards Rappen an einem Stamm angebunden. Gualtiero saß ab, strich Rufus sanft über den Rücken und kauerte sich neben die erloschenen Reste eines kleinen Feuers. Rocheblanche musste vor Sonnenaufgang eingetroffen und dann zu Fuß ins Unterholz vorgedrungen sein. Es war unmöglich, zu sagen, wann er wiederkehren würde oder wo er sich gerade befand.

Gualtiero hatte nichts dagegen, zu warten. Schließlich musste er eine schwierige Entscheidung treffen und brauchte Zeit zum Nachdenken. Er setzte sich auf den Boden, fegte den Schnee von den verkohlten Zweigen und brachte die Flammen mit seinem Feuerstein wieder zum Lodern. Was die bischöflichen Boten von Maynard wollten, wusste er nicht. In der Vergangenheit hatten sich die Beziehungen zwischen dem französischen Ritter und seiner Exzellenz Guido di Baisio zunächst als widersprüchlich, nach dem Eingreifen des Marchese von Ferrara sogar als gefährlich erwiesen. Aber darüber wollte er jetzt nicht nachdenken.

Ihm ging die unwillkürliche Reaktion Pater Andreas nicht aus dem Kopf. *Eures Vaters?* Einen Augenblick lang hatte Gualtiero geglaubt, Angst in dessen Augen wahrzunehmen. Konnte er wirklich Bescheid wissen? Wenn die Wahrheit bekannt würde, dann wäre er in großer Gefahr …

Plötzlich brach ein schwarz gekleideter Mann zwischen den

Büschen hervor. Groß, mit stattlichen Schultern, den Jagdbogen und eine lederne Tasche umgehängt. Er erhob die Hand zum Gruß, während er sich dem Feuer näherte. Schließlich holte er unter seinem Umhang ein Netz mit seiner Jagdbeute, die aus kleineren Wildtieren bestand, hervor und stellte es auf den Boden. »Mein Freund«, sagte er mit sonorer Stimme, »was bedrückt unseren ehrwürdigen Abt Andrea?«

Gualtiero erwiderte den Gruß. »Wer sagte denn, dass ihn etwas bedrückt?«

Maynard de Rocheblanche deutete auf den prächtigen Fuchs. »Sonst hätte er Euch wohl kaum erlaubt, auf Rufus hierher zu reiten.«

»Die Sache betrifft aber nicht Abt Andrea, sondern Euch«, erklärte Gualtiero. »Ihr werdet in der Abtei erwartet.«

»Von wem?«

»Von zwei Boten des Bischofs.«

Maynard runzelte die Stirn. »Haben sie gesagt, worum es geht?«

»Ich hatte keine Gelegenheit, mit ihnen zu sprechen. Ich habe mich gleich auf den Weg gemacht, um nach Euch zu suchen.«

»Zwei Boten, sagtet Ihr … Bewaffnet?«

»Nicht mehr als gewöhnliche *missi*.«

Maynard setzte sich neben ihn und wärmte seine Hände am Feuer. »Lassen wir sie warten.«

»Ihr werdet sie nur verärgern.«

»Sich ein wenig zu erhitzen wird ihnen bei dieser Kälte ganz guttun.« Maynard sah Gualtiero durchdringend an. »Und nun erklärt mir, warum Ihr selbst hergekommen seid, anstatt einen Bediensteten zu schicken. Habt Ihr nicht am Fresko gearbeitet?«

»Das Fresko ist vollendet«, sagte Gualtiero finster. »Und Mastro Vitale de Equis hat mich als Lehrling abgelehnt.«

»Ich bin sicher, es gibt andere Werkstätten, die Eures Talents würdig sind.«

»Aber keine kann sich mit seiner vergleichen, Messere. Wenn Ihr sehen könntet, wie er malt! Wie er den Gesichtern Ausdruck verleiht.«

»Wollt Ihr vielleicht, dass ich ihn mit meinem Dolch kitzele?«, fragte Maynard mit einem spöttischen Lächeln.

»Macht Euch nicht über mich lustig.« Gualtiero sprang auf. »Ihr kennt meine Beweggründe nur zu gut.«

Maynard beobachtete den jungen Mann, der immer verzweifelter auf und ab lief. »Als ich Euch die Hand meines Schützlings versprach, hätte ich nie gedacht, Euch damit unter Druck zu setzen. Verzweifelt nicht, Ihr seid geschickt und hinreichend klug. Ihr müsstet nur Geduld haben.«

Als Gualtiero an einem Grabstein vorüberkam, strich er flüchtig mit der Hand darüber. »Ich fürchte, so einfach ist das nicht.«

Maynard starrte in die Flammen. Er wurde ernst. »Also gut. Wollt Ihr mir nun endlich den wahren Grund für Euren Besuch nennen?«

Gualtiero fragte sich, ob es klug wäre, ihm ehrlich zu antworten. Im ersten Moment war er einfach losgezogen, ohne einen Plan zu haben. Aber nun bezweifelte er, dass Maynard ihm überhaupt würde helfen können. Er wusste, er hatte dessen Neugier zu sehr geweckt, um sich nun einfach in Schweigen zu hüllen. Nach kurzem Zögern nickte er. »Ich habe etwas herausgefunden, das mich bedroht.«

»Worum handelt es sich?«

»Es betrifft meine Herkunft.«

Maynard nickte zum Zeichen, dass er verstanden hatte. Er öffnete seine verschränkten Hände, als wollte er einen Gedanken freigeben. »Ich habe viel über Euch nachgedacht«, gestand er. »Es fällt mir immer noch schwer, zu glauben, dass Eure Mutter zur Familie d'Este gehörte und einen einfachen Maler geheiratet hatte, nur um Euch zu schützen. Eine noble Geste, die äußerste Bewunderung verdient.«

Gualtiero entnahm diesen Worten ein Verständnis, wie es nur ein guter Freund oder Bruder aufbringen konnte, das ihn beinahe rührte. Maynard und er hatten zusammen vielen Gefahren getrotzt und ebenso viele Geheimnisse geteilt, aber bis zu diesem Moment hatte Gualtiero sich eigentlich nie als gleichrangig betrachtet. Doch dann überkam ihn mit Macht die Erinnerung an seine Mutter und brachte ihm wieder jenen Moment zurück, als er sie schließlich, von der Pest gezeichnet, in Avignon wiedergefunden hatte. Er musste die Tränen zurückdrängen. »Ihr blieb keine andere Wahl. Sie musste vor ihrer Umgebung verbergen, dass ich der Sohn von Passerino de' Bonacossi bin, dem Herrn über Mantua, der von den Gonzaga ermordet wurde. Wenn dessen Feinde –«

»Habt Ihr Drohungen erhalten?« Maynard schien besorgt.

»Nein, Messere. Aber heute Morgen hatte ich kurz den Eindruck, dass Pater Andrea mein Geheimnis kennt.«

»Falls Ihr vermutet, dass ich ihm etwas gesagt haben könnte ...«

»Nein, gewiss nicht«, stellte Gualtiero schnell klar. »Als meine Mutter im Sterben lag, hat sie einen Prälaten erwähnt, der sie verraten hatte. Und heute ließ Abt Andreas durchdringender Blick den Verdacht in mir aufkommen, ob dieser Mann sein Wissen über sie an einen anderen weitergegeben haben könnte.«

Maynard ließ keine Gefühlsregung erkennen. Er zog einen Dolch hervor, um damit einige Streifen Trockenfleisch abzuschneiden, die er mit Gualtiero teilte. »Habt Ihr Beweise für Eure Annahme?«

»Nur so ein Gefühl. Aber ich schwöre bei Gott, ich musste bloß ›mein Vater‹ sagen, und schon zuckte der Abt zusammen.«

»Also, wenn ich Euch richtig verstanden habe, unterstellt Ihr, dass er dieses ›mein Vater‹ auf Passerino de' Bonacossi bezogen hat und nicht auf Sigismondo de' Bruni.«

»Genau.«

»Und nun seid Ihr gekommen, damit ich Eure Befürchtungen bestätige.«

Gualtiero biss in den Fleischstreifen und nickte.

Maynard seufzte. Ich kann leider keine Wunder wirken, schien er damit sagen zu wollen. Und doch musterten seine Augen die Klinge des Dolches, als könnte er dort eine Antwort finden. »Was wisst Ihr über den Prälaten, der Eure Mutter verraten hat?«

»Es war der Bischof von Ferrara.«

»Guido di Baisio?«

»Dessen Vorgänger. Monsignore Guido da Cappello, der die Anklagen wegen Häresie gegen das Haus d'Este unterstützte.«

Bei diesen Worten bedeutete Maynard, er wisse nun genug. Er stand auf, hob den Beutel mit der Jagdbeute vom Boden auf und befestigte ihn am Sattelknauf seines Rappen. Gualtiero hatte seine Haltung eines Kriegers stets bewundert, aber nun brannte er vor Ungeduld, seine Meinung zu hören. Er sah ihm zu, wie er einen Fuß in den Steigbügel stellte und sich mit einer Drehung in den Sattel schwang, und fürchtete schon, dass er ohne ein weiteres Wort aufbrechen würde.

Schließlich nickte Maynard. »Tatsächlich kann man fast mit Sicherheit annehmen, dass der alte Bischof dem neuen das Geheimnis eurer Mutter weitererzählt hat. Wenn wir außerdem berücksichtigen, wie freundschaftlich die Beziehungen zwischen Abt Andrea und seiner Exzellenz Guido di Baisio in letzter Zeit waren ...«

»Also gebt Ihr mir recht!«, rief Gualtiero erleichtert.

»Dazu ist es noch zu früh. Das ängstliche Zusammenzucken eines Mönches genügt noch nicht, um so eine These zu untermauern. Da muss man noch weiter forschen, Beweise suchen.« Er lächelte bitter. »Aber wenn sich am Ende Eure Befürchtungen bewahrheiten sollten ...«

»Darüber habe ich bereits nachgedacht.« Gualtiero stieg auf sein Pferd. »Ich werde von hier fliehen und Isabeau verlassen müssen.« Er verbarg seine bekümmerte Miene unter der Kapuze. »Ich will nicht, dass sie meinetwegen in Gefahr gerät.«

»Nicht nur Isabeau schwebt in Gefahr.« Maynard klang besorgt, und er senkte unvermittelt die Stimme. »Auch Euer größtes Geheimnis ist bedroht. Oder besser gesagt, unser Geheimnis.«

»Ihr meint ... oh! Falls man mich gefangen nimmt und mich zum Reden bringt ...«

»Kommt, noch ist es nicht an der Zeit zu verzweifeln.« Maynard spornte seinen Rappen an. »Jetzt folgt mir! Wir werden herausfinden, was die Boten des Bischofs zu sagen haben.«

3

Als sie die Abtei erreichten, waren die beiden Boten bereits wieder fort.

»Sie hatten es eilig, nach Ferrara zurückzukehren«, erklärte Pater Andrea, als er Maynard de Rocheblanche in seinem Arbeitszimmer im Innern des *palatium abbatis* empfing.

Maynard setzte sich ihm gegenüber auf einen Stuhl. Die Unterredung mit Gualtiero spukte ihm noch im Kopf herum, und er war noch schweigsamer als gewöhnlich. Er hätte den jungen Mann am liebsten nicht weiter beunruhigt, obwohl er wusste, dass die Dinge eine weitaus schlimmere Entwicklung nehmen könnten, als jener erwartete. Als sie in der Abtei angekommen waren, hatte er ihn gleich in die Stallungen geschickt, ohne ihm gegenüber die Bande der Loyalität zwischen dem Bischof und Monsignore Bertrand du Pouget zu erwähnen. Maynard konnte den Moment kaum erwarten, da er sich mit diesem gefährlichen Kardinal messen sollte, und doch fürchtete er sich vor allem, was seinem Erscheinen in Ferrara folgen würde. Sollte du Pouget sich in das ausgewogene Ränkespiel zwischen den örtlichen Potentaten einmischen, würde bald jedes Geheimnis zu einem Spielstein, der auf seinem Schachbrett der Täuschungen die Partie entscheiden konnte.

Als er die Pergamentrolle bemerkte, die Pater Andrea ihm hinhielt, wurde Maynard jäh aus seinen Gedanken gerissen. Er nahm die Rolle und untersuchte zunächst das bischöfliche Siegel, mit dem sie verschlossen war.

»Ehe sie gingen, haben die Boten darauf gedrängt, dass ich Euch das hier übergebe«, sagte Andrea.

Maynard betrachtete die Rolle misstrauisch. »Haben sie Euch etwas über den Inhalt verraten?«

»Sie haben nur etwas angedeutet. Monsignore Guido di Baisio verspricht darin anscheinend, Euch wieder in die Gunst des Marchese und an den Hof zu bringen, wenn Ihr ihm einen bestimmten Gefallen erweist.«

»Das bezweifle ich stark. Wenn er die Gelegenheit dazu hätte, würde Marchese Obizzo d'Este mich eigenhändig umbringen.« Unschlüssig drehte er die Pergamentrolle in den Händen hin und her, doch seine Lust, diese zu öffnen, hielt sich in Grenzen. »Sonst nichts?«, fragte er nach.

»Nichts, was ich hätte erkennen können. Sobald ich versichert hatte, dass ich Euch die Botschaft persönlich übergeben würde, sind die beiden Männer sehr rasch aufgebrochen. Es wirkte, als hätten sie vor etwas Angst.«

»Angst«, wiederholte Maynard und schauderte unwillkürlich. Dieses Wort widerte ihn an, ebenso wie die Art und Weise, wie durch sie jeder wichtige Moment seines Lebens bestimmt wurde. Und die Macht, mit der die Angst das Menschengeschlecht im Griff hatte. Er erhob sich von seinem Stuhl, um dem Abt anzuzeigen, dass er gern das Thema wechseln wollte. »Man hat mir gesagt, dass das Fresko vollendet ist.«

Andrea blieb mit verschränkten Händen sitzen, verwirrt von Maynards Verhalten. »Nur dank Eurer Großzügigkeit, Messere.«

Maynard überhörte die Schmeichelei geflissentlich. »Ich würde es gern sehen. Jetzt.«

»Und die Botschaft des Bischofs?«

»Kann warten.«

Sie liefen durch das Schiff der Klosterkirche zur Apsis. Maynard betrachtete im Vorübergehen eine Schar Mönche, die das Werk von Mastro de Equis ebenfalls bewundern wollte, bevor er sich dem Fresko zuwandte. Er war von der Vielzahl an Bildern angetan, jedes mit charakteristischen Details und von einer ganz eigenen Eleganz, die sich über eine recht begrenzte Fläche erstreckten. Schlagartig begriff er, warum Gualtiero sich so sehr wünschte, ein Maler wie de Equis zu werden.

»Meine Goldflorin sind gut angelegt.«

»Das ganze Kloster ist Euch dankbar«, erwiderte Pater Andrea, der genau auf Maynards Reaktion achtete.

»Und ich bin Euch dankbar für Eure Gastfreundschaft und den Schutz, den ich hier erhalten habe.« Maynard legte dem Abt eine Hand auf die Schulter und führte ihn unter den Bogen eines Seitenschiffs, um das Fresko aus größerer Entfernung zu genießen. »Ich kann kaum ermessen, welches Opfer es für Euch gewesen ist, einem Fremden Asyl zu gewähren, der mit dem Herrn dieser Lande im Streit lag.«

Der Abt schüttelte verärgert den Kopf. »Obizzo d'Este ist Vikar des Papstes und Marchese von Ferrara, aber er kann sicher nicht innerhalb der Mauern von Pomposa den Ton angeben.«

Nun seid nicht naiv, war Maynard versucht zu sagen. Doch eigentlich wollte er auf ein anderes Thema zu sprechen kommen. »Nichtsdestotrotz habt Ihr den Mut bewiesen, seine Autorität in Frage zu stellen. Und nicht nur seine.«

»Wenn Ihr Euch auf den Bischof bezieht …«, sagte Andrea zögerlich.

»Ich weiß, dass Ihr im Moment ein gutes Verhältnis zu ihm habt.«

»Nichts, worauf man stolz sein kann. Seine Exzellenz schätzt mich nur, weil ich ihm zu Zeiten der Pest Zuflucht gewährt habe.«

»Dann erklärt mir doch bitte Eure ständigen Besuche in Ferrara. Einmal pro Woche, soweit ich weiß.«

Irritiert von Maynards gehässigem Tonfall, wich der Abt einen Schritt zurück. »Spioniert Ihr mir etwa nach, Rocheblanche?«

Wären sie beide in ein Gefecht verwickelt gewesen, hätte Maynard nun angesichts dieses Rückzugs zum Todesstoß angesetzt. Er lächelte. »Ich beschränke mich darauf, zu beobachten. Ist das vielleicht eine Sünde?«

»Ihr habt nichts von Guido di Baisio zu befürchten«, erwiderte Andrea empört. »Selbst wenn in dieser Botschaft …« Er zeigte auf die Rolle in Maynards Händen. Gleich darauf biss er sich auf die Zunge.

»Also kennt Ihr ihren Inhalt doch.«

»Mir ist nur bekannt, dass Seine Exzellenz Euch helfen möchte.«

»Aus welchem Grund?«

»Das müsst Ihr ihn selbst fragen, Herr im Himmel!«, stieß Andrea hervor und erhob seine Faust. Stimmengemurmel im Hintergrund erinnerte beide daran, dass sich in der Kirche auch noch andere Mönche befanden. Sie mäßigten ihren Ton und zogen sich weiter in den Schatten zurück.

»Wollt Ihr mir nicht den Grund für Euer großes Misstrauen nennen?«, fuhr Andrea fort. »Ihr habt es auch mir zu verdanken, dass Ihr das Geheimnis des Codex Millenarius und der Reliquien, die Ihr sucht, wahren konntet. Meint Ihr etwa, ich hätte das vergessen? Nein, Messere! Ich habe lediglich Eure Zurückhaltung respektiert, auch als Ihr den jungen Gualtiero miteinbezogen habt. Ich habe Euch nie gefragt, warum Ihr ihn vor Monaten nach Frankreich geschickt habt, obwohl Ihr wusstet, dass Ihr damit sein Leben aufs Spiel setzt.«

»Gualtiero ist erwachsen, er hat seine Wahl selbst getroffen«, erwiderte Maynard. »Denkt lieber an Euch. Ich habe das Gefühl, dass Ihr Euch mit dieser Rechtfertigung für etwas entschuldigt, das ich noch nicht weiß.«

Pater Andrea sah ihn wütend an. »Eine elegante Art, mir zu sagen, dass ich ein Lügner bin.«

»Ich erkenne keine Lüge in Euch, sondern die Besessenheit, das Leben eines jeden zu kontrollieren, der Euch nahesteht. Und obwohl dies ein Vorrecht ist, das viele Priester genießen, erwarte ich weiterhin mehr von Euch.«

Nach diesen heftigen Worten wandte Maynard sich ab und erbrach das Siegel, mit dem die Botschaft verschlossen war. Ihn trieb eher der Zorn dazu denn die Neugier. Doch diesen Zorn musste er im Zaum halten, um einigermaßen in Ruhe und Sicherheit leben zu können. Außerdem vermutete er, dass der Abt, falls er etwas über Gualtieros Herkunft wusste, dies niemals von sich aus zugeben würde. Hier war vorsichtiges Vorgehen gefragt, vor allem auch

Geduld. Er entrollte das Pergament, strich es mit den Fingern glatt und las die wenigen Worte, die darauf geschrieben standen. »Aber … was soll das bedeuten?«

»Eine unerwartete Nachricht?«, fragte der Abt neugierig.

Maynard ließ die Botschaft unter seinem Umhang verschwinden. »Das kann ich nicht sagen«, erwiderte er. »Dort stehen nur ein Datum und ein Treffpunkt.«

»Wie meint Ihr das?«

»Morgen Nacht, in Ferrara. Kloster San Domenico.«

4

Ferrara, Kontrade San Niccolò
11. Januar

»Eure Waffen, Messere.«

»Ich trage nur einen Dolch bei mir.«

Die Wache achtete nicht auf seine Worte und durchsuchte Maynard de Rocheblanche gründlich, inspizierte sogar das Innere seiner Stiefel und die verborgenen Taschen auf der Innenseite seines Umhangs. Maynard betrachtete währenddessen die Spur aus Schneematsch und Schlamm, die die Via della Rotta entlangkroch, um sich dann in der Dunkelheit der Nacht zu verlieren. Er hatte keinen Grund, etwas zu befürchten, sagte er sich immer wieder, dennoch suchte sein Blick ununterbrochen nach jedem möglichen Fluchtweg. Nur ein Narr hätte leichten Herzens den Fuß in ein Kloster der *Predigermönche* gesetzt, besonders wenn dieses Kloster einen Sitz der Heiligen Inquisition beherbergte. Doch das spielte jetzt kaum eine Rolle, denn bald würde Maynard sich in die labyrinthischen Gänge von San Domenico begeben – unbewaffnet und aus freiem Willen. Nur auf eine einfache Botschaft vertrauend.

Ein letzter Blick galt dem Campanile der Kirche Santa Giustiniana – wie gern wäre er jetzt in diese Richtung verschwunden! –, da erhielt er die Erlaubnis, das Kloster zu betreten.

»Ihr werdet erwartet, Messere.« Ein junger Mönch begleitete ihn im Schein einer Fackel durch das Hauptschiff, dann setzten sie ihren Weg durch eine Reihe Wandelgänge mit Gewölbedecken fort. Maynard widerstand der Versuchung, den Mann nach den Gründen für seine Einbestellung zu fragen, und schritt erhobenen Hauptes vorwärts. So, als wollte er den immer dichter werdenden Schatten trotzen, die sich wie ein stummes Schwurgericht über ihn zu beugen schienen. Er wäre sicher nicht der Erste, dachte er, der auf diese Weise nachts einfach spurlos verschwand.

Der Mönch bog einige Male ab, sodass Maynard die Orientierung verlor, bis er vor einer Tür stehen blieb, die so niedrig war, dass er zum Hindurchgehen den Kopf einziehen musste. Er war kaum durch die Tür getreten, da hörte er, wie sie hinter ihm mit einem dumpfen Laut zufiel.

Mit einer Hand strich Maynard über die leere Scheide des Dolches, während er den Raum betrachtete, den er gerade betreten hatte. Er war recht dunkel und fensterlos. Das einzige Licht spendeten einige wenige Kerzen, die am Fuß eines ungewöhnlichen Kruzifixes an der Wand aufgestellt waren. Darunter saßen zwei Männer an einem länglichen Tisch. Maynard erkannte den älteren der beiden sogleich. »Eure Exzellenz«, begrüßte er ihn und verbeugte sich.

Mit einer Handbewegung forderte Guido di Baisio ihn auf, näher zu treten.

Erst jetzt bemerkte Maynard die Anwesenheit zweier Bewaffneter, die in den Ecken des Raumes standen. Reglos verharrten sie in ihren Kettenhemden und schienen nur auf irgendeinen Vorwand zu warten, ihre Schwerter zu ziehen. Doch Maynard zweifelte keinen Augenblick daran, dass die größte Gefahr von der Person ausging, die neben dem Bischof saß. Ein Dominikanermönch, dem weißen *Skapulier* und der schwarzen *Capa* nach zu urteilen, mit einem gelblichen, eingefallenen Gesicht und einem schmächtigen Körper, von dem man nur die schmalen Finger sah. Aber diese Augen! Darinnen loderte ein brennendes Feuer. Ihr Glühen hätte das wildeste Raubtier in die Flucht geschlagen. Maynard blickte tief hinein und nahm dort einen Hass wahr, der wohl dem größten Teil der Menschheit galt.

Guido räusperte sich. »Ich war nicht sicher, Messere, ob Ihr hier erscheinen würdet.«

»Ich habe länger darüber nachgedacht, und schließlich habe ich mich erinnert, dass ich Euch Dankbarkeit schulde. Es wäre also unhöflich gewesen, abzulehnen.«

»Edel bis ins Herz.«

»Ich hoffe, nicht im selben Maße töricht.«

»Wenn Ihr hier eine Bedrohung fürchtet, keine Sorge«, beruhigte di Baisio ihn. »Es gibt eine, doch sie gilt nicht Euch.« Er blickte zu dem Dominikanermönch, als wollte er ihn auffordern, nun weitere Erklärungen zu geben.

Erwartungsvoll verschränkte Maynard die Arme vor der Brust. »Welche Bedrohung meint Ihr?«

Guido di Baisio wartete auf ein kurzes zustimmendes Zeichen des Mönches, schließlich seufzte er und sagte: »Da gibt es nicht viel zu erzählen. Der einzige Zeuge war nicht gerade auskunftsfreudig.«

»Ein Zeuge?«

»Ein Wolfsjäger«, erklärte der Bischof. »Mit Namen Silvano, gebürtig im *burgus* Focomorto. Er hat behauptet, er habe vor wenigen Tagen in einem Wald nahe Ferrara eine Prozession von ... *gentes malificae* gesehen.«

Maynard trat vor, sodass er beinahe den Rand des Tisches berührte. »Erklärt Euch näher, Exzellenz.«

Guido verzog den Mund zu einer Grimasse. In den letzten Monaten war er sichtlich gealtert: Sein Gesicht trug noch deutliche Spuren, nicht so sehr von den Entbehrungen, sondern mehr von dem Grauen der großen Pest, dem er entronnen war. Einem unbedarften Menschen wäre es sicher seltsam vorgekommen, ihm bei einem nächtlichen Treffen zu begegnen, welches ihm sichtliches Ungemach zu bereiten schien. Nicht jedoch jemandem, der seine Neigung zu Komplotten kannte. »Um der Wahrheit die Ehre zu geben«, erklärte er, »hat der Jäger weniger deutliche Worte gewählt. Er hat etwas von einem mit Kapuzenumhängen vermummten, schwarz gekleideten Volk gefaselt, von Fackeln und Laternen. Im Gefolge einer unaussprechlichen Kreatur.«

»Ich habe es in meinem Leben schon mit zu vielen unaussprechlichen Dingen zu tun bekommen. Doch wenn ich Euch recht verstanden habe, meint ihr eine übernatürliche Erscheinung.«

»So ist es in der Tat.«

»Seid Ihr sicher? Euer Jäger könnte auch auf eine Gruppe *battuti* oder Flagellanten gestoßen sein. Seit dem Ende der Pest sieht man sie recht häufig, sie ziehen durch die Dörfer und das umliegende Land.«

Der Bischof schüttelte den Kopf. »Es handelt sich um einen Zug der Diana.« Die Verachtung, die in seinen Worten mitschwang, war nicht zu überhören. »Habt ihr je davon gehört, Messere? Hexenweiber ziehen gemeinsam mit den ihnen hörigen Dienern durch die Wälder, um die heidnische Göttin anzubeten. Die nichts anderes ist als der Satan selbst.«

Auf Maynards Lippen schlich sich ein zweifelndes Lächeln. »Wenn ihr Mönche ihn nicht ständig auf den Lippen führen würdet, würde der Teufel selbst zweifeln, ob es ihn überhaupt gibt.«

»Haltet Eure Zunge im Zaum, Unverschämter!« Der Dominikanermönch konnte sich nun nicht mehr zurückhalten und mischte sich so laut in ihr Gespräch, dass die beiden Schergen in ihren Ecken auffuhren. Seine schrille Stimme wirkte noch einschüchternder als sein Blick. »Wie könnt Ihr es wagen, die heiligen Dogmen und die Aussagen eines Mannes der Kirche zu verhöhnen? Schon für diese Lästerung sollte ich Eure Zunge an einen Holzpflock nageln lassen!«

Leicht ungehalten ging Guido di Baisio zwischen die beiden Streithähne: »Ihr habt die Ehre, Rocheblanche, vor Pater Lamberto da Cingoli zu stehen, einem der bedeutendsten und gefürchtetsten Mönche der *Lombardia inferior*.«

»Inquisitor von Ferrara?«, fragte Maynard.

»Nicht mehr. Gegenwärtig ist er Prior des Klosters von Bologna. Doch die jüngsten Ereignisse haben seine Anwesenheit hier dringend erforderlich gemacht.«

Maynard musterte den Dominikanermönch mit einer Mischung aus Neugier und Verärgerung. »Und *meine* Anwesenheit, was hat sie mit alldem zu tun?«, platzte er heraus.

»Eins nach dem anderen, Messere.« Di Baisios Stimme wurde jetzt leiser, als bereitete er sich vor, ein Geheimnis zu enthüllen.

»Der Zug der Diana ist nur das letzte einiger dunkler Geschehnisse, die Ferrara heimsuchten. Kürzlich wurden Zeichen innerhalb der Mauern bemerkt. Beunruhigende Zeichen.«

»Seltsam, dass davon nichts auf den Straßen zu hören war.«

»Nur weil wir alle Gerüchte darüber im Keim erstickt haben.« Di Baisios Blick verfinsterte sich. »Ihr sollt wissen, dass in den letzten Tagen Frösche an Türen und Fensterläden gefunden wurden. Tote Frösche, die man dort angenagelt hatte ... und Pergamentseiten.«

»Wären da nicht die Pergamente, würde ich an einen Kinderscherz glauben. Waren Botschaften darauf?«, fragte Maynard.

»Immer die gleiche: ›*Pro bono malum*‹.«

Da er das wachsende Unbehagen von Guido di Baisio spürte, nahm Maynard an, dass es etwas gab, das die Lage noch verschlimmerte. Er war sich wohl bewusst, dass die eben beschriebene Tat unter einigen Umständen schon ausreichte, um jemanden auf den Scheiterhaufen zu bringen. *Pro bono malum*, wiederholte er stumm für sich. Das klang fast wie ein volkstümliches Sprichwort, obwohl es in diesem mehrdeutigen Latein alles und nichts bedeuten konnte. »Haltet Ihr es für einen ...«

»Für einen Fluch«, meldete sich Bruder Lamberto da Cingoli erneut zu Wort. Sein Gesicht wirkte wie aus Wachs geformt. »Ein Fluch, der von einem Vers aus der Offenbarung inspiriert wurde: ›Und ich sah aus dem Rachen des Drachen und aus dem Rachen des Tieres und aus dem Munde des falschen Propheten drei unreine Geister kommen, gleich Fröschen.‹[1]« Er verschränkte die Finger unter dem Kinn und wirkte beinahe zufrieden. »Seid Ihr mit dieser Stelle vertraut, Messere? Sie beschreibt die Dreieinigkeit Satans, die dazu bestimmt ist, die Welt heimzusuchen, bevor die Posaunen des Jüngsten Gerichtes erschallen.«

»Ich habe davon gehört« erwiderte Maynard. »Aber wie könnt Ihr sicher sein, dass eine Verbindung besteht?«

---

[1] Offenbarung 16,13.

»Ganz einfach«, erklärte di Baisio. »Wegen dem, was der Wolfsjäger an der Spitze des Zuges der Diana gesehen hat.«

»Und zwar?«

»Er schwört, er habe eine Frau auf dem Rücken eines Tiers reiten gesehen, aber es war kein gewöhnliches Tier. Es hatte die Hörner eines Lamms, und seine Haut war mit Schuppen bedeckt. Begreift Ihr? Es ist sie! Die dritte dämonische Kreatur, die in dem Abschnitt der Offenbarung beschrieben wird. Der lästerliche Ziegenbock, der falsche Prophet, der gekommen ist, um alle in die Hölle hinabzuziehen!«

Maynard kannte sich hinlänglich mit Höllen aus, um nun nicht vor Angst zu zittern. Aber er wusste auch genug von übernatürlichen Erscheinungen und Visionen, und obwohl er sich hinter einer scheinbar skeptischen Haltung verschanzte, nahm er solche Worte gewiss nicht auf die leichte Schulter. Er wäre selbst durchaus bereit gewesen zu beschwören, dass er im Traum drei Reiter mit Aureolen gesehen hatte, die gekommen waren, das Ende der Welt zu verkünden. Dies war auf dem Schlachtfeld von Crécy geschehen, inmitten eines Sees aus Blut und Schlamm, und von da an hatte sich sein Leben in einem Maße verändert, wie er es sich nie hätte vorstellen können. »Immer angenommen, dass es dieses Tier wirklich gibt«, sagte er, »was würde mein Eingreifen rechtfertigen?«

»Das werdet Ihr sogleich erfahren«, antwortete Guido di Baisio. »Wenn Ihr geschworen habt, Schweigen darüber zu bewahren, an welchem Ort die Frösche mitsamt den Pergamenten gefunden wurden.«

Maynard senkte den Kopf und legte eine Hand auf die Brust. »Ihr habt mein Wort, ehrwürdige Väter.«

Bruder Lamberto nickte zufrieden. »Nun gut«, erklärte er, »die Frösche waren drei an der Zahl. Zwei hat man an den Türflügeln des Palazzo della Signoria gefunden. Und den letzten vor dem Schlafgemach von Marchese Obizzo III. d'Este.«

5

Ferrara, Kloster Sant'Antonio Abate

Der vierte Schneeball flog gegen die Gitter des Dormitoriums und zerfiel dort im Dunkel der Nacht. In Erwartung einer Antwort aus dem Inneren des Gebäudes kauerte sich Gualtiero an einem gut versteckten Platz hinter einer Hecke des Klostergartens zusammen und starrte die vom Mond leicht erhellten Holzstreben an, durch die die Nonnen die Welt betrachteten. Er hielt es für unmöglich, dass man sich an diese Lebensweise gewöhnen konnte, abgeschieden von der Welt und abhängig von den Entscheidungen anderer. Für einen kurzen Zeitraum hatte er so ein Leben am eigenen Leibe erfahren, als er im *Skriptorium* von Pomposa gearbeitet hatte. Diese langweiligen, immer gleichen Tage, deren Abläufe die Regeln des Klosters diktierten. Wenn er es dort ausgehalten hatte, dann nur aufgrund seines Wunschs, seine Mutter wiederzufinden. Und wegen der Bilder seiner Phantasie, die er Miniatur für Miniatur auf dem Pergament der Kodizes verwirklicht hatte.

Dennoch zweifelte er nun wieder an seinen Entscheidungen. Seine Weigerung, Mönch zu werden, hatte ihn von Pater Andreas Vergünstigungen ausgeschlossen, darunter auch die Unterkunft in der Abtei von Pomposa. Maynard de Rocheblanche hatte leicht reden, wenn er ihm sagte, er solle Geduld haben! Was wusste der Ritter schon von den Nöten einfacher Leute? Auch die Vorstellung, sich mitten im Zentrum eines gefährlichen Komplottes zu befinden, weckte in ihm die Angst vor einem unsicheren Schicksal.

Gualtiero hüllte sich enger in seine *Esclavine*, um sich vor der eisigen Kälte zu schützen, sammelte ein wenig Schnee auf, formte daraus mit den Händen einen Ball und warf auch diesen wieder gegen ein Gitter des Dormitoriums. Es war zwecklos, sich etwas vorzumachen. Er hatte seine Entscheidung schon getroffen, aber beim Gedanken, ihr diese mitzuteilen, krampfte sich sein Magen zusammen.

Er wollte schon gehen, als er durch die Zwischenräume eines Gitters hindurch das Flackern einer Kerze bemerkte. Gualtiero spähte über die Hecke und beobachtete, wie dieses Licht von einem Fenster zum nächsten wanderte bis zu dem *Biforium*, durch das Isabeau gewöhnlich aus dem Kloster hinausschlüpfte.

Er musste nicht lange warten, da sah er auch schon, wie sie sich vorbeugte und auf den Ast eines Baumes kletterte, der kräftig genug war, um sie zu tragen. Das Nonnengewand hinderte sie nicht, sich geschmeidig wie eine Katze zu bewegen. Oder besser gesagt, wie ein Gaukler, denn das war ihr Vater gewesen. Gualtiero erfreute sich an dem Anblick ihrer akrobatischen Bewegungen, wenn er auch jedes Mal fürchtete, sie könnte ausgleiten. Schnell verließ er deshalb sein Versteck und eilte ihr zu Hilfe.

Kaum lag sie in seinen Armen, befreite sie sich schon wieder mit einem feinen Lächeln. »Wolltest du etwa all meine Mitschwestern aufwecken?«, fragte sie ein wenig anzüglich. »Ich hatte dich schon beim ersten Treffer gehört.«

»Das konnte ich doch nicht wissen«, verteidigte sich Gualtiero.

Isabeau rieb sich fröstelnd die Schultern und blickte auf die Schneeschicht, die die gesamte kleine Insel von Sant'Antonio bedeckte. In der Dunkelheit bekam ihr Gesichtsausdruck etwas Raubkatzenhaftes, wirkte beinahe bedrohlich.

»Gehen wir dorthinein, wo wir vor der Kälte geschützt sind«, schlug Gualtiero vor und lief auf ein windschiefes Steinhäuschen in der Nähe der Stallungen zu.

Isabeau hielt ihn zurück. »Die Äbtissin ahnt etwas, gehen wir lieber woandershin. Ich kenne da ein Plätzchen …«

Gualtiero streichelte zärtlich ihr Gesicht, schüttelte dann aber den Kopf. »Ich kann nicht lange bleiben.«

»Wie meinst du das?«

»Ich bin nur gekommen, um dir etwas zu sagen.«

»Jetzt machst du mir Angst.«

»Dafür gibt es keinen Grund. Du bist nicht in Gefahr. Ich jedoch …«

»Du? Was ist denn mit dir?«

Gualtiero wich ihren fragenden Augen aus und zeigte auf eine etwas abseits gelegene Stelle am Rand des Kreuzganges. Nachdem sie diese erreicht hatten, ließ er sich mit dem Rücken gegen eine Säule sinken. »Ich muss gehen. Und zwar allein.«

Isabeau erschrak und packte ihn am Gewand. »Und was ist mit all deinen Versprechungen?«

»Gott weiß, wie sehr ich mir das ersehne.« Gualtiero zog sie an sich. »Doch ich kann nicht. Nicht jetzt, mit dieser neuen Sorge …«

Isabeau drückte ihr Gesicht gegen seine Brust und wartete, dass er den Satz beendete. Beunruhigt durch sein plötzliches Schweigen, sah sie ihm in die Augen. »Was für eine Sorge?«

Gualtiero seufzte. Er hatte lange überlegt, wie er es ihr beibringen sollte, aber jetzt musste er dieses Gespräch in aller Eile führen, und das machte es noch schwieriger. Einen Moment lang rang er um die richtigen Worte. »Ich fürchte, dass jemand die Wahrheit über meine Herkunft herausgefunden hat, jemand ganz in unserer Nähe, und dass er dies irgendwann benutzen könnte, um mir Geheimnisse abzupressen.«

»Geheimnisse, die du mit Maynard teilst?«

»Ja, auch diese.«

»Also geht es um den *Lapis exilii.*«

Er nickte. Das letzte Mal hatte er diesen Namen Maynard gegenüber ausgesprochen, als er ihm offenbarte, was er im weit entfernten Kloster von Mont-Fleur entdeckt hatte. Wäre dieses Geheimnis einem Mächtigen zu Ohren gekommen, so wären Verbrechen und Intrigen wie ein böser Fluch darauf gefolgt. »Diese Leute könnten auch dir etwas antun, wenn sie nur wüssten –«

Isabeau brachte ihn mit einer Geste zum Schweigen und wich

brüsk zurück, als hätte er sie beleidigt. Sie stand reglos da in der Dunkelheit mit verschränkten Armen, unterdrückte den aufkommenden Zorn und sah ihn empört an. »Ich habe nie verlangt, etwas darüber zu erfahren, was du in Frankreich entdeckt hast, darüber, wer deine Mutter wirklich war oder was du mit Maynard beredet hast«, rief sie aus. »Und zwar, weil ich *dich* liebe, nicht deinen Namen oder das, was du anstrebst! Ich will nur bei dir sein, und nichts wird sich diesem Wunsch in den Weg stellen.«

»Und wenn dir etwas zustieße?«, erwiderte Gualtiero, während er gegen die Versuchung ankämpfte, ihr einfach nachzugeben. »Nein! Das werde ich nicht zulassen! Das könnte ich niemals ertragen.«

»Hältst du mich etwa für so schwach?«, fragte Isabeau spöttisch. »Ich kann mit Gefahren umgehen! Du weißt genau, wie ich mich damals zur Wehr setzte, als Maynard mich fand und mir zu Hilfe eilte.«

»Die Gefahren, von denen ich spreche, sind andere«, versuchte er ihr zu erklären. Leise redete er weiter, in der Hoffnung, auch sie würde ihren Ton mäßigen. »Die kann man nicht mit simplem Mut oder mit dem Schwert bekämpfen. Du musst Geduld haben, abwarten, dass ich sie alleine durchstehe, und dann –«

Doch Isabeau hatte nicht die Absicht, auf ihn zu hören. »Ich halte es hier drinnen nicht aus!«, schrie sie. »Ich ersticke im Kloster, verstehst du? Ich habe schon genug gelitten, als du fort warst und als ich fürchten musste, dich nie wiederzusehen. Hast du überhaupt eine Ahnung, was das für mich bedeutet hat? Verlange das nicht noch einmal von mir. Ich bitte dich!«

Gualtiero sah auf und bemerkte hinter den Gittern des Klosters einige Schatten, die sich bewegten. Die Nonnen beobachteten sie, gierten nach allem, was sie aus dem Leben anderer Menschen erhaschen konnten, und wenn es Leid war, nur um die Leere ihres eigenen Daseins zu füllen. Plötzlich hörte er eine Frauenstimme Isabeaus Namen rufen. Da begriff er, dass ihm keine Zeit mehr blieb. Er packte das Mädchen an den Schultern, küsste sie erst auf die Stirn und dann auf den Mund. »Ich muss es tun, Isabeau. Weil ich dich liebe!«

»Lügner!«

»Du weißt, dass ich nicht lüge!« Er drückte ihr ein zerknittertes Blatt Papier in die Hände und legte seine ganze Zärtlichkeit in seinen Blick, als er sie nun ansah. »Ich flehe dich an, versteh das. Ich flehe dich an, vertraue mir!«

Das Mädchen stieß ihn erst wütend zurück, dann näherte sie sich erneut und gab ihm noch einen Kuss.

»Isabeau!«, rief die Stimme wieder, beinahe zornig.

»Geh jetzt«, flüsterte Gualtiero. »Geh hinein, oder sie werden dich bestrafen.«

»Zum Teufel mit ihren Strafen!« Sie wischte sich eine Träne von der Wange. »Sag mir wenigstens, wohin du willst. Sag es mir, wenn du mich wirklich liebst.«

Gualtiero schüttelte den Kopf. »Wenn ich das täte, würdest du nach mir suchen.« Er winkte ihr ein letztes Mal, schmerzerfüllt, dann wandte er ihr den Rücken zu.

»Ich werde auf jeden Fall nach dir suchen!« Isabeau sah ihm nach, als er auf die Holzbrücke zuging, die die Insel mit dem Festland verband. Sie war rot im Gesicht, zitterte vor Wut und ballte die Fäuste. Auf einmal zerriss sie die unsichtbaren Fesseln, die sie an ihrem Platz hielten, und rannte los, um ihm zu folgen, doch da packte sie jemand am Arm und hielt sie zurück. Die Äbtissin persönlich war hinaus in die Nacht gekommen, um sie ins Kloster zurückzubringen.

»Lasst mich los!« Isabeau bäumte sich auf und sank dann auf Händen und Knien in den Schnee. Sie starrte weiter der Gestalt nach, die sich immer weiter entfernte. »Hast du mich gehört?«, schrie sie. »Ich werde fliehen, das schwöre ich dir, und nach dir suchen!«

Er drehte sich nicht einmal um.

Bevor man sie wegzog, bemerkte Isabeau, dass sie das Blatt verloren hatte, das Gualtiero ihr gegeben hatte. Sie entwand sich der Äbtissin, um es aufzuheben, und als sie sah, was sich darauf befand, wurde sie von ihren Gefühlen überwältigt.

Es war eine Kohlezeichnung, das Gesicht eines Mädchens. Ein

Mädchen, das etwas jünger war als sie selbst, aber dieselben Gesichtszüge hatte. Schöner vielleicht und wilder, als Isabeau sich je eingeschätzt hätte. Und doch sah Gualtiero sie so. Nein, er hatte sie so gesehen. Bei ihrer ersten Begegnung.

Nicht weit vom Kloster entfernt, im dunklen Herzen der Kontrade San Niccolò, stand Maynard vor Lamberto da Cingoli und blickte ihm in die Augen, die wie besessen glühten. Ihm war noch nicht klar, ob er oder Bischof Guido dieses Treffen anberaumt hatte und zu welchem Zweck. Nur eines wusste er mit Bestimmtheit: Er durfte ihnen nicht trauen. Noch bevor er den Umgang mit dem Schwert gelernt hatte, hatte Maynard erkannt, wie geschickt Männer der Kirche darin waren, ihre wahren Interessen hinter vorgeschobenen Ereignissen zu verbergen.

»Hat Marchese Obizzo also Drohungen erhalten?«, fragte Maynard, um Klarheit zu erlangen.

Pater Lamberto machte eine vage Handbewegung. »Man fürchtet um ihn, aber auch um seinen männlichen Erben.«

»Messer Aldobrandino?«

Lamberto nickte. »Seine Exzellenz behauptet, Ihr wäret sein Waffenmeister gewesen.«

»Nur für einen kurzen Zeitraum«, gab Maynard zurück, ohne ins Detail zu gehen. Er wollte vermeiden, dass man seine Zuneigung zu dem jungen Herrn heraushörte und diese Tatsache dann benutzte, um ihn gegen seinen Willen zu etwas zu überreden. Er hatte es bedauert, den Unterricht im Schwertkampf, den er Aldobrandino erteilt hatte, aufgeben zu müssen. Vor allem, da sein Wesen ein edleres war als das seines Vaters und Maynard sich eingebildet hatte, es fördern zu können. Doch zu viele unglückselige Ereignisse trennten ihn von diesen Erinnerungen. Das letzte Mal hatte er den Jungen aus der Ferne während des Palios zu Mariä Himmelfahrt gesehen, wo er auf ihn sehr niedergedrückt gewirkt hatte, aus Trauer um seine verstorbene Mutter.

Die beiden Kirchenmänner nutzten Maynards plötzliches Schweigen, um sich mit Blicken zu verständigen. Guido wirkte erschöpfter als Lamberto und geneigter, die ganze Sache abzukürzen. Er beugte sich vor und verschränkte seine mit Ringen geschmückten Hände auf dem Tisch. »Nun gut, Messere«, sagte er. Er wollte zum Ende kommen. »Ihr begreift also den Ernst der Lage ...«

Maynard hatte noch nicht vor, schon zu einem Entschluss zu kommen. Er runzelte die Stirn und trat einen Schritt vor. Er wollte mehr erfahren, um seine eigene Situation einschätzen zu können. »Was genau verlangt Ihr von mir?«

»Ihr sollt ermitteln«, antwortete Bruder Lamberto.

Maynard schenkte ihm ein schiefes Lächeln. »Indem ich einer Spur von Fröschen und Fabeltieren folge?«

»Jetzt werdet nicht so verächtlich. Es gibt Beweise.«

»Ach ja? Dann schickt doch Eure Schergen los!«

»Dazu braucht es das Herz eines Löwen, Messere.« Guido di Baisio versuchte, die Gemüter zu besänftigen. »Einen aufmerksamen Mann, der sich vor nichts fürchtet.«

»Einen Mann, den Ihr steuern könnt, wolltet Ihr sagen«, erwiderte Maynard spöttisch.

»Ja, auch das.« Lamberto da Cingoli schlug mit seinen gelblichen Fingern so heftig auf die Tischplatte, dass die beiden in den Ecken postierten Soldaten aufschreckten. »Ihr seid beim Hof von Ferrara in Ungnade gefallen, und wir bieten Euch im Austausch für einen Gefallen die Gelegenheit, das Vertrauen des Marchese wiederzugewinnen. Erscheint Euch das etwa wie ein unbilliges Angebot?«

Maynard zuckte mit den Schultern. »Das werde ich Euch mitteilen, wenn ich mir ein klareres Bild von der Angelegenheit gemacht habe.«

Guido di Baisio lächelte zufrieden. »Dann nehmt Ihr also an!«

»Bleibt mir denn eine Wahl?«

»Offen gesagt, nein.« Bischof Guido erhob sich sichtlich erleichtert aus seinem Stuhl. »Ihr werdet mit Bruder Lamberto zusammenarbeiten und ihn über jede Information in Kenntnis setzen, die Ihr herausfinden könnt. Falls Ihr einen Helfer braucht, wird Euch ein Geistlicher seines Vertrauens zur Seite gestellt.« Nun zeigte er auf die Tür. »Ihr werdet müde sein, Messere. Es ist schon sehr spät, und draußen ist es zu kalt, als dass Ihr nach Pomposa zurückkehren könntet. Ihr werdet als Gast des Klosters von San Domenico in dessen Gästehaus übernachten.«

6

In einen Umhang gehüllt verließ Lamberto da Cingoli das Kloster, ohne seine Mitbrüder darüber zu unterrichten, wohin er wollte und aus welchem Grund. Auf den ersten Blick schien er sich in der kalten Nacht nicht unwohl zu fühlen, obwohl er mit einfachen Sandalen aus Espartogras über den Schnee lief, doch in seinem Inneren beschäftigte ihn eine tiefe Sorge. Er sah sich einige Male um, dann ging er schneller weiter, bis er das benachbarte Viertel Boccacanale erreichte. Dort bog er in eine Gasse ein, geleitet vom Schein einer Fackel, die neben einem Eingang angebracht war. Er fluchte, als eine Ratte, von seinen Schritten aufgeschreckt, davonlief, und blieb vor der Tür stehen. Sie bestand aus Holz, war mit Metallbeschlägen versehen und genauso stabil wie der Steinbogen, der sie umrahmte. Lamberto betrachtete sie zögernd einen Augenblick, bevor er seine schmale Hand ausstreckte und klopfte.

Das Aufklappen des Türspions ließ ihn beinahe zusammenfahren. Ein Mann trat an das kleine Gitter, schloss die Klappe wieder und öffnete die Tür. »Seine Gnaden erwartet Euch«, sagte er nur. Man hörte ihm an, dass er Franzose war.

Lamberto lief schweigend vorwärts und verbarg seine Unruhe hinter einer undurchschaubaren Miene, die er sich in Jahren der Prozesse und Scheiterhaufen angeeignet hatte. Nicht mangelndes Selbstbewusstsein war der Grund für seine Nervosität, sondern die Vorstellung, einem Mann zu begegnen, der noch gefährlicher war als er selbst.

Nachdem er den Eingangsbereich hinter sich gelassen hatte, betrat er einen Raum, der lediglich von einem Kaminfeuer erhellt wurde, das dämonisch züngelnde Schatten an die Wände warf. Vor den Flammen sah man die dunkle Silhouette eines Mannes, der in einem Lehnstuhl saß. Bruder Lamberto blieb nah bei der Tür stehen und ließ sich vom Feuer aufwärmen, während er darauf wartete, dass man das Wort an ihn richtete. Aus den schwarzen Umrissen ragte seitlich eine Hand hervor, die auf der Armlehne ruhte, sodass man am Zeigefinger einen Ring mit einem Löwenwappen erkennen konnte.

»Eure Eminenz«, flüsterte der Mönch mit einer derartigen Unterwürfigkeit, dass er sich seiner selbst schämte.

Der Schattenumriss bewegte sich und zeigte nun ein vom Feuer rötlich gefärbtes Gesicht. »Pater, endlich!«

»Ich habe gerade Maynard de Rocheblanche verabschiedet.«

Bei diesem Namen beugte sich der Mann über die Lehne, und nun erkannte man seine Gesichtszüge genau. Er war alt, schien aber noch bei Kräften, und die scharfen Falten, die wie mit der Axt eingeschnitten wirkten, verrieten, dass er stark mit einer inneren Wut zu kämpfen hatte. »Rocheblanche.« Er sog Luft zwischen den Zähnen ein. »Dann ist er also gekommen.«

»Ja«, erklärte Bruder Lamberto. »Und er hegt keinen Verdacht.« Dies war seine zweite Begegnung mit Monsignore du Pouget – und das erste Mal, dass dieser das Wort an ihn richtete. Er hatte große Mühe, seinen Hass zu verbergen. Einen beinahe unerträglichen Hass, da er mit einer instinktiven Bewunderung verbunden war. Mochte er noch so umtriebig gewesen sein und sich in der Region Lombardia inferior ein gewisses Ansehen verschafft haben, so würde er doch nie eine ähnliche Größe erreichen wie dieser Kirchenfürst aus Avignon.

»Nun, und?«, fragte Kardinal du Pouget fordernd. »Hat der Ritter in der Angelegenheit, die uns interessiert, etwas geäußert?«

»Nein.« Bruder Lamberto freute sich, dass er entschieden und mit fester Stimme geantwortet hatte. »Das Gespräch ging nur um die Sache … mit den Fröschen. Rocheblanche hat jedoch zugestimmt, unter meinen prüfenden Augen zu ermitteln.«

Du Pouget nickte. »Dann werdet Ihr also in den kommenden Tagen genügend Zeit mit ihm verbringen, um ihn dazu zu bewegen, auch über anderes zu sprechen.«

Bruder Lamberto war versucht, einfach zu nicken, aus dem schlichten Wunsch, das Ganze abzukürzen, aber er hatte zu viele Bedenken, um nicht zu widersprechen. »Wenn Ihr gestattet, werde ich mich ganz auf die Ermittlung konzentrieren und diese Aufgabe dem Bischof überlassen.«

Seinem Blick nach zu urteilen, hatte der Kardinal keinen Widerspruch erwartet. »Guido di Baisio hat schon genug getan. Er hat Rocheblanches Geheimnis entdeckt und es mir mitgeteilt, was mich dazu gebracht hat, nach Ferrara zu reisen. Jetzt ist es an Euch, Pater Lamberto, dieses Geheimnis zu lüften.«

»Bei allem Respekt, Eure Eminenz, nein. Ich bin nach Ferrara berufen worden, um wegen Häresie und satanischer Umtriebe zu ermitteln. Und das werde ich tun. Ich habe nicht vor, Zeit zu verschwenden wegen dieses ... wie heißt er noch? Dieses Lapis exilii.«

»Tatsächlich?« Du Pouget lachte. Und genau dieses Lachen ließ Lamberto da Cingoli mehr noch als die folgenden Worte erkennen, wie groß die Angelegenheit war, in die er jetzt verwickelt war. »Wenn ich Seiner Gnaden, dem Bischof, befohlen habe, Euch nach Ferrara zu berufen, so geschah dies aus Gründen, deren vollständiges Ausmaß Euch noch unbekannt ist. Während Ihr darauf wartet, dass man Euch darüber in Kenntnis setzt, folgt ruhig Eurer Pflicht als Inquisitor. Ermittelt wegen der Manifestationen des Bösen, wegen der Bedrohung durch Häresie oder wegen was auch immer Euren Eifer erregt. Aber vergesst *nie*, mein bester Pater, dass dies alles nur ein Vorwand ist, um Rocheblanche zu umgarnen.«

»Nun denn«, erwiderte Lamberto, der einen Weg suchte, so schnell wie möglich aus der Sache herauszukommen. »Genau jetzt schläft Messere Maynard vollkommen ahnungslos im Kloster San Domenico. Was hindert Euch daran, ihn sogleich zu ergreifen und ihn einem Verhör zu unterziehen? Würdet Ihr Euch so nicht Zeit und Mühe sparen?«

Obwohl ihm diese Worte verlockend erschienen, schüttelte Bertrand du Pouget den Kopf. »Wie Ihr selbst in Ausübung Eurer

Pflichten als Inquisitor gelernt habt, ist es oft hilfreich, die Dinge aus der Entfernung zu betrachten, um ein besseres Gesamtbild zu erhalten.« Er wies zur Tür zum Zeichen, dass er nun allein sein wollte. »Jetzt geht, Bruder Lamberto. Geht, bevor es hell wird.«

7

Wälder um Ferrara
12. Januar

Silvano da Focomortos ungepflegter Bart erinnerte an trockenes Gestrüpp. Dazu kam eine pilzförmige Nase, die unter seinem Hut hervorlugte, und so hatte Maynard den Eindruck, es eher mit einem Waldschrat zu tun zu haben, der gerade aus irgendeiner Baumhöhle hervorgekrochen war, als mit einem Menschen. Er folgte ihm mit wenigen Schritten Abstand und lenkte den Rappen umsichtig, damit er nicht über Steine, Vertiefungen oder andere tückische Stellen stolperte, die sich unter der Schneedecke verbargen. Ein Dominikanermönch auf einem Esel mit pelzigen Ohren bildete das Schlusslicht des Zuges.

Das Viertel delle Pioppe lag nicht weit entfernt, doch die bewaldete Landschaft wirkte unberührt und nahezu feindlich. Nachdem sie sich auf immer schmalere Wege vorgewagt hatten, hielt der Wolfsjäger inne, als der Pflanzenwuchs zu dicht wurde, um auf dem Pferd weiterzukommen.

»Lassen wir die Tiere hier zurück«, schlug Maynard vor und band sein Pferd an einer hohen Buche fest.

Der Mönch sah ihn enttäuscht an. Er hieß Prudenzio und hatte den Auftrag, ihn bei den Ermittlungen zu unterstützen. Wegen seiner fülligen Statur und den stämmigen, kurzen Beinen kam für ihn eigentlich kein Weg so recht in Frage, der nicht ins Refektorium führte.

Mit einem stöhnenden »Oh Jesus« stieg er ab und ergriff den Maulesel am Zaumzeug, um ihn neben den Rappen zu führen. Leider hatte das widerspenstige Tier nicht die geringste Absicht, ihm zu gehorchen.

»Ihr hättet im Kloster bleiben sollen«, spottete Maynard angesichts seines unbeholfenen Vorgehens.

»Messere, Ihr kennt Lamberto da Cingoli nicht.« Nach kurzem, aber verbissenem Kampf gelang es Prudenzio, sich gegenüber dem Esel durchzusetzen, und er band ihn an einen Baum. »Seine Anweisungen müssen so streng befolgt werden wie die Heilige Schrift.«

»Bruder Lamberto macht sich zu große Hoffnungen, was diesen Ausflug angeht. Es sind einige Tage vergangen, und außerdem hat es geschneit. Selbst wenn noch Spuren vorhanden sein sollten, wird es schwierig, sie zu entdecken.«

»Ein Versuch schadet nicht.« Bruder Prudenzio stieß ein weißes Atemwölkchen aus und rückte seinen Reisesack zurecht. Er war so prall gefüllt, dass man annehmen konnte, sie würden tagelang unterwegs sein. »Und wenn wir zulassen, dass sich Ruchlosigkeiten und *maleficia* ausbreiten, würden wir den Ärger der kirchlichen Instanzen erregen ...«

Maynard brachte ihn zum Schweigen. Ihr Führer war kaum noch zwischen den Bäumen zu sehen. »Welche Richtung?«, rief er ihn an.

Silvano ließ etwas wie ein Grunzen hören und schlug den Weg nach Norden ein. Maynard beeilte sich, ihm zu folgen, bevor er im dichten Gewirr vereister Äste verschwand, doch immer wieder war er gezwungen, innezuhalten und Bruder Prudenzio zu helfen, der überall hängen blieb und ausrutschte.

Silvano hingegen bewegte sich wie eines der Raubtiere, denen er für alle Zeit den Krieg erklärt hatte. Schweigsam und selbstsicher ging er voran, ohne sich ein einziges Mal nach ihnen umzusehen. Das hatte er gar nicht nötig, vermutete Maynard. Sein Gehör und sein Geruchssinn waren bestimmt so fein, dass er sie beide gar nicht erst sehen musste, um zu wissen, wie weit sie entfernt waren. Andererseits war ihm ein Widerwillen, ja sogar eine Geringschätzung anzumerken, die Maynard ihm gewiss nicht verübeln konnte. Nach Monaten des Umherziehens hatte auch er seinen Mitmenschen gegenüber eine gewisse Unduldsamkeit entwickelt, die sich noch steigerte, wenn er es mit Schurken und Verrätern zu tun bekam.

Silvano blieb plötzlich stehen, woraufhin Maynard begriff, dass sie am Ziel angelangt waren.

Er half dem dicken Prudenzio ein letztes Mal, eine mit Wurzeln bewachsene Böschung zu überwinden, und erreichte den Wolfsjäger. »Ist das der Platz, an dem Ihr sie gesehen habt?«, fragte er ihn und stellte fest, dass der Weg vor ihnen zum Teil von Sträuchern verdeckt wurde.

»Ja, Herr.«

»Wie viele waren es?«

»Ich weiß es nicht.«

»Und wohin sind sie gegangen?«

Widerstrebend zeigte Silvano auf eine Stelle, wo sich der Weg unter einem Dach aus Brombeeren und trockenen Zweigen teilte, die einen bogenförmigen Eingang verdeckten.

Einigermaßen verblüfft versuchte sich Maynard vorzustellen, wie ein kleiner Zug, angeführt von einem rätselhaften animalischen Wesen, in dieser dunklen Höhle verschwand, und kam zu der Überzeugung, dass jeder beim Anblick einer derartigen Szene von Furcht ergriffen worden wäre. Er trat ein paar Schritte heran, um den Eingang näher zu betrachten, stellte jedoch fest, dass der Jäger keine Anstalten machte, ihm zu folgen. »Was ist, warum kommt Ihr nicht?«

»Lieber nicht, Herr.«

Maynard sah kurz zu Bruder Prudenzio, um sich stumm mit ihm zu verständigen, dann schob er den Umhang beiseite und gab den Blick auf die Parierstange seines Schwertes frei.

Silvano zögerte immer noch und ließ nun eine Spur Feindseligkeit erkennen. Schließlich trat er näher. Sie drangen etwa zwanzig Schritt weit in das Gewirr aus Zweigen vor. Es war so dicht, dass das Morgenlicht nicht hindurchschien, und zu gleichmäßig, als dass es auf natürlichem Weg entstanden sein konnte.

»Zu dumm, dass wir nicht einmal eine Laterne mitgenommen haben.« Bruder Prudenzio hob den Saum seines Umhangs an, um sich mit seinen kurzen Beinen etwas freier bewegen zu können.

»Keine Sorge«, beruhigte ihn Maynard, »wir sind schon fast wieder im Freien.« Doch als sie das Tageslicht aufs Neue erblickten, konnte er einen verblüfften Aufschrei nicht unterdrücken. Der Weg durch die Brombeeren führte ins Innere einer Kapelle, die schon so lange verfallen zu sein schien, dass der Wald sich ihrer bemächtigt hatte und Äste und Wurzeln durch Fenster, Türen und jegliche Öffnung wuchsen. Das Dach war eingestürzt und mit ihm ein Großteil der Wände, die nur noch als ein Haufen Schutt den ehemaligen Grundriss säumten. Dort, wo sich der Chor befunden hatte, stand ein Kruzifix, das zum Hohn des Opfers Christi umgekehrt in den Boden gerammt worden war.

Diese Blasphemie war jedoch nichts verglichen mit der abscheulichen Konstruktion, die vor dem Altar errichtet war: ein Scheiterhaufen aus Stroh und Holz, an den man eine Lumpenpuppe mit menschlichen Zügen gebunden hatte. Auf dem Kopf trug sie eine Dornenkrone und um die Schultern einen Umhang, der aus Lumpen und Eingeweiden von Tieren gefertigt war. An der Brust hing, von einer Lanze durchbohrt, ein dreieckiges Schild, darauf ein Wappen, das einen weißen Adler auf blauem Grund zeigte.

»Oh Jesus!«, rief Bruder Prudenzio aus und stürzte sofort auf das Kruzifix zu. »Helft mir, es aufzurichten!«

»Rührt nichts an«, befahl Maynard. »Man sollte nicht sehen, dass wir hier waren.« Er schaute sich um, um sich jede Einzelheit einzuprägen, dann wandte er sich dem Popanz zu. Das Hoheitszeichen auf dem Schwert ließ keinen Zweifel zu: Dies war das Wappen des Hauses d'Este. So ungern er es auch zugab, Bischof Guido und Lamberto da Cingoli hatten recht. Der Marchese Obizzo hatte Feinde. Er bezweifelte jedoch, dass es sich hier um ein Maleficium handelte. Selbst wenn der erste Anschein dagegen zu sprechen schien, sah hier doch alles nach einer Inszenierung aus. Doch mit welchem Ziel?

Ein starker Geruch stach Maynard in die Nase und veranlasste ihn, die Überreste einer Feuerstelle vor dem Scheiterhaufen näher in Augenschein zu nehmen. Dort musste es bis zum Tagesanbruch gebrannt haben, denn die Stelle strahlte noch Wärme ab.

»Das Feuer ist zu klein, um hell aufzulodern.«

Als Maynard aufschaute, fiel sein Blick auf Bruder Prudenzios erstaunte Miene. Er lächelte freudlos. Der Dominikaner war offenbar schon zu sehr an Ketzerverbrennungen gewöhnt, als dass er beim Anblick einer Feuerstelle andere Verwendungen in Erwägung ziehen konnte. Maynard roch an der Asche und schüttelte den Kopf. »Dieses Feuer diente nicht dazu, einen Scheiterhaufen anzuzünden.« Er hob ein halb verkohltes Zweiglein auf und hielt es Prudenzio hin. *»Herba diaboli.«*

Der Pater zuckte zusammen. »Habt Ihr Erfahrung damit?«

»Nur im Bereich der Heilkunde. Wie Ihr vielleicht wisst, werden Kräuter dieser Art verwendet, um Schmerzen zu lindern. Dem Geruch nach wurden sie hier jedoch in großen Mengen verbrannt, außerdem noch andere Sorten.«

»Glaubt Ihr, sie wurden für satanische Rituale verwendet?«

»Was ich glaube, Pater, ist, dass Ihr Euren Reisesack ausleeren solltet«, erwiderte Maynard. »Wir müssen diese Asche mitnehmen und sie einem Kräuterkundigen zur Untersuchung vorlegen. Doch macht rasch, ich bitte Euch.«

»Warum diese Eile?«, protestierte Bruder Prudenzio.

Bevor er antwortete, sah sich Maynard um und stieß einen leisen Fluch aus. »Weil unser Führer uns im Stich gelassen hat.«

8

Abtei Santa Maria di Pomposa

»Ja, das waren Zeiten!« Pater Andrea stand aufrecht auf der Kanzel, seine Predigt war inspiriert von dem Bogen aus Licht, der sich hinter ihm befand. »Erinnert Ihr Euch, meine Brüder? Ich spreche von den Zeiten, in denen der heilige Petrus Damiani seinen Fuß auf diesen geweihten Boden setzte! Dreihundert Jahre sind seitdem vergangen. Dreihundert! Es war die Zeit der Heiligen und der Herrlichkeit, die Zeit, in der die Abtei von Pomposa Berühmtheit erlangte. Heute hingegen ... Dezimiert durch die Pest und verarmt im Geiste fristen wir träge und willenlos unser Dasein, faul und ohne mönchische Disziplin! Den Verführungen der Welt und der Angst erlegen. Wie konnte das geschehen? Welche Sünde haben wir begangen, dass wir unsere Würde verloren? Und versteht mich recht – ich bin der Erste, der sich dessen schuldig bekennt. Ich habe mich so lange in Zerknirschung kasteit, bis ich Abscheu vor mir selbst empfand, und Tausende Male habe ich mir gewünscht, den Hirtenstab einem verdienteren Mann zu überlassen. Doch seid nicht bange, teure Brüder, denn ich will Euch etwas versprechen. So Gott will, werde ich in diesen Mauern das alte Gebot und das Gleichgewicht zwischen *vita activa et contemplativa* wiederherstellen und Pomposa zu alter Größe verhelfen. Und zwar gestützt auf die Regeln, die Petrus Damiani selbst in seinem unschätzbaren Werk ›De perfectione monachorum‹, beseelt vom Heiligen Geist, verfasste.«

Er schlug mit der Hand auf das Pult vor ihm und lauschte dem Klang seiner eigenen Worte nach, die im Kirchenschiff verhallten. Früher einmal hatte er geglaubt, dass dieses Echo zu den Mauern des Klosters hinaus- und hinaufschweben würde bis zum Allmächtigen, der die Geschicke des Himmels und der Erde lenkte. Heute gab er sich schon damit zufrieden, Zustimmung auf den Gesichtern der

Mönche zu lesen, und hegte die Hoffnung, einen guten Samen in ihr Herz gepflanzt zu haben. Doch dies war nicht genug, wie er wusste. Er litt so sehr unter dem Schweigen des allmächtigen Vaters, dass er bisweilen glaubte, einer trügerischen Religion zu dienen, die allein dazu erfunden worden war, jene unerbittliche Leere zu füllen, die auf den Menschen lastete. Aber nicht alles war verloren. Nach Jahren voller Prüfungen sah er endlich wieder einen Funken Hoffnung.

Abt Andrea schaute auf die zehn Mönche, die dort im Chorgestühl saßen. Sie waren alles, was ihm geblieben war, eine kleine Schar, mit der er sein Reformprojekt beginnen würde. Ein schwieriges Unterfangen, da gab er sich keinen Illusionen hin. Doch die Widrigkeiten des Schicksals und die Überheblichkeiten der Menschen konnten ihn nicht mehr schrecken. Und selbst von seinen Glaubenszweifeln, die ihn immer noch quälten, würde er sich nicht aufhalten lassen.

Als er von der Kanzel herabstieg, warf er einen flüchtigen Blick auf die meisterhaften Fresken von Vitale de Equis. Es mochte ja kindlich naiv klingen, und doch hatte er das Gefühl, dass mit diesen Bildern ein Teil von ihm neu geboren würde. Als hätten ihn diese Farben erleuchtet und würden es ihm ermöglichen, etwas jenseits von Kummer und Trostlosigkeit zu sehen: das Licht der Kunst, das uns befähigt, uns über menschliches Ansinnen zu erheben.

Doch das wahre Licht, das so viel heller schien, kam allein aus »De perfectione monachorum«. Es war der Bischof, der ihm die Schrift empfohlen und ihm bei ihrer letzten Begegnung eine Kopie davon übergeben hatte. Als er sie erkannte, hatte Andrea sich gefragt, wie er so blind hatte sein können, nicht schon vorher daran zu denken. Jahrelang hatte er sich auf der Suche nach der geeigneten Regel zur Reform seines Klosters das Hirn über die Lehren der großen Kirchenväter zermartert – Basilius, Augustinus, Gregor der Große, Thomas von Aquin, dabei hätte er nur jene praktikable, in den Regalen seiner Bibliothek verstaubte Streitschrift wieder hervorzuholen brauchen. Ein Buch von nur vierundzwanzig Kapiteln, das mit äußerster Genauigkeit jeden einzelnen Aspekt des mönchischen Lebens behandelte.

Er ging durch die Bankreihen des Kirchenschiffs und stimmte eine Lobpreisung Marias an, bis seine Mitbrüder einfielen, jedoch war er mit den Gedanken bereits woanders. Die Einbestellung Maynard de Rocheblanches war wie ein Blitz aus heiterem Himmel gekommen, und er hatte vor, so bald wie möglich mit dem Bischof darüber zu sprechen. Doch er musste sich beeilen, wollte er nicht einer Intrige zum Opfer fallen, die vermutlich bereits weitere Kreise gezogen hatte, als ihm mitgeteilt worden war.

So erreichte er den *Narthex*, trat hinaus in die eisige Kälte des Morgens, warf einen Blick auf das Fresko der Madonna über dem Portal und machte sich zu den Stallungen auf. Dort wartete ein Bediensteter schon mit einer gesattelten Stute auf ihn, die er am Zaumzeug hielt. Andrea warf sich seinen Pelzumhang um, setzte einen Fuß auf den Steigbügel und ließ sich in den Sattel helfen.

»Wünscht der ehrwürdige Vater Begleitung?«, fragte der Diener. Abt Andrea ordnete seine Kutte zu beiden Seiten des Sattels und schüttelte nur stumm den Kopf. Der Mann blieb ihm fremd. Immer wenn er mit ihm zu tun hatte, vermisste er seinen treuen Diener Bonus, der im vergangenen Frühjahr an der Pest gestorben war. Als er gerade losreiten wollte, bemerkte er seinen Windhund, der in einer Ecke des Stalls zusammengerollt lag. »Kümmere dich um Fiumano«, wies er den Bediensteten an, und sein Gesicht wirkte auf einmal sanfter.

Er durchquerte den Hof der Abtei im leichten Trab, und während Andrea im Geiste noch einmal die Anweisungen für die Zeit seiner Abwesenheit durchging, trieb er sein Pferd auf einen Weg in östlicher Richtung zu. Doch ehe er diesen erreichte, erkannte er einen bärtigen Mann, der gerade dabei war, seine Sachen auf einen Wagen zu laden. »Meister de Equis«, rief Abt Andrea und zog die Zügel an, »Ihr brecht schon auf?«

Der Maler erwiderte seinen Gruß. »Das Fresko ist vollendet, und nun wartet Bologna auf mich.« Während er sich die kalten Hände rieb, um sie zu wärmen, fiel sein Blick auf den Reisesack, der an Andreas Sattel befestigt war. »Wohin führt Euch denn der Weg?«, fragte Vitale de Equis gut gelaunt. »Wenn Ihr ein wenig Zeit habt, könnten wir ihn ein Stück gemeinsam gehen.«

»Ich muss schleunigst zum Leuchtturm«, erwiderte Andrea und gab so zu verstehen, dass er in Eile war. Dort wartete ein Schiff nach Ferrara auf ihn, und er hoffte, den Bischofssitz noch vor dem Abendessen zu erreichen. Dennoch hielt er inne und fügte nach kurzem Zögern bedauernd hinzu: »Ich habe bis zuletzt gehofft, Ihr würdet Eure Meinung hinsichtlich meines Vorschlags ändern.«

Vitale zuckte mit den Schultern. »Ich habe gründlich darüber nachgedacht und bin zu dem Schluss gekommen, dass es sich nicht lohnt für mich. Bei allem Respekt, ehrwürdiger Vater, um die Wände Eures Kirchenschiffs *ex novo* mit Bildern zu versehen, müsste man mindestens das Doppelte veranschlagen.«

»Derzeit steht mir keine größere Summe zur Verfügung.« Andrea war verärgert über die Andeutung des Malers, er sei ein Geizhals.

»Nun, solange sich eure Finanzlage nicht bessert –«

»Dann gute Reise, mein Herr!«, unterbrach Abt Andrea ihn barsch. Doch bevor er seinem Pferd die Sporen gab, kam ihm noch eine Frage in den Sinn, die ihn seit dem gestrigen Tag umtrieb, und er hielt noch einmal an. »Ein letztes Wort, wenn Ihr gestattet.«

»Ich höre.«

»Habt Ihr zufällig etwas von dem jungen de' Bruni gehört?«

Vitale de Equis musterte ihn argwöhnisch. »Warum fragt Ihr?«

Pater Andrea verbarg seine Sorge hinter einem Lächeln. »Ich habe ihn seit der Ankunft der bischöflichen Boten nicht mehr zu Gesicht bekommen.«

»Offen gesagt, ich ebenso wenig. Ich habe ihn gestern Morgen das letzte Mal gesehen, gleich bei den Stallungen.«

»Und hat er etwas zu Euch gesagt?«

»Nichts, Euer Gnaden.« De Equis schwang sich auf ein Pferd und machte sich auf den Weg.

9

Kloster Sant'Antonio Abate

Eudeline de Rocheblanche hatte sich noch nicht an das Leben auf der Klosterinsel gewöhnt, und das lag gewiss nicht an der mangelnden Freundlichkeit ihrer Mitschwestern oder daran, dass sie eine andere Sprache sprach. Die hiesigen Sitten und Gebräuche unterschieden sich nicht so sehr von denen ihres Heimatklosters in Reims. Die Verständigung wurde durch die allgemeinen Regeln, das Latein und die Zeichensprache erleichtert, die man verwendete, um nicht gegen das Schweigegebot zu verstoßen. Dass sie sich hier nicht wohlfühlte, lag daran, dass nicht sie es war, die die Zügel in der Hand hielt.

Keineswegs überrascht stellte sie fest, dass ihre Jahre als Äbtissin einer Benediktinerinnenabtei sie nun davon abhielten, sich mit den anderen Nonnen auf gleiche Höhe zu begeben. Weit mehr störte sie jedoch, dass sie nun nicht mehr über die Macht verfügte, die es ihr in jener Zeit ermöglicht hatte, sich gegen Unterdrückung und Schikanen zur Wehr zu setzen.

Der einzige Trost bestand darin, dass ihre vornehme Herkunft, ihre bestimmende Art und ihre Schönheit auf den größten Teil ihrer Mitschwestern Eindruck machten. Die Nonnen behandelten sie immer respektvoll, schon fast ehrerbietig, auch wenn sie selbst nichts dafür tat, besondere Aufmerksamkeit zu erhalten. Der überempfindlichen Äbtissin von Sant'Antonio Abate missfiel all dies jedoch sehr.

Eudeline wusste sehr gut, dass sie sich die Frau zur Feindin gemacht hatte. In der unveränderlichen Stille der Klausur empfand sie das Wissen darum als anregende Abwechslung. Und als wollte sie die Rivalin verärgern, ging sie am Abend nach dem *magnificat* vor aller Augen über den Hof zu dem Ort, an den man Isabeau zur Bestrafung gebracht hatte. Dabei handelte es sich um einen kleinen Lagerraum, vollgestopft mit Fässern, Säcken und allen möglichen Lebensmitteln. Ein intensiver Geruch nach Käse und Korn erfüllte die Luft.

In einer Ecke kniete Isabeau mit verbundenen Augen auf einem Teppich aus Getreidekörnern.

Dieser Anblick löste in Eudeline eine Flut von Erinnerungen aus. Auch sie hatte Strafen verhängt, davon die schlimmsten über die Novizin, die sich ihr auf Befehl von Bertrand du Pouget widersetzt hatte. Aleydis. Immer noch quälte sie Reue, dass sie das Mädchen mit solch extremer Härte behandelt hatte. Und der Gedanke, sie und die Kleine, die in Sünde geboren worden war, für immer verloren zu haben, schmerzte sie tief.

In gewisser Hinsicht erinnerte Isabeau sie an Aleydis. Nicht nur wegen ihres jugendlichen Alters und wegen des rebellischen Geistes, sondern weil sie ihr ein Gefühl von Verlorenheit vermittelte, das Eudelines Beschützerinstinkt weckte. Sie ging auf sie zu und nahm ihr die Augenbinde ab.

Isabeau blinzelte und gewöhnte sich allmählich an das schwache Licht im Lagerraum. »Ehrwürdige Mutter, Ihr seid es.« Ungläubig schaute sie sich um. »Ist die Bestrafung beendet?«

»Nein, meine Liebe.«

»Dann geht, oder Ihr werdet es bereuen.«

Eudeline lächelte. »Das heißt, dass sie auch mich bestrafen werden.«

»Wenn Ihr wüsstet, wie man sich hier fühlt, würdet Ihr nicht so reden.«

»Ich weiß sehr wohl, wie sich das anfühlt. Und ich weiß auch, dass Euer größter Schmerz nicht der körperliche ist.« Eudeline beugte sich über sie und sah, dass man ihr Gewand über die Schenkel hochgezogen hatte, damit ihre Knie direkt auf die Körner drückten. Die Grausamkeit der Äbtissin verursachte ihr Übelkeit. »Lasst mich Euch helfen«, sagte Eudeline aus einer Eingebung heraus. Sie forderte Isabeau auf, sich hinzulegen, und löste ihre Fesseln.

Isabeau war sichtlich verwirrt. Sobald sie sich wieder rühren konnte, seufzte sie vor Erleichterung und massierte sich die Knie, die voller Wunden waren. »Wieso tut Ihr das?«

»Glauben denn nicht alle, dass Ihr meine Schwester seid?«, erwiderte Eudeline spöttisch. »Da sollte man sie doch besser in dem Glauben lassen.«

»Ich lüge nicht gern. Aber ohne diese Lüge hätte Maynard mich wohl kaum in diesem Kloster unterbringen können.«

»Wenn Ihr weiter widerspenstig seid, wird seine Mühe umsonst gewesen sein.«

»Ich habe aus Liebe gehandelt. Das könnt Ihr natürlich nicht verstehen.«

Eudeline warf ihr einen verschwörerischen Blick zu. »Glaubt Ihr wirklich?«

Erneut schien Isabeau überrascht. »Aber ... seid Ihr denn keine Nonne?«

»Ich wurde es, um mich aus der Welt zurückziehen zu können, nicht aus Berufung. Indem ich den Schleier nahm, fand ich meine Würde wieder, und über Jahre hinweg glaubte ich, damit zufrieden, ja sogar glücklich zu sein. Doch dann lernte ich einen Ritter kennen ...«

Bei der Erinnerung an Robert de Vermandois und daran, wie er ihr entrissen worden war, überkamen sie Schmerz und Wut, die sie nur mit Mühe verbergen konnte.

»Madonna«, sagte Isabeau leise. »Ihr weint ja.«

Eudeline trocknete sich das Gesicht und sprang auf. »Verzichtet niemals auf den, den Ihr liebt. Unter keinen Umständen. Wenn Euch wirklich etwas an ihm liegt, dann haltet zu ihm.«

»Beim ersten Mal habt Ihr mir etwas anderes gesagt. Ihr sagtet, ich solle im Kloster bleiben und dankbar sein für den Schutz, den es mir bietet.«

»Ihr müsst verzeihen, da wusste ich nicht, dass Ihr jemanden liebt. Jetzt, wo ich es weiß, möchte ich sogar noch hinzufügen: Sicherheit ist nichts wert, wenn man dafür dem Geliebten fern ist. Vorausgesetzt natürlich, die Gefühle beruhen auf Gegenseitigkeit.«

»Dessen bin ich mir sicher. Er hat versprochen, mich zu heiraten.«

»Nun, was hält ihn dann ab, Euch zur Frau zu nehmen?«

»Er musste fliehen. Wegen eines Komplotts, eines Unrechts, das man seiner Familie angetan hat.«

»Dann soll er sich dem stellen!«, rief Eudeline aus. »Fehlt es ihm vielleicht an Mut?«

Isabeau schüttelte den Kopf, große Bitterkeit stieg in ihr auf. »Gualtiero ist kein Feigling, doch auch kein Ritter wie Maynard oder der Mann, den Ihr geliebt habt.« Mit äußerster Vorsicht versuchte sie, das Gewand über die wunden Knie zu ziehen, doch der Schmerz ließ sie innehalten. »Er ist ein Mann aus dem einfachen Volk, der auf einmal gegen Riesen kämpfen muss, wie David gegen Goliath, versteht Ihr? Er sah seine Mutter sterben und denjenigen, den er für seinen Vater gehalten hatte. Er hat viel gelitten. Ihr macht Euch keine Vorstellung, wie sehr es mich schmerzt, ihn dort draußen allein zu wissen – und befürchten zu müssen, dass ich ihn nie wiedersehe.«

Als Eudeline das hörte, legte sich die Entrüstung, die in ihr aufgeflammt war. Sie versuchte, sich den unglückseligen jungen Mann vorzustellen, über den sie überhaupt nichts wusste, und plötzlich hatte sie den unbezwingbaren Wunsch, Isabeau zu helfen. Ihr Blick wurde milder, und sie legte ihr eine Hand auf die Schulter. »Erzählt mir alles von Anfang an.«

Isabeau wich zurück. »Ehrwürdige Mutter, meint Ihr wirklich …«

»Eudeline«, sagte diese sanft. »Für Euch, meine Liebe, einfach nur Eudeline.«

Kaum hatte sie den Ort der Bestrafung verlassen, stieß Eudeline auf die Äbtissin, die so groß und dünn war, dass sie in ihrem schwarzen Habit fast völlig verschwand. Ihr Gesicht war vor Ärger so angespannt, dass die Wangenknochen noch schärfer hervorzutreten schienen als sonst.

»Schwester Eudeline!« Vorwurfsvoll zeigte sie mit dem Finger auf sie. »Glaubt nicht, Ihr könntet herkommen und hier die Regeln diktieren.«

»Isabeau ist immer noch hinter Schloss und Riegel, wie Ihr angeordnet habt. Ich wollte ihr lediglich ein wenig Erleichterung verschaffen.«

»Mit welchem Recht? Ich habe ausdrücklich Anweisung gegeben, dass sie keinen Besuch erhält!«

Doch Eudeline hatte genug davon, abgekanzelt zu werden wie eine Novizin. »Habt Ihr auch befohlen, sie bis aufs Blut schinden zu lassen? Welche Niedertracht! Ihre Knie waren wund. In meinem Kloster hätte ich niemals zugelassen, dass –«

»Ihr seid aber nicht in Eurem Kloster, Ehrwürdige Mutter. Erinnert Ihr Euch? Die Nonnen Eures Konvents wurden alle von der Pest hinweggerafft. Und dass Ihr nun hier seid, habt Ihr meiner Großmut zu verdanken.«

Aufgebracht über den Sarkasmus gegenüber ihren unglücklichen Mitschwestern trat Eudeline einen Schritt vor, die Augen zu wütenden Schlitzen verengt. »Ich bin Eudeline aus Reims, aus dem Hause derer de Rocheblanche«, erklärte sie so laut, dass sie auch für alle, die hinter den Gittern des Klosters lauschten, gut zu verstehen war. »Und wenn Ihr mich hier aufgenommen habt, dann weil ich Euch eine Summe ausgehändigt habe, die der Mitgift einer Novizin entspricht. Gebt sie mir zurück, wenn Ihr wollt, und ich werde sogleich eine bessere Unterkunft finden.«

Die Äbtissin machte einen Schritt zurück. »Beruhigt Euch«, zischte sie zwischen den Zähnen hervor. »Ich bin hier, um Euch mitzuteilen, dass soeben ein Mann eingetroffen ist, der nach Euch fragt.«

»Wer ist es?«

»Euer Bruder, Maynard de Rocheblanche.«

10

Er brauchte nur die Augen zu schließen, dann hatte Maynard das Gefühl, immer noch in den Wäldern unterwegs zu sein, das Pfeifen des Windes und das Jammern seines Begleiters Bruder Prudenzio zu hören. Es war schwierig genug gewesen, den Rückweg ohne die Hilfe von Silvano da Focomorto zu finden, und hätte die Angelegenheit nicht so gedrängt, hätte er gern noch den Ritt in die Außenbezirke von Porta di Sotto auf sich genommen, wo dieser Mistkerl wohnte.

Als er sich jedoch besann, an welch heiligem Ort er sich befand, bemühte er sich, sein hitziges Temperament zu zügeln. Die Äbtissin von Sant'Antonio hatte ihm erlaubt, das Kloster zu betreten – unter der Bedingung, dass er im *Parlatorium* auf seine Schwester wartete. »Die ältere natürlich«, hatte Maynard hastig hinzugefügt, um keinen Verdacht gegenüber Isabeau aufkommen zu lassen. Die ehrwürdige Mutter hatte mit leicht abschätzigem Lächeln genickt, um deutlich zu machen, dass sie gegen beide dieselbe Abneigung hegte.

Maynard vertrieb sich die Wartezeit, indem er sich eine bemalte Heiligenfigur aus Holz ansah. Eine recht junge Frau mit freundlichem Gesichtsausdruck im Habit einer Benediktinerin, die auf Höhe der Taille ein Wappen mit einem weißen Adler trug.

»Die heilige Beatrice d'Este«, sagte eine weibliche Stimme hinter ihm, »Schutzpatronin und Gründerin dieses Ortes.«

Als er sich umdrehte, erkannte er Eudeline. Sie wirkte kalt und starr, als hätte sie gerade ohne mit der Wimper zu zucken eine in Trümmern liegende Welt hinter sich gelassen. Er stand auf. »Dann hat die Familie d'Este also nicht nur Ungeheuer hervorgebracht«, spottete er.

»Könnte man über die de Rocheblanches nicht Ähnliches sagen?«

»Du bist ungerecht, Schwester.« Maynard nahm ihre Hände und küsste sie auf die Wange. »Du siehst trotz allem wohl aus.«

»Eine höfliche Lüge«, erwiderte sie finster. »Warum bist du hier?«

Überrascht von dieser Zurückhaltung sah er sie an und fragte sich, weswegen sie so verstimmt war. Er spürte förmlich, dass hinter ihrer unbewegten Miene ein Gewittersturm tobte. »Ich brauche deine Hilfe«, gestand er nach kurzem Zögern.

»Eine weitere Intrige?«

Maynard bemerkte den unterschwelligen Vorwurf. »Ich wurde dazu gezwungen.«

»Gezwungen? Du bist weder dieser Stadt noch dem hiesigen Hof etwas schuldig. Wann gedenkst du endlich deinen Pflichten nachzukommen?«

»Meine Pflicht ist es, hier zu sein, Eudeline.«

»Nein, es ist deine Pflicht, dich so schnell wie möglich nach Reims zu begeben«, widersprach sie. »Nach Reims, um dort die Güter zurückzufordern, die von der Apostolischen Kammer zu Unrecht eingezogen wurden!« Unerwartet machte sie einen Satz auf ihn zu und schlug mit den Fäusten auf seine Brust ein, bis Maynard sie an den Handgelenken packte. Eudeline befreite sich und sah ihn herausfordernd an. »Ach, wäre ich doch als Mann geboren worden!«, rief sie und machte eine Bewegung, als schwänge sie ein Schwert durch die Luft. »Gott weiß, ob ich mich dann noch hier verstecken würde, ohne etwas zu tun!«

Maynard schwankte zwischen Bedauern und Bewunderung für ihren stolzen Sinn. »Das ist eine Falle, verstehst du? Hinter der Enteignung steckt Bertrand du Pouget, das weißt du genau. Denk doch nach! Der Mistkerl will uns schwächen und einschüchtern. Wenn wir unseren Gefühlen folgten, würden wir seinen Meuchelmördern zum Opfer fallen.«

»Willst du diesen Akt der Willkür etwa hinnehmen?«

»Niemals! Du machst dir keine Vorstellung, wie sehr ich mir wünsche, du Pouget zu stellen und der Gerechtigkeit Genüge zu tun! Aber hier in Ferrara.«

Eudelines Zorn legte sich allmählich und wich einem offensichtlichen Zweifel. »Was, wenn er nicht kommt?«

»Er wird kommen. Er ist ganz besessen von dem Wunsch, das Geheimnis aufzudecken, das ich hüte. Er wird nicht aufhören, nach dem Lapis exilii zu suchen.«

»Sei dir da nicht zu sicher. Du kennst ihn nicht. Du hast ihm nicht von Angesicht zu Angesicht gegenübergestanden und erlebt, wie verdorben er ist. Er ist ein Monstrum, Maynard. Ein schlimmeres Monstrum als ... als ...« Sie schlug die Hände vors Gesicht und unterdrückte ein Schluchzen.

Maynard wollte sie schon umarmen, doch da er den Grund ihrer unvermittelten Reaktion ahnte, beschränkte er sich darauf, neben ihr stehen zu bleiben, in dem Wissen, machtlos zu sein.

Eudelines Qualen mit anzusehen weckte im Ritter die alte Wut und Scham über das schändliche Verbrechen, das Gaspar de Rocheblanche, sein Vater, begangen hatte. Sollte ihn der Teufel in die finstersten Tiefen der Hölle werfen. Oder besser noch: ihn wieder auf die Erde ausspucken, damit er ihn mit seinem eigenen Schwert durchbohren könnte. Schon beim bloßen Gedanken daran merkte er, wie seine Hand zitternd vor Zorn zum Griff seines Schwertes ging. Es war lange her, dass er den Vater sterbend in Algeciras zurückgelassen hatte. Und angesichts der Hunderten von Toten, die die Pest dahingerafft hatte, hatte er auch das Bedürfnis verloren, seine Tat zu sühnen. Geblieben war nur blanker Hass – unnachgiebig und ungestillt. Maynard wandte sich ab, um sein wutverzerrtes Gesicht vor Eudeline zu verbergen. »Das bedeutet, töte ich den einen, erfahre ich auch Genugtuung gegenüber dem anderen«, erklärte er. Bewegt von den Tränen seiner Schwester, fuhr er in gemäßigterem Ton fort: »Kannst du nun nachvollziehen, warum ich die Aufgabe hier übernommen habe? Wenn Monsignore Bertrand kommt, um mich zu schlagen, muss ich auf Verbündete zählen können. Und der wichtigste ist der Marchese Obizzo d'Este.«

Eudeline trocknete ihre Tränen und beeilte sich, ihre Fassung wiederzuerlangen. »Seinetwegen also hast du dich auf diesen neuerlichen Auftrag eingelassen?«

Maynard nickte. »Es geht um Nachforschungen auf Veranlassung des Bischofs und der Heiligen Inquisition. Möglicherweise besteht ein Zusammenhang mit einem Komplott gegen die Familie d'Este.«

»Was hat die Inquisition damit zu tun?«

»Man denkt an ein Maleficium, an schwarze Magie. Anscheinend hat man tote Frösche im Palazzo della Signoria gefunden. Frösche, denen eine Botschaft auf Pergament beigefügt war: ›*Pro bono malum*‹.«

»Für Gutes Schlechtes«, übersetzte Eudeline gedankenverloren. »Was soll das bedeuten?«

»Ich hoffte, du könntest mir das erklären.« Maynard war erleichtert, dass dieses Thema sie aus ihrem Kummer riss. »Geistliche, mit denen ich gesprochen habe, waren der Ansicht, die Frösche könnten eine Anspielung auf ›das Tier‹ in der Apokalypse sein.«

Eudeline nickte. »Der falsche Prophet.«

»Flegetanis …«, murmelte Maynard aus einer plötzlichen Eingebung heraus.

»Was meinst du?«

Maynard kam zu sich. »Verzeih, ich habe laut nachgedacht.« Er zögerte kurz, doch dann erklärte er: »Der Jude Flegetanis ist der Verfasser des einzigen Buches, das den Lapis exilii erwähnt. Vor einiger Zeit verglich ihn Abt Andrea mit einem falschen Propheten. Und angesichts der Geschehnisse frage ich mich nun, ob es da nicht eine Verbindung gibt.«

»Bewahre einen klaren Kopf, Bruder. Merkst du, dass du da gerade Dinge zusammenbringst, die nichts miteinander zu tun haben? Das ist ganz natürlich, wenn man bedenkt, was du durchgemacht hast, aber du darfst dich jetzt nicht in die Irre leiten lassen. Halte dich an die Fakten! Frösche, Botschaften … was noch?«

»Diese Erscheinung. Ein Zug in den Wäldern, der einem geheimnisvollen Tier folgt. So zumindest berichtet ein Zeuge. Ich bin den Spuren nachgegangen und habe eine auf einem Scheiterhaufen festgebundene Lumpenpuppe gefunden, an der ein Wappenschild der d'Este befestigt war.« Maynard ging zu der Bank, auf der er den Reisesack von Bruder Prudenzio abgelegt hatte. »Nicht weit davon habe ich das hier gefunden.«

Mit wachsender Neugier blickte Eudeline in die Tasche. »Was ist das?«

»Asche verbrannter Kräuter.«

Eudeline schaute verblüfft auf. »Und welche Schlüsse erhoffst du dir daraus?«

»Ich möchte sie von einem Kräuterkundigen untersuchen lassen, um mehr zu erfahren. Leider ist der Bruder *Infirmarius* der Abtei während der Pest ums Leben gekommen. Und um mich nicht an die Brüder von San Domenico wenden zu müssen, wollte ich lieber hier im Kloster nachfragen …«

»Wenn du eine kräuterkundige Nonne suchst, hat die Gemeinschaft von Sant'Antonio eine recht erfahrene *Herboristin* zu bieten. Doch du weißt sehr wohl, dass wir nicht in Sainte-Balsamie sind. Ich kann hier nicht so leicht um einen Gefallen bitten oder gar Anweisungen geben.«

»Ich bin sicher, dass du einen Weg finden wirst. Aber bitte unauffällig.«

Verärgert über seine harsche Art sah Eudeline ihn hochmütig an. »Auch ich möchte dich um einen Gefallen bitten.«

»Ich höre«, sagte er überrascht.

»Gualtiero de' Bruni.«

»Was meinst du?«

»Der junge Mann, der in Isabeau verliebt ist.«

»Ich verstehe immer noch nicht.«

»Erzähl mir mehr über ihn.« Eudelines Stimme wurde streng. »Vor einem Jahr hast du ihn unter äußerster Geheimhaltung nach Frankreich geschickt, und seither ist sein Leben auf den Kopf gestellt.«

»Das war es schon vorher. Seit seine Eltern verhaftet wurden«, erwiderte Maynard.

»Und du hast gewagt, einen Nutzen daraus zu ziehen!«

Maynard ärgerte sich über den Verhörton seiner Schwester. »Gualtiero wäre in jedem Fall nach Frankreich gegangen. Er wollte seine Mutter suchen und herausfinden, wer sie wirklich war. Und wenn du es wirklich wissen willst: Ich glaubte mich in diesen Tagen bereits verloren und fürchtete, an der Pest zu sterben. Daher hielt ich es für angebracht, ihm mein größtes Geheimnis anzuvertrauen.«

»Konntest du dich nicht an deinen Freund, den Abt, wenden?«

»Abt Andrea hat seine Schwächen. Man kann ihm nicht voll und ganz vertrauen. Gualtiero hingegen ist ein Ehrenmann.«

»Ein junger Bursche, wolltest du sagen. Sohn einfacher Leute.«

Maynard schüttelte den Kopf. »Seine richtigen Eltern waren von Adel. Sein Vater, der Herr über Mantua, war ein Feind der Gonzaga. Seine Mutter, Elisa d'Este, die Schwester des Marchese Obizzo.«

»Oh mein Gott ...« Eudeline war erschüttert.

»Gualtiero hat dieses Geheimnis sogar Isabeau verschwiegen, um sie zu schützen. Neulich kam ihm jedoch der Verdacht, es könnte jemand davon wissen.«

»Nun verstehe ich, warum er geflohen ist!«

»Geflohen? Bist du sicher?«

»Das hat mir Isabeau gerade heute enthüllt.«

»Dieser Hitzkopf!« Maynard hob wütend die Faust in die Luft. »Ich hatte ihm doch befohlen zu warten, verdammt!«

Die Arme vor der Brust verschränkt ging Eudeline im Parlatorium auf und ab. »Wir müssen etwas unternehmen«, brach es unvermittelt aus ihr heraus. »Ihm helfen.«

»Das geht dich nichts an, Schwester.«

»Das geht mich sehr wohl etwas an«, rief sie aus und stampfte mit dem Fuß auf.

Maynard sah sie verdutzt an, schließlich zuckte er mit den Schultern. »Vielleicht hat Gualtiero die bessere Entscheidung getroffen.«

»Und Isabeau? Soll sie etwa ihr ganzes Leben im Kloster warten?« Sie richtete anklagend einen Finger auf ihren Bruder. »Sieh ihn sich einer an, den tapferen Helden, wie er sich um seine Frauen kümmert! Schließt sie weg wie leblose Dinge in einen Schrein und beruhigt so sein Gewissen. Egoist! Wie kannst du es wagen, von Rechtschaffenheit zu sprechen, wenn du mit solcher Leichtigkeit andere ihrer Freiheit beraubst?«

»Du bist ungerecht!« Maynard bemühte sich, nicht zu zeigen, wie sehr sie ihn damit verletzt hatte. »Du weißt genau, dass ich nicht wollte, dass du den Schleier nimmst. Und du weißt auch, wie sehr ich darunter leide, zu sehen, dass du zu diesem Leben gezwungen bist.«

»Doch du hast nichts gegen meine Entscheidung unternommen, mich hinter Klostermauern zurückzuziehen. Du bittest mich sogar um Hilfe, ungeachtet der Lage, in der ich mich befinde – meines Heims und meiner Würde beraubt. Sogar des Mannes, den ich liebte!«

Maynard war kurz davor, eine wütende Antwort zu geben, doch er beherrschte sich. Selbst wenn er immer geglaubt hatte, richtig zu handeln, waren die Argumente seiner Schwester nicht von der Hand zu weisen. Auch ihren Gefühlen konnte er sich nicht verschließen. Erschüttert trat er vor sie und legte ihr die Hände auf die Schultern. »Ich werde alles in Ordnung bringen, das schwöre ich dir.«

»Auch was Gualtiero angeht?«

»Ich versprach ihm bereits, seinen Verdacht zu überprüfen. Ich habe so eine Ahnung, dass Pater Andrea etwas über seine Herkunft wissen könnte, doch es ist noch zu früh, um –«

Eudeline brachte ihn mit einer Handbewegung zum Schweigen. »Dann werde ich eben mit dem Abt von Pomposa sprechen.«

Maynard sah sie ungläubig an. »Hast du den Verstand verloren?«

»Ich *bestehe* darauf, ihn zu treffen. Ob du damit einverstanden bist oder nicht.«

Maynard begriff noch immer nicht, warum seine Schwester sich dermaßen in die Sache verbissen hatte, aber er kannte diesen Blick gut genug, um zu wissen, dass er sie kaum von ihrem Vorhaben abbringen würde. »Du weißt viel zu wenig, um dies zu tun«, wandte er ein.

»Also wirst du mich im Detail über die Angelegenheit unterrichten.« Eudeline nahm auf einer Bank Platz und forderte ihn auf, sich ihr gegenüberzusetzen. »Im Gegenzug werde ich den Beutel mit Asche von der Herboristin des Klosters untersuchen lassen.«

»Einverstanden, Schwester. Doch wenn du mit Abt Andrea sprichst, darfst du eins niemals vergessen: Er weiß vom Lapis exilii, hat jedoch keine Kenntnis, worum es sich dabei handelt und wo er verborgen ist. Sag ihm nichts darüber, nicht einmal andeutungsweise. Der ehrwürdige Andrea darf keinen Verdacht hegen, dass auch du in das Geheimnis eingeweiht bist. Und vor allem darf er nicht den Namen der einzigen Person erfahren, der es gelungen ist, einen Blick auf diese unschätzbar wertvolle Reliquie zu werfen.« Er beugte sich vor und flüsterte: »Gualtiero.«

11

Ferrara, San Romano

Der Palazzo des Podestà erhob sich am Rand des Gemeindebezirks von San Pietro in den grauen Abendhimmel. Seine Mauern standen ein wenig außerhalb des Rings aus Stadtmauerresten, Türmen und Bogengängen, der den Kurienpalast vom Burgus Superior trennte, obwohl sie ein und dieselbe Geschichte hatten. Beide waren von einem Vasallen des Robert von Anjou auf dem früheren Besitz der Familie Adelardi errichtet worden und hielten das Gedenken an die guelfische Fraktion am Leben, die der Stadt zwar die große Kathedrale, aber auch die Erinnerung an blutige Fehden zwischen den Päpstlichen und den Kaiserlichen beschert hatte.

Trotz der illustren Historie des Bauwerks war Pater Andrea nicht ganz wohl gewesen, als er die Schwelle des Palazzo überschritten hatte. Vielleicht, weil er sich darüber wunderte, dass man ihn in einem so düster und martialisch wirkenden Gebäude empfing. Oder wegen der Gründe, die ihn dazu bewogen hatten, sich hierherzubegeben.

Er bemühte sich nun, nicht weiter auf die schaudererregende Einrichtung des Speisesaals zu achten, in den man ihn geführt hatte, und knabberte nur ein wenig an dem gebratenen Fasan, der zum Abendessen serviert worden war, ohne ihn in die gelbliche Soße in der separat dazu gereichten Schüssel zu tunken. Fetttriefendes Essen widerte ihn an, was ihm auch den Anblick des einzigen weiteren Tischgastes beinahe unerträglich machte, der sich gerade hemmungslos bediente. Dieses ständige Fleischzupfen, Eintunken, Kauen ließ ihn die niedrigsten Neigungen des Menschengeschlechts gleichzeitig bedauern und verfluchen. Umso mehr, da ihm ein Mann der Kirche gegenübersaß, der seine Reformpläne mit so viel Klugheit unterstützt und ihm geraten hatte, sich an das Beispiel von Petrus Damianis »De perfectione monachorum« zu halten. Er konnte kaum glauben, dass es sich hier um dieselbe Person handelte.

Da er seinen Widerwillen bemerkte, hob Guido di Baisio seinen Kopf mit dem fettglänzenden Kinn und blickte ihn an. »Ehrwürdiger Vater, habt Ihr keinen Appetit?«

Pater Andrea winkte angewidert ab. »Ich fragte mich, warum der Hausherr nicht anwesend ist«, versuchte er abzulenken.

Guido zuckte nur mit den Schultern. »Seit er zum Podestà ernannt worden ist, speist der edle Alemanno degli Obizzi regelmäßig am Tisch des Marchese. Und offen gesagt habe ich darauf gebaut, dass er abwesend ist, als mir Euer Besuch gemeldet wurde. So können wir ohne störende Dritte sprechen.«

»Eine unnötige Sorge, wenn wir in Eurem Palazzo zu Abend gegessen hätten.«

Guido schnaubte kurz und riss sich stumm ein weiteres Stück Fleisch von dem Wild ab. Er deutete mit dem Knochen auf die Wände um sich herum. »Im Kurienpalast sind die unteren Stockwerke, die Küchen und das Refektorium immer noch vom Feuer beschädigt, ganz zu schweigen von dem starken Brandgeruch, der alle Räume durchzieht. Die widrigen Umstände infolge der Pest haben es mir bisher nicht erlaubt, die Räume wieder instand zu setzen. Solange ich mich in Ferrara aufhalte, werde ich die Gastfreundschaft des Adels und des Klerus in Anspruch nehmen müssen.«

Andrea erinnerte sich noch gut, mit welcher Kühnheit Maynard de Rocheblanche vor zwei Jahren in den Bischofspalast eingedrungen war, um sich an *Vizdom* Orsini zu rächen. Und dass bei diesem Überfall der Brand im Palast ausgebrochen war. Doch bis jetzt hatte er Monsignore Guido di Baisio noch nie darüber klagen hören, dabei hätte es während seines Aufenthalts bei ihm in Pomposa genügend Gelegenheit dazu gegeben. Nimm dich in Acht, sagte er sich. Der bauliche Zustand des Bischofspalasts hatte nichts damit zu tun, dass di Baisio einen anderen Ort für ihr Treffen gewählt hatte. Er wollte bestimmt etwas vor ihm verbergen, wenn nicht sogar sich selbst vor jemand anderem. »Das bedaure ich«, sagte er, um sich seinen Verdacht nicht anmerken zu lassen.

»Ihr seid nicht verantwortlich für das, was de Rocheblanche angerichtet hat«, sagte Bischof Guido beschwichtigend und beendete damit das Thema. »Dennoch müsst Ihr Euch wegen der Unbewohnbarkeit meines Palazzos heute mit dem Dormitorium von Sant'Agnese begnügen.«

Das Benediktinerkloster an der Via dei Carri, von dem Guido sprach, gehörte zu den kleinsten und ältesten in Ferrara. Und zu denen, die am wenigsten geeignet waren, hochrangige Gäste aufzunehmen. Andrea lächelte ein wenig herablassend. »Das ist unwichtig. Wenn ich hierhergekommen bin, dann gewiss nicht auf der Suche nach Bequemlichkeit.«

»Aus welchem Grund seid Ihr wirklich hier?«

»Ihr habt ihn schon erwähnt: Rocheblanche.«

Das Gesicht des Bischofs verfinsterte sich. »Wenn Ihr darauf zählt, ihn hier anzutreffen ...«

Andrea schüttelte den Kopf. »Mir würde es schon genügen, zu wissen, weshalb Ihr ihn nach Ferrara bestellt habt.«

»Um ihm wieder einen Platz im Gefolge von Marchese Obizzo zu verschaffen, versteht sich! Hatten meine Boten Euch dies nicht mitgeteilt?«

»Ich meinte eher den Dienst, den er Euch dafür erweisen soll.«

»Oh.« Guidos Augen wichen Andreas aus und richteten sich wieder auf den Braten. »Nichts, was Euch beunruhigen könnte, glaubt mir. Unterhalten wir uns lieber über Eure Pläne zu einer spirituellen Erneuerung, die weit mehr Beachtung verdienen.«

Als einzige Antwort beugte Abt Andrea sich vor, packte den Rand der Vorlegeplatte und zog sie aus der Reichweite des Bischofs. »Wie kommt es, dass Ihr so ausweichend seid?«, fragte er mit einer Mischung aus Scherz und Misstrauen.

Verärgert über die Eigenmächtigkeit Andreas schlug Guido di Baisio mit den flachen Händen auf den Tisch. »Wie das kommt, fragt Ihr? Weil Ihr stets Eure Objektivität verliert, sobald es um Rocheblanche geht!«

»Ganz im Gegenteil, ich bin gewohnt, meinen Prinzipien treu zu bleiben«, erwiderte Andrea. »Nur hat Rocheblanche sich zwischen diese und Eure geschoben.«

»Stellt das hin, wie Ihr wollt«, sagte Guido mürrisch. »Ich kann Euch auf jeden Fall nichts enthüllen. Ob Euch das nun gefällt oder nicht.«

Andrea ließ sich gegen die Rückenlehne seines Stuhls sinken und musterte sein Gegenüber gründlich. »Ihr wart weitaus aufrichtiger zu Zeiten der Pest. Als ich Euch Schutz bot.«

»Aber nun bedroht uns eine ganz andere Heimsuchung. Und diesmal bin ich derjenige, der Euch beschützt.«

»Wenn Ihr darauf anspielt, dass Ihr mir in der Zahlung der *decimae* entgegengekommen seid …«

Bischof Guido schüttelte hastig den Kopf, beugte sich vor und flüsterte: »Ich beziehe mich auf die Tatsache, dass Ihr Gualtiero de' Bruni immer noch Unterkunft gewährt. Wenn jemand herausfände, wessen Sohn er ist …«

»Das weiß doch keiner außer Euch und mir.« Andrea wurde auf einmal nachdenklich. »Wie sollte es also ans Licht kommen?«

»Mir sind Gerüchte aus Avignon zugetragen worden. Als Elisa d'Este ihren letzten Atemzug getan hat, war jemand an ihrer Seite. Ein junger Pilger.«

»Ja und? Die Welt ist voll von Pilgern.«

»Kommt schon, Pater! Wir wissen beide, wer das war.«

»Ihr habt jedenfalls keinen Grund zur Sorge.« Andrea sprach nun mit der gleichen Überheblichkeit wie Bischof Guido ihm gegenüber.

Dennoch hatte sich Guido di Baisios Gesicht sichtlich verfinstert. Inzwischen zeigte er kein Interesse mehr an seinem Essen und sah sich um, als witterte er von irgendwoher Gefahr. »Was wäre, wenn die Mutter ihm etwas enthüllt hätte? Ihr könnt Euch nicht vorstellen, wozu diese Frau fähig war. Welche Geheimnisse sie kannte.«

»Der Sohn ist von ganz anderem Schlag.«

»Ihr haltet ihn wirklich für so tugendhaft oder so dumm, dass er nicht einfordern würde, was ihm aufgrund seiner Herkunft zusteht? Glaubt Ihr wirklich, dass er sich nicht an denen rächen möchte, die seine Mutter gefangen genommen haben?«

»Gualtiero ist meine Sache! Das habe ich Euch schon einmal gesagt.«

»Jetzt nicht mehr«, widersprach Guido. »Es ist möglich, dass die Mutter ihm Dinge enthüllt hat, die zwar seit Jahren in Vergessenheit geraten sind, die das Ansehen hoher Kirchenmänner aber immer noch schädigen könnten. Dinge, die bewirken könnten, dass …«

»Was bewirken könnten, Eure Exzellenz?«, fragte Andrea mit grimmigem Lachen. »Dass der ganze Morast aufgewühlt würde, der sich unter den Marmorböden von Avignon verbirgt? Offen gesagt, da brauche ich keine geheimen Auskünfte eines Spions, um den Gestank zu wittern! Davor ekele ich mich schon lange, hoher Herr. Viel länger schon, als Ihr mir die Wahrheit über Gualtieros Herkunft verraten habt.«

Guido di Baisio riss erstaunt die Augen auf, unter denen Ringe so dunkel wie Leichentücher lagen. »Nehmt Euch in Acht, ehrwürdiger Abt. Gewiss stehe ich in Eurer Schuld. Aber denkt nicht, dass ich Eure Insubordination vergessen hätte, als Ihr die Geheimnisse Rocheblanches vor mir verborgen hieltet.«

»Wenn Ihr damit den Lapis exilii meint, so weiß ich nicht mehr als Ihr.«

»Das bezweifle ich, Pater. Das bezweifle ich sehr«, fuhr Guido mit drohender Stimme fort. »Und merkt Euch, falls Ihr mich belogen haben solltet –«

»Ihr habt doch Messer Maynard nicht etwa eine Falle gestellt!« Andrea sprang auf, sein Gesicht war vor Empörung gerötet. Das Wortgefecht hatte ihn sehr aufgewühlt, und Gott allein wusste, wie gern er es mit einem versöhnlichen Satz beendet hätte. Nicht etwa, weil er Verrat begehen wollte, sondern aus einer Wut und

Enttäuschung heraus, dass er sich mit einem Mann auseinandersetzen musste, dessen Ansichten er teilweise guthieß. »Wenn Ihr noch lebt, dann verdankt Ihr das diesem Ritter! Erinnert Ihr Euch? Er hat uns mit Lebensmitteln und Arzneien versorgt, als niemand sich hinaus auf die von der Pest verseuchten Straßen wagte.«

Doch der ehrwürdige Guido hielt das Gespräch für beendet und hatte sich bereits hinter einer unverbindlichen Maske verschanzt, die keinen Raum mehr für Brüderlichkeit und Treue ließ. »Ich wünsche Euch eine gute Nacht, Pater. Ein Diener wartet draußen vor dem Palazzo, um Euch ins Dormitorium von Sant'Agnese zu geleiten.«

12

Kloster San Domenico
13. Januar

Nach seinem längeren Aufenthalt in Pomposa war es für Maynard zu einer lieben Angewohnheit geworden, das Essen in einem Klosterrefektorium einzunehmen, konnte er dort doch den Geist schweifen lassen und seine Gedanken sammeln. Im Kloster San Domenico galt jedoch kein Schweigegebot, oder es wurde zumindest nicht eingehalten, und so war er nun gezwungen, im Stimmengewirr von etwa zwanzig Mönchen zu speisen. Ein Zustand, der recht gut den Unterschied zwischen dem Benediktiner- und dem Dominikanerorden spürbar machte. Jener hatte sich der Einsamkeit und einer strengen Askese verschrieben, dieser blühte in Stadtvierteln erst richtig auf und ging sogar so weit, nicht das Volk zu besserem Verhalten anzuhalten, sondern gewisse Sitten von ihm anzunehmen.

Bruder Prudenzio war das beste Beispiel hierfür. Dickleibig und geschwätzig, war er jemand, der sich Menschen sofort anvertraute. Sein höchst impulsives Verhalten ließ ihn wie einen Franziskanermönch wirken und stellte Maynards Geduld auf eine harte Probe, der sogar mutmaßte, dass diese Leutseligkeit nur gespielt sein könnte. Natürlich hatte Maynard keine Beweise dafür, aber er kannte zu viele Fälle, in denen sich Leute von einem friedvollen Lächeln hatten täuschen lassen, besonders wenn die Person, die es aufsetzte, eine Kutte trug, als dass er einem Sodalen von Lamberto da Cingoli Vertrauen geschenkt hätte.

In diesem Moment saß ihm Bruder Prudenzio gegenüber, der eine Roggensuppe vor sich stehen hatte. Er aß sie andächtig und voller Genuss, was ihn nicht davon abhielt, Maynard immer mal wieder freundlich zuzulächeln. Der Mönch schien darüber nachzudenken, wie er ihn wohl am besten in ein Gespräch verwickeln könnte. »Ihr müsst ganz andere Speisen gewohnt sein aus Eurer Zeit in Frankreich«, sagte er schließlich.

Maynard warf einen Blick auf die dampfende Brühe, die er aus einer Schüssel schlürfte, und zuckte nur mit den Schultern. »Man muss eben mit dem zufrieden sein, was einem gegeben wird.«

»Was zwingt Euch denn dazu?«, fragte Prudenzio beharrlich nach und wirkte ein wenig erstaunt. »Ich an Eurer Stelle würde nicht zögern, in meine Heimat zurückzukehren. Würde Intrigen und Kompromisse hinter mir lassen.«

»Ich stehe hier in der Pflicht«, erklärte Maynard knapp.

Statt das Thema nun fallen zu lassen, musterte Bruder Prudenzio Maynard noch neugieriger. »Habt Ihr vielleicht … einen Schwur getan?«

Maynard betrachtete den verschwörerischen Gesichtsausdruck seines Gegenübers prüfend, dann wurde sein Blick sanfter. »Ein Freund hat einmal zu mir gesagt: Schwüre sind nichts für Ehrenmänner. Sie bringen einen bloß dazu, wahnsinnige Dinge zu unternehmen.« Er dachte an Bastien des Baux, der wegen eines Treueschwurs die Ungläubigen in Smirne bekämpft und dort nur Leid und Schande erlebt hatte. Was hätte er in diesem Moment nicht alles für den Rat seines alten Waffenmeisters gegeben.

»Nun, das ist nicht gesagt.« Prudenzio holte Maynard aus seinen Erinnerungen zurück. »Es gibt immer mehr als einen Weg, um zu seinem Wort zu stehen.«

»Mein bester Bruder, Ihr denkt mehr wie ein Händler und nicht wie ein Predigermönch.« Maynard schlürfte noch ein wenig Suppe und stellte die Schüssel dann wieder auf den Tisch zurück. »Manchmal hat man keine Wahl. Da bleibt einem nur der Kampf.«

»Habt Ihr das nicht schon zur Genüge getan? Kämpfen, meine ich. Die Stadt spricht über Eure Siege. Die Auseinandersetzung mit Vizdom Orsini, das Gottesgericht an Mariä Himmelfahrt.«

»Nun, und? Habt Ihr vor, meine Heldentaten zu besingen?«

»Verzeiht, das war reine Neugier. Ihr könnt Euch bestimmt vorstellen, dass das Klosterleben eintönig ist. Es kommt nicht oft vor, dass man die Möglichkeit hat, mit einem *Chevalier* zu sprechen.«

»Alles in allem unterscheidet sich mein Leben nicht so sehr von Eurem«, erklärte Maynard. »Ich folge einem Regelkodex, Prinzipien, die mir von Kindesbeinen an beigebracht wurden. Ich versuche jeden Tag, nach ihnen zu leben, obwohl es immer weniger Männer gibt, die dies tun. Haltet mich nicht für naiv, Pater! Ich kenne meinesgleichen sehr gut. Die adligen Grundbesitzer sind den Räubern immer ähnlicher geworden, die edlen Krieger den Söldnern. Ich frage mich oft, ob ich vielleicht einer Chimäre folge.«

Pater Prudenzio nickte zufrieden. »Bevor ich Euch kennengelernt habe, fragte ich mich, wie ein fahrender Ritter aus Frankreich sich das Wohlwollen des Abtes von Pomposa erworben haben mag. Doch jetzt verstehe ich es vollkommen.«

Maynard fand diese letzte Bemerkung so speichelleckerisch, dass er es nicht vermeiden konnte, angewidert das Gesicht zu verziehen. »Ihr tätet besser daran, Euch zu fragen, wie man eine Audienz bei Seiner Gnaden, dem Marchese Obizzo bekommt. Ich möchte ihn dringend treffen, um mit ihm gemeinsam den Stand der Ermittlungen zu besprechen und herauszufinden, ob er einen Verdacht hegt. Wie man Euch bestimmt gesagt hat, stehe ich nicht mehr in seiner Gunst. Deshalb müsstet Ihr den Unterhändler spielen, wenn es Euch nichts ausmacht.«

Prudenzio schüttelte den Kopf. »Für den Augenblick haben wir noch nicht die Erlaubnis erhalten, mit dem Marchese zu sprechen. In diesem Punkt hat sich Pater Lamberto sehr deutlich ausgedrückt.«

Maynard wollte schon erwidern, dass ihm Lamberto da Cingoli herzlich egal war. Doch er hielt sich diplomatisch zurück. »Kennt Ihr den Grund dafür?«

»Ich werde ihn danach fragen, wenn ich ihm Bericht erstatte.«

Prudenzio hielt inne, abgelenkt vom Bruder Pförtner, der gerade das Refektorium betreten hatte und auf sie zukam. Er hielt etwas in den Händen, was sich unter den weiten Ärmeln seiner weißen Kutte verbarg. Ohne einen seiner Mitbrüder eines Blickes zu würdigen, durchquerte er den Speisesaal und blieb schließlich vor Maynard stehen.

»Eine Botschaft für Euch, Messere. Der Absender ist nicht bekannt.«

Bevor er ihm danken konnte, sah Maynard, wie der Mönch ihm ein zweimal gefaltetes, mit einem Wachssiegel verschlossenes Blatt reichte. Er verabschiedete ihn mit einem Kopfnicken.

»Worum handelt es sich?«, fragte Bruder Prudenzio, kaum dass sie wieder unter sich waren.

Maynard erbrach das Siegel und las hastig. Ein zufriedenes Lächeln, das sein gerade gewecktes Jagdfieber offenbarte, stahl sich auf seine Lippen. »Anscheinend hat sich unser Ausflug in den Wald doch nicht als vollkommen sinnlos erwiesen.«

»Und weiter? Genießt Ihr es, mich im Unklaren zu lassen?«

»Ihr werdet alles zu gegebener Zeit erfahren.« Maynard erhob sich. »Und jetzt bringt mich schnell zu Lamberto da Cingoli. Es wird Zeit, neue Beweise zu besprechen.«

Das Gericht der Heiligen Inquisition hatte seinen Sitz in einem runden Turm rechts neben der Kirche San Domenico. Der Eingang, durch den man ins Innere des Gebäudes gelangte, war kaum breiter als die kleinen Fenster, die im oberen Stockwerk strahlenkranzförmig angelegt waren. Dadurch ergab sich ein unnatürliches Spiel aus Licht und Schatten, das einen die Wendeltreppe leicht übersehen ließ, über die sie nun weiter nach oben gehen mussten. Bruder Lamberto da Cingoli erwartete sie im höchstgelegenen Raum.

Kaum hatte Maynard das Zimmer betreten, kam es ihm vor, als nähme er zwischen diesen bedrückenden Mauern eine Art leises Stöhnen wahr, so als wäre ein Teil der Ängste, Hoffnungen und Illusionen zahlloser Menschen hier gefangen. Sein Eindruck verstärkte sich, als er den alten Inquisitor hinter einem langen Tisch aus Nussbaumholz erblickte, an dem schon Hunderte Urteile gesprochen worden sein mussten. Was seine Gedanken auf einmal zu sich selbst brachte. Als Hüter des Mysteriums von Mont-Fleur bewahrte er ein Geheimnis, das auf den wahren Reliquien von Jesus Christus gründete. Ein Geheimnis, dass viele als Häresie ansehen würden, wenn sie davon erführen.

Er ließ Bruder Prudenzio den Vortritt und setzte sich nach ihm an den Tisch, Lamberto da Cingoli gegenüber. Dieser schien sie zunächst nicht zu bemerken. Im Schein einer Kerze sah er noch einige Dokumente durch, bevor er sie dann in eine Mappe legte. »Nun denn«, sagte er ernst, »habt Ihr Fortschritte erzielt?«

»Vielleicht ja, Magister«, erwiderte Maynard. »Aber das muss noch überprüft werden.«

Verärgert über Maynards ausweichende Antwort, wandte sich da Cingoli sofort mahnend an Bruder Prudenzio. »Erklärt mir das.«

Der dicke Dominikanermönch zuckte leicht zusammen. »Nun ja«, stammelte er, »Ihr wisst ja schon von unserem Ausflug in die Wälder, von der alten Kirche und von der Lumpenpuppe, die das Wappen der d'Este trug. Heute hat Maynard de Rocheblanche eine Botschaft erhalten, die uns seiner Meinung nach helfen könnte, Licht ins Dunkel der Ermittlungen zu bringen.«

»Was für eine Botschaft?«, fragte da Cingoli, der langsam die Geduld verlor. »Und von wem?«

Bruder Prudenzio senkte den Kopf. »Das weiß ich nicht, Magister.«

Als er die Ehrfurcht Prudenzios bemerkte, meldete sich Maynard zu Wort. *»Mea culpa.«* Er schlug sich an die Brust. »Da ich zunächst zweifelte, ob ich wirklich eine wichtige Spur gefunden hatte, habe ich meine Vermutung lieber für mich behalten. Ich wollte Bruder Prudenzios Zeit nicht vergeuden.«

»Er wurde von mir zu dem Zweck ausgewählt, immer an Eurer Seite zu bleiben«, erklärte Lamberto da Cingoli. »Ich bitte Euch, dies das nächste Mal zu berücksichtigen.«

»Das wird geschehen«, versprach Maynard und hielt dabei dem Blick des Inquisitors stand. »Jedenfalls hat der betreffende Brief mit der Asche zu tun, die ich in der alten Kirche neben der Lumpenpuppe gefunden habe. Ich habe sie von einem Herboristen untersuchen lassen, um zu erfahren, worum es sich dabei handelt. Anscheinend enthält die Asche die Überreste einiger Kräuter, die verwendet werden, um die Sinne zu trüben.«

»Wenn ich mich nicht täusche, habt Ihr schon im Wald Herba diaboli erwähnt«, mischte sich Prudenzio ein.

»Ja. Der Kräuterkundige hat auch noch andere Pflanzen bestimmt, die sich zum größten Teil leicht in der Natur beschaffen lassen. Doch in seiner Liste taucht auch ein recht seltener und teurer Inhaltsstoff auf, besonders in diesen Zeiten. Und als ich den Namen las, kam mir ein Gedanke, welcher Spur ich folgen könnte.«

»Worum handelt es sich?«, drängte Cingoli und schlug mit der Faust auf den Tisch.

»Opium.«

Der Inquisitor strich sich über das Kinn. Er schien zu bewundern, was Maynard herausgefunden hatte, wirkte aber auch überrascht. »Ich habe noch nie gehört, dass es für Maleficia verwendet würde.«

Maynard nickte. »Es ist wohl eher so, dass es unter die Kräuter gemischt wurde, um Visionen hervorzurufen oder Menschen einen Willen aufzuzwingen. Vielleicht ebenjenen Menschen aus der Prozession, die Silvano da Focomorto beobachtet hat. Wenn ich mich recht erinnere, hat der Wolfsjäger in seinem Bericht Laternen erwähnt. Ich würde nicht ausschließen, dass in jenen eine Mischung brannte wie die, von der wir hier sprechen. Und es könnte sein, dass jener Silvano, indem er die Ausdünstungen einatmete, unter deren Einfluss etwas viel Schrecklicheres zu sehen meinte, als es in Wirklichkeit war.«

»Eine interessante Hypothese«, gab da Cingoli zu. »Aber immer noch nur eine Vermutung.«

»Genau wie Eure Annahme einer Verschwörung übernatürlicher Mächte.«

»Ich frage mich, ob Ihr in der Lage sein werdet, Eure zu beweisen.«

Angesichts dieser provozierenden Bemerkung vermied Maynard es, noch weiter auf den Brief einzugehen. Wenn er Eudeline nicht in die Angelegenheit hineinziehen wollte, durfte er auf keinen Fall das Kloster Sant'Antonio erwähnen. »Wie ich gerade andeutete«, erklärte er deshalb, »ist Opium in unseren Tagen rar geworden. Während der Pest wurde es für verschiedene Arzneien verwendet, Heil- und Zaubertränke, bis beinahe sämtlichen Apothekern die Bestände ausgingen. Ich weiß dies genau, da ich mich selbst davon überzeugen konnte, als ich mich darum bemühte, Vorräte für die Kranken in Pomposa zu besorgen. Angenommen, dass das Opium, das für das Maleficium gegen das Haus d'Este verwendet wurde, aus dieser Gegend stammt, wird der Käufer unschwer zu finden sein.«

»Ihr schlagt also vor, jede Apotheke, jeden Kräuterkundigen und *confectionarius* in der Stadt aufzusuchen, um ...«, fragte Bruder Prudenzio erstaunt.

Maynard nickte entschieden. »Um Informationen über denjenigen zu suchen, der kürzlich nach Opium gefragt hat.«

13

Abtei Santa Maria di Pomposa

Der Abt lag mit ausgestreckten Armen auf dem Boden, sodass sein Körper ein Kreuz bildete.

Eudeline spürte, wie er sich bemühte, sich zu sammeln. Deshalb hielt sie sich abseits und betrachtete von dort aus dieses alte Gesicht, das sich gegen den Mosaikfußboden presste, und die verkrampften Finger, die wirkten, als würden sie die Gnade der Stigmata herbeisehnen. Der Abt unterzog sich hier einer sehr strengen Übung, die einer selbst auferlegten Strafe glich. Dennoch war Eudeline nicht davon beeindruckt. Sie kam sich vor, als würde sie einer Posse beiwohnen oder, besser gesagt, dem Versuch, einen unmöglichen Zustand zu erreichen. Darin lag keine Begeisterung. Nur das Wissen um Enttäuschung.

Eudeline blieb abwartend unter einem Bogen stehen und betrachtete erst die wundervollen Fresken in der Apsis, dann, deutlich weniger angetan, die alten biblischen Darstellungen an den Längswänden des Kirchenschiffes. Isabeau hatte ihr erzählt, dass ursprünglich Gualtieros Vater mit deren Restaurierung betraut worden war, doch dann hatte die tragische Abfolge der Ereignisse dazu geführt, dass die Arbeiten verschoben wurden. Was wirklich geschehen war, hatte Eudeline erst aus Maynards Bericht erfahren. Und obwohl sie es eigentlich für undenkbar hielt, dass man sich an einem solchen Ort am Leid anderer labte, fing sie allmählich an zu glauben, dass das Unglück des jungen de' Bruni zu einem Teil mit diesem Mönch zusammenhing, der dort so innig betete, als müsse er einen ausgetrockneten Brunnen zum Sprudeln bringen.

Plötzlich hörte sie ihn seufzen und sah, dass er sich mühsam aufrichtete. Sie zögerte vorzutreten, schien es ihr doch angebrachter, wenn er sie von sich aus bemerkte. Kurz darauf blickte Abt Andrea tatsächlich in ihre Richtung und sah sie verwundert an.

»Ehrwürdige … Eudeline?«, fragte er überrascht.

Sie neigte respektvoll den Kopf. »Ja, Euer Gnaden.«

»Eure Nachricht hatte ich so verstanden, dass wir uns auf eine briefliche Korrespondenz beschränken würden.« Er konnte seine Missbilligung kaum verbergen.

Eudeline bemerkte eine instinktive Zurückhaltung, doch schien der Grund dafür nicht in dem feindlichen Verhalten zu liegen, das so mancher Geistliche in Gegenwart einer Frau an den Tag legte.

Sie hielt die Augen gesenkt, um den Abt nicht noch weiter in Verlegenheit zu bringen. »Ich würde lieber die Nachteile eines *scripta manent* meiden und persönlich über die Angelegenheiten sprechen«, erwiderte sie in dem Versuch, so etwas wie eine verschwörerische Verbindung zwischen ihnen aufzubauen.

»Wie es Euch beliebt …«, stammelte Andrea. »Aber nicht hier. Kommt. Wir werden im Palatium abbatis darüber reden.«

Nachdem sie die Kirche verlassen hatten, bogen sie auf einen Weg am Rande des Klosterhofs ein und liefen unter einer Reihe von Bäumen hindurch, die ein dichter, eisiger Nebel umhüllte. Aus der weißen Schneelandschaft erhob sich vor ihnen ein zweistöckiges Gebäude mit einem Bogengang. Es lag nur wenig entfernt, dennoch kam es Eudeline vor, als hätte Abt Andrea einen längeren Weg dorthin gewählt, vermutlich, um sie vor den Augen seiner Mönche zu verbergen. Während sie vorwärtsgingen, sah sie einen von ihnen im Kreuzgang stehen und erblickte einige andere durch die rundbogigen Fenster des Gebäudes, zu dem der Abt sie geleitete. Die Mönche waren bleich und hohlwangig, wirkten unter ihren schwarzen Kutten bloß noch wie menschliche Schatten. Das erstaunte Eudeline nicht. Sie wusste nur zu gut, wie sehr die Abtei während der Pest gelitten hatte. Und dass sie sich nun in einem noch erbärmlicheren Zustand befand als je zuvor, während die Prälaten in Avignon es sich gut gehen ließen wie Gänse, die zur Weihnacht gemästet werden.

Nachdem sie Reims verlassen hatte, noch bevor sie die rauen Alpenpässe überquerte, hatte Eudeline die Pilger auf der *Via Francigena* über die Abtei Pomposa sprechen gehört, und war fasziniert gewesen von den Geschichten über die große Bibliothek und die Tradition der Kirchengesänge. Besonders gefesselt hatten sie die Legenden über Eremiten und Mystiker, die alles aufgegeben und sich in die Stille dieses heiligen Ortes zurückgezogen hatten. Pater Andrea, ihr Nachfolger, trug schwer, aber mit beharrlicher Würde an diesem Vermächtnis.

Sie liefen durch den Bogengang und betraten einen Vorraum, in dem die Wärme sich kaum gegen die winterliche Kälte durchzusetzen vermochte. Der Abt ging voraus bis in sein Arbeitszimmer und ließ Eudeline dort auf einem Stuhl Platz nehmen. Dann setzte er sich ihr gegenüber, der Schreibtisch zwischen ihnen wie eine schützende Barriere, und sah sie abwartend an.

Bevor sie etwas sagte, sah sich Eudeline schnell im Zimmer um: viele Bücher, Heiligenbilder, Mappen mit Dokumenten – beinahe wie im *domus particularis*, das sie jahrelang im Kloster Sainte-Balsamie bewohnt hatte –, und es war ihr ein wenig unangenehm. Vielleicht war sie Pater Andrea doch ähnlicher, als sie glaubte. Sie betrachtete kurz den weißen Windhund, der sich vor dem Feuer zusammengerollt hatte, bevor sie begann. »Wie ich Euch geschrieben habe, hat mich mein Bruder Maynard über die Lage von Gualtiero de' Bruni in Kenntnis gesetzt.«

Andrea wich ein Stück zurück. »In Kenntnis gesetzt … worüber?«

»Genug, als dass man sich um den jungen Mann sorgen muss.«

»Ich habe versucht, ihn zu beschützen.« Beinahe schien es, als wollte Abt Andrea sich rechtfertigen. In der Zwischenzeit musterte er Eudeline verstohlen. Vermutlich fragte er sich, was sie bewegte, sich so für einen Fremden zu interessieren.

»Und doch, er ist geflohen«, sagte Eudeline spöttisch. »Kennt Ihr den Grund?«

Pater Andrea seufzte. »Seit seiner Rückkehr aus Frankreich war Gualtiero nicht mehr derselbe. Denkt Euch, ehrwürdige Mutter, ich habe ihm sogar angeboten, wieder als Miniaturist im Skriptorium des Klosters zu arbeiten … Aber er wollte nichts hören, nicht einmal meinen letzten Vorschlag.«

»Einen Vorschlag?«

Abt Andrea nickte. »Einen überaus vorteilhaften. Ich hatte die Absicht, ihm die Restaurierung der Fresken im Hauptschiff anzuvertrauen. Diese Idee verfolge ich schon seit einem Jahr, wenngleich Ihr die Erste seid, der ich davon erzähle. Natürlich hätte ich ihm weniger bezahlt als einem Magister pintor, und doch …«

Eudeline nickte. Isabeau und Maynard hatten ihr von Gualtieros großer Begabung erzählt und von seinem Traum, ein richtiger Mastro pittore zu werden. Ein Traum, nach dessen Erfüllung er auch heiraten und ein zufriedenes Leben führen könnte, ohne von jemandem abhängig zu sein. Doch im Augenblick beschäftigte sie eine ganz andere Frage. »Habt Ihr eine Vorstellung, wohin er sich begeben haben könnte?«, fragte Eudeline.

»Nein.« Andrea klang traurig. »Ich habe meine Bediensteten vergeblich ausgesandt, ihn überall zu suchen, auf jedem Weg, in jedem Gasthaus von hier bis zur *Via dei Romei*. Ganz offen gesagt … hatte ich gehofft, dass Ihr etwas über seinen Verbleib wissen könntet.«

»Ich? Wie kommt Ihr darauf?«

»Eure Schwester … Isabeau. Hat denn nicht sie Gualtiero zur Flucht angestiftet?«

Bei diesen Worten überkam Eudeline eine Mischung aus Überraschung und Verärgerung. »Seid Ihr wirklich überzeugt von dem, was Ihr sagt, oder versucht Ihr einfach nur, Eure Schuld zu verschleiern? Nur damit Ihr es wisst, Isabeau ist genauso ein Opfer der Ereignisse wie Gualtiero. Und alles nur, weil Ihr damals beschlossen habt, Euch über ihre Gefühle hinwegzusetzen.«

»Welche Gefühle?« Abt Andrea lachte höhnisch auf, doch Eudeline merkte, dass er sich in die Ecke gedrängt fühlte. »Das war doch wohl eher bloß eine Vernarrtheit.«

Eudeline ließ sich von seiner versteckten Verachtung nicht einschüchtern. »Stimmt es, dass Ihr Gualtiero vorgeschlagen habt, Mönch zu werden, obwohl Ihr um seine Zuneigung zu Isabeau wusstet?«

»Ich habe ihm eine Wahl, eine Hilfe angeboten«, empörte sich Andrea. »Er hatte gerade seine Eltern verloren. War allein auf der Welt und verzweifelt.«

»Allein auf der Welt und verzweifelt«, wiederholte sie, und brachte die Spielfiguren auf ihrem imaginären Schachbrett in Stellung. »Und obwohl Ihr dies wusstet, habt ihr den einzigen Menschen aus Pomposa entfernt, der ihm noch geblieben war.«

Andrea wich ihrem Blick aus. Er schien wenig geneigt, sich diese Vorwürfe gefallen zu lassen. »Die ist kein Ort für … Frauen!«

»Nicht einmal für richtige Männer, wie ich sehe.«

»Das ist zu viel! Wie könnt Ihr es wagen?«

Der Hund spürte, dass sein Herr bedrängt wurde, hob den Kopf und gab ein unterdrücktes Knurren von sich.

»Brav, Fiumano!«, beruhigte Andrea ihn, immer noch sichtlich wütend.

Mit einer herrischen Geste forderte Eudeline ihn auf zuzuhören. »Euch mangelt es an Mut, ehrwürdiger Vater, das ist nicht zu übersehen. Ich erkenne in Euch gute Vorsätze und Überreste einer Leidenschaft, die einst groß gewesen sein muss. Doch dann ist da Euer ständiges Verbergen und Verdrehen der Wahrheit … die Flucht vor dem Offensichtlichen. Ich frage mich, ob Ihr das schon so lange betreibt, dass Ihr es nicht einmal mehr bemerkt.«

»Ihr … Ihr …« Andrea war so erschüttert, dass er keine Worte fand. Er richtete den Zeigefinger auf Eudeline, als wollte er einen Kirchenbann gegen sie verhängen.

Doch Eudeline reagierte nun noch schneller, verschärfte ihren

Ton und brachte ihn so zum zweiten Mal zum Schweigen. »Verzeiht mir meine Offenheit, aber nach vielen Widrigkeiten habe ich mir angewöhnt, niemandem etwas zu ersparen, am wenigsten mir selbst. Und ehrlich gesagt, ehrwürdiger Vater, bin ich nicht bis hierher gereist, um Höflichkeiten auszutauschen, sondern um einem jungen Mann zu Hilfe zu eilen, der meiner Meinung nach in Lebensgefahr schwebt.«

Andrea stand kurz vor einem Wutausbruch. Zitternd und dunkelrot im Gesicht von der Anstrengung, sich zu beherrschen. Doch plötzlich kam es zu einer vollkommen unerwarteten Wendung, und er sank auf dem Schreibpult zusammen wie ein reuiger Sünder. Er vergrub den Kopf zwischen den Händen – beinahe sah es so aus, als wollte er so einen brennenden Schmerz mildern. »Gualtiero … oh, Gualtiero …«, brachte er mit erstickter Stimme hervor. »So leidenschaftlich und voller Träume. Dieses schöpferische Talent, Figuren zu erschaffen, stellt nur einen Teil seiner Begabungen dar. Was für ein Theologe, was für ein bedeutender Prediger hätte er werden können, wenn er nur meinem Rat gefolgt wäre … versteht Ihr, ehrwürdige Mutter? Ich habe ihn für ein Geschenk des Himmels gehalten, ein Werkzeug, dessen ich mich bedienen könnte, um dieses Kloster wieder zum Strahlen zu bringen.«

»Vielleicht ist er wirklich ein Geschenk des Himmels, aber Ihr habt es falsch gedeutet. Indem Ihr versucht habt, ihn nach Eurem Sinn zu formen, ohne Rücksicht auf seine Gefühle«, erwiderte Eudeline.

Der Abt sah auf, und in seinen Augen standen Tränen. »Ihr beschreibt mich, als sei ich ein Ungeheuer.«

»Sind wir das nicht vielleicht alle, jeder auf seine eigene Weise?« Eudelines Gesicht nahm für einen Augenblick einen wehmütigen Ausdruck an. Doch dann setzte sie wieder einen finsteren Blick auf, um nicht den Vorteil zu verlieren, den sie durch Andreas Gefühlsausbruch gewonnen hatte. »Helft mir doch zu verstehen. Vielleicht könnte ich den jungen Mann ja finden, wenn ich wüsste, wovor er davonläuft.«

»Das weiß ich nicht«, sagte der Abt und erstarrte.

»Doch Ihr habt seine Reise nach Frankreich erwähnt. Also denkt Ihr, dass sein Schmerz dort seinen Ursprung hat.«

Andrea schüttelte den Kopf. »Nein, dieser ist schon vorher entstanden. Aus dem Leid und der Unruhe heraus, wissen zu wollen.«

»*Was* wissen zu wollen?«

Im Gesicht des Abtes stand weiterhin die Angst, jedoch gesellte sich ihr eine wachsende brennende Neugier hinzu. Er begegnete Eudelines entschiedenem Blick. »Wer seine Mutter wirklich war«, antwortete er schließlich. »Er wollte begreifen, warum man sie verhaftet und in aller Heimlichkeit nach Avignon gebracht hatte.«

»Und ist es ihm gelungen, das herauszufinden?«

»Ich habe keine … Wie soll ich das denn wissen? Er hat nie ein Wort mit mir darüber gesprochen.«

»Vielleicht hat er nicht mit Euch darüber geredet«, Eudeline beugte sich vor, angriffslustig wie ein Raubvogel, »aber das heißt noch lange nicht, dass Ihr nicht trotzdem seine Geheimnisse kennt. Oder täusche ich mich da?«

Andreas Gesicht verfinsterte sich. »Das sind Dinge, über die man besser nicht …«, begann er sich zu rechtfertigen, doch dann stieg wieder die Wut in ihm hoch, und er fand zu dem Zorn zurück, der ihn vor Kurzem noch erfüllt hatte. »Also nun wirklich!« Andrea stieß diese Worte so laut hervor, dass der Windhund zusammenzuckte. »Wer seid Ihr eigentlich, dass Ihr Euch erlaubt, mir so viele Fragen zu stellen?«

Anstatt davon eingeschüchtert zu sein, sprang Eudeline auf. Ihre Augen blitzten ihn empört an. »Ich bin diejenige, die Eure Fresken bezahlt hat. Die es Euch ermöglicht hat, zu überleben und Euch und Eure Mönche durchzubringen, trotz der Schulden bei der Apostolischen Kammer!« Ohne nachzudenken, schlug sie energisch mit beiden Händen auf den Schreibtisch, beugte sich vor und sah dem Abt direkt ins Gesicht. »Habt Ihr Euch je gefragt, ehrwürdiger Vater, woher die Goldflorin stammten, die mein Bruder Euch im letzten

Jahr gespendet hat? Ich habe sie ihm geschickt! Ich! Und sie waren bestimmt nicht gestohlen oder irgendeinem unbekannten Dieb abgenommen. Sie gehörten meiner Familie! Vergessen wir einmal, wie kühl Ihr mich aufgenommen habt. Vergessen wir auch Eure Arroganz zu glauben, ich sei so dumm, dass man mich täuschen könnte. Aber jetzt fordere ich im Namen der Dankbarkeit, die Ihr mir schuldet, dass Ihr mir die Wahrheit sagt!«

»Die Wahrheit?« Andreas Gesicht hatte sich zu einem höhnischen Grinsen verzerrt. »Gualtiero hätte sie besser nie erfahren –«

»Ihr dagegen?«, unterbrach ihn Eudeline in drohend leisem Ton. »Ihr kennt sie?«

Ihre Frage hallte von den Wänden des Arbeitszimmers wider. Kein Laut war zu hören, jetzt herrschte nur eine Spannung zwischen zwei Körpern im Raum, der eine dem anderen angriffslustig entgegengebeugt wie ein Tier auf der Jagd, kurz bevor es seine Beute erlegt. Dennoch wusste Eudeline, dass nicht sie es war, die auf der Seite des Unrechts stand. Die unterschwellige Aggressivität des Abtes hatte sie wütend gemacht. Fiumano, der immer noch vor dem Kamin lag, schien seinen Herrn beinahe tadelnd anzusehen. Andrea wirkte, als trüge er einen inneren Kampf mit sich aus. Gerade dieser innere Konflikt schien ihn zu zermürben, doch brachte er ihn nicht dazu, aufzugeben. Er schwieg nun und saß reglos auf seinem Stuhl, in Gedanken versunken.

»Ja, ich kenne sie«, offenbarte er schließlich. Man sah ihm förmlich an, wie viel Kraft es ihn kostete, seinen Widerstand aufzugeben. »Gualtieros Mutter gab sich als einfache Frau aus dem Volk aus, sie trug eigentlich den adligen Namen Elisa d'Este. Sie wurde aus reinem Zufall in Pomposa entdeckt und als Spionin verhaftet, aufgrund von zurückliegenden Ereignissen, die mir unbekannt sind.«

Eudeline war bewusst, dass sie gerade mal die Oberfläche der Wahrheit angekratzt hatte. »Von wem habt Ihr das?« Sie sah ihn weiter finster an.

»Warum wollt Ihr das wissen?«, fragte Andrea empört.

»Begreift Ihr nicht? Genau davor flieht Gualtiero doch! Vor der Angst, jemand könnte davon erfahren haben!«

Andrea machte eine ausweichende Handbewegung. »Die Person, deren Namen Ihr zu wissen verlangt, stellt für ihn keine Bedrohung dar. Das geht allein mich etwas an.«

Doch nun hatte der Abt es nicht mehr mit einer Nonne zu tun, vor ihm stand Madonna de Rocheblanche in all ihrem Stolz und ihrer Beharrlichkeit. Eine Löwin, wie sie ihr geliebter Robert einmal genannt hatte. Diese Erinnerung weckte einen noch allzu frischen Schmerz in Eudeline, weshalb sie um ein Haar ihre zerbrechliche Seite offenbart hätte. Doch sie riss sich zusammen, verbarg ihre Gefühle und klammerte sich an den eisernen Willen, zu kämpfen, sich gegen alles zu wehren, was sie vor Jahren niedergedrückt hatte. Sie setzte ein herausforderndes Lächeln auf. »Wenn ich mich nun mit den gleichen Fragen an den Bischof von Ferrara wenden würde, dürfte ich dort keinen Widerstand befürchten.«

»Um Gottes willen!«, fuhr Andrea erschrocken auf. »Schweigt! Schweigt, bevor Ihr noch in ein Wespennest stecht!«

»Zu spät, ehrwürdiger Vater.« Eudeline beugte sich siegessicher über ihn. »Die Bedrohung steht mehr als deutlich im Raum. Ihr habt Euch bloß eingeredet, Ihr könntet sie noch abwenden. Doch die Zeit ist vorbei, sich hinter einem Spiel der Täuschungen zu verstecken. Ich habe vor, mit dem Bischof zu reden und das Problem an seiner Wurzel zu packen.«

»Seine Exzellenz Guido di Baisio wird Euch nie empfangen«, sagte Andrea abweisend.

Eudeline sah ihn verwundert an. »Was habt Ihr gerade gesagt?«

»Ich wollte erklären, dass Seine Exzellenz –«

»Nein, nein!«, rief sie aus. »Der Name! Wiederholt den Namen!«

»Guido di Baisio«, sagte Andrea verwirrt. »Kanntet Ihr etwa den Namen des Bischofs von Ferrara nicht?«

»Bisher jedenfalls nicht den vollständigen. Ich habe von ihm immer als dem hochehrwürdigen Guido oder Monsignore Guido gehört. Aber dieser Name Baisio …« Sie lockerte sich das Kinnband ein wenig, als würde es ihr auf einmal die Luft abschnüren. »Er erinnert mich an etwas … Woher kommt er?«

»Aus der Emilia, glaube ich. Vielleicht aus Bologna oder Modena. Er stammt aus einem Adelshaus mit alten Verbindungen zu den Ghibellinen.«

»Baisio …«, wiederholte Eudeline. Sie wusste es zwar nicht ganz genau, doch sie war sich sicher genug, endlich den Schlüssel zu einem Ausweg aus diesem Dilemma gefunden zu haben. »Ist er vielleicht mit einem französischen Adelshaus verwandt?«

Andrea wunderte sich inzwischen über nichts mehr. »Nicht dass ich wüsste«, murmelte er. »Aber wenn ich etwas einwenden darf: Euer Bruder kennt ihn gut … und hat mir nie solche Fragen gestellt.«

»Mein Bruder hat keinen Sinn für diese Dinge«, sagte Eudeline seufzend und verdrehte die Augen. Oh Maynard, dachte sie im Stillen. So mutig und doch so naiv!

»Jetzt sagt schon.« Andrea holte sie jäh aus ihren Gedanken. »Worauf wollt Ihr hinaus?«

»Das werdet Ihr zu gegebener Zeit erfahren«, sagte Eudeline und sah ihn mit undurchdringlichem Blick an. »Aber wenn ich mich nicht täusche, kann mir Seine Exzellenz eine Audienz nicht verwehren. Im Gegenteil, er wird mich sogar noch um ein Treffen anflehen.« Ohne um Erlaubnis zu bitten, machte sie sich auf den Weg zur Tür, als ihr etwas einfiel und sie noch einmal zurückkehrte. »Was Euch betrifft«, fügte sie hinzu, »so rate ich Euch, Stillschweigen über unsere Unterhaltung zu bewahren. Auch meinem Bruder gegenüber.«

»Bei allem Respekt …«

»Ihr solltet besser gehorchen, Vater. Ich habe den erbarmungswürdigen Zustand der Fresken in Eurem Kirchenschiff bemerkt und spiele mit dem Gedanken, eine neue Arbeit in Auftrag zu geben. Von meinem eigenen Geld natürlich.«

Abt Andrea musterte sie verärgert. »Wollt Ihr Euch etwa mein Schweigen erkaufen?«

Eudeline schüttelte den Kopf. »Es wäre nur ein Zeichen der Dankbarkeit für Eure Unterstützung, falls sie sich als notwendig erweisen sollte.«

»Welche Unterstützung?«

»Ein neues Fresko«, wiederholte Eudeline. »Vorausgesetzt, dass Gualtiero de' Bruni das Werk ausführt.«

Ohne ein weiteres Wort verließ sie erhobenen Hauptes das Arbeitszimmer.

14

Ferrara, Giudecca
15. Januar

Die Giudecca lag außerhalb der Stadtmauern, unweit der Porta di Furmignana und jenseits des Canton del Follo. Als Maynard bei Einbruch der Dämmerung dort eintraf, fand er sie in noch schlechterem Zustand vor, als man sie ihm beschrieben hatte. Doch an diesem Abend hatte er kein Auge dafür.

Nach zwei Tagen, die er damit verbracht hatte, jeden Kräuter- oder Gewürzhändler der Stadt zu befragen, ob er in jüngerer Zeit jemandem Opium verkauft hatte, verlor er langsam die Hoffnung, den mysteriösen Urheber des Maleficium ausfindig zu machen. Er hatte immer noch keine Spur, und die letzten Hinweise, die noch Aussicht auf Erfolg versprachen, waren in jener Gegend nordöstlich des Zentrums von Ferrara zu suchen. Bruder Prudenzio hatte ihn widerstrebend bis hierhin begleitet, während er leise vor sich hin brummte, dass niemand – nicht einmal ein verrückter Götzendiener – sich an einen jüdischen Gewürzhändler wenden würde. Nur zum Teil jüdischer Herkunft, korrigierte ihn Maynard. Es ging das Gerücht von einem Elsässer mit jüdischer Mutter um, der hier am Rande des Viertels die Tätigkeit eines Confectionarius ausübte.

Er sei trotzdem beschnitten, hatte Prudenzio erwidert.

Maynard zog es vor, ihm nicht zu widersprechen. Er war es gewöhnt, der immer gleichen Leier von Geistlichen nicht allzu viel Gewicht beizumessen, vor allem, wenn es um Nachkommen der sogenannten Christusmörder ging. Er hegte für diese zwar keine besonderen Sympathien, doch fiel es ihm schwer, in ihnen den Grund allen Übels zu sehen. Er hielt seinen Gefährten an, ihm durch das

Gewirr heruntergekommener Straßen zu folgen, und ignorierte dessen grimmige Laune.

Zu beiden Seiten der verschneiten Straßen liefen Leute, die in Mäntel, warme Gewänder und Umhänge gehüllt waren. Es waren nahezu ausnahmslos Männer, die lange Bärte trugen und auf deren Kleidern in Höhe der Brust oder der Schultern gelbe Stoffringe aufgenäht waren. Wenn sie das schwarz-weiße Gewand des Dominikaners erkannten, warfen sie ihnen teils verunsicherte, teils furchtsame Blicke zu. Maynard hatte es jedoch zu eilig, um sich darüber Gedanken zu machen, dass sie Aufsehen erregten. Wenn auch dieser Versuch sich als Sackgasse erweisen sollte, wäre er gezwungen, kleinmütig zu Bruder Lamberto da Cingoli zurückzukehren und die Nachforschungen auf der Grundlage seiner Visionen weiterzuführen.

Der Laden des Confectionarius lag direkt an der Stadtmauer, an der Grenze zum Borgo di San Leonardo. Man gelangte durch einen großen Durchgang dorthin, in dem ein so schneidend kalter Luftzug wehte, dass Maynard seinen Umhang noch fester um sich schlang. Der Eingang, auf den kein Schild hinwies, war mit einem Ziegenfell verhängt.

Maynard schritt beherzt über die Schwelle und fand sich in einem dämmrigen Raum wieder, der von stechenden Gerüchen erfüllt war. Das Zimmer musste größer sein, als es den Anschein hatte, denn es wurde durch zahlreiche Wannen und Regale unterteilt, die in Reihen entlang der Wände aufgestellt waren. Sie waren mit lauter kleinen Gefäßen angefüllt, die mit Etiketten beschriftet waren. Gegenüber dem Eingang waren auf einem nur schwach beleuchteten Tresen eine Waage, ein Destillierkolben und Schalen aus Ton angeordnet. Hinter all diesen Gerätschaften war ein kleines Männlein mit fuchsrotem Bart gerade dabei, gelbliches Pulver mit einem Löffel in einen Zinnbecher zu füllen. Er tat dies mit äußerster Präzision und war so in diese Tätigkeit vertieft, dass er die beiden Besucher nicht bemerkte.

Maynard sah, wie er eine herb riechende Substanz abmaß, von der er vermutete, dass es sich um Myrrhe handelte. Dann räusperte er sich. »Wir suchen nach dem Juden namens Abraham der Elsässer.«

»Abraham aus Basel«, berichtigte der Mann, ohne den Blick vom Becher zu lösen. »Wenngleich es in dieser Stadt nicht mehr von Vorteil ist, Jude zu sein, und ich es auch nicht ganz bin«, sagte er mit einem rätselhaften Kichern.

»Wir sind nicht gekommen, um Ratespielchen zu spielen, und ebenso wenig, um Eure genaue Abkunft zu klären.«

Abraham hob hoffnungsvoll den Blick. »Wegen meiner *pocula* etwa?«

»In gewisser Hinsicht. Wir möchten gern wissen, ob jemand zu Euch kam, um ein ganz bestimmtes Mittel zu erwerben. Sei es in bereits zubereiteter Form oder als einzelne Zutaten.«

Die Miene des Juden verhärtete sich. »Nur ein Dummkopf würde wegen einzelner Zutaten zu mir kommen. Ich bin Confectionarius, und zwar einer der besten, nebenbei bemerkt.«

»Etwas mehr Respekt!« Kampflustig und mit abschätzigem Blick trat Bruder Prudenzio vor, sodass er mit dem Bauch gegen den Ladentisch stieß. »Der hier anwesende Maynard de Rocheblanche stellt Euch Fragen im Namen des Bischofs von Ferrara und der Heiligen Inquisition!«

Vollkommen überrumpelt, wusste Maynard nicht, ob er Partei für den Pater oder für den Juden ergreifen sollte, der bei der Erwähnung der Inquisition vor Schreck den Löffel hatte fallen lassen. Doch ehe er sich entscheiden konnte, hörte er einen dumpfen Schlag, woraufhin er sich jäh umwandte, die Hand kampfbereit am Dolch.

Zwischen zwei Regalen trat ein Mann hervor. Mit einer entschuldigenden Handbewegung hob er ein heruntergefallenes Gefäß vom Boden auf, stellte es ins Regal zurück und begab sich zum Ausgang. Maynard beobachtete ihn neugierig. Auch wenn er die Kapuze seines grünen Mantels tief ins Gesicht gezogen hatte, konnte der Unbekannte seine arabischen Züge und die schwarz umrandeten Augen dennoch nicht verbergen.

Bruder Prudenzio hatte nichts bemerkt und ging weiter auf den Confectionarius los. »Nun, jetzt seid Ihr wohl nicht mehr so wortgewandt? Wie kommt es, dass ein Sohn Judas' solch einen Beruf ausübt? Ihr wisst genau, dass das verboten ist.«

»Ich bin getauft«, verteidigte sich Abraham, wieder beißend wie zuvor. »Und ich bin Sohn eines treuen Anhängers der Kirche.«

»Warum versteckt Ihr Euch dann in solch einem Drecksloch?«

»Es mag wohl ein Drecksloch sein, doch Christen und sogar Priester scheuen sich nicht, es meiner Mittel wegen aufzusuchen. Während der Pest kamen sie scharenweise, alle verhüllt, damit man sie nicht erkennen konnte.«

Prudenzio grinste boshaft. »Vielleicht sind deshalb in Ferrara mehr Menschen als andernorts gestorben.«

»Was wisst Ihr denn schon darüber?«, platzte der Confectionarius heraus. »Ihr mit euren Aderlässen und Klistieren, die Ihr mit einem heruntergeleierten Pater noster verabreicht!«

Maynard war das Gezänk zwischen den beiden leid. Er schob Bruder Prudenzio beiseite und schlug mit der Hand auf den Tresen. »Nicht so hitzig, Mastro Abraham. Ihr spracht von Euren Kunden, wenn ich recht gehört habe.«

»Mit Euch will ich gern reden, Herr.« Abraham strafte Prudenzio mit einem giftigen Blick. »Aber gebt auf das feiste Frettchen acht, ich fürchte, es will mich beißen.«

»Ich möchte gern wissen, ob in letzter Zeit eine oder mehrere Personen hier aufgetaucht sind, um eine Mischung zu erwerben, die Opium enthält. Ich brauche wohl kaum zu sagen, wie rar eine solche Zutat in diesen Zeiten ist, deshalb sollte dieser Umstand genügen, dass Ihr Euch daran erinnert. Da Ihr andererseits, wie Ihr sagt, nur fertige Mittel verkauft, will ich der Genauigkeit halber hinzufügen, dass besagte Mischung auch Zutaten wie das Herba diaboli, Bilsenkraut und Sterntaler enthielt.«

»Verbotene Kräuter, mein Herr.« Abraham zuckte zusammen. »Ihr glaubt doch nicht etwa, dass ich –«

»Wenn sie verboten sind, werdet Ihr sie eben unter anderem Namen geführt haben«, fiel Maynard ihm ins Wort. »Doch das geht mich nichts an. Ich will nur wissen, ob jemand kam und Euch nach einer solchen Mischung gefragt hat.«

»Niemand, das schwöre ich.«

Maynard nickte und beobachtete die Finger des Mannes, die unstet durch den rotblonden Bart fuhren. Er tat so, als wolle er sich verabschieden, wandte sich dann jedoch noch einmal um, als sei ihm etwas eingefallen. »Wenn mir nun in den nächsten Tagen ein Zuträger das Gegenteil berichten oder ich erfahren sollte, dass Ihr in diese Angelegenheit verwickelt seid, wen muss ich dann einen Lügner nennen? Ihn oder Euch?«

Ein nervöses Lächeln huschte über Abrahams Gesicht. »Ein Zuträger, mein Herr? Wieso sollte ein Zuträger –«

»Erinnert Ihr Euch an die Worte meines Freundes hier?«, unterbrach ihn Maynard, als sei es ihm gerade wieder in den Sinn gekommen. »Ich handele im Auftrag des Bischofs und der Heiligen Inquisition. Sollte ich Wind davon bekommen, dass Ihr lügt, sehe ich mich gezwungen, Euch nach San Domenico zu bringen. Und Ihr wisst: Man sagt, wer erst mal dort hineingeht …«

»Ich habe nichts damit zu tun!« Abraham wich erschrocken zurück und drohte über einen Hocker zu stolpern, der hinter ihm stand. Er ruderte mit den Armen in der Luft, um sich am Tresen festzuhalten, doch bekam stattdessen Maynards Hände zu fassen, die dieser ihm bereitwillig entgegenstreckte. Er sah ihn von der Seite an und zögerte. »Ich hatte ihm gesagt …« Nun flüsterte er beinahe. »Ich hatte ihm gesagt, diese Mischung sei …«

»Was sei sie?«, fragte Maynard laut.

Abraham versuchte vergeblich, sich seinem Griff zu entziehen. Die Hände hielten sein Handgelenk so fest umklammert, dass ihm ein Klagelaut entfuhr. «… gefährlich«, quiekte er.

Maynard zog ihn mit einem kräftigen Ruck über die Platte des Tresens zu sich heran. »Und wem habt Ihr das gesagt?«

»Dem Mann …« Abraham zögerte. »Dem Mann, der vor etwa zwei Wochen hierhergekommen ist und mich bat, diese Mischung für ihn herzustellen. Doch ich wollte nicht, Herr … Ich hatte nicht die Absicht …«

»Den Namen.«

»Den hat er mir nicht gesagt.«

»Führt Ihr denn darüber nicht Buch? Wie habt Ihr das verzeichnet?«

»Ich habe es vermieden«, antwortete Abraham. Sein Blick bat inständig, Maynard möge ihn loslassen.

Maynard lockerte langsam den Griff und erlaubte Abraham, sich aufzurichten. »Euch war also bewusst, etwas Unrechtes zu tun.«

»Man krepiert hier vor Hunger, Herr. Wenn dann einer bereit ist, so viele Bolognini auszugeben, drückt man auch gern ein Auge zu. Auch zwei, wenn ich so sagen darf. Deshalb habe ich weder gefragt, wer er ist, noch, was er mit einer derartigen Mischung vorhat. Ich habe einfach getan, was er verlangte, auch wenn ich die genannten Einwände erhob.«

»Um Euch geht es mir nicht«, erwiderte Maynard, um ihn zu beruhigen. »Doch ich muss diesen Mann finden. Denkt genau nach, wenn Ihr nicht in ernste Schwierigkeiten geraten wollt. Sagt, gibt es irgendetwas, woran ich ihn erkennen oder wonach ich suchen könnte?«

»Nein«, antwortete Abraham. Er wirkte zwar immer noch ängstlich, doch nahm seine Miene nun jenen verschlagenen Ausdruck an, dem man ansah, dass er handeln wollte. »Ich habe jedoch zwei nützliche Informationen für Euch, vorausgesetzt, Ihr lasst mich dann in Ruhe.«

»Ihr habt mein Wort.«

»Keine Inquisition?«

»Keine Inquisition.«

»Nun gut. Dieser Mann hatte eine *imaginatio gravidarum* über dem linken Auge.«

Rocheblanche sah ihn entgeistert an. »Eine … was?«

»Ein Feuermal.«

»Einen weinroten Fleck?«, mischte sich Bruder Prudenzio ein.

Abraham nickte.

»Und die zweite Information?« Maynards Ungeduld wuchs.

»Die zweite ist, dass der Mann in zwei Tagen wiederkommen wird. Um sich eine weitere Mischung zu holen.«

Der Araber entfernte sich raschen Schritts von der Giudecca, sein Gesicht unter der Kapuze seines Mantels verbergend. Er folgte dem Verlauf der Mauer in Richtung Westen und gelangte so in den Borgo del Leone. Der Mann hatte rasch gelernt, sich in dieser Stadt zu orientieren, auch wenn er sich nur mit Mühe an die italischen Sprachen gewöhnte. Er und sein Auftraggeber versuchten sich auf Französisch, Spanisch oder auch mit einzelnen Sätzen in der lokalen Mundart verständlich zu machen. Dennoch hatte er jedes Wort der Unterhaltung verstanden, die er durch Zufall im Laden Abrahams mit angehört hatte. Sie klang ihm immer noch in den Ohren, vor allem der Name ... Oh, dieser Name! Als er den hörte, war ihm vor Erstaunen ein Fläschchen aus der Hand geglitten. Zum Glück hatte er sich entfernen können, ohne Verdacht zu erregen. Zumindest ging er davon aus.

Sein Auftraggeber erwartete ihn in einem Gasthaus im Viertel Santa Maria in Vado. Doch zuvor suchte der Araber den Markt bei der Kirche von San Crispino auf, um an einem der wenigen Stände, die zu dieser späten Stunde noch geöffnet hatten, Ziegenmilch zu erwerben. Er fand auch einige Heilkräuter, für die er klaglos einen hohen Preis bezahlte. Schließlich war er Araber auf christlichem Boden und wollte sich weder Ärger einhandeln noch Aufsehen erregen. Er packte alles in seinen Reisesack und setzte seinen Weg in die Via de' Sabbioni fort.

Als er das Gasthaus erreichte, suchte er zuerst die Stallungen auf, um nach den Pferden zu sehen, die ihn aus Reims bis hierher getragen hatten, dann ging er hinauf ins obere Stockwerk.

Sein Auftraggeber lag auf dem einzigen Strohsack im Raum unter einem Stapel Decken, unter denen man dennoch seine kräftige Statur erahnen konnte. Sein Atem klang hohl und ging bisweilen schwer. Als er bemerkte, dass er nicht mehr allein war, hob er den Kopf vom Kissen und tastete nach dem Dolch zu seiner Rechten. »Ach, du bist das«, keuchte er mürrisch.

»Ich musste einen Umweg machen, um meine Spur zu verwischen«, erklärte der Araber.

»Dir ist jemand gefolgt?«

»Nur eine Vorsichtsmaßnahme.«

Sein Herr nickte und hustete ein paarmal. Erschöpft legte er sich wieder hin. »Hast du die Arznei mitgebracht?«

»Ich konnte sie nicht erwerben.« Der Araber legte den Reisesack auf dem Boden ab und zog den Umhang aus. Sein Blick wanderte zu einem etwas geschützteren Platz im Raum, dem einzigen, wo es nicht zog. Dort befand sich eine Kiste mit Stroh, auf dem ein Kind in Windeln gebettet war.

»Hat das Geld nicht gereicht?«

Der Araber schüttelte den Kopf. Es gab einiges zu erzählen, doch damit wollte er sich Zeit lassen. »Ich habe ein paar Kräuter bekommen, daraus werde ich Euch einen Absud bereiten«, beruhigte er ihn. Daraufhin nahm er die Ziegenmilch und goss sie in einen kleinen Ledersack mit Tülle. Das war seine Erfindung, um damit die Kleine zu füttern.

Der Mann auf dem Krankenlager beobachtete ihn mit einem Anflug von Missbilligung. »Sie hat die ganze Zeit geweint und mich am Schlafen gehindert.«

Der Araber beachtete ihn nicht weiter, sondern gab dem Mädchen einen kleinen Klaps auf die Wange, der es zum Lächeln brachte. Seit dem Sommer waren ihre kastanienbraunen Locken gewachsen, sie betonten ihre Augen und die Grübchen. Die Kleine war ein Segen, dachte er bei sich. Ein kleines, aber funkelndes Licht inmitten all der Dunkelheit. Einen Augenblick lang betrachtete er sie ganz verzückt und vergaß alles um sich herum. Dann ging seine Aufmerksamkeit zu dem edelsteinbesetzten goldenen Kreuz auf ihrer Brust, und wieder einmal fragte er sich, wie solch ein wertvoller Gegenstand – ein Gegenstand aus dem Besitz von Eudeline de Rocheblanche – nun am Hals der Tochter einer armen Frau hängen konnte, die in Reims elendiglich gestorben war. Auf irgendeine Weise würde er dies bald herausfinden, sagte er sich. Auch wenn es ein schwieriges, ja vielleicht verhängnisvolles Unterfangen würde.

Er sah nach, ob das Mädchen sauber und gut zugedeckt war, und wandte sich dann wieder seinem Herrn zu. Er beugte sich über ihn und befühlte die Stirn. »Ihr glüht immer noch vor Fieber«, sagte er.

»Vielleicht hilft der Absud …«

»Ja, der sollte Euch Linderung verschaffen.« Der Araber erinnerte sich wieder an seine Heilkräuter und musste dann an Abraham denken. Und an die beiden Besucher im Laden. Er hielt einen Moment inne, dann zog er die Augen zu schmalen Schlitzen zusammen. »Wenn ich es recht bedenke, habe ich Euch noch gar nicht berichtet, aus welchem Grund ich die Medizin beim Confectionarius nicht kaufen konnte.«

Sein Herr, der diesen Blick gut kannte, horchte auf. »Nun?«, forderte er ihn zu weiteren Erklärungen auf.

»Im Laden war ein Mann in Begleitung eines Dominikanermönchs und sagte, er stehe im Dienst der Inquisition.«

»Was für ein Mann?«

»Der Mönch nannte seinen Namen. Maynard de Rocheblanche.«

Bei diesen Worten warf der Gebieter die Decken ab und setzte sich auf, die Fäuste eisenhart geballt, wie um auf jemanden einzuschlagen. Er schien etwas sagen zu wollen, doch ein schwerer Hustenanfall zwang ihn zu schweigen.

»Maynard de Rocheblanche«, wiederholte der Araber, als wollte er diese Wut noch anstacheln.

Der Herr legte sich auf die Seite, um den Anfall einzudämmen, schließlich fuhr er sich ermattet über Mund und Augen. »Bist du sicher?«, fragte er mit erstickter Stimme. »Maynard? Hast du wirklich diesen Namen gehört?«

»Ja.«

»Ich hätte nie angenommen, dass auch er hier ist … gemeinsam mit Eudeline.«

»Ich glaube nicht, dass sie gemeinsam hier sind. Das hätten wir bemerkt, als wir ihr folgten.«

»Wir hätten es uns denken können«, sagte der Mann. Jetzt lag in seinen Augen erbarmungslose Kälte. Sie verrieten lediglich einen Moment der Ungeduld, als sie auf der schwarzen Rüstung verweilten, die an der Wand lehnte.

»Wie dem auch sei«, erwiderte der Araber, »sie sind beide hier. Ihr könnt Euch endlich an ihm rächen und mit ihr zusammenkommen.«

»Ja, doch keine Eile. Lass uns zunächst einmal herausfinden, was der Bastard hier in den Landen von Ferrara zu schaffen hat.«

15

Ferrara, Giudecca
18. Januar

»Was für eine Quälerei!«, beschwerte sich Bruder Prudenzio.

»Geduldet Euch«, wies Maynard ihn an. »Ihr als Mönch müsstet darin geübt sein.«

Sie hatten hinter einer hölzernen Treppe Stellung bezogen, die zum Balkon eines Gebäudes führte, dem Laden von Abraham aus Basel genau gegenüber.

Seit Stunden warteten sie schon in dem lästigen Schneetreiben, das einem die Kälte in die Knochen trieb. Wenn der Confectionarius die Wahrheit gesagt hatte, würde an diesem Tag der Mann mit dem Feuermal erscheinen, um sich ein weiteres Mal die Mischung aus Opium und dem Herba diaboli zu holen. Doch nun war es schon später Nachmittag, und auf den Straßen der Giudecca konnten sie zwischen dem Kommen und Gehen der Männer mit den langen Bärten nichts Verdächtiges entdecken.

»Geduld, Geduld«, schnaubte Prudenzio und rieb sich die von der Kälte geröteten Hände. »Ich bin ja gezwungen zu bleiben. Doch weiß ich nicht, was Euch, Herr, hier hält, wo Ihr doch jeden Augenblick alles aufgeben und Euch eine warme Suppe gönnen könntet.«

»Kommt Ihr mir schon wieder damit?«, stöhnte Maynard, ohne die Augen von der Straße abzuwenden. »Ich habe es Euch bereits gesagt, ich habe einen Eid geschworen.«

»Einer Frau, möchte ich wetten – einer schönen Frau.«

»Ihr täuscht Euch, guter Pater. Ich schwor es einem weisen Abt, der sehr weit entfernt von hier lebt. Doch vor allem schwor ich es mir selbst, denn ich wollte meinem Leben einen Sinn geben und eine alte Schuld sühnen.«

»Oh Jesus«, murmelte Bruder Prudenzio. »Hätte es nicht gereicht, einen Beichtvater um Absolution zu bitten? Oder einen Ablass zu kaufen?«

Maynard legte einen Finger auf die Lippen, um ihm zu bedeuten, dass er leiser sprechen solle. Auch wenn sie verborgen waren und sich in einiger Entfernung zu Abrahams Laden postiert hatten, wollte er doch vermeiden, seine Beute aufzuscheuchen. »Es gibt Schuld, die nicht so leicht abzuwaschen ist.«

»Habt Ihr etwa einen Menschen getötet?«, flüsterte Prudenzio.

»Ich habe sogar viele getötet, um der Wahrheit die Ehre zu geben. Einen jedoch habe ich ausgespart. Ihn habe ich sterbend zurückgelassen, auf dem Marktplatz einer belagerten Stadt. Ich sage mir immer wieder, er hatte es verdient. Tausend Mal verdient. Und doch weiß ich, dass ich unehrenhaft gehandelt habe.«

»Und wer war das?«

»Still!« Maynard presste ihm ein Stück seines Umhangs auf den Mund, während er den Blick auf eine schwarz verhüllte Gestalt heftete, die gerade um die Ecke kam. Der Haltung und dem breiten Rücken nach zu urteilen, ein Mann. Je näher er kam, desto genauer sah man, dass er überdurchschnittlich groß war, und seine Bewegungen verrieten körperliche Stärke. Doch hielt er den Kopf gesenkt wie jemand, der unbemerkt bleiben möchte. Der Mann sah sich ein paarmal um, dann trat er in den Durchgang.

»Ist er das?«, flüsterte Prudenzio, zitternd vor Aufregung. »Hat er ein Feuermal?«

»Ich bin mir nicht sicher, er hat sich nur einen kurzen Moment lang umgedreht.«

»Was tun wir jetzt?«

»Wir warten ab.«

Sie mussten sich jedoch nicht lange gedulden, bis der Mann wieder aus dem Laden kam. Von dort, wo er sich befand, konnte Maynard sein Gesicht nur im Profil sehen und keinen roten Fleck ausmachen. Doch das wollte nichts heißen. Vielleicht befand er sich auf der anderen Seite. Er bemerkte jedoch eine Umhängetasche, die der Mann vorher nicht getragen hatte. Wahrscheinlich enthielt sie die Mischung, die er bei Abraham erworben hatte.

»Dieser vermaledeite Kerl schaut dauernd woandershin, ohne uns sein Gesicht zu zeigen«, schimpfte Prudenzio. »So wissen wir nicht sicher, ob er es ist.«

»Allerdings war er im Laden des Confectionarius«, merkte Maynard an. »Wir dürfen ihn nicht entwischen lassen.«

»Doch wenn wir uns irren, verpassen wir die Chance, den Richtigen zu fassen.«

Maynard schüttelte den Kopf. »Das wird nicht geschehen, wenn nur ich ihn verfolge. Ihr bleibt hier, für den Fall, dass ein weiterer Verdächtiger auftaucht.«

»Ich denke nicht daran.« Bruder Prudenzio schaute finster drein. »Ich habe Anweisung, stets an Eurer Seite zu bleiben, und das werde ich auch tun.«

»Das fehlte mir noch ... Seid Ihr ein Mönch oder ein Maulesel?«

»Wie Ihr meint. Doch sollten wir gehen. Sonst verlieren wir unseren Mann noch.«

Bei diesen Worten schaute Maynard wieder auf die Straße und bemerkte, dass dieser sich entfernte. »Na gut!«, rief er ärgerlich aus. Er verließ das Versteck mit großen Schritten, ohne sich darum zu kümmern, ob der Geistliche ihm folgte.

Der Mann in Schwarz ging gemächlich, passte sich dem Tempo der anderen an, aber sobald er um eine Ecke gebogen war, schien er es eilig zu haben und machte größere Schritte. Das ist er. Maynard war sich sicher. Er folgte ihm im gleichen Tempo, hielt jedoch den nötigen Abstand.

»Warum greift Ihr ihn Euch nicht jetzt?«, drängte Bruder Prudenzio ihn, der noch lästiger war als eine Schmeißfliege. »Ihr könntet ihn überraschen! Ihr seid bewaffnet.«

Maynard schüttelte den Kopf. »Erst will ich wissen, wo er hinwill.«

Sie blieben dem Mann im immer dichter werdenden Schneetreiben stets auf den Fersen. Folgten ihm in ein Viertel, wo die Straßen breiter wurden und die Gebäude weniger heruntergekommen waren. Dann erreichten sie einen Durchgang, der durch die Stadtmauer führte, hinein in den Borgo del Leone, wo sich ein weiteres Gewirr von Gässchen auftat, die hier zwischen Kirchen und hohen Gebäuden hindurchführten. Der Mann in Schwarz beeilte sich, er konnte sein Ziel wohl nicht schnell genug erreichen. Als es gerade zur neunten Stunde schlug, kam er an einen kleinen Platz, wo er beinahe in einen Schwarm Tauben geriet. Instinktiv drehte er sich um, um ihnen auszuweichen. Und so bemerkte er die beiden Verfolger.

Einen Augenblick lang sahen sie einander an.

»Das Feuermal!«, platzte Prudenzio heraus. »Ich hab es gesehen!«

Und er hat uns entdeckt, wollte Maynard gerade hinzufügen. Da erkannte der Mann die Gefahr und floh.

Maynard rannte los. Er kannte weder den Namen noch die Beweggründe dieses Kerls, doch die Art, wie er sich orientierte und vorwärtsbewegte, verriet ihm, mit was für einem Menschen er es zu tun hatte. Ein alter Kämpe, in jedem Fall aber ein Krieger. In dem Moment, als sie sich in die Augen geblickt hatten, hatte er dort Mut erkannt und vielleicht sogar ein Bedauern, nicht stehen bleiben und kämpfen zu können. Nein, sagte er sich. Dieser Jemand würde niemals einen anderen verraten oder unter Folter sprechen. Doch er war nicht allzu schnell. Maynard hätte ihn bestimmt eingeholt, wäre da nicht der Schmerz gewesen, der von seiner alten Wunde oberhalb des Knies herrührte und sich jetzt im Winter wieder bemerkbar machte.

Er bemühte sich, die Stiche zu ignorieren, und schloss wieder ein Stück auf, während der atemlose Bruder Prudenzio ihm in einer Entfernung von zwanzig Schritt folgte, seinen dicken Bauch mit den Händen haltend. Sie durchquerten gerade eine Straße, die hohe Bögen überspannten, als Maynard plötzlich ein Stock zwischen die Beine geriet, eine Handbreit über dem Boden ausgestreckt. Er stolperte und fiel aufs Gesicht. Sein Fluchen erstickte im Schnee. Alles, was er sehen konnte, war ein Junge, der aus einer Häusernische kam und mit dem Stock in der Hand davonlief.

Maynard schrie vor Wut, als er merkte, dass er sich den Kopf angeschlagen hatte. Um nicht das Gleichgewicht zu verlieren, musste er auf allen vieren verweilen, bis er hinter sich schwere Schritte hörte und das Geräusch eines Körpers, der zu Boden stürzte.

»Wo … ist … er … hin?«, keuchte Bruder Prudenzio.

Maynard rappelte sich auf und lehnte sich an eine Mauer. Gedemütigt und voller Zorn sah er in das vor Anstrengung gerötete Gesicht des Paters. »Weiß ich nicht«, sagte er. Dann nahm er eine Handvoll Schnee und schleuderte ihn weit von sich.

16

Noch ehe es zum *Komplet* läutete, verließ Lamberto da Cingoli in tiefster Dunkelheit das Haus, trotz der Eiseskälte, die jeden anderen davon abgehalten hätte, sich hinaus auf die Straße zu wagen. Eilig machte er sich auf den Weg zum Viertel Boccacanale, wo er das Haus wiederfand, das er schon in der vorherigen Woche aufgesucht hatte.

Bertrand du Pouget war bereits wach und erwartete ihn auf einer Bank vor dem Kamin sitzend, neben ihm saß Guido di Baisio.

Lamberto näherte sich vorsichtig. Er sah in dem unerwarteten Besuch des Bischofs eine Bedrohung. »Eure Exzellenz«, wandte er sich an di Baisio, »ich hatte nicht erwartet, auch Euch hier anzutreffen.«

»Seine Eminenz, der Kardinal, bat um meine Anwesenheit, um einige Dinge zu erörtern.«

Die Begründung war bewusst recht fadenscheinig formuliert, vielleicht sogar mit der Absicht, ihn nervös zu machen. Bruder Lamberto zeigte sein grimmiges Lächeln, das in der Vergangenheit schon so viele zum Sprechen gebracht hatte. »Dinge, die man mitten in der Nacht bereden muss?«, fragte er skeptisch.

»Weil Ihr der Gegenstand der Unterhaltung seid.« Kardinal du Pouget meldete sich zu Wort, ohne den Blick vom Kaminfeuer abzuwenden. Sein Tonfall war aggressiv und ungehalten, doch es war in erster Linie die offensichtliche Vertraulichkeit mit di Baisio, die Lamberto beunruhigte. »Ich beriet mich mit dem Bischof über Euer Vorgehen in der Sache Rocheblanche«, fuhr du Pouget fort. »Wir sind beide der Meinung, dass Ihr kaum Fortschritte macht.«

»Ich passe mich dem Tempo und der Entwicklung des Falles an«, verteidigte sich Lamberto.

»Immer noch dieselben Nachforschungen?«, schnaubte der Kardinal. »Ich hoffte, Ihr hättet Euch inzwischen einen neuen Vorwand ausgedacht, um den Ritter zu umgarnen.«

»Das wird nicht nötig sein.« Der Inquisitor bemühte sich, kühl und selbstsicher zu erscheinen. »Vor ein paar Stunden habe ich nämlich Messer Maynard und Bruder Prudenzio Audienz gewährt. Getrennt, versteht sich. Und Letzterer hatte interessante Neuigkeiten.«

Guido die Baisio warf du Pouget einen Blick zu, der lebhaftes Interesse erkennen ließ. »Wir hören Euch zu.«

»Offenbar bindet Rocheblanche ein Schwur. Ein Eid, der in Zusammenhang mit dem Bedürfnis steht, für etwas zu büßen, und der ihn zwingt, in dieser Stadt zu bleiben.«

Bertrand du Pouget strich sich nachdenklich übers Kinn. »Wahrscheinlich hat es mit dem Lapis exilii zu tun«, überlegte er laut. »Oder mit dem Tod von Jang de Blannen.«

Lamberto da Cingoli schüttelte den Kopf. »Laut dem Bericht Bruder Prudenzios ist auch ein weiser Abt beteiligt.«

»Abt Andrea di Pomposa?«, fragte Guido di Baisio prompt.

»Nein«, erwiderte Lamberto. »Ein unbekannter Abt, weit weg von hier.«

Bertrand du Pouget hing weiter seinen Gedanken nach und kniff seine Augen zusammen. »Es gibt Gerüchte«, sagte er schließlich, »wonach der Lapis exilii in einem französischen Kloster versteckt ist, unter dem wachsamen Auge eines Abtes. Doch können wir nicht sicher sein, dass es sich um denselben handelt.« Er wandte sich erneut an Pater Lamberto. »Hat Euer Mitbruder sonst noch etwas entdeckt?«

»Ich bin sicher, dass er bald Neues berichten können wird. Heute kehrte Rocheblanche nach einer erfolglosen Verfolgung zurück und bat mich um die Erlaubnis, den Marchese Obizzo d'Este zu treffen. Er behauptete, er wolle ihn zu seinen Vermutungen befragen, mit der Absicht, neue Ermittlungen anzustellen. Ich habe zugestimmt, unter der Bedingung, dass er Bruder Prudenzio mitnimmt.«

»Endlich eine interessante Wendung«, sagte du Pouget erfreut. Er schlug mit der Hand auf die Lehne der Bank und erhob sich, um das Kaminfeuer anzufachen. »Fahrt ruhig fort nach Eurem Plan. Doch ist es an Euch, Rocheblanche morgen zum Palazzo della Signoria zu begleiten.«

»Ich sehe dafür keine Notwendigkeit«, entgegnete Lamberto, der von Natur aus lieber am Rande des Geschehens blieb.

»Ich hingegen schon.« Entschlossen schob du Pouget einen großen Holzscheit in die Glut. »Das Wichtigste ist, dass Ihr ein persönliches Vertrauensverhältnis zu de Rocheblanche herstellt. Und dann …«, er drehte sich zu ihm um und sah ihn scharf an, »müsst Ihr dem Marchese Obizzo einen Schreck einjagen.«

Lamberto da Cingoli zuckte zusammen. »Eminenz! Ihr spielt doch nicht etwa an auf …«

Bertrand du Pouget nickte bestätigend. »Das ist genau der Grund, warum Ihr die am besten geeignete Person für diese Intrige seid.«

17

Palazzo della Signoria
19. Januar

Maynard mied die Residenz des Marchese seit etwa einem Jahr, und wenn er gekonnt hätte, hätte er dies auch weiterhin getan. Mit diesem Ort waren zu viele schlechte Erinnerungen verbunden, angefangen von den Intrigen des Pater Facio bis hin zu seiner Gefangenschaft in den Geheimverliesen. Und nicht zuletzt eben der Adelige Obizzo III. d'Este selbst, mit diesen Augen, schwarz wie Obsidian, und seinen Rachegelüsten. Maynard wusste nur zu gut, dass der Marchese ihm niemals verzeihen würde, dass seine Geliebte ihn mit ihm betrogen hatte. Schon bei ihrer ersten Begegnung hatte Maynard erkannt, dass Obizzo ebenso herrisch und wortkarg wie gefährlich und unberechenbar war. Und nun musste er ihm wieder gegenübertreten. Nicht nur wegen einiger Einzelheiten seiner Nachforschungen, von denen er glaubte, dass er sie nur im Gespräch mit ihm klären konnte. Sondern auch, weil er unbedingt, wenn schon nicht seine Freundschaft, dann doch wenigstens seine Achtung zurückgewinnen musste.

Die störende Anwesenheit von Lamberto da Cingoli, der ohne weitere Erklärungen beschlossen hatte, ihn anstelle von Bruder Prudenzio zu begleiten, machte die Angelegenheit nicht gerade einfacher. Maynard wusste nicht, wie er sich ihm gegenüber verhalten sollte: Es blieb dieses gewisse Unbehagen, das zwischen zwei Männern entsteht, die beide meinen, sie müssten das Sagen haben.

Einer stolzer und kampfeslustiger als der andere, waren sie, nachdem sie San Domenico verlassen hatten, die Via della Rotta bis zur Piazza in hartnäckigem Schweigen hinaufgegangen, fast als wollten sie sich gegenseitig herausfordern. Bis Maynard auffiel, mit welcher Beharrlichkeit da Cingoli die Straßen im Blick behielt. Obwohl es Montagmorgen war, waren diese nahezu verwaist, abgesehen von den Händlern und Handwerkern, die in ihren Läden standen.

Als Bruder Lamberto bemerkte, dass er die Neugier seines Begleiters erregt hatte, seufzte er tief. »Es liegt trotz allem immer noch etwas in der Luft.«

»Der Hauch der Pest?«, fragte Maynard.

»Schlimmer. Die Angst vor dem Weltuntergang.«

Als er diese Worte hörte, war Maynard kurz versucht, seine Meinung über den Inquisitor zu ändern, und fragte sich, ob dieser sich trotz all der Scheiterhaufen und Prozesse vielleicht ein Fünkchen Mitgefühl bewahrt hatte. Als er jedoch an den Anflug von Sarkasmus dachte, mit dem die Worte ausgesprochen worden waren, beschäftigte ihn stattdessen der Gedanke, was die sich ausbreitende Angst vor dem Jüngsten Gericht für einen Mann von seinem Schlag wohl bedeuten mochte.

Am Eingang des Palazzos wurden sie von mit Piken bewaffneten Soldaten empfangen, die nach ihren Namen fragten. Nachdem sie den Grund des Besuchs erfahren hatten, wurden Maynard und Pater Lamberto in den großen Saal im oberen Stockwerk geschickt. Maynard kannte diesen Raum. Innerhalb dieser vier Wände mit ihren Wandteppichen, Fresken und Biforien war er am Hofe derer d'Este eingeführt worden. Er erinnerte sich gut: Um sich als würdig zu erweisen, hatte er sich damals unter dem beißenden Spott des Richters der *Savi* mit einem Vasallen des Marchese im Schwertkampf messen müssen. Nun jedoch würde er mit einer ganz anderen Probe konfrontiert werden.

Obizzo d'Este saß ein Dutzend Schritte von ihm entfernt in einem Sessel aus poliertem Holz. Er war in Gesellschaft eines *notarius*, der alles, was er ihm diktierte, auf einer Schreibtafel festhielt. Sein Verhalten schien etwas zu vertraulich für einen Diener. Zeichen der Zeit, dachte Maynard bei sich. Er trat mit Bruder Lamberto in die

Mitte des Raums, und bevor dieser die Initiative ergreifen konnte, deutete er eine Verbeugung an.

Der Marchese unterbrach abrupt den Schreiber und sah Maynard unverwandt an. Wut blitzte in seinem Blick auf. Es war, als sei die Luft plötzlich von einer Stimmung vergiftet, die von Maynards Person ausging. »Der Bischof hat mich unterrichtet, dass Ihr kommen würdet«, sagte er finster. »Nichtsdestotrotz erstaunt mich Eure Kühnheit.«

»Ich weiß, was Euch aufbringt, mein Herr, und wie Ihr wisst, bin ich bereit, Euch Genugtuung zu verschaffen. Heute jedoch suche ich Euch aus anderen Gründen auf.«

»Ich kann mir schon denken, welche das sind.« Obizzo schickte den Notarius fort, warf seinen weiten Brokatumhang zurück und erhob sich. Eine wohlüberlegte Bewegung, damit Maynard das Schwert an seiner Seite sah, mit dem er umgürtet war. Er trat mit einer Hand an der Parierstange auf die beiden Besucher zu und richtete den Blick nun auf Bruder Lamberto. »Wie ich sehe, seid Ihr in Begleitung eines Predigermönchs. Ich frage mich, wer …«

Der Pater sagte nichts, sondern schlug die Kapuze zurück und zeigte sein Gesicht. Das genügte, um den Marchese erstarren zu lassen. Er sah ihn mit schreckgeweiteten Augen an, während ihm der Rest des Satzes auf den Lippen erstarb.

Lamberto da Cingoli reagierte auf dieses Verhalten mit einem sardonischen Grinsen. »Nicht nötig, uns einander vorzustellen. Habe ich recht, Euer Gnaden?«

Obizzo d'Este umklammerte nun regelrecht die Parierstange seines Schwerts, so als wollte er damit das Zittern besiegen, dass ihm plötzlich in die Glieder fuhr. Maynard wusste nicht, ob er eher verwundert über diese Reaktion sein sollte oder neugierig, die Gründe dafür herauszufinden. Er kannte die Fähigkeit des Marchese, jedes Gefühl wie hinter einer Maske zu verbergen. Doch in diesem Augenblick verriet seine Miene echte Angst.

Es fiel Obizzo d'Este vermutlich nicht leicht, die Selbstbeherrschung wiederzuerlangen, doch bezwang er schließlich den Schreck, indem er ihn gleichsam in seinem Inneren verschloss, und ging in Richtung Tür. »Wenn Ihr mir folgen wollt.«

Er führte sie über eine Treppe hinab in den Hof auf der Rückseite des Palazzos und blieb in dem Bogengang stehen, der, einem Kreuzgang ähnlich, den offenen Platz umgab. Obwohl alles unter einer Schneeschicht begraben lag, erkannte Maynard den Brunnen in der Mitte, wo er den jungen Aldobrandino im Schwertkampf unterwiesen hatte. Nicht weit entfernt sah er Hecken, Statuen und Bäume, deren Kronen so hoch reichten, dass sie den Balkon streiften, auf dem sich Lippa Ariosti zu zeigen pflegte, bevor sie so plötzlich und auf mysteriöse Weise gestorben war. Es hieß, Obizzo habe sie *in extremis* geheiratet, um seine Nachkommenschaft zu legitimieren, auch wenn die Marchesa nach dem, was man sich im Volk erzählte, schon als Tote zum Altar getragen worden war. Für Maynard genügte es, wieder in diesem Palazzo zu sein, um sich, ungeachtet der langen Zeit fern des Hofes, in der er mit einer weit wichtigeren Mission befasst war, als Teil dieser Geschehnisse zu fühlen. Als sei er verstrickt in dieses Geflecht aus Leben, Sterben und Schicksal. Und als würden dadurch seine Bande mit den nebligen Landen von Ferrara erneuert.

Obizzo d'Este blieb in seinen Umhang gehüllt unter einem Bogen stehen. Sosehr er sich auch bemühte, seine Gefühle zu verbergen, hatte ihn die Anwesenheit Bruder Lambertos offensichtlich doch aufgewühlt. Er beobachtete ihn aus dem Augenwinkel und verfolgte jede einzelne Bewegung mit wachsamen Blicken. »Ihr habt sicher Verständnis für die Heimlichkeit«, sagte er auf einmal, in Anspielung darauf, dass er diesen Ort für ihr Gespräch gewählt hatte. »Doch ich möchte dem Gerede nicht noch Nahrung geben. In diesen Mauern kursieren schon genug Gerüchte.«

Maynard hob eine Augenbraue. »Gerüchte über ... Frösche?«

»Nicht nur«, erwiderte Obizzo und wandte den Blick ab.

Verärgert über diese verdeckte Zurückhaltung, mischte sich Lamberto da Cingoli ein, der endlich zur Sache kommen wollte. »Euer Gnaden, wir haben Euch aufgesucht, weil Messer Maynard es für angebracht hält, Euch über den Stand der Ermittlungen auf dem Laufenden zu halten. Wenn Ihr so freundlich wäret, ihm Gehör zu schenken, könnten wir daraufhin vielleicht neue Anregungen für unsere Ermittlungen gewinnen.«

Maynard wartete auf ein Zeichen des Marchese, dann begann er mit seinen Ausführungen: »Anfangs, muss ich gestehen, hatte ich Zweifel, was die Verbindung zwischen dem Auffinden der Frösche samt Botschaften und der mysteriösen Prozession betrifft, die der Wolfsjäger beobachtet hat. Im Gegensatz zur Meinung des Bischofs und Bruder Lambertos bestand eine Verbindung in meinen Augen nur, weil wir sie hergestellt haben. Die Fakten haben mir das Gegenteil bewiesen: Beides muss zum selben Plan gehören, der sich gegen das Haus d'Este richtet. Als ich vor ein paar Tagen den Ort des kultischen Zugs in den Wäldern aufsuchte, habe ich dort eine Lumpenpuppe mit dem weißen Adler als Wappentier gefunden, dazu Reste einer Mischung, die im Wesentlichen aus Opium und Herba diaboli besteht. Eine Mischung, die mit Sicherheit von Teilnehmern dieses Zuges verwendet wurde. Als ich Nachforschungen anstellte, woher das Gemisch stammt, konnte ich einen Mann ausfindig machen …«

»Was für ein Mann?«, fragte Obizzo erschrocken.

»Er entkam mir in den Straßen von Ferrara, doch ich sah sein Gesicht. Er hat ein Feuermal über dem linken Auge. Ist Euer Gnaden so jemand vielleicht einmal aufgefallen …?«

Der Marchese dachte einen Augenblick nach und schüttelte dann den Kopf. »Ich werde die Wachen verständigen«, versicherte er, wobei Sorge seine Miene verfinsterte. »Ihr müsst wissen, dass in der Zwischenzeit eine weitere Nachricht gefunden wurde.«

»Pro bono malum?«, fragte Pater Lamberto.

»Ja, derselbe Text«, bestätigte Obizzo. »Immer auf Pergament geschrieben und immer begleitet von einem Frosch, der von einem

Messer durchbohrt ist.« Er presste wütend die Zähne zusammen. »Aber dieses Mal war er an der Tür zum Zimmer meines älteren Sohnes angebracht.«

Maynard dachte an den jungen Aldobrandino und teilte unweigerlich die Sorge des Vaters. Er senkte bestürzt den Kopf. »Habt Ihr einen Verdacht?«

Obizzo lehnte sich an eine Säule. »Feinde habe ich viele, aber keiner von ihnen könnte ungestraft in diese Mauern eindringen. Die Wachen versichern darüber hinaus, nichts Verdächtiges bemerkt zu haben. Und ich ... ich ...« Sein Gesicht war wutverzerrt. »Ich muss ohnmächtig zusehen!«

»Beruhigt Euch, Marchese«, besänftigte ihn Bruder Lamberto. »Bisher ist noch niemandem etwas geschehen.«

»Aber es hat nicht viel gefehlt.«

»Was meint Ihr?«

»Das war vorgestern.« Der Marchese löste sich von der Säule und fand zu einer souveräneren Haltung zurück. Seine Stimme wurde wieder fester. »Als ich die Piazza überquerte, hatte es ein Wahnsinniger mit einem Dolch auf mein Leben abgesehen. Es war ein Mann aus der Plebs, ohne Verbindung zu hochgestellten Familien.«

»Hat er etwas gestanden?«, fragte Maynard hoffnungsvoll.

Obizzo schüttelte den Kopf. »Meine Eskorte hat ihm beim ersten Angriff den Garaus gemacht, kaum dass er *›Pro bono malum‹* geschrien hatte.«

Schon wieder dieser rätselhafte Satz, dachte Maynard. Er verschränkte die Arme vor der Brust und ging im Hof auf und ab. Nur zu gut kannte er die Tücken, wenn man sich mit einem Feind messen musste, der im Verborgenen blieb, sich im Schutze dunkler Ecken oder hinter Tausenden von Gesichtern einer Menschenmenge versteckte. Sowohl er wie auch seine Schwester waren bei mehr als einer Gelegenheit in die Fallstricke Bertrand du Pougets geraten, der stets unangreifbar blieb. Was den Fall von Obizzo d'Este betraf, schien er hingegen von anderer Natur zu sein, noch trügerischer und subtiler. Ehe Maynard jedoch seine Meinung äußerte, machte er weitere Schritte durch den Schnee, bis er merkte, dass die Blicke der anderen auf ihn gerichtet waren. »Ich neige immer mehr zu der Annahme, dass hinter der Sache mit dem Maleficium eine Verschwörung steckt.«

»Erklärt Euch deutlicher, Herr«, forderte Obizzo ihn auf.

Maynard breitete theatralisch wie ein Schauspieler unvermittelt die Arme aus. »Täuschungsmanöver, Euer Gnaden! Die Prozession zu Ehren Dianas und die Nachrichten mit den Fröschen dienen allein der Ablenkung; sie sollen uns glauben machen, es mit etwas Satanischem zu tun zu haben. Die wahre Bedrohung ist meiner Meinung nach woanders zu suchen, vielleicht inmitten Eures Hofes.«

»Doch die Vision des Tieres hat es gegeben!«, platzte Lamberto da Cingoli heraus. »Erinnert Euch an das Tier! An die Ankunft des falschen Propheten! Der Wolfsjäger hat auf das Kreuz geschworen, es zwischen den Bäumen gesehen zu haben, auf seinem Rücken eine ruchlose Frau.«

»Wen oder was Silvano da Focomorto gesehen haben mag, bleibt reine Spekulation, bis es einen Beweis für seine Existenz gibt.«

Lamberto da Cingoli ließ ein gereiztes Lachen hören. »Sind die heiligen Schriften nicht Beweis genug?«

Obizzo d'Este tat einen Schritt nach vorn und stellte sich zwischen die beiden. »Wer auch immer es sei«, verkündete er mit leiser Stimme. »Unser Feind war geschickt darin, reale Welt und Einbildung zu einem Netz zu verweben, in das wir uns verstrickt haben. Wir sitzen wie Tiere in der Falle und warten auf den tödlichen Schlag desjenigen, der uns aus dem Dunkel beobachtet.« Er sah Maynard direkt in die Augen. »Ich bin Eurer Meinung, Herr.«

Für einen Augenblick entdeckte Maynard im Blick des Marchese jene Loyalität und Wertschätzung, die sie einmal verbunden hatte. Im Grunde sah er aber auch eine darunter verborgene flehentliche Bitte. Rettet meinen Sohn, schienen diese schwarzen Augen sagen zu wollen. Rettet Aldobrandino. Maynard runzelte die Stirn und wagte im Namen höherer Werte, vor denen Titel und Zwistigkeiten belanglos waren, dem Marchese entgegen den üblichen Regeln des Anstands eine Hand auf die Schulter zu legen. »Ich frage Euch noch einmal, Euer Gnaden. Vor dem Hintergrund des gerade Besprochenen – habt Ihr da irgendeinen Verdacht?«

Im ersten Moment nahm Obizzo d'Este seine Hand fast gleichmütig zur Kenntnis, dann entzog er sich ihr, als sei sie glühend heiß. »Es ist das erste Mal, dass ich in dieser Weise bedroht werde«, gab er verärgert zur Antwort. »Wenn ich wenigstens den Grund wüsste, könnte ich mir eine Vorstellung machen. Doch alles, was ich habe, ist dieser Satz … Dieser verfluchte Satz! *Pro bono malum.*« Er hob die Arme zum Himmel. »Wenn ich wenigstens eine Ahnung hätte, was er bedeutet!«

Maynard warf einen flüchtigen Blick auf Bruder Lamberto, doch als er sah, dass der sich abseitshielt, wahrscheinlich beleidigt, dass man seinen Theorien skeptisch gegenüberstand, wandte er sich wieder dem Marchese zu. »In seiner rätselhaften Kürze spielt dieser Satz möglicherweise auf ein Ereignis in Eurer Vergangenheit an, das tief in Eurem Gedächtnis bewahrt wird. *Pro bono malum*. Versteht Ihr? Für Gutes Schlechtes. So als hättet Ihr die Erwartungen von jemandem enttäuscht oder jemands Vertrauen verraten.«

Diese Worte reizten den Stolz des Marchese. »Denkt lieber an Euren eigenen Verrat, Rocheblanche!« Zorn stieg wieder in ihm auf. »Warum quält Ihr mich? Wäre ich in der Lage herauszufinden, wer für diese Beleidigungen verantwortlich ist, glaubt Ihr, ich hätte mich dann an den Bischof gewandt? Geht also! Wendet Euch wieder Eurer Pflicht zu!«

»Das werde ich tun, edler Obizzo«, sagte Maynard in hartem Ton. »Aber gewiss nicht, weil es mir befohlen wurde.« Er deutete eine steife Verbeugung an und verabschiedete sich, wobei er gegen den Wunsch ankämpfte, den Marchese zu ohrfeigen. »Es ist meine freie Wahl, vergesst das nie!«

Ehe er den Hof verließ, drehte er sich zu Bruder Lamberto um, der immer noch abseits im Bogengang wartete.

»Geht nur ohne mich, Herr«, erwiderte dieser auf seine stumme Aufforderung. Dann wandte er sich mit einem vielsagenden Lächeln dem Marchese zu. »Ich bleibe noch einen Augenblick bei Seiner Gnaden.«

»Um was zu besprechen?«, fragte Maynard verdrossen.

Lamberto da Cingoli holte zu einer vagen Geste aus. »Dinge des … Glaubens.«

18

Mit einer grimmigen Wut im Bauch stürmte Maynard aus dem Palazzo. Er war empört über die Art und Weise, wie der Marchese ihn weggeschickt hatte. Fast wie einen Bediensteten hatte er ihn abgefertigt. Nach all den Gefahren, die er in seinem Leben durchlebt hatte, fiel es ihm immer schwerer, seine Zunge im Zaum zu halten, obwohl er wusste, welche Vorteile ein besonneneres Verhalten hatte. Seine schlechte Laune wurde verstärkt durch das Gefühl, seine Zeit vergeudet zu haben. Vielleicht wäre er besser dem Rat von Bruder Lamberto gefolgt, eine Begegnung mit Obizzo d'Este zu vermeiden ... Warum war der Inquisitor wohl noch am Hof verblieben? Maynard unterdrückte einen Fluch. Es gehörte nicht viel Verstand dazu, um hier Unrat zu wittern. Zwischen Lamberto da Cingoli und dem Marchese gab es zweifelsohne eine Verbindung. Die wohl auf einem weit zurückliegenden und noch nicht beigelegten Streit beruhte. Obwohl Maynard sich nicht gleich Gewissheit verschaffen konnte, hatte er schon eine Idee, wen er deswegen befragen konnte.

Er war so in diese Überlegungen versunken, dass er auf dem Weg zur Piazza einen mit Gefäßen bepackten Jungen übersah, der ihm entgegenkam. Sie rannten ineinander, und der Junge fiel auf den schneebedeckten Boden.

»Ich bitte um Verzeihung«, rief Maynard instinktiv und beugte sich nach unten, um dem Jungen beim Aufstehen zu helfen.

»Ihr müsst entschuldigen«, beeilte sich dieser sichtlich verlegen zu sagen. »Ich war in Eile, die Gefäße haben mir die Sicht genommen ...« Als er aufsah, blieb ihm vor Überraschung der Mund offen stehen. »Oh Messere, Ihr seid das!«

Maynard starrte ihn verwirrt an, denn er wusste nicht, wer der Junge war. Er betrachtete die gestreifte Livree, die ihn als Diener zu erkennen gab, dann blieb sein Blick an den sanften, immer noch kindlichen Augen hängen. Etwas an dem Jungen kam ihm bekannt vor. »Jetzt erinnere ich mich …«, murmelte er. »Ihr dient dem Sohn des Marchese, nicht wahr?«

»Nicht mehr, Messere.« Der Junge seufzte. »Seit der edle Aldobrandino zum Kapitän-General ernannt wurde, verrichte ich andere Tätigkeiten.«

»Aldobrandino ist Kapitän-General? Aber er ist doch erst vierzehn!«

»So hat es der Marchese bestimmt.«

Maynard schnaubte ungläubig. Er wusste natürlich, dass dies das passende Alter war, um einen jungen zukünftigen Herrscher an die Verantwortung eines Kommandos zu gewöhnen. Manche begannen sogar noch eher. Für Aldobrandino jedoch erschien es ihm zu früh. Er hatte ihn als intelligent und eigensinnig in Erinnerung, allerdings mit einem noch zu kindlich-naiven Wesen, um ein solches Amt auszufüllen. Seine Wut gegenüber Obizzo wuchs.

»Ich habe Euch nie gedankt, Messere.«

Maynard kehrte wieder in die Gegenwart zurück und sah den Jungen an. »Wofür denn?«

»Dafür, dass Ihr Euch an jenem Tag für mich eingesetzt habt, als ich bestraft wurde«, erklärte der junge Diener, während er überprüfte, ob die Gefäße, die in den Schnee gefallen waren, Schaden genommen hatten. »Vielleicht hat Euch das nichts bedeutet, mir aber schon.«

»Doch, ich erinnere mich«, sagte Maynard und lächelte freundlich. »Ihr hattet an jenem Tag keine Strafe verdient.«

Der Junge strahlte ihn an, fast als hätte er ein Lob erhalten. Dann erfasste ihn Neugier. »Seid Ihr an den Hof berufen worden, um den Geist zu jagen?«

»Was für einen Geist?«

»Den, der die Botschaften mit den toten Fröschen hinterlässt.«

Maynard wurde ernst. Bislang hatte er diesbezüglich nichts gehört, und selbst wenn es sich nur um eine weitere Ausgeburt der

Phantasie eines Jungen handelte, fragte er sich dennoch, warum der Marchese nichts dergleichen erwähnt hatte. Vielleicht hatte er ja die Gerüchte nicht wiedergeben wollen, die im Palazzo kursierten. »Nur Mut!«, beruhigte er den Jungen. »Es gibt keine Geister.«

»Aber man hat ihn gesehen, Messere!«, beharrte der Diener. »Ein Küchenjunge. Er schwört, dass er in den Gängen der Vorratskeller nach Sonnenuntergang einen Geist gesehen hat ... Er hat ihn sogar wiedererkannt.«

»Ach – dann haben Geister also auch ein Gesicht?«, fragte Maynard skeptisch.

»Es ist die Marchesa Lippa Ariosti!« Die Angst stand dem Jungen ins Gesicht geschrieben, und er schien sich die Gefäße fast schützend vor die Brust zu halten. »Versteht Ihr jetzt? Sie ist aus dem Reich der Toten zurückgekehrt, um sich für den Mord an ihr zu rächen.«

Wieder einmal fragte sich Maynard, woher diese Gerüchte stammten. Aus den vielen Nachrichten, die ihm über den Tod von Madonna Ariosti zu Ohren gekommen waren, hatte er geschlossen, dass sie von einer plötzlichen Krankheit dahingerafft worden war, vielleicht ein erstes Opfer der Pest. »Ihr dürft nicht alles glauben, was man sich erzählt«, ermahnte er den Jungen freundlich. »Ich bin viel herumgekommen, habe Krypten und Schlachtfelder gesehen, und ehrlich gesagt ist mir noch kein *phantasma* begegnet.« Doch dann durchzuckte ihn ein Gedanke. »Wenn Ihr jedoch nicht von einem Geist sprecht«, fügte er hinzu, »sondern vielmehr seltsame Gestalten gesehen oder davon gehört habt, dann wäre das etwas anderes ...«

Der junge Diener sah ihn bestürzt an. »Was meint Ihr damit, Messere?«

»Einen groß gewachsenen Mann von kräftiger Statur, mit einem roten Feuermal über dem linken Auge.«

»Den habe ich noch nie gesehen.«

»Könntet Ihr Euch dennoch im Palast unter Euresgleichen umhören?«, bat ihn Maynard. »Oft bekommt die Dienerschaft mehr

Einzelheiten mit als die Wachen. Sie räumen die Zimmer auf, behalten Ausgänge, Stallungen und Gärten im Auge. Vielleicht hat ihn ja doch jemand bemerkt.«

Der Junge nickte. »Ein rotes Feuermal über dem linken Auge«, wiederholte er ernst. »Das werde ich tun, Messere. Und falls ich etwas erfahren sollte, wie kann ich Euch davon berichten?«

Maynard strich dem jungen Diener zufrieden über den Kopf und wandte sich zum Gehen. »Fragt im Kloster San Domenico nach mir«, antwortete er. »Aber überbringt Eure Nachricht keinem anderen als mir persönlich.«

»Ich wähnte Euch in Bologna, Magister. Fern von den Pflichten als Inquisitor.«

»Warum glaubt Ihr, dass ich mich in meiner Funktion als Inquisitor an Euch wende?«

Obizzo d'Este musterte die undurchsichtige Miene Lamberto da Cingolis und musste sich sehr zusammenreißen, um seinem Blick standzuhalten. »Ich erkenne eine Waffe, wenn sie gegen mich gerichtet ist.«

Das Lachen Lambertos hallte durch den Bogengang des Hofes. »Offen gesprochen ist das, was Ihr an mir wahrnehmt, nicht Feindseligkeit, sondern Neugier. Und zwar, was Eure Beziehung zu Chevalier de Rocheblanche anbetrifft.«

»Da gibt es nicht viel zu wissen«, sagte der Marchese finster. »Er war für kurze Zeit der Waffenmeister meines Sohnes.«

»Es muss noch etwas anderes zwischen Euch geben. Einen einfachen Untergebenen verabschiedet man nicht mit so viel Grimm.«

»Wie ich mich von den Leuten verabschiede, geht Euch nichts an«, brauste Obizzo beinahe hasserfüllt auf. Er wollte das Thema wechseln, doch dann ging er auf den Mönch zu, drückte ihm seinen Zeigefinger auf die Brust und starrte ihn durchdringend an. »Was bildet Ihr Euch eigentlich ein, Magister? Die Tage, an denen Ihr mich nach Eurem Belieben verhören konntet, sind lange vergangen. Es ist vorbei. Meine Familie hat den Preis bezahlt, und mir droht keinesfalls mehr die Exkommunikation.«

Lamberto lächelte weiter honigsüß, während er seine knochigen Hände langsam verschränkte. »Ihr habt Euch mit dem Papst ausgesöhnt, da gebe ich Euch recht. Andererseits lassen die Geschehnisse, wegen derer ich ermittle, die Handschrift des Teufels erkennen, was meine Anstrengungen rechtfertigt. Oder sogar zwingend erforderlich macht. Daher darf ich Eure Beziehung zu diesem französischen Ritter, der sich aus unbekannten Gründen in dieser Gegend aufhält, nicht einfach übergehen, ganz abgesehen davon, dass er mir vom Bischof empfohlen wurde.«

Obizzo wich zurück, um seine nächsten Schritte zu überlegen, wie ein Wolf angesichts eines Pfades, der mit Fallen gespickt ist. Man sah ihm nicht an, was er dachte, und als er wieder das Wort ergriff, klang er sehr gemäßigt, fast gleichmütig. »Rocheblanche war ein Freund, bis er sich des Verrats schuldig machte. Das sollte Euch genügen.«

»Meint Ihr seinen Angriff auf die Kurie?«, fragte Lamberto.

»Ihr habt Euch nicht hinreichend erkundigt. Was dieses Ereignis betrifft, so behauptet Maynard, dass er nur so gehandelt habe, um die eigene Ehre zu verteidigen, und bewies dies, als er im Zweikampf meinen Krieger schlug.«

»Ein Gottesurteil«, warf Lamberto mit leichtem Tadel ein.

»Er ist von Adel, das war sein gutes Recht.«

»Dennoch nennt Ihr ihn einen Verräter.«

Obizzo wandte sich ab und betrat den verschneiten Hof, wobei er es vermied, Maynards Fußspuren zu kreuzen. »Es sind Vergehen anderer Art, die eine Freundschaft beschädigen können.«

Bruder Lamberto blieb unter dem Ziegelsteinbogen stehen. »So einen Satz hätte ich von Eurem Bruder Rinaldo erwartet. In persönlichen Beziehungen hielt ich Euch nicht für so empfindlich.«

»Nun, ich neige dazu, wenn ein Vertrauensverhältnis gebrochen wird.«

Nun lachte Lamberto da Cingoli aus vollem Herzen und ließ damit schlagartig seinen aggressiven Charakter erkennen. »Und mir gegenüber seid Ihr loyal, Marchese?«, fragte er beinahe spöttisch. Er kniff die Lider zusammen und trat aus dem Schatten, ohne sich darum zu kümmern, dass er mit seinen Sandalen im Schnee versank. »Als Vertreter der Heiligen Römischen Kirche, meine ich.«

»Das bin ich, aber ja«, erwiderte Obizzo überrascht. »Ich habe geschworen, den Papst, seine Vikare und jeden seiner Stellvertreter bis hin zum letzten Dorfpfarrer zu verteidigen.«

Lamberto da Cingoli baute sich vor ihm auf. Und obwohl er weder an die rein körperliche Größe noch an die kräftige Statur Obizzos heranreichte, wirkte er dennoch so bedrohlich, dass dieser zurückwich. »Würdet Ihr daher auch einem Kardinal aus Avignon nicht die Unterstützung verwehren?«

»Um wen handelt es sich?«

»Sein Name spielt keine Rolle. Ihr solltet allerdings wissen, dass er bald, schon sehr bald eintreffen wird, um Eure Dienste einzufordern.«

19

Kloster Sant'Antonio Abate

»Nehmt Platz, Schwester Eudeline.«

Eudeline betrachtete den Stuhl, den ihr die Äbtissin zugewiesen hatte. Niedrig und ohne Armstützen wirkte er eher wie ein Hocker im Vergleich zu dem Sessel mit hoher Rückenlehne, auf dem ihre Gastgeberin thronte. Schon die Aufforderung, ihn zu benutzen, kam ihr vor, als wollte sie sie verhöhnen. »Falls Ihr nichts dagegen habt, so ziehe ich es vor, zu stehen.«

Verärgert verzog die Äbtissin ihr Gesicht. »Wie es Euch beliebt. Es wird auch keine lange Unterredung werden.«

Eudeline nickte, ohne dem unterschwellig bedrohlichen Ton ihrer Stimme Beachtung zu schenken. Die Einrichtung des Raumes, in dem sie sich befand, verriet ihr, dass sie jemanden vor sich hatte, der streng und penibel auf Ordnung und Kontrolle bedacht war. Ihr Eindruck wurde durch einen Webrahmen verstärkt, auf dem der eingespannte Teppich gerade erst begonnen worden war, wobei der Fadenhaufen zu ihren Füßen davon zeugte, dass er schon mehrfach aufgetrennt und neu gewebt worden war. »Dann redet.«

Doch zunächst legte die Äbtissin die Hände vor die zusammengepressten Lippen und überlegte einen Moment. »Ich muss Euch gleich dreimal ermahnen«, sagte sie. »Dreimal aus stets demselben Grund: Hochmut.«

»Werdet Ihr mich nun auch auf Getreidekörnern niederknien lassen?«, erwiderte Eudeline mit einem herausfordernden Lächeln.

Kurz gab die Äbtissin vor, ihre Heiterkeit zu teilen, doch dann wurde sie wieder ernst. »Ihr könnt gar nicht anders, nicht wahr?«, tadelte sie sie mit leiser Stimme. »Ihr müsst unbedingt herausstellen, dass Ihr die Überlegene seid. Auch jetzt offenbart Ihr wieder Eure

Unverschämtheit! Glaubt Ihr vielleicht, dass der Titel und die Position, die Ihr einstmals bekleidet habt, Euch das Recht dazu geben?«

Eudeline bemühte sich nicht einmal, zerknirscht zu wirken. »Es tut mir leid, wenn ich bei Euch einen derartigen Eindruck erwecke«, gab sie lediglich zur Antwort.

»Verzeiht, wenn ich das bezweifle, solange Ihr unsere Herboristin um Gefallen bittet und in aller Heimlichkeit Botschaften verschickt«, entgegnete die Äbtissin scharf. »Dachtet Ihr wirklich, dass ich niemals davon erfahren würde? Närrin! Darüber hinaus, und das habe ich mit meinen eigenen Augen gesehen, habt Ihr Euch unerlaubt aus dem Kloster entfernt.«

Eudeline seufzte. Als sie beschlossen hatte, nach Pomposa zu fahren, hatte sie sich keinerlei Illusionen hingegeben, dass ihre Abwesenheit unentdeckt bleiben würde. Doch da sie ja nur als Gast Teil der Ordensgemeinschaft von Sant'Antonio war, hatte sie sich deswegen keine größeren Gedanken gemacht. Das Gleiche galt für die Konsultation der Herboristin und die Botschaften. Die beträchtliche Summe, die sie bezahlt hatte, um in das Kloster aufgenommen zu werden, verschaffte ihr in ihren Augen eine mehr als gültige Berechtigung, frei nach ihrem Willen handeln zu können. »Dies waren der Notwendigkeit geschuldete Angelegenheiten, die auch niemandem geschadet haben«, erklärte sie, weit davon entfernt, sich reuig zu zeigen.

»Spielt hier nicht die Naive!«, fauchte die Äbtissin sie an. »Ihr wisst nur zu gut, dass Euer Benehmen schädlich ist. Sowohl für meine Autorität als auch für Eure Mitschwestern. Nun muss ich mit weiterer Insubordination rechnen, falls ich nicht sofort Maßnahmen dagegen ergreife.«

»Warum solltet Ihr? Die Nonnen dieses Klosters sind gehorsam und gefügig.«

Empört sprang die Äbtissin auf. »Sprecht nicht, als wäre dies hier Eure Herde und nicht meine.«

»Das ist eine bösartige Unterstellung Eurerseits.«

»Möchtet Ihr vielleicht meinen Platz einnehmen? Was muss ich wohl noch erwarten? Ihr handelt mit solcher Freiheit, dass Ihr den Eindruck erweckt, Ihr wärt hier die Herrin.«

Eudeline setzte bereits an, der Äbtissin genauso heftig zu antworten, doch dann zügelte sie ihre Zunge, da ihr bewusst wurde, dass diese Feindseligkeit einen ganz natürlichen Grund hatte – Angst. Sie konnte die Gefühle der Äbtissin gut verstehen und gestand sich ein, dass sie diese selbst provoziert hatte. Außerdem hatte sie in letzter Zeit zu viel verloren, als dass sie dem Schicksal anderer gegenüber gleichgültig sein konnte. Sie richtete sich daher stumm auf, um ihrem Unwillen über diesen Streit Ausdruck zu verleihen und zugleich die eigene Schuld einzugestehen. »So bestraft mich denn«, rief sie knapp, um die Angelegenheit abzuschließen.

»Das werde ich, nur keine Sorge«, sagte die Äbtissin grimmig. »Aber Eure Bestrafung wird exemplarisch sein.«

Eudeline winkte gelangweilt ab. »Steckt mich ruhig für zehn Tage in Einzelhaft, auch für einen Monat. Das kümmert mich nicht.«

Die Äbtissin schüttelte den Kopf. »So werdet Ihr niemals Demut lernen«, erklärte sie und wandte ihre Aufmerksamkeit dem Webrahmen zu. Sie stand plötzlich auf und strich sanft über das Gewebe, doch eine leichte Unvollkommenheit darin ließ sie unwillig das Gesicht verziehen. Schließlich richtete sie ihre Augen wieder auf Eudeline und konnte dabei ein sadistisches Vergnügen nicht verhehlen. »Morgen werdet Ihr die Insel Sant'Antonio verlassen, ohne jede Begleitung, und das Ave-Maria betend werdet Ihr auf Knien den Weg zur Kathedrale zurücklegen.«

»Aber das ist … Wahnsinn!«, entfuhr es Eudeline empört.

»Ich bin noch nicht fertig«, verkündete die Äbtissin. »Ihr werdet ein Gewand aus Sackleinen tragen und barhäuptig sein.«

Eudeline bebte am ganzen Körper. Aufrecht, die Arme fest an die Seiten gepresst, die Hände zu Fäusten geballt, wurde sie erst leichenblass, dann purpurrot im Gesicht, ohne die Augen von ihrer

Peinigerin zu wenden. Wie konnte dieses unselige Weib es wagen? Sie stand kurz davor, ihr diese Worte ins Gesicht zu schreien und ihre triumphierende Miene mit ihren Nägeln zu zerkratzen. Sie sollte in Lumpen gehüllt auf Knien durch den Schlamm kriechen … nur um dieser jämmerlichen Frau Genugtuung zu verschaffen! Allein bei dem Gedanken stieg ihr die Wut aus dem Bauch hoch bis in die Brust, doch sie widerstand dem Drang, diese herauszulassen. Eudeline rührte keinen Muskel und fühlte sich, als würde sie jeden Moment in Flammen aufgehen. Bis sie auf einmal in lautes Gelächter ausbrach. Zunächst klang es leicht hysterisch und krampfhaft, doch dann immer natürlicher. Sie lachte, bis ihr die Tränen kamen, so wie früher, als sie ein kleines Mädchen war. Schließlich sagte sie mit einer Entschlossenheit, die sie selbst überraschte: »Eine solche Schmähung werde ich niemals hinnehmen!«

»Ihr wagt es, mir den Gehorsam zu verweigern?«, rief die Äbtissin.

»Das wird nicht nötig sein.« Mit einer heiteren Gelassenheit, die sie sich gar nicht zugetraut hätte, legte Eudeline den Schleier ab und auch das Brusttuch, sodass die Haare offen herabfielen. »Noch heute werde ich zusammen mit meiner Schwester das Kloster verlassen.«

Die Miene der Äbtissin verriet pure Fassungslosigkeit. »Aber …«

»Fürchtet Ihr um die Goldflorin, die ich Euch bei meiner Ankunft übergab?«, fragte Eudeline brüsk.

Diese Bemerkung rüttelte die Äbtissin auf. Sie übernahm nun wieder die Kontrolle über das Gespräch. »Unverschämt bis zum Schluss!«

Eudeline ließ sich von dieser letzten Provokation nicht beeindrucken. Zum ersten Mal seit vielen Jahren lag eine unbekannte Welt vor ihr, ein Leben außerhalb der Klostermauern, ohne Regeln und Einschränkungen. Einfach nur noch Frau sein und keine Nonne mehr, so wie es ihr geliebter Robert gewünscht hatte. Die Erinnerung an ihn schmerzte, wie in jeder verfluchten Nacht, in der sie leise weinte und seinen Namen flüsterte. Oh, Robert! Nicht einmal in der kurzen Zeit, die sie in seinen Armen verbracht hatte, war sie so fest entschlossen gewesen, das Kloster zu verlassen, wie in diesem Moment. Doch damals empfand sie sich noch als Äbtissin, unter der Last der Verantwortung, bedrückt von tausend Ängsten und von dem Schmerz, den der Verlust ihrer Mitschwestern ihr zugefügt hätte. Doch jetzt, in einer fremden Stadt, eröffnete sich ihr die Welt draußen einem Spiel gleich, dessen Regeln sie nicht kannte.

Sie musste für längere Zeit geschwiegen haben, da sie auf einmal bemerkte, dass die Äbtissin sie kritisch musterte. Die Bosheit war aus ihrem Blick gewichen, doch das erstaunte Eudeline kaum. Ihre Entscheidung, aus dem Kloster auszutreten, musste dieser engstirnigen Frau wie das Eingeständnis einer Niederlage vorkommen. Sollte sie das doch glauben, dachte Eudeline und lachte tief in ihrem Innern. Bald würde sie ihren Vorteil daraus ziehen. »Ihr könnt die Goldflorin behalten«, verkündete sie gleich darauf, um die Äbtissin zu beruhigen.

»Seid Ihr sicher?«, fragte diese bebend und immer noch voller Argwohn. »Es handelt sich um ein kleines Vermögen.«

»Es verbleibt zu Eurer Verfügung«, versicherte ihr Eudeline mit einer Entschlossenheit, die allerdings auch eine gewisse Schläue verriet. Und nach einer bewusst gewählten Pause fügte sie hinzu: »Vorausgesetzt, Ihr stellt mir die Dienste Eures schnellsten Boten bereit.«

Die Äbtissin hob eine Augenbraue. Obwohl sie sich hinter ihrem Misstrauen verschanzte, quälte sie wohl unmäßige Neugier, denn nach kurzem Zaudern konnte sie sich die Nachfrage nicht verkneifen: »Was um Himmels willen habt Ihr vor?«

Ehe sie antwortete, durchquerte Eudeline den Raum, warf einen verächtlichen Blick auf den erbärmlichen Schemel, den man ihr angeboten hatte, und nahm schließlich auf dem prächtigen Sessel der Äbtissin Platz. Sie legte die Hände auf die Armlehnen und hielt den Kopf erhoben, mit der Selbstsicherheit und dem Stolz einer Löwin, die wusste, dass sie ihre Stärke wiedergefunden hatte. Sie dachte kurz an das, was ihr Pater Andrea über Bischof Guido di Baisio erzählt hatte, und kam zu der Überzeugung, dass es keinen anderen Weg gab, als das Geheimnis seines Namens zu enthüllen. »Der Bote muss einen Brief für mich nach Paris bringen«, erklärte sie bestimmt. »Und zwar sofort. Schnee, Eis und Winterstürmen zum Trotz.«

20

Nachdem Maynard den Palazzo della Signoria verlassen hatte, streifte er lange durch die Straßen von Ferrara, auf der Suche nach dem Mann mit dem Feuermal im Gesicht. Er wusste selbst nur zu gut, wie vergebens seine Bemühungen waren, doch ihm war nicht danach, ins Kloster San Domenico zurückzukehren, um dort auf neue Befehle zu warten. Außerdem war er immer noch erbost darüber, wie beiläufig und entwürdigend der Marchese ihn entlassen hatte.

Nur indem er unter diesem weißlichen Mittagshimmel ununterbrochen vorwärtslief und dabei jedes Gesicht musterte, das seinen Weg kreuzte, konnte Maynard die Erinnerung an diese unerfreuliche Begegnung von sich fernhalten. Vielleicht, so überlegte er, wäre es klüger, bis in die Via delle Volte zu gehen, wo ihm der Junge den Stock zwischen die Beine geworfen und ihn so zu Fall gebracht hatte. Es war nicht auszuschließen, dass der Verfolgte dort einen Hinweis hinterlassen hatte oder dass er dort von jemandem beobachtet worden war.

Maynard wollte dieser Überlegung gerade weiter nachgehen, als ihm plötzlich ein anderer Gedanke kam und er seine Schritte daraufhin nach Osten in Richtung Porta di Furmignana lenkte, wo die prächtigen Palazzi von Patriziern, Kirchenmännern und reichen Bürgern im Stadtbild immer seltener wurden und die Menschen in bescheideneren Behausungen lebten. So wie Silvano da Focomorto. Maynard war noch niemals bei ihm zu Hause gewesen, aber er erinnerte sich gut daran, wie Bruder Prudenzio darüber gesprochen hatte: Es handelte sich um ein kleines, etwas abseits gelegenes Haus, dessen Eingangstür eine Wolfszeichnung schmückte. Schleppenden Schrittes, da die Schmerzen im Knie seit dem Vorabend keine Ruhe mehr gaben, machte er sich auf den Weg und ging die wenigen Fakten durch, die er sicher wusste.

Dem Unbekannten mit dem Feuermal war es gelungen, mit dem

Trank aus Opium und Teufelskraut zu flüchten, daher würde er ihn auch einsetzen, das bezweifelte Maynard nicht. Und er war auch überzeugt, dass er, wenn er die Wälder durchstreifte, früher oder später Zeuge einer weiteren Prozession werden würde – die beste Gelegenheit, um die Verschwörer gefangen zu nehmen. Für den Fall, dass sie an eine Überwachung der verlassenen Kapelle gedacht haben sollten, wäre es sicherheitshalber notwendig, den Bereich ihrer Suche auszuweiten. Und wem konnte man sich bei einem solchen Vorhaben besser anvertrauen als einem Kenner dieser Gegend?

Maynard gefiel es nicht, sich ausgerechnet an Silvano da Focomorto wenden zu müssen, diesen Feigling, der ihn vor Tagen einfach im Wald zurückgelassen hatte, doch er wusste, dass er keine Wahl hatte. Er suchte daher bis in die späten Nachmittagsstunden nach dessen Heim, bis er endlich vor seinem Haus stand, das im Schatten der östlichen Stadtmauer gelegen war.

Es handelte sich um einen ziemlich heruntergekommenen Steinbau mit Strohdach und einem schief sitzenden Schornstein. Die Zeichnung von einem Wolfskopf auf der Holztür hatte beinahe menschliche Züge, wären da nicht die Reißzähne und die spitzen Ohren gewesen.

Maynard klopfte, doch niemand antwortete.

Er klopfte erneut und rief den Jäger beim Namen. Vergebens.

Verärgert sah er sich um. Inzwischen wurde es schon dunkel, und er konnte sich nicht vorstellen, wo sich dieser Mensch herumtreiben könnte. Nicht einen Moment zog er auch nur in Betracht, ihn in den Gassen von Ferrara zu suchen, denen ein sehr schlechter Ruf vorauseilte.

Da wartete er besser ab.

Maynard verschränkte die Arme vor der Brust, wickelte sich in seinen Umhang und lehnte sich im verlöschenden Tageslicht gegen die Pforte. Je dichter die Nacht nun ihre Schatten webte, desto mehr Männer und Frauen traten aus den Türen, um die Fackeln anzuzünden, die an den Hausmauern, entlang der Straße oder an den Zäunen angebracht waren. Es roch nach den Gerichten, die in den Häusern zum Abendessen gekocht wurden, bescheiden, aber appetitlich genug, um bei Maynard Bilder von Herdfeuern, dampfenden Töpfen und Familien wachzurufen, die sich, vor Wind und Wetter geschützt, um den Tisch versammelten. Je länger sich das Warten hinzog, desto tiefer drang ihm die Kälte in die Knochen. Doch vom Wolfsjäger war weit und breit nichts zu sehen.

Ach, zum Henker, sagte Maynard sich auf einmal. Wenn er schon warten musste, dann wenigstens an einem Ort, wo er vor der Kälte Schutz fand.

Er drehte sich daher um und versuchte, die Tür zu öffnen, aber sie ging nicht auf. Seltsam, überlegte er, denn es gab kein Schloss. Es konnte höchstens sein, dass die Tür von innen blockiert war. Wahrscheinlich mit einem Holzbalken. Aber wie war das möglich, wenn niemand zu Hause war?

»Silvano!«, rief er und klopfte erneut, ohne eine Antwort zu erhalten.

Von einer bösen Vorahnung erfasst, umrundete er einmal das Haus. Der Wind war inzwischen stärker geworden, pfiff heulend um die Ecken und wirbelte ihm Schneeböen ins Gesicht. Die wenigen Fackeln in der näheren Umgebung zitterten wie Seelen, die dem Höllenhauch ausgeliefert waren.

Auf der Rückseite des Hauses bemerkte Maynard ein offenes Fenster, groß genug, um hineinzugelangen. Im Inneren war es stockfinster. Die Dunkelheit wirkte fast wie eine stille Warnung, sich fernzuhalten. Trotzdem schwang er sich hinein, ließ sich langsam auf den Boden hinab und bewegte sich auf allen vieren voran, um nicht im Dunkeln über etwas zu stolpern.

Ein strenger Geruch nach Pelzen und scharfen Gerbsubstanzen schlug ihm entgegen, darüber hinaus war die Luft im Raum abgestanden. Sehr bald nahmen seine Sinne noch einen anderen Geruch wahr, weniger aufdringlich, aber stechend genug, um ihn in Alarmbereitschaft zu versetzen. Er hatte das Gefühl, nicht allein zu sein, und doch war dieses Haus eigentlich so klein, dass er, wäre jemand dort gewesen, dessen Atem hätte hören müssen.

Plötzlich stieß er mit der Fußspitze gegen einen Gegenstand, der mit einem metallischen Klicken zuschnappte. Sein Puls schoss in die Höhe, und er sprang beiseite, und schon schnappte erneut etwas zu. »Verdammt!«, rief er. »Was zum Henker geht hier vor?«

Doch es war nichts zu hören als der Nachhall seiner eigenen Stimme.

Maynard zückte sein Schwert und schwang es, ausgestreckt wie einen Blindenstock, vor sich hin und her. Damit löste er andere im Dunkeln verborgene Fallen aus, bis er gegen eine hölzerne Fläche stieß. Er tastete sie ab, um zu begreifen, worum es sich handelte. Die Tür!

Maynard schob den Balken, mit dem die Pforte verriegelt war, beiseite und öffnete sie. Er trat hinaus auf die windgepeitschte Straße und eilte zur nächsten Fackel, um damit zurückzukehren und das Innere des Hauses von Silvano da Focomorto zu erleuchten.

Endlich konnte er die mit Tierfellen behängten Wände und die löchrige Decke erkennen. Der Boden bestand nur aus gestampfter Erde, darauf waren überall furchterregende Fallen verteilt, die er bei seiner Suche ausgelöst hatte.

In einer Ecke lag mit dem Rücken gegen eine Wand gelehnt der Wolfsjäger. Den vielen Schnittwunden auf seinem Körper nach zu urteilen hatte er heftig gekämpft. Aber letztlich war ihm eine seiner eigenen Fallen zum Verhängnis geworden. Entweder hatte der Mörder sie in sadistischer Weise benutzt, oder es war ein unglückseliger Zufall gewesen: Er war mit dem Kopf in eine der Fallen hineingeraten, und das Fangeisen hatte diesen dann vom Hals abgetrennt.

Kein toter Frosch neben der Leiche.

Nur ein Pergamentfetzen mit einer Botschaft.

»Pro bono malum.«

Als eine Warnung für das Haus d'Este.

ZWEITER TEIL

DIE FRAU UND DAS TIER

21

Bologna
10. April

Die Kapelle der Heiligen Gervasius und Protasius stand am Rande der Stadt, eingezwängt in eine Reihe von Häusern mit Loggien, Erkern und Bogengängen mit hölzernen Säulen. Beinahe verlegen schien sie sich den Blicken der Passanten darzubieten, doch verhehlte sie ihre ländlichen Wurzeln nicht, die noch auf die Zeiten vor dem Bau der Circla zurückgingen, als diese dritte, weiträumige Stadtmauer sie noch nicht von den Ländereien rund um Bologna trennte. Noch Jahrhunderte später waren ihre Geschicke eng mit der Bevölkerung des Umlands verbunden, die jeden Sonntag Hacken, Sensen und Pflüge beiseitelegte und durch die Porta della Mascarella in die Stadt kam, um in ihrem kleinen Kirchenschiff die Messe zu besuchen.

Gualtiero hielt sich seit einigen Tagen in dem Gotteshaus auf. Für einen erbärmlichen Lohn und die Möglichkeit, in einer Nische der Sakristei zu schlafen, hatte er seine Dienste feilgeboten und schmückte nun das Refektorium hinter der Kapelle mit einem Fresko aus. Das war der beste Auftrag seit drei Monaten, in denen Gualtiero auf einer anstrengenden Tour durch die Außenbezirke von Bologna nach Pfarrern Ausschau gehalten hatte, die die Fresken ihrer alten Kirchen erneuern oder die Farben der Heiligenstatuen auffrischen lassen wollten.

Nachdem er die anfängliche Hürde überwunden hatte, sich einen Teil des Geldes als Vorschuss auszahlen zu lassen, hatte der junge Mann Farben, das Material für den Verputz und die nötigen Pinsel und Utensilien besorgt und sich ans Werk gemacht. Innerhalb von nur zwei Tagen hatte er eine Wand über drei Gerüstgrenzen bemalt.

Ein dreiteiliges Werk mit Darstellungen des letzten Abendmahls, der Kreuzigung und des *noli me tangere*. Die Themen hatte der Prior gewählt, um die bevorstehende Feier der Wiederauferstehung des fleischgewordenen Herrn zu begehen.

Beim Skizzieren mit *Sinopia* hatte sich Gualtiero von einigen Miniaturen der »Catena aurea« des heiligen Thomas von Aquin inspirieren lassen, wobei er allerdings den Figuren mehr Körperlichkeit verlieh – angefangen beim Jesus am Kreuz bis hin zu den Gestalten zu seinen Füßen, besonders der Madonna und dem heiligen Johannes, die er mit weiten Umhängen in leuchtenden Blau- und Rottönen gemalt hatte. Beim Abendmahl hingegen hatte er die Jünger ganz traditionell um einen rechteckigen Tisch gruppiert, mit dem Herrn in der Mitte und Judas ihm gegenüber, den man daran erkannte, dass er rotes Haar hatte und dass er sich mit der linken Hand vom Teller bediente.

Das letzte Bild, das Noli me tangere, war am einfachsten zu malen gewesen. Nur zwei Personen, der Wiederauferstandene und Maria Magdalena, die sich gegenüberstanden und die durch eine dynamische Linie verbunden waren, sie vorgebeugt und er majestätisch zurückweichend, um sich nicht berühren zu lassen. Gualtiero hatte sein Fresko soeben vollendet und betrachtete es zufrieden im schwindenden Abendlicht, das von flackerndem Kerzenschein verstärkt wurde.

Endlich erfuhr er, was man empfand, wenn man ein selbst entworfenes und mit den eigenen Händen geschaffenes Werk betrachtete. Jahrelang hatte er Sigismondo und später Mastro Vitale beneidet, wenn er im Moment der Vollendung den Stolz in ihren Augen funkeln sah. Seit er ein kleiner Junge war, hatte er sich keine intensiveren Gefühle, keine größere Freude vorstellen können, als sein ganzes Selbst in die künstlerische Gestaltung einer Wand legen zu können, damit Hunderte, ja Tausende Betrachter die Welt so sehen konnten, wie er sie erdacht hatte. In seinen Formen, mit seinen Farben. Mit seiner Leidenschaft. Und nun, da es geschah, spürte er, wie ihm die

Hände zitterten. Ihn überkam ein beinahe körperlicher Drang, den Pinsel wieder zur Hand zu nehmen und elegantere und noch vollkommenere Bilder auszuführen.

Aber um welchen Preis hatte er diese Gefühle erkauft? Plötzlich bekam er Gewissensbisse und wich von der Wand zurück. Er hatte Sapia und Sigismondo sterben sehen, hatte Isabeau entsagt und sich freiwillig in die Verbannung begeben. Nichts würde diese Verluste wettmachen können, nichts konnte ihm das Leben von früher zurückgeben ... Und doch stand er nun hier, blähte sich voller Eitelkeit auf und lachte wie ein Narr, weil er den Innenraum eines alten Refektoriums verziert hatte.

Gualtiero drehte sich um und lief in Richtung der Tür. Er brauchte jetzt frische Luft, musste dieses Umfeld verlassen, das auf einmal bedrückend auf ihn wirkte und wo ihn alles an das Versprechen erinnerte, das er Isabeau gegeben hatte.

In Wahrheit würde er nichts wieder in Ordnung bringen können. Er würde für den Rest seiner Tage zur Flucht gezwungen sein, ohne je einem Menschen vertrauen zu dürfen. Ständig würde er sich umsehen müssen, aus Angst, jemand könnte ihm einen Dolch in den Rücken stoßen. Das also war das edle Vermächtnis der Familien d'Este und Bonacossi!

Gualtiero durchschritt das kleine Kirchenschiff der Kapelle und trat auf die Straße, wo er die Augen gen Himmel richtete. Dort zeigte sich der Mond in seinem letzten Viertel, zusammen mit einer Handvoll Sterne, die in der klaren Frühlingsnacht funkelten. Seit seine Mutter gestorben war, stellte er sich vor, dass sie ihn von dort oben aus beobachtete. Er konnte sich keinen anderen Ort vorstellen, an dem die Seelen der Seligen in Erwartung des letzten Gerichtes verweilen konnten. Und selbst wenn Sapia ihn sein ganzes Leben lang angelogen und zahlreiche Geheimnisse vor ihm gehütet hatte, hatte sie doch ein solches Privileg verdient. Und sei es auch nur wegen der Liebe, die sie ihrem Sohn entgegengebracht hatte.

»Da ist ja der Lump!«

Dieser Ausruf zerstörte den Zauber und veranlasste Gualtiero, die Augen wieder nach unten auf die dunkle Straße zu richten. Dort waren gerade drei Männer unter einem Bogen hervorgekommen und steuerten nun direkt auf ihn zu. Derjenige, der gerufen hatte, lief breitbeinig und wichtigtuerisch in der Mitte, in der Hand eine Fackel, die vor allem sein bedrohliches Grinsen betonte.

»Bist du sicher?«, fragte der Kumpan zu seiner Rechten.

»Oh ja.«

Gualtiero bedauerte jetzt, sein *Basler Messer* in der Sakristei bei seinem Lager gelassen zu haben. Er witterte Gefahr, obwohl er nicht wusste, worum es ging. »Ihr Herren meint mich?«, fragte er mit fester Stimme.

Die drei lachten höhnisch auf. Da gab der Mann mit der Fackel den Blick auf einen Knüppel frei, der in seinem Gürtel steckte. »Mir scheint, de' Bruni ist Euer Name.«

»Ich dachte, er wäre älter«, sagte der Dritte, der bislang geschwiegen hatte.

»Ich habe es euch doch gesagt, er ist noch ein grüner Bengel«, schimpfte der andere.

»Jung oder alt, das werden wir ihm nicht durchgehen lassen.«

Gualtiero schaute kurz zum Portal der Kapelle, das in seinem Rücken lag, doch statt feige zu fliehen, trat er einen Schritt vor und erklärte in lautem Ton: »De' Bruni heiße ich, und Gott ist mein Zeuge, dass ich weder in Schulden oder Streitigkeiten noch sonst etwas verwickelt bin.«

»Oh doch, das seid Ihr, Schuft!« Der Mann mit der Fackel sprang vor und packte ihn am Kragen. »Ihr maßt Euch den Titel eines Malers an und nehmt anderen die Arbeit weg, ohne um Erlaubnis zu fragen. Wie könnt Ihr es wagen?«

Gualtiero riss sich los und stieß ihn zurück. »Warum sollte ich um Erlaubnis fragen? Und wen? Ich habe keine Herren!«

Einer der beiden anderen spuckte auf die Erde. »Oho«, spottete er, »werdet Ihr auch noch vor dem *Barigello* eine so große Lippe riskieren?«

»Nein«, knurrte der andere grimmig, »denn vor dem Barigello wird der hier niemals erscheinen!« Und schon schnellte er vor und rammte Gualtiero seine Faust in den Magen.

Dieser ging zu Boden und presste wütend die Kiefer zusammen. »Ihr erbärmlichen Hunde!«, zischte er, während er sich rasch wieder aufrappelte. Ein zweiter Schlag in die Seite überraschte ihn und nahm ihm den Atem. Erneut landete er im Straßendreck und hoffte sehr, dass seine Angreifer ihn nun genug gedemütigt hatten.

Aber der Mann mit der Fackel holte den Knüppel hervor. »Jetzt wirst du dafür bezahlen!« Ein Schlag traf Gualtiero zwischen den Schulterblättern. Der Mann schlug wütend auf ihn ein und forderte auch seine Kumpane auf, es ihm heimzuzahlen, bis einer von den beiden begann, auf Gualtiero einzutreten.

Dem blieb nichts anderes übrig, als zusammengekauert auf dem Boden alles über sich ergehen zu lassen. Wut und Schmerzen hinderten ihn daran, genau zu begreifen, was mit ihm geschah. Am liebsten hätte er diese verdammten Kerle umgebracht. Doch die Schläge prasselten so schnell auf ihn ein, dass er nicht einmal dazu kam, wüste Beschimpfungen auszustoßen.

Jetzt sterbe ich, dachte er plötzlich. Wie ein Narr, ohne überhaupt zu wissen, warum.

»Es reicht!«, erklang auf einmal eine donnernde Stimme.

Die drei Angreifer wichen zurück und blickten zu dem Mann, der aus der Dunkelheit hervorgetreten war. Aus dem Augenwinkel erfasste Gualtiero dessen kräftige Gestalt und den braunen Bart. Er hatte die Hände in die Seiten gestützt, an seiner Schärpe baumelte gut sichtbar ein Schwert. »Es reicht, habe ich gesagt!«

»Aber Meister …«, versuchte sich einer der Schläger zu rechtfertigen. »Gerade Ihr solltet den Grund doch kennen.«

Der Mann trat kopfschüttelnd näher. »Und wenn ich meine Klinge noch nicht gezückt habe, Messeri, dann nur, weil wir uns gerade in der Fastenzeit befinden. Aber solltet Ihr nicht von diesem jungen Mann ablassen, werde ich jede Zurückhaltung aufgeben.«

Nach dieser Drohung suchten Gualtieros Peiniger das Weite. Dieser wollte sich aufrichten, doch er musste husten und spuckte Blut.

»Bleibt liegen, mein Sohn«, riet ihm der Mann. »Ich möchte nicht, dass Ihr diese Hunde weiter reizt.« Jetzt war er nur noch einen Schritt von Gualtiero entfernt. Eine Hand ruhte weiter auf dem Schwertknauf, als er sich vor ihm hinkniete und nachsah, wie es ihm ging. »Wie fühlt Ihr Euch?«

Gualtiero winkte verächtlich ab. »Ich habe schon Schlimmeres erlebt, Messere.«

Vitale de Equis lächelte. Als er wieder aufsah, waren die drei Schläger in der Dunkelheit verschwunden.

22

Vitale de Equis half Gualtiero auf, und nachdem er sich vergewissert hatte, dass der junge Mann sich auf den Beinen halten konnte, führte er ihn zu einer Schenke am Ende der Straße. Gualtiero war angeschlagen, aber seine Knie zitterten eher vor Wut denn vor Schmerz. »Diese Bastarde ...«, murmelte er vor sich hin und presste die Hände gegen die Rippen. Dort und am Rücken hatten ihn die meisten Schläge getroffen, doch glücklicherweise schien nichts gebrochen zu sein. Er wunderte sich darüber, dass de Equis rechtzeitig zur Stelle gewesen war, um einzugreifen. »Woher ... wusstet Ihr?«

Mit einem geheimnisvollen Lächeln auf den Lippen legte ihm de Equis eine Hand auf die Schulter und forderte ihn auf, die Schenke zu betreten. Ein paar Gäste saßen dort vor einem Krug Wein oder einem Teller mit Suppe. Vitale grüßte einige Leute und lief dann weiter bis zu einem Tisch nahe dem Kaminfeuer, wo er Gualtiero schließlich bedeutete, Platz zu nehmen. »Wie fühlt Ihr Euch?«

Gualtiero verzog den Mund. »Mit den blauen Flecken kann ich umgehen. Gott sei Dank seid Ihr zur rechten Zeit erschienen ...«

Der Maler stützte die Ellenbogen auf den Tisch. »Habt Ihr bereits gegessen, mein Sohn?«

»Heute noch nicht, Messere.«

Vitale de Equis gab dem Wirt ein Zeichen, der nickte, dann wandte er sich wieder Gualtiero zu. »Eure Anwesenheit in Bologna ist nicht unbemerkt geblieben. Zumindest nicht unter denjenigen, die unsere Kunst betreiben. Seit einiger Zeit geht Ihr in Läden, um Farbpigmente zu kaufen, oder fragt in den Kirchen des Umlandes nach Aufträgen ... Gerüchte verbreiten sich in Windeseile, wisst Ihr? Und obwohl es genügend Maler gibt, denen dies so wie mir gleichgültig ist, kann man das nicht von allen Mitgliedern der *quattro arti* sagen.«

»Der Quattro arti?«, wiederholte Gualtiero.

»Der Zusammenschluss der Zünfte niederer Künste«, erklärte de Equis. »Schwertschmiede, Hüllenmacher, Sattler und: Maler. Alle Handwerksmeister der Stadt sind dort Mitglieder. Sie befolgen die Regeln und erhalten dafür Schutz.«

Gualtiero winkte uninteressiert ab. »Ich bin nicht in Bologna ansässig.«

»Wenn Ihr die Tore der Stadt durchschritten habt, seid Ihr dennoch ihren Regeln unterworfen«, klärte Vitale ihn auf. »Hört zu, wenn die Lage anders wäre, hätte niemand Notiz von Euch genommen. Aber in Zeiten der mageren Kühe ist ein fremder Maler, der ohne Erlaubnis der Gilde sein Handwerk ausübt und der dazu noch zu jung ist, um ein Mastro pittore zu sein, ein Affront für alle Meister, die sich schwertun, ihren Lebensunterhalt zu verdienen. Und glaubt mir, das sind nicht wenige.«

»Ihr meint ... die drei Schläger waren Maler?« Gualtiero war wie vom Donner gerührt.

De Equis wartete, bis der Wirt ihnen eine Karaffe Wein und zwei Scheiben Brot hingestellt hatte, dann nickte er. »Ich habe gehört, wie sie sich unterhalten haben, und wusste deshalb, dass sie heute Nacht zu Euch wollten ... Na ja, den Rest der Geschichte kennt Ihr. Ich war mir zunächst nicht sicher, ob wirklich Ihr gemeint wart, obwohl einer dieser Nichtsnutze einen gewissen de' Bruni erwähnt hatte.«

»Ihr wart nicht verpflichtet einzugreifen. Ich bin Euch etwas schuldig.«

»Oh ja, das seid Ihr«, erwiderte de Equis und füllte seinen Becher. »Daher müsst Ihr meine Frage beantworten: Warum seid Ihr nach Bologna gekommen? In Ferrara hättet Ihr es wesentlich leichter haben können.«

Gualtieros Miene verfinsterte sich. »Ich kann nicht nach Ferrara zurück.«

»Das ist keine Antwort.«

Ehe Gualtiero die Neugier des Malers befriedigte, brach er ein

Stück Brot ab und schlang es hinunter. Sein Magen war ihm dafür so dankbar, dass er für einen Moment die Schmerzen vergaß. »Ich wollte meine Maltechnik verbessern«, erklärte er. »Nachdem ich gesehen habe, wie Ihr arbeitet, dachte ich, dass ich in Bologna viel lernen könnte. In der Zeit zwischen meinen Aufträgen habe ich die schönsten Fresken der Stadt besichtigt, darunter die von Giotto in der Papstfestung nahe der Porta Galliera. Und ich hoffte, in einer Werkstatt aufgenommen zu werden.«

Die Miene Vitale de Equis' ließ Bewunderung erkennen. »Warum seid Ihr nicht in Pomposa geblieben?«, fragte er noch einmal nach. »Ich wette, dass Abt Andrea Euch gern als Miniaturist aufgenommen hätte.«

Gualtiero schüttelte den Kopf. »Mein Vater war Maler. Nach seinem Tod habe ich geschworen, dass ich seinem Vorbild folgen werde.«

»Denkt nicht, dass Ihr mir auf diese Weise ein schlechtes Gewissen einreden könnt. Die einzige Hilfe, die ich Euch bieten kann, ist, Euch einen Rat zu geben: Kehrt dorthin zurück, wo Ihr hergekommen seid. Los nun, esst dieses Brot auf, dann werde ich Euch zur Kapelle zurückbegleiten, um sicherzugehen, dass Ihr keine weiteren unangenehmen Zusammenstöße haben werdet.«

Als sie die Stelle passierten, an der Gualtiero angegriffen worden war, überlegte dieser, wie feige doch die Menschen waren, die in den Häusern rund um die Kapelle wohnten. Während er verprügelt worden war, hatte es niemand für nötig befunden, ein Fenster zu öffnen oder gar die Häscher zu rufen.

Vor dem Portal der Kapelle der Heiligen Gervasius und Protasius blieb er stehen und wandte sich noch einmal voller Dankbarkeit dem Maler zu. »Ich schulde Euch Geld.«

»Wo denkt Ihr hin!«, wehrte dieser ab. »Für das bisschen Wein.«

»Ich möchte Euch dennoch bezahlen.«

»Stolz bis ins Mark.«

»Wenn Ihr mir bitte folgen wollt. Ich habe meine Börse in der Sakristei bei meinen Sachen gelassen.«

Mit diesen Worten führte Gualtiero de Equis in die im Dunkeln liegende Kirche und wählte nicht ganz unbeabsichtigt den Weg, der am Refektorium vorbeiführte.

Der Raum war immer noch von Kerzen erleuchtet, sodass die Gerüste skelettartige Schatten auf die gerade vollendeten Fresken warfen.

Instinktiv blieb Vitale de Equis stehen, um die Bilder zu betrachten, und sein Interesse wuchs spürbar. Er kniff die Augen zusammen, um die Einzelheiten der Fresken in diesem Zwielicht besser erkennen zu können, und nickte unwillkürlich mehrmals. »Habt Ihr diese wirklich selbst gefertigt?«

»Innerhalb von nur zwei Tagen«, bestätigte Gualtiero voller Stolz.

Immer noch beifällig nickend studierte de Equis die Bilder genauer. Die Art, wie er sich dabei über den Bart strich, verriet eine Mischung aus Gefallen und Unentschlossenheit. Doch nicht ein Kompliment kam über seine Lippen. Nach langem Schweigen murmelte er gerade einmal ein »grundgütiger Hurensohn«. Dann schlug er Gualtiero auf die Schulter und erklärte mit gespielter Gleichmut: »In ein paar Tagen breche ich nach Udine auf, wo eine bedeutende Arbeit in der Kathedrale Santa Maria Maggiore auf mich wartet. Ich hatte vorher nicht daran gedacht, aber ganz plötzlich bin ich der Meinung, dass ich einen Gehilfen sehr gut gebrauchen könnte.«

Gualtiero musterte ihn erstaunt. »Wollt Ihr damit andeuten, dass ich …«

»Udine ist weit weg«, warnte de Equis ihn, um seine Begeisterung zu bremsen. »Ihr werdet Euch die Sohlen ablaufen.«

Weit weg, dachte Gualtiero. Weit weg von allen Ränken der Bischöfe und Äbte. Weit weg von den d'Este, den Bonacossi und von ihren Feinden. »Keine Sorge, Messere«, erwiderte er und strahlte über das ganze Gesicht. »Ich besitze ein gutes Reittier.«

23

Ferrara, Piazza vor der Kathedrale
12. April

Von der Stirn Christi schien echtes Blut zu triefen. Abt Andrea unterdrückte ein Schaudern und beobachtete, wie sich der Darsteller mit dem Kreuz auf den Schultern zur Mitte des Platzes bewegte. Hinter ihm ein Pulk Soldaten in antiker Aufmachung, im Begriff, ihn zu verhöhnen und mit Lanzen und Geißeln zu quälen. Es war nur Spiel, versuchte er sich zu sagen und dem Drang zu widerstehen, ins Passionsspiel einzugreifen. Er spürte den Schweiß auf der Stirn und merkte, dass sich seine Hände in der Kutte vergruben. Er schämte sich beinahe dafür, dass die Leute um ihn herum so wenig Regung zeigten. Ungerührt saßen sie auf der Tribüne, die vor dem Portal von San Giorgio aufgebaut worden war, und blickten auf das Lamm Gottes, das von der Last der Sünden niedergedrückt wurde, die es nicht begangen hatte. Zu ihrer Entschuldigung war anzuführen, dass die Welt dumm und brutal war, doch bedauern konnte er sie dafür nicht. Allerdings, welche Rechtfertigung konnte er wohl nennen, um den eigenen Glaubensverlust zu erklären? Auf der Suche nach einer Antwort blickte er auf den Christus. Die Dornenkrone, die schmutzigen Füße, der menschgewordene Gott im Angesicht seines Martyriums. Vielleicht kannte auch er Angst, kam es ihm plötzlich in den Sinn. Angst und Zweifel, genau wie jedes menschliche Wesen. Er sah, wie jener das Kreuz auf dem Boden ablegte und keuchend, die Augen zum Himmel gewandt, darüber zusammenbrach. Vater, siehst du mich? Andrea stockte der Atem. Siehst du mich? Unwillkürlich schaute er zum Himmel und erwartete, dass sich dort dunkle, mit dem Zorn der Engel gefüllte Wolken zusammenbrauten. Doch der Himmel war beschämend klar, fast als wollte er das Blut verhöhnen, das auf Golgatha vergossen wurde. Das Einschlagen der Nägel dröhnte dem Abt in den Schläfen.

»Ehrwürdiger Vater, fühlt Ihr Euch wohl?«, erkundigte sich Bischof Guido di Baisio, der neben ihm saß. »Ihr seid ganz blass.«

Andrea verzog das Gesicht und deutete auf die Sonne. »Mir ist das Licht … zu grell.«

»Ihr haltet Euch zu viel in geschlossenen Räumen auf.« Guido schmunzelte. »Einen Augenblick lang habe ich geglaubt, das Mysterienspiel bereite Euch Verdruss.«

»Im Gegenteil, es hat mich zum Nachdenken gebracht.«

»Ihr drückt Euch aus wie ein Sohn des Volkes«, sagte Guido mit leiser Stimme, wobei er das Publikum auf der Tribüne fest im Blick hatte – alles Adel und Prälaten und so selbstgefällig, als stellten sie das wahre Spektakel für den Plebs dar, der sich rund um die Piazza versammelt hatte. Er wies auf die Aufführung, ohne sich darum zu kümmern, dass Christus gerade ans Kreuz genagelt wurde. »Malerei, Bildhauerei und die ephemere *comoedia* sind Formen niedriger Kunst, die fürs einfache Volk von geringem Verstand gemacht sind. Allein Theologie und Philosophie vermögen unseren Geist durchgreifend und vollkommen zu erheben.«

Andrea war versucht, das außerordentliche Talent Gualtieros ins Feld zu führen, um deutlich zu machen, wie sehr der Bischof irrte. Stattdessen fragte er: »Wie kommt es dann, dass Ihr Euch so gern mit Meistern dieser niederen Künste umgebt? Auch von Bertrand du Pouget sagt man das, ebenso von vielen anderen großen Kirchenmännern wie Suger de Saint-Denis oder Papst Clemens VI.« Den Namen des Letzteren sprach er mit spöttischem Unterton aus und ließ seinen Unmut über die Verschwendungssucht des Papstes durchblicken.

»Gut angelegtes Geld, wenn es für Kirchen, Heiligenbildnisse und *bibliae pauperum* ausgegeben wurde, angetan, die Herrlichkeit Gottes zu rühmen«, verteidigte sich Guido. »Wer im Übrigen weder die lateinische Sprache beherrscht noch große Summen für Ablässe ausgeben kann, für den sind diese Werke die einzige Möglichkeit zur spirituellen Errettung.«

»Was hingegen die irdische Errettung betrifft«, lenkte Andrea die Unterhaltung unvermittelt in eine andere Richtung, »so frage ich mich oft, wie es wohl meinem Freund Rocheblanche ergeht.« Er wandte seinen Blick zum Balkon des Palazzo della Signoria, von wo aus der edle Obizzo d'Este im Kreise der Familie und einiger weniger Mitglieder des Patriziats dem Mysterienspiel beiwohnte. »Ich hatte damit gerechnet, ihn heute dort zu sehen, doch ...«

»Ich kann Euch versichern, dass sich Rocheblanche bester Gesundheit erfreut.«

»Mehr könnt Ihr mir nicht verraten?«

»Wenn es Euch nichts ausmacht, möchte ich dieses Thema nicht weiter vertiefen.«

Andrea studierte den schwer fassbaren Gesichtsausdruck Guido di Baisios. Er fühlte sich an dessen feindselige Reserviertheit erinnert, mit der er ihn vor Monaten im Palazzo del Podestà verabschiedet hatte. »Bei unserer letzten Unterhaltung habe ich mich vom Eifer hinreißen lassen, muss ich zugeben. Die heutige Einladung hingegen gibt mir Anlass zur Hoffnung, was Euer Verhältnis zu mir betrifft.«

»Vergebung ist an Ostern gottgefällig«, erwiderte Guido versöhnlicher. »Andererseits will ich Euch nicht verheimlichen, dass mich Euer großes Misstrauen gegenüber meinem Vorgehen etwas verstimmt hat. Ihr habt mir vorgeworfen, einen ehrbaren Mann verraten zu haben, nur weil ich meine Treue zu Avignon erklärt habe.«

»Es liegt mir fern, Anschuldigungen auszusprechen, doch erinnere ich mich gut, wie nachdrücklich Eure Exzellenz versuchte, Messer Maynard dazu zu bewegen, seine Einstellung zu ändern.«

»Ihr bezieht Euch auf den Lapis exilii?«

Der Abt lächelte vielsagend. »Worauf sonst?«

Das Passionsspiel auf der Piazza war für die beiden Männer inzwischen zu einem beiläufigen Gemurmel im Hintergrund geworden, dem sie keinerlei Aufmerksamkeit mehr schenkten.

»Ich bin immer noch der Meinung«, sagte Bischof Guido gekränkt, »dass Rocheblanche falsch handelt. Eine Reliquie Christi sollte der Heiligen Mutter Kirche ausgehändigt werden, damit Theologen sie eingehend untersuchen und ihre Echtheit bestätigen können. Bis dahin besteht die Gefahr, dass sie entweder in Vergessenheit gerät oder, schlimmer noch, zum Werkzeug einer neuen Häresie wird.«

Andrea konnte dem nicht widersprechen. Kannte er doch nur zu gut die Gefahren, die jedem drohten, der sich zu ausführlich mit den Geheimnissen des Codex Millenarius beschäftigte. Die Worte Flegetanis' hatten seinem Gewissen zugesetzt. Denn sie hatten ihm wieder den Argwohn in Erinnerung gerufen, den sein Lehrer Severino da Padova gegenüber Dogmen, Vorschriften und Hierarchien hegte, der mehr auf Aufklärung allein durch den Verstand vertraute. *Gib alles auf*, schienen diese mysteriösen Seiten zu mahnen und ließen ihn in den Abgrund der Häresie blicken. Und obwohl der kühne Severino stets behauptet hatte, es gebe keine Häresie, hatte Andrea doch Grund zu der Annahme, dass es nicht Gottesfurcht war, die aus ihm sprach, sondern der Stolz des Gelehrten, verführt durch die astrologischen Studien eines Pietro d'Abano, Macrobius oder Michael Scotus.

Doch in diesem Augenblick wäre der Abt Andrea bereit gewesen, Amt und Würden hinzugeben für einen Rat seines geliebten Meisters. Er fühlte sich verloren und niedergeschlagen und war wütend auf sich selbst. Andrea richtete seinen Blick auf den *crucifixus dolorosus* inmitten der Piazza und sah, dass die liebliche Maria gerade von solch heftigem Leid ergriffen wurde, dass es sie auf die Knie zwang. Sie erlitt das Mysterium der wundersamen Wehen, die sie nicht etwa während der Geburt, sondern nun angesichts des verlöschenden Lebens Christi und der Geburt der Kirche quälten. Wie sehr sich die Theologen doch irrten, dass sie die Empfindungen einer Frau so gering schätzten und für unedel hielten! Dieses Wesen voller Pein war nichts anderes als eine Mutter, die vom Tod des Sohnes überwältigt war, eine Mutter, die in sich den Schmerz Tausender und Abertausender anderer Mütter trug, deren Kinder, ganze Völker, von Krieg, Pest und Hungersnot geschlagen waren.

Er senkte das Haupt, um zu verbergen, wie aufgewühlt er war – eine Reaktion wie die eines einfachen Mannes aus dem Volke, wie der Bischof sie genannt hätte –, und kehrte zum Ausgangspunkt ihrer Unterhaltung zurück. »Egal, wie Ihr darüber denkt, hängt die Entscheidung weder von Euch noch von mir ab.«

Es kam ihm so vor, als betrachtete ihn Guido di Baisio von einer Welt aus, die von seiner unendlich weit entfernt und gänzlich verschieden war. Eine Welt, in der die Menschen im Glanz goldener Ketten lebten, frei von Zweifeln, Ängsten oder Reue.

»Die Pflicht eines Geistlichen geht weit über seine Person hinaus, so wie bei guten Eltern«, widersprach Guido. »Oder würdet Ihr bestreiten, dass ein Vater das Recht hat, den eigenen Sohn zu ermahnen?«

Der Ton amüsierte Andrea geradezu. »Das einzige Gesetz, das für Rocheblanche zählt, ist die Ehre. Er würde sogar sterben, um sie zu verteidigen.«

»Um den Preis, dafür in die Hölle zu kommen?«

»Ganz ehrlich? Ich glaube, ja.«

»Ich hoffe nur, dass sein Wahn Euch nicht angesteckt hat!«

»Ich vertraue der Vorsehung«, gab Andrea zurück, »und in aller Demut hoffe ich, dass sie es ist, die die Entscheidungen von Messer Maynard leitet, auf welch geheimnisvollen Wegen auch immer.«

Bischof Guido musste aus den Worten Andreas eine Anspielung herausgehört haben, denn er musterte ihn misstrauisch. Er wirkte jedoch auch leicht betroffen, so als hätte ein Moment des Nachdenkens an sein Gewissen gerührt. »Wenn Ihr irgendwelche Geheimnisse hütet, ist dies der richtige Moment, sie mir anzuvertrauen.«

Andrea bemerkte die Drohung wohl, doch er hütete sich, zurückzuweichen. »Geheimnisse? Ich denke, davon habt Ihr selbst schon genug. Wie dem auch sei, mein Gewissen gebietet mir, Euch zu warnen.«

»Wovor?«, fragte Guido leicht erschrocken.

»Eudeline de Rocheblanche. Kennt Ihr sie?«

»Den Namen habe ich noch nie zuvor gehört.«

»Es ist die Schwester von Messer Maynard. Wenn ich mich nicht täusche, wird sie Euch bald einen Besuch abstatten. Und ich weiß nicht, welche Überraschung sie für Euch parat hat.«

24

Ferrara, Borgo San Giorgio extra moenia
14. April

Eudeline hatte den Winter in einem Haus in einer Gasse in der Nähe des Campo del Mercato verbracht, wo sie eine Dachstube mit zwei Betten, einem Tisch und einem Kamin angemietet hatte. Obwohl sie von weit komfortableren Häusern wusste, die aufgrund der Pest leer standen, hatte sie einen Zufluchtsort außerhalb der Stadtmauern vorgezogen, der einem im Notfall eine schnelle Flucht ermöglichte. Nicht aus Furcht vor einer echten Bedrohung, sondern um nicht zu Entscheidungen genötigt zu werden, ehe sich die Lage geklärt hätte. Ganz zu schweigen davon, dass der finanzielle Aufwand, den es bedeutet hätte, eine angemessene Bleibe zu erwerben, den Richter der Savi auf den Plan gerufen hätte. Mutmaßungen und Begehrlichkeiten hinsichtlich des Vermögens des Hauses Rocheblanche wären die Konsequenz gewesen. So war Eudeline gern bereit, das schäbige Dachkämmerlein mit Isabeau zu teilen. Es hatte zudem den Vorzug, dass es über der Werkstatt eines brummigen, aber anständigen Tischlers lag, der die Schurken der Gegend auf Abstand halten würde. Und nach Eudelines Meinung ging Sicherheit vor Bequemlichkeit, wenn man im Besitz von drei Schreinen voller Goldflorin war, die den Weg von Frankreich bis hierher geschafft hatten.

Im Übrigen war sie zu sehr damit beschäftigt, ihre Freiheit neu zu entdecken, als dass sie dem Ort, an dem sie wohnte, viel Aufmerksamkeit gewidmet hätte. Früher war es ihr schon als schändliche Freizügigkeit erschienen, sich ohne Schleier zu zeigen. Nun hingegen hatte sie sich angewöhnt, mit offenen Haaren auf die Straße zu gehen, angetan mit einem grünen oder blauen *Bliaut*, über dem sie einen wollenen Mantel mit schlichten Stickereien trug. Unbekümmert ihre Einkäufe auf dem Markt erledigen und mit den Leuten auf der Straße sprechen zu können kam ihr angesichts der Ängste, die sie einst so fest im Griff gehabt hatten, fast schon unwirklich vor. Menschenmengen waren nicht länger bedrückend, ebenso wenig der Anblick von Schmutz oder Elend. Sie nahm sie als das, was sie waren, ohne sich davon bedroht zu fühlen.

Manchmal war es ihr, als ginge Robert an ihrer Seite, voller Anerkennung für ihre mutige Entscheidung. Dann wieder war es Isabeau, die ihr die nötige Kraft gab, das Klosterleben ohne Bedauern hinter sich zu lassen. Eudeline war allerdings zu lange Äbtissin gewesen, um sich in den Kleidern einer Frau aus dem Volk nicht den Blicken aller ausgesetzt zu fühlen, vor allem wenn man bedachte, wie wenig Frauen es gab, die sich ohne Aufsicht eines Ehemannes, eines Aufpassers oder männlicher Verwandter frei bewegen konnten. Oft zog ihre Schönheit die begehrlichen Blicke der Männer auf sich, was in ihr die Erinnerungen an das wachrief, was der Vater ihr angetan hatte. In solchen Momenten verbarg sie das Gesicht unter der Kapuze des Umhangs und bedauerte es, das Kloster so überstürzt verlassen zu haben.

Isabeau hingegen schien sich in jeder Lage wohlzufühlen. Sie war froh, die Klausur verlassen zu haben, und war Eudeline nun eine unersetzliche Lehrmeisterin, um sich im Leben zurechtzufinden. Sie zeigte ihr, wie man den Tücken der Straße auswich, wie man mit den Leuten umging und sich in der Menge bewegte. Während dieser Wintermonate hatten sich die Bande zwischen ihnen gefestigt, sodass Eudeline ihr gegenüber die zärtliche Zuneigung einer größeren Schwester empfand. Doch fühlte sie auch immer eine Spur Neid für das stets unverstellte und mutige Auftreten dieser jungen Frau mit dem engelsgleichen Gesicht.

An diesem Tag jedoch kam Isabeaus unerschrockener Charakter sie beide beinahe teuer zu stehen. Sie machten gerade ihre Runde entlang der Marktstände rund um die alte Basilika von San Giorgio, um ihre Einkäufe zu erledigen, als ein Gerber Eudeline vulgäre Komplimente entgegenrief.

»Er sieht aus wie ein Schwein«, kicherte Isabeau und brachte so den Abscheu ihrer Gefährtin zum Ausdruck.

Daraufhin richtete der Mann das Schabemesser auf sie, mit dem er gerade ein Wolfsfell säuberte, um ihr damit zu bedeuten, den Mund zu halten.

Isabeau spuckte auf den Boden und wiederholte: »Schwein!«

In diesem Augenblick mischte sich die Frau des Gerbers ein, eine Furie, die ihr Haar mit Spindeln hochgesteckt hatte, was ihr das Aussehen eines riesigen Nadelkissens verlieh. »Fort mit euch, verfluchte Augen!«, zischte sie.

Auch wenn diese Reaktion mehr ihrer Eifersucht zuzuschreiben war als der Absicht, den Ehemann zu verteidigen, erkannte Eudeline dennoch blitzschnell, dass die Worte der Frau die Aufmerksamkeit einiger Passanten auf Isabeaus unterschiedlich farbige Augen gelenkt hatten. »Lasst uns gehen«, befahl sie ihr deshalb.

»Und uns von solch niederträchtigen Leuten demütigen lassen?«

»Verfluchte Augen!« Angestachelt von der Neugier der Leute griff die Frau des Gerbers sie erneut an. »Hau ab, trag dein Unheil woandershin!«

Da sie das Schlimmste befürchtete, packte Eudeline Isabeau so fest an der Schulter, dass sie ihr schon fast wehtat, und drängte sie vorsichtig zurück. »Gehorcht mir!«, flüsterte sie. Als sie durch die von der Pest geschundenen Gegenden Frankreichs gereist war, hatte sie gesehen, wie arme Vagabunden für weit weniger von der Meute zerfleischt worden waren. Das erinnerte sie daran, dass sie selbst eine Fremde war, noch dazu eine Frau, in einem Viertel voll ungebildetem und abergläubischem Volk, das durch die Hölle gegangen war. »Folgt mir!«, drängte sie erneut und zog Isabeau in eine schmale Gasse.

Endlich hörte Isabeau auf sie und beschleunigte ihren Schritt, und so eilten sie in Richtung einer Straße hinter der Basilika, die zu ihrer Bleibe führte.

Sobald Eudeline sicher war, dass sie außer Gefahr waren, herrschte sie Isabeau an, rot vor Wut: »Wieso habt Ihr nicht sofort getan, was ich Euch gesagt habe? Wolltet Ihr etwa darauf warten, dass sie auch noch ›Dämonenaugen‹ schreien?«

Isabeau murmelte so etwas wie eine Entschuldigung. Fehler offen zuzugeben war nicht ihre Stärke.

Statt etwas darauf zu erwidern, hielt Eudeline plötzlich inne. Sie waren schon vor ihrem Haus angekommen, und eigentlich gab es keinen Grund mehr, sich bedroht zu fühlen. Und doch rührte sie sich nicht vom Fleck, den Blick auf die Straße geheftet.

Ganz in ihrer Nähe stand ein Mann, der in einen grauen Mantel gehüllt war. Auf dem Arm hielt er einen Säugling. Ohne zu bemerken, dass er ihre Aufmerksamkeit erregt hatte, betrachtete er die Auslagen eines Gemüsehändlers.

Eudeline hatte den Araber auf den ersten Blick erkannt. Nicht wegen seiner dunklen Haut oder seines eleganten Gangs, sondern wegen der ungewöhnlichen Aura des Geheimnisvollen, die ihn umgab und die ihr schon bei ihrer letzten Begegnung aufgefallen war. In einer alptraumhaften Nacht hatte ihr damals jener Unbekannte das Leben gerettet, als er sie aus den Fängen eines Handlangers Bertrand du Pougets befreit hatte.

Im Zweifel, ob sie ein Gespenst vor sich hatte oder eine Vision, nahm sie ihren Mut zusammen und ging auf ihn zu, als sie eine Stimme hinter sich vernahm, die sie zusammenzucken ließ.

»Madonna Eudeline de Rocheblanche?«

Ihren vollen Namen zu hören war dermaßen ungewohnt, dass sie sogleich einen Hinterhalt vermutete. »Höchstpersönlich«, gab sie zur Antwort und wandte sich mit geballten Fäusten um.

Sie stand vor einem Reiter, der, in einen regenfesten Umhang gehüllt, auf einem mageren Rotfuchs saß, der bis zum Rist mit Schlamm bedeckt war. Nicht viel besser sah der merkwürdige Mann aus, der in seinem Reisesack wühlte. »Ich habe eine Antwort auf Euren Brief.«

»Aus Paris?«

Der Reiter nickte und händigte ihr eine Schriftrolle aus, auf der das Siegel der Kirche von Saint-Denis zu erkennen war.

»Worum handelt es sich?«, fragte Isabeau, als der Bote davongeritten war.

»Informationen über einen Prälaten aus Ferrara, um die ich einen Freund gebeten habe.« Eudeline forderte sie auf, sich rasch ins Haus zu begeben. »Über den Bischof Guido di Baisio.«

Sie war derart bestrebt, ins Haus zu kommen, dass sie nicht bemerkte, wie sich der Araber umdrehte und seinen Blick an sie heftete.

Noch im Treppenhaus hatte sie das Schreiben aus Paris überflogen. Nun stand sie am Fenster ihrer Dachstube und dachte über dessen Inhalt nach. Von hier aus konnte sie über die dicht aneinandergedrängten Ziegeldächer blicken, die sich wie eine zusammenhängende Fläche bis zu den grasbewachsenen Ufern des *Padus* erstreckten. Im Südosten des Borgos ließ sich der Campanile von San Bartolo erkennen. Jetzt war ihr Blick jedoch auf die Straße unter ihr gerichtet, auf der Suche nach dem Araber, den sie hier kurz zuvor entdeckt, dann aber wieder aus den Augen verloren hatte. Einen Moment lang glaubte sie beinahe, sich getäuscht zu haben. Denn wie wahrscheinlich war es wohl, dass jemand wie er bis nach Ferrara gelangen würde? Noch dazu mit einem Säugling auf dem Arm? Und doch …

»Worum geht es in diesem Schreiben?«

Ganz langsam drehte Eudeline sich zu Isabeau um. »Ich will Euch keine falschen Hoffnungen machen, doch ich denke, ich habe eine Möglichkeit gefunden, Euch wieder mit Eurem Gualtiero zusammenzubringen.«

Das Mädchen blickte zum Brief auf dem Tisch. »Und wird es eine Hoffnung bleiben?«

»Vielleicht nicht.« Eudeline trat vom Fenster zurück, setzte sich und las den Text noch einmal aufmerksam Wort für Wort durch. Die Person, die ihn geschrieben hatte, war vertrauenswürdig. Sie hatte keinen Grund, sie anzulügen. »Diesen Informationen nach zu urteilen ist noch nicht alles verloren«, sagte Eudeline schließlich. »Doch es wird ein gefährliches Spiel werden.«

»Dann wäre es bestimmt gut, Maynard um Hilfe zu bitten.«

Eudeline schüttelte den Kopf. »Mein Bruder darf davon nichts erfahren. Ich fürchte, seine Beziehungen zum Bischof könnten hinderlich sein, ganz abgesehen von seinem persönlichen Talent, die Dinge komplizierter zu machen, als sie ohnehin schon sind.«

»Aus diesem Grund habt Ihr ihm auch noch nicht verraten, dass Ihr den Schleier abgelegt habt?«

»Aus diesem und aus anderen Gründen.«

Isabeau runzelte die Stirn. »Fürchtet Ihr, er könnte uns zurück ins Kloster bringen?«

Eudeline hörte Sorge aus ihren Worten heraus, aber auch einen Anflug von Wut. »Es ist nicht so, wie Ihr denkt«, beruhigte sie sie. »Er täte es nur, um uns zu schützen.«

»Bevor ich dort wieder hingehe, werde ich fliehen«, rief Isabeau.

»Wenn Euch etwas an Eurem Gualtiero liegt, bleibt Ihr besser an meiner Seite.« Bei diesen Worten schwenkte Eudeline den mysteriösen Brief drohend wie eine Waffe. »Nun, da ich die Geheimnisse von Monsignore Guido di Baisio kenne, will ich nicht länger zögern, ihm einen Besuch abzustatten. Und ihm scharfe Bedingungen zu stellen.«

25

Maynard blieb nichts anderes übrig, als sich geschlagen zu geben. Er war seinem Plan gefolgt und hatte monatelang die Wälder durchkämmt, ohne weitere Hinweise auf den Fackelzug oder den Mann mit dem Feuermal zu finden. Sie schienen sich in Nichts aufgelöst zu haben, auch waren keine weiteren Drohbotschaften aufgetaucht. Nach dem Mord an dem Wolfsjäger schienen alle gegen das Haus d'Este gerichteten feindseligen Handlungen eingestellt worden zu sein. In jüngerer Zeit gab es jedoch weiteres Ungemach für den Marchese, allen voran ein um sich greifender Aufstand der Bauern in den Ländereien und den Vierteln vor den Toren der Stadt. Dazu kam, dass der Graf der Romagna, Seine Gnaden Hector de Durfort, in seiner Eigenschaft als General des Papstes Verstärkung gegen die aufständischen Herren von Faenza anforderte. Der Marchese Obizzo hatte ihn hingehalten: Er wollte erst erfahren, wie die Visconti aus Mailand und die Pepoli aus Bologna auf den Appell des *Condottiere* geantwortet hatten.

Inmitten dieser sich überstürzenden Ereignisse kam Maynard sich vor wie eine unbedeutende Spielfigur auf dem Schachbrett der Mächtigen. Der Eindruck verstärkte sich noch, als der Marchese aufgrund seiner neuen Probleme das Interesse an der Untersuchung der Intrige – oder des Maleficiums, wie es Lamberto da Cingoli weiterhin nannte – verloren hatte. Die einzige Hilfe war vom edlen Aldobrandino gekommen, der Maynard auf Bitten des Bischofs hin zehn Bewaffnete geschickt hatte, die ihn bei der Durchforstung der Wälder unterstützen sollten. Ein Grund mehr, weshalb Maynard ein Gefühl des Scheiterns ergriff.

Als er nun die Stadtmauer durchschritt, wurde seine Niedergeschlagenheit immer größer. Nach der langen Zeit im Wald fühlte er sich auf seinem Weg in die Stadtmitte von vorwurfsvollen Blicken der

Vorübergehenden regelrecht verfolgt. Die zehn völlig verdreckten und erschöpften Krieger in seinem Gefolge waren allerdings nicht besser gelaunt, hatten sie doch den Winter mit ihm zwischen Bäumen und Büschen hockend verbracht, auf der vergeblichen Suche nach apokalyptischen Tieren und Laternenzügen der Diana.

Als sie auf der Piazza ankamen, befahl Maynard seinen Begleitern, auf der Straße zu warten, und so betrat er den Palazzo della Signoria allein, wo er um eine Unterredung mit dem Kapitän-General bat.

Aldobrandino d'Este kam kurz darauf zu ihm in die Empfangshalle. Er trug eine *Brünne* und darüber eine Tunika aus Brokat sowie Waffengehenk und Umhang. Maynard empfand ein klein wenig Stolz bei seinem Anblick. Obgleich noch ohne Bartwuchs, schien der junge Mann große Entschlossenheit erlangt zu haben, und sein Blick flößte umgehend Respekt ein. »Vielleicht war ich ein wenig vorschnell, wegen Eurer Ernennung zum Kapitän-General Bedenken zu haben«, gab Maynard zu, als er ihm entgegenging. »Ihr macht in jeder Hinsicht den Eindruck eines Kriegers, der des weißen Adlers würdig ist.«

»Es freut mich, dass mein alter Lehrmeister Wohlgefallen an mir findet«, entgegnete der Sohn des Marchese. Sein Ton war jedoch alles andere als freundlich.

Maynard versteifte sich. »Ich hatte weder die Zeit noch die Gelegenheit, Euch genügend beizubringen, als dass ich mich so bezeichnen könnte«, erwiderte er vorsichtig.

»Wie dem auch sei, trödeln wir nicht länger herum. Verratet mir den Grund Eures Erscheinens.«

»Nichts Ernstes, Euer Gnaden. Ich wollte Euch nur die zehn Soldaten zurückbringen, die Ihr mir zur Verfügung gestellt habt.«

»Hättet Ihr sie nicht einfach zurückschicken können? Sie hätten auch allein zum Stall gefunden.«

»Das hätte ich getan, wenn ich mich nicht außerdem entschuldigen müsste.« Maynard ärgerte sich zunehmend über diese herablassende Behandlung. Einen Augenblick lang fragte er sich, wo der freundliche Junge geblieben war, den er vor zwei Jahren kennengelernt hatte, doch dann dachte er daran, wie schnell sich das Leben des jungen Herrn verändert hatte. Betroffen verneigte er sich. »Das Unternehmen ist gescheitert.«

Aldobrandino richtete die Schließe seines Umhangs an der linken Schulter. »Darüber müsst Ihr nicht mir Bericht erstatten, sondern meinem Herrn Vater.«

»Das hätte ich getan, wenn Marchese Obizzo nicht gerade im Umland unterwegs wäre, um einen Aufstand niederzuschlagen.«

»Ihr hättet ihn in seinem Lager aufsuchen können«, erwiderte Aldobrandino spitzfindig. »Oder habt Ihr Angst, ihm zu begegnen?«

Maynard machte einen Schritt vorwärts, mit einem furchteinflößenden Lächeln auf den Lippen. »Ich warne Euch, mein Junge.« Er strich mit der Hand über den Knauf seines Schwertes. »Ich bin nicht geneigt, über eine Beleidigung hinwegzusehen, selbst wenn sie von einem schmächtigen Herrschersohn kommt.«

Aldobrandino musterte ihn ungerührt. »Ich habe lediglich einen Zweifel geäußert, mein Herr. Und Ihr seid eine Antwort schuldig geblieben.«

»Eine Antwort gibt man demjenigen, der bereit ist zuzuhören. Ihr hingegen scheint eher darauf aus zu sein, mich zu beleidigen. Offensichtlich haben sich die Spannungen zwischen mir und Eurem Vater auf die Achtung ausgewirkt, die Ihr einmal vor mir hattet.«

»Wenn es um fehlende Achtung ginge, hätte ich Euch nicht zehn Bewaffnete zu Hilfe geschickt. Es handelt sich eher um Misstrauen, mein Herr. Denn seht …« Die Miene Aldobrandinos verfinsterte sich schlagartig, und er wurde nun überraschend aggressiv. »Auch wenn ich nicht genau weiß, auf welche Weise Ihr beteiligt wart, so würde ich doch meine Hand dafür ins Feuer legen, dass Ihr etwas mit dem Tod meiner Mutter zu tun habt.«

»Worte ohne jeden Sinn«, gab Maynard grob zurück, der auf einen solchen Vorwurf nicht vorbereitet war. »Als Madonna Ariosti verschied, war ich gar nicht im Palast. Ich erfuhr davon erst viele Tage später, voller Unglauben.«

»Unglauben? Sonst empfandet Ihr nichts?«

Maynard stieß einen Seufzer aus. Sein Zorn von eben war verschwunden, ausgelöscht von der Erinnerung an ein Frauenlächeln. Ein feines Lächeln, voll brennender Leidenschaft. »Ich ... Es schmerzte mich.«

»Und sagt, war es eine unschickliche Liebelei?«

Betroffen sah Maynard Aldobrandino an, dabei wuchs seine Empörung. Haltet Ihr mich für so naiv?, las er in den stahlgrauen Augen des Jungen. »Das geht Euch nichts an.« Maynard überlegte, was wohl hinter dieser Provokation stecken mochte. Allerdings konnte er eine gewisse Befriedigung darüber nicht verhehlen, wie gut sein ehemaliger Schüler gelernt hatte, Hiebe gegen ungeschützte Stellen zu richten. »Und selbst wenn dem so gewesen wäre«, fügte er plötzlich hinzu, »inwiefern sollte ich mit dem Tod von Madonna Ariosti in Verbindung stehen? Wurde sie denn nicht von einer Krankheit niedergestreckt?«

»Das behauptet mein Vater, obwohl kein Arzt an ihrem Bett stand.« Aldobrandinos Blick wurde immer finsterer. Eine innere Qual ließ seine Gesichtszüge versteinern. »Ich weiß nur, dass sie sich in den Tagen zuvor bester Gesundheit erfreute, bis plötzlich –« Hier brach seine Stimme, und er schluchzte auf.

Maynard wartete, bis diese Welle des Schmerzes verebbt war. Da war er wieder, der sensible Junge, den er darin unterrichtet hatte, das Schwert zu führen. Sein Zorn war verraucht. »Ich bitte Euch, fahrt fort.«

Es dauerte noch einen Augenblick, bis Aldobrandino weitersprechen konnte. »Von einer unerklärlichen Krankheit niedergestreckt!«, rief er mit fiebrig glänzenden Augen aus. »So, sagte mein Vater, habe er sie gefunden. Totenbleich im eigenen Bett liegend. Ihr Atem kaum noch spürbar.«

»Hat er denn keinen *magister medicinae* konsultiert?«

»Er erklärte mir, dass dafür keine Zeit war, denn der Tod hatte bereits Besitz von ihrem Körper ergriffen. Ich weiß nicht, ob er mir mit diesen Worten nicht eine schlimmere Wahrheit ersparen wollte. Denn ich bezweifle, dass eine solche Krankheit aus dem Nichts zuschlagen kann.« Während er sprach, nahm Aldobrandino wieder diese kalte Feindseligkeit an, die ihn seinem Vater so ähnlich machte. »Es muss etwas geschehen sein … Etwas, über das ich im Unklaren gelassen wurde. Doch selbst wenn die Zusammenhänge sich mir entziehen, eines weiß ich mit Sicherheit: Sie verschied einen Tag nachdem Ihr aus den Kerkern des Palazzo entflohen seid.«

Maynard wich zurück. Auch wenn er mehr oder weniger unschuldig war, befand er sich doch in enormer Gefahr, wie ihm nun klar wurde. Die Unterhaltung hatte ihn allerdings auf einen neuen Gedanken gebracht. Ganz plötzlich nämlich erinnerte er sich an die Gerüchte, die ihm der junge Diener Aldobrandinos ein paar Monate zuvor anvertraut hatte, nachdem er mit ihm auf der Straße zusammengestoßen war. Dabei ging es um den Geist einer Frau, von dem man munkelte, es sei Lippa Ariosti, die im Palazzo umging und Rache suchte, weil sie umgebracht worden war. Damals hatte Maynard sich darauf beschränkt, den Diener zu beruhigen. Angesichts von Aldobrandinos Verdacht bekam dieser Bericht nun jedoch ein anderes Gewicht. »Ihr schildert befremdliche Dinge«, sagte Maynard nur. »Umstände, die allerdings keinesfalls einen Beleg für meine Beteiligung am Tod Eurer Mutter darstellen.«

Aus Aldobrandinos Blick sprach unverhohlene Feindseligkeit. »Ihr wagt es also, meinen Vater einen Lügner zu nennen.« Seine Stimme klang bedrohlich. »Denn einer von Euch beiden muss mich ganz offensichtlich belogen haben.«

Eine schlimme Anschuldigung, schlimmer allerdings war die Vermutung, die sich in Maynards Geist herauskristallisierte. Er lächelte bitter und verabschiedete sich mit einer knappen, respektvollen Verbeugung. Jedoch nicht, ohne Aldobrandino noch einen Rat zu geben. »Vielleicht solltet Ihr die Wahrheit anderswo suchen.«

»Selbst wenn ich das täte, hätte ich immer auch Euch im Verdacht.«

»Wovon ich Euch selbstverständlich nicht abhalten kann.«

Maynard entfernte sich, in dem Bewusstsein, dass er keinen Fuß mehr in den Palazzo della Signoria würde setzen können, ehe er nicht dieses neue Rätsel aufgeklärt hätte. Allmählich fragte er sich immer nachdrücklicher, ob es eine Verbindung zwischen dem Tod Lippas und den merkwürdigen Vorfällen gab, zu denen er bisher vergeblich Ermittlungen angestellt hatte.

Und wenn es so wäre?, dachte er plötzlich. Warum kümmerte er sich eigentlich um diese Intrigen, statt in die eigene Heimat zurückzukehren, zu seinen eigenen Pflichten? Kurz wirkten seine Gedanken so wehleidig wie Bruder Prudenzios Gejammer. Was tust du da, Rocheblanche? Was ist aus dir geworden? Der Lapis exilii, Abt Manessier, die verschwundenen Reliquien von Mont-Fleur … zum Teufel mit ihnen! Vielleicht hatte Eudeline ja recht: Vielleicht war nun wirklich der Zeitpunkt gekommen, die eigenen Geschicke wieder selbst in die Hand zu nehmen.

Er ging mit großen Schritten Richtung Ausgang, doch ehe er die Straße erreicht hatte, hörte er ein Flüstern aus einer der Nischen nahe dem großen Portal, das auf die Piazza führte. Rasch fuhr er herum und erkannte den jungen Diener in der gestreiften Livree, mit dem er vor einiger Zeit gesprochen hatte.

»Mein Herr, mein Herr«, flüsterte er aufgeregt. »Ich muss mit Euch sprechen.«

Maynard näherte sich ihm unauffällig.

»Der Mann mit dem Feuermal … Ich habe ihn gesehen, vor zwei Tagen.«

»Warum seid Ihr dann nicht sofort zu mir nach San Domenico gekommen?«

»Bin ich ja, doch Ihr wart nicht da. Und den Dominikanermönchen habe ich nicht getraut. Schon als ich nach Euch fragte, wurden sie misstrauisch.«

»Na schön, dann sagt es mir jetzt.«

»Gern, mein Herr, aber folgt mir erst einmal.« Der Junge nahm ihn bei der Hand. »Ich führe Euch dorthin, wo er wohnt.«

26

Ferrara, Kontrade Boccacanale

Wenn Obsessionen ein Gesicht hätten, dann hätte Lamberto da Cingoli wohl eine Visage vor seinem inneren Auge gehabt, in der sich die Züge von Maynard de Rocheblanche mit denen von Bertrand du Pouget vereinigten. Eine groteske Grimasse, die sich schneller wandeln konnte als die launischen Wolken jenes Frühlingsabends. Er hastete durch die Straßen von Boccacanale, ohne auf die vermummten Gestalten am Wegesrand zu achten, größtenteils Waisenkinder, vom Hunger gezeichnet. Dies war die einzige Art von Bettlern, die die Büttel in der Stadt tolerierten, wussten sie doch, dass es selbst innerhalb der Mauern keine Garantie fürs Überleben gab. Was die Pest nicht geschafft hatte, hatte der Winter übernommen, und nun quollen die Gräber über. Lamberto hatte jedoch schon zu viele gesehen, um sich von diesem Anblick noch erweichen zu lassen. Menschen waren für ihn nichts anderes als Schreine aus Fleisch und Knochen, deren einziger Zweck darin bestand, sich wie Blüten zu öffnen, wenn es darauf ankam, mit Hilfe ihrer Geheimnisse Sünde und Häresie auszurotten. Doch inzwischen fühlte er sich selbst schon wie ein Hüter von Geheimnissen. Nach langen Monaten, voll von Begegnungen, Büchern und Dokumenten, in denen er Geständnisse und unsägliche Berichte gehört hatte, durfte er sich mit Fug und Recht für die Person halten, die am meisten über das Maleficium gegen das Haus d'Este wusste, das sich jedoch seit Längerem nicht mehr manifestiert hatte. Doch die Schuldigen waren flüchtig, und so lag nun der einzige Grund für seine weitere Anwesenheit in Ferrara in den ehrgeizigen Bestrebungen des Kardinals.

Lamberto da Cingoli betrat das Gebäude, das er mittlerweile hasste, und begab sich in den Raum, wo ihre Geheimtreffen stattfanden. Der offene Kamin war wie ein Fenster zur Hölle, niemand saß davor.

Monsignore Bertrand du Pouget erschien kurz darauf. Er trug ein seidenes Nachtgewand, unter dem er höchstwahrscheinlich nackt war. Bruder Lambertos Verlegenheit schlug in Abscheu um, als der Geruch einer Frau in seine Nase drang.

Du Pouget zeigte sich von seiner Reaktion amüsiert. »Nun denn, ehrwürdiger Vater, wolltet Ihr mich so lange warten lassen, bis ich vor Altersschwäche sterbe?«

Lamberto war versucht, im gleichen Tonfall zu antworten, aber eine unterschwellige Furcht versiegelte seine Lippen. »Ich war gezwungen, Rocheblanche zu unterstützen«, rechtfertigte er sich.

»Mehr als drei Monate lang?«

»Das lag nicht an mir, sondern an Bischof di Baisio. Um die Zeit noch weiter zu verlängern, hat er sogar den Kapitän-General gebeten, dem Ritter ein paar Soldaten zur Unterstützung zu schicken.«

Du Pouget setzte sich auf den vom Feuer gewärmten Stuhl und strich sich über das Kinn. »Der ehrwürdige Guido ist jüngst von uns abgerückt«, erklärte er mit heiserer Stimme. »Vielleicht ist es dem schwachen Abt, diesem Andrea di Pomposa, gelungen, ihm ein schlechtes Gewissen einzureden. Doch das ist nicht schlimm, denn nun ist der richtige Moment gekommen, die Falle zuschnappen zu lassen.«

Sein Drang, stets vor allen anderen der Erste zu sein, ließ Bruder Lamberto eine flüchtige Genugtuung empfinden, als er diese Misstrauensäußerung gegenüber Guido di Baisio vernahm. Es gelang ihm sogar, die gerade noch empfundene Verachtung für den Kardinal ein Stück beiseitezuschieben und sich auf die Pflicht zu konzentrieren, nicht dem Mann, sondern der Institution zu dienen. »Der Marchese Obizzo ist zur Zusammenarbeit bereit«, bestätigte er.

»Seinetwegen mache ich mir keine Gedanken«, schnaubte du Pouget, »wohl aber wegen Hector de Durfort, der in der Nähe weilt.«

»Und weshalb? Er ist ein Prälat Avignons, so wie Ihr.«

»Außerdem ist er aber Graf der Romagna und General des päpstlichen Heeres. Ein Abenteurer, wie ich auch mal einer war. Wenn er wüsste, dass ich mich in der Gegend aufhalte, würde er sich bedroht fühlen. Oder schlimmer noch: bespitzelt.«

Lamberto schüttelte den Kopf. »Unwahrscheinlich, dass sein Blick bis nach Ferrara reicht. Den jüngsten Nachrichten zufolge sammelt er Truppen zwischen Imola und Faenza.«

Das verächtliche Grinsen du Pougets ließ seine Wangen vor Scham erröten.

»Ihr seid doch schlau genug, um zu verstehen, dass ein Schachzug häufig nur dazu dient, einen anderen zu verschleiern. Dies gilt insbesondere für einen Kirchenfürsten. Er kann seine Intrigen schon bis vor unsere Mauern vorangetrieben haben.«

Während er zuhörte, vernahm Bruder Lamberto aus dem angrenzenden Zimmer einen wohligen Laut einer Frau. Man rief ihn in die Federn zurück, dachte er angewidert. »Also lasst uns handeln.« Lamberto hatte es plötzlich eilig, zu gehen. »Ich muss Euch jedoch warnen, dass ich noch nicht genügend Hinweise für einen Prozess wegen Ketzerei habe.«

»Trotz Eures Eifers werden wir uns damit erst einmal begnügen müssen.« Im Widerschein des Feuers verzog sich die Miene du Pougets zu einer ungeduldigen Grimasse. »Das Entscheidende ist, dass Rocheblanche endlich redet. Und uns das Versteck des Lapis exilii verrät.«

27

Bischofspalast

Eudeline begriff, dass sie Bischof Guido di Baisio auf den ersten Blick beeindruckt hatte. Obwohl sie sich als »Madonna de Rocheblanche« hatte melden lassen, wurde ihr beim Betreten seines Arbeitszimmers sofort bewusst, dass er eine Nonne erwartet hatte. Das bemerkte sie an seinem Blick, mit dem er ihr offenes Haar und das schlichte, aber keineswegs klösterliche Gewand musterte. Außerdem war eine weltliche Frau, die sich mit einem heiklen Schreiben, dessen Inhalt sie auch noch verstand, Zutritt zum Palast verschaffte, so etwas wie ein seltenes Tier. Sie vermied es, Erklärungen zu geben, und nutzte stattdessen den geheimnisvollen Eindruck, den sie auf ihn machte, um seine Züge genau zu betrachten. Was sie fand, war ein dickes, schlaffes Gesicht, Spiegel einer fortgeschrittenen inneren Erschöpfung.

Der Bischof stand etwas abseits an einem Fenster, durch das man die rot in der Abenddämmerung leuchtenden Dächer der Stadt sah, als wollte er damit zeigen, wie wenig Zeit er für sie hatte. Doch Eudeline bemerkte in ihm eine schlecht verhohlene Neugier und beschloss, genau auf diese zu setzen. Ohne ihm die üblichen Ehrenbezeigungen zu erweisen, reichte sie ihm geradeheraus das Schreiben aus Paris.

»Aha.« Bischof Guido lächelte honigsüß. »Nach allem, was Ihr meinem Kammerherrn bereits mitgeteilt habt, wird mir diese berüchtigte Botschaft wochenlang den Schlaf rauben.«

»Gäbe es diese Botschaft nicht, hättet Ihr mich wohl kaum empfangen.«

»Ich erkenne bei Euch den gleichen Makel wie bei Eurem Bruder.« Der Bischof versuchte die Angelegenheit herunterzuspielen.

»Ihr glaubt, dass Ihr Euren Mitmenschen als Erstes Furcht einjagen müsst.«

Sie schüttelte den Kopf. »Ich gebe Euch mein Wort, ich bin nur gekommen, um zu verhandeln.«

Guido wurde ernst und näherte sich seinem Schreibtisch, jedoch ohne dahinter Platz zu nehmen. »Erklärt mir doch, worum es geht«, forderte er sie auf. »Angefangen damit, wer diesen Brief geschrieben hat.«

»Das war mein ehrwürdiger Onkel, Antoine Tempier, Prior von Saint-Denis. Kennt Ihr ihn?«

»Saint-Denis? Ich hatte nie das Privileg.«

Eudeline ließ sich durch seine Arroganz nicht aus dem Konzept bringen. Der Name einer der bedeutendsten Basiliken von Paris ließ jeden Kirchenmann erbeben. Nicht so sehr aus Freude über ihre berühmten Mosaikfenster, sondern aus Furcht vor dem bedeutenden Einfluss, den die dort ansässige kirchliche Klasse ausübte. »Mein Onkel Antoine Tempier schrieb diesen Brief als Antwort auf meine Frage, nachdem ich zum ersten Mal Euren Familiennamen gehört hatte. Baisio. Ein Name von ziemlich unklarer Herkunft, wenn ich dies anmerken darf, da er sich in den Dokumenten des Kanzleramts auf unterschiedliche Weise verzeichnet findet: Baysio, Abaisius, Abaixi, Baypho … Eine verwirrende Vielfalt.«

Guido hob eine Augenbraue. »Auf welche Dokumente bezieht Ihr Euch?«

Eudelines Lächeln hatte die Hinterhältigkeit einer Katze. »Euer ganzer Name lautet Guido di Filippo di Baisio, habe ich recht? Filippo, Euer Vater, hatte einen älteren Bruder, der, genau wie Ihr, Guido hieß und vor etwa dreißig Jahren verschieden ist. Ich beziehe mich auf jenen Prälaten aus der Emilia, der nach einer glänzenden Karriere im Bereich des Kirchenrechts ernannt wurde zum … wartet, ich zitiere …« Sie faltete den Brief bedächtig auseinander und steigerte so die Spannung mehr als nötig. »Ja, hier steht es: ›*Guidus Baysius, litterarum contradictarum auditor et cappellanus domini papae*«, deklamierte sie laut, und Guido di Baisio konnte nicht anders, als zustimmend zu nicken. »Nun denn, Euer ehrwürdiger Verwandter war also Auditor und Kapellan. Er erhielt diese Ämter von Benedikt XI. und übte sie auch während des Pontifikats von Clemens V. aus, als dieser seinen Sitz nach Avignon verlegte. Dennoch war er so geldgierig, dass er auf die Einkünfte aus seinem vorherigen Amt als Bischof der Diözese Bologna nicht verzichten wollte. In diesen Ämtern vertrat ihn ein Vikar aus der eigenen Familie bis zu seinem Tod. Genauer gesagt, Ihr. Erinnert Ihr Euch? Ihr müsst damals schon ein stattlicher Diakon gewesen sein.«

Krampfhaft bemüht, gleichmütig zu wirken, setzte Guido sich hinter seinen Schreibtisch, den Rücken jedoch so gebeugt, als würde ein unsichtbares Gewicht darauf lasten. »Die Erinnerungen verlieren sich im Nebel der Jahrzehnte. Doch ich weiß immer noch nicht, was Ihr hier beweisen wollt. Ihr habt Informationen über meine Familie ausgegraben. Sie stimmen, das gebe ich zu. Weshalb, Madonna, seid Ihr zu mir gekommen? Nur um mir dies zu sagen?«

»Vielleicht wisst Ihr es ja nicht.« Eudeline kam nun zum Wesentlichen. »Aber Euer Onkel steckte zwar die Erträge aus Bologna ein, doch die dafür fälligen Steuern hat er nicht bezahlt. Er war sehr geschickt darin, die Steuereintreiber zu hintergehen, und dank seiner herausragenden Stellung dazu in der Lage, die Buchhaltung zu fälschen. Doch dies konnte er vor einigen Freunden aus alter Zeit nicht verbergen, die seine Verbrechen deckten. Darunter auch mein Onkel, Antoine Tempier.«

Bischof Guido runzelte die Stirn. »Angenommen, dies wäre wahr, wie wäret Ihr darauf gekommen?«

»Ich habe ein gutes Gedächtnis, Exzellenz«, antwortete Eudeline und setzte sich ihm nun gegenüber. »Als ich nach Ferrara kam, hörte ich den Namen Eures Hauses und erinnerte mich an gewisse Dinge, die mein Onkel in Bezug auf einen gewissen Baisio geäußert hatte, Auditor in Avignon. Er erzählte oft, dass er dessen Schandtaten gedeckt hatte, um eine alte Freundschaft nicht zu zerstören, doch ihn quälte deswegen sein Gewissen. Aus diesem Grund wäre er auch heute noch bereit, die Wahrheit zu gestehen.«

»Dann möge er doch sein Gewissen erleichtern!«, platzte Guido heraus. »Sollte mich das etwas angehen?«

»Das sollte es, und zwar in großem Maße, da nach dem Tod Eures Onkels die Schulden, die mit seinem Betrug verbunden sind, auf Euch zurückfallen. Und glaubt mir, ich spreche aus Erfahrung. Den Zahlen nach zu urteilen, die in dem Brief aufgeführt werden, der sich in meinem Besitz befindet, schuldet Ihr der Apostolischen Kammer ein wahres Vermögen.«

Guido beugte sich vor, und man sah ihm an, dass er sie am liebsten gepackt hätte. »Und wenn ich Euch nun zwänge, mir den Brief zu übergeben?«

Eudeline blieb ungerührt. »Dann blieben immer noch das Zeugnis meines Onkels und seine Tagebücher, die wohlbehütet in Saint-Denis liegen. Nur ein Wort von mir würde genügen, um eine Untersuchung einzuleiten und Euch zu ruinieren. Denkt einmal nach, Eminenz. Es geht um ein Vermögen, das sich auf Pfründe, Ländereien, Gebäude und Güter unterschiedlicher Art erstreckt. Bedenkt man die Steuerpolitik von Avignon und die dortigen Methoden zur Eintreibung von Schulden, würdet Ihr sicher in Ungnade fallen.«

Guido di Baisio zog seine Hände zurück, als hätte man ihm die Krallen gestutzt. »Ich habe mächtige Freunde.«

»Freunde, die das gleiche System genährt hat, dem gegenüber Ihr jetzt zahlungsunfähig seid?«

»Und Ihr, Ihr habt mächtigere Freunde?«

»Die brauche ich nicht«, antwortete Eudeline. »Antoine Tempier erwartet von mir eine Antwort, einen Brief, dessen Inhalt sehr davon abhängt, wie bereitwillig Ihr Euch zeigt, mit mir zusammenzuarbeiten. Wenn er diesen nicht innerhalb eines angemessenen Zeitraums erhält, wird er annehmen, dass mir etwas Unangenehmes zugestoßen ist, und Euch in der Angelegenheit bei den kirchlichen Behörden anzeigen.«

Guido fluchte unterdrückt und hielt dann inne, während seine scheinbare Gleichgültigkeit einer empörten Verzweiflung wich. Einige Male wirkte es so, als wollte er etwas sagen, doch immer überlegte er es sich anders, bis er sich schließlich entschied, sein Zögern aufzugeben. »Und was ist der Preis dafür, dass Ihr diesen verfluchten Antwortbrief abschickt?«

»Es gibt zwei Bedingungen. Erstens, dass Ihr aufhört, Gualtiero de' Bruni zu verfolgen. Zweitens, dass Ihr meinen Bruder Maynard von dieser absurden Ermittlung entbindet, in die Ihr ihn verwickelt habt.«

»Gualtiero de' … Bruni?«, stammelte Guido.

»Ich bitte um Verzeihung«, berichtigte Eudeline sich kühl. »Vielleicht hätte ich sagen sollen: den Sohn von Elisa d'Este.«

Bei diesen Worten sprang Bischof Guido auf, als hätte ihn eine Schlange gebissen. »Wer hat Euch diese Dinge enthüllt?« Seine Stimme überschlug sich, als er diese Frage hervorbrachte. »Wer?«

Eudeline sah ihn mit einem geheimnisvollen Lächeln an. Erst jetzt bemerkte sie, welch schreckliche Waffe sie in den Händen hielt. Wäre darin nicht die Zeugenaussage ihres Onkels, sondern ein Bannfluch oder eine Schmähung des Papstes enthalten, hätte dieser Brief kaum eine ähnliche Reaktion hervorgerufen. Und dennoch begriff sie immer noch nicht den Grund für diese große Angst. Guido di Baisios Augen waren schreckgeweitet. Er atmete so schnell wie ein Tier, das aufwacht und sich plötzlich in einem Käfig wiederfindet – als ob er sich einer unglaublichen Bedrohung gegenübersähe.

»Verfolgen, sagt Ihr.« Guido gewann wieder ein wenig Selbstbeherrschung. »Selbst wenn ich wollte, könnte ich diesem de' Bruni nichts antun. Ich weiß nicht einmal, wo er sich jetzt aufhält.«

»Entschuldigt, wenn ich dies bezweifele.« Eudeline dachte daran, was Maynard und Pater Andrea ihr über den jungen Mann enthüllt hatten. Der Sohn einer Spionin der Kirche, außerdem von adliger Herkunft, konnte keineswegs so einfach verschwinden wie ein gewöhnlicher Mann aus dem Volk.

»Wie Ihr meint, Madonna.« Guido seufzte tief und wandte sich dem Fenster zu. Dort draußen herrschte jetzt Dunkelheit. »Was Euren Bruder angeht …«

»Nicht so hastig, Eminenz.« Eudeline kam auf ihn zu, hochmütig wie eine Königin. Furcht und Wut, die von ihm ausgingen, schienen sie nicht zu kümmern. »Ich verlange eine Garantie, dass Gualtiero de' Bruni kein Haar gekrümmt wird, sollte er Euch doch einmal zufällig unterkommen.«

Guido di Baisio blieb am Fenster stehen und starrte hinaus in den dunklen Himmel, der von einem leichten Nebel überzogen war. Bis sich ein spöttisches Lächeln auf sein Gesicht stahl. »Eine Garantie? Die werdet Ihr erst erhalten, wenn ich eine Bestätigung dafür bekomme, dass Euer Onkel Schweigen bewahrt.«

Daraufhin lachte Eudeline nur einmal nervös auf. »Ich wäre wirklich naiv, wenn ich dem zustimmte. Besonders wenn ich berücksichtige, wie wenig Macht Ihr noch haben werdet, wenn Euch die Steuereintreiber aus Avignon aufgesucht haben.«

Guido fuhr herum und starrte sie wütend an. »Ihr seid eine Schlange.«

Die beiden maßen einander schweigend mit Blicken, gleichermaßen zermürbt von dem Wortgefecht. Eudeline hielt sich kerzengerade und wirkte unbeugsam, während Bischof Guido allmählich wieder klarer denken konnte. Er fragte sich, welche Verbindung zwischen seiner neuen Feindin und dem jungen Maler bestand und was sie dazu bewegte, sich derart leidenschaftlich für ihn einzusetzen. Diese Fragen behielt er jedoch für sich, und als er wieder das Wort ergriff, bemühte er sich, diplomatisch zu klingen. »Habe ich wenigstens einige Tage Zeit, um über Euer Angebot nachzudenken?«

»Auf Euer eigenes Risiko hin«, erwiderte Eudeline.

»Ich werde Euch nicht lange warten lassen.«

Seine Bereitwilligkeit kam zu überraschend, um nicht ihr Misstrauen zu erregen. Deswegen hielt sie sich mit einer klaren Antwort zurück und kam zu ihrem zweiten Anliegen. »Und mein Bruder?«

»Ich habe Messer Maynard immer sehr geschätzt.« Guido klang unerwartet reuevoll. »Entgegen anderen Behauptungen habe ich sein Vertrauen nie missbraucht.«

»Dennoch übt Ihr auf ihn ohne Zweifel Einfluss aus.« Eudeline hatte keineswegs vor, ihm Ruhe zu gönnen. »Ich will die Gründe dafür erfahren, angefangen dabei, was Euch antreibt, ihn hier in Ferrara festzuhalten.«

»Aber, Madonna ... Er selbst bestand doch darauf, zu bleiben.«

»Lügt mich nicht an!« Diesen intriganten Prälaten unter Druck zu setzen bereitete Eudeline ein großes Vergnügen. »Maynard hat sich recht unklar ausgedrückt, als er mit mir sprach, aber ich vermute schon seit einiger Zeit, dass Ihr in seine Ränke verstrickt seid. Sonst wäret Ihr ihm nicht so oft zu Hilfe geeilt und hättet den Zorn des Marchese und die unbequeme Gegenwart der Inquisition ertragen. Euch müssen gemeinsame Interessen verbinden. Interessen und ...« Sie dachte über das nächste Wort nach, das ihr gerade in den Sinn gekommen war, beinahe als wäre ihr ein Beweis in die Hände gefallen. »Interessen und Ängste!«

Sie sah ihn durchdringend an, während in ihren Augen ein diebisches Funkeln aufleuchtete. »Wovor fürchtet Ihr Euch, Exzellenz? Welche Ängste löst mein edler Bruder in Euch aus?«

»Lasst mich in Frieden!« Guido verbarg sein Gesicht in den Händen. Verzweifelt klammerte er sich an einen Türpfosten und stöhnte. Der Druck, der auf ihm lastete, und die Angst, die in ihm aufstieg, schienen zu viel für ihn zu sein.

»Bedenkt es gut, dass auch dies zu unserer Vereinbarung gehört. Ihr müsst mir alles enthüllen, oder ich schwöre bei Gott, dass die Schakale der Apostolischen Kammer schneller über Euch herfallen werden, als Ihr Amen sagen könnt!«

Guido zuckte zusammen wie unter Peitschenhieben. »Ihr verlangt zu viel von mir ... Ihr begreift nicht. Ihr sprecht Geheimnisse an, die zu teilen gefährlich ist.«

»Geheimnisse, die im Licht der Sonne brennen werden«, entgegnete Eudeline bösartig. »Nun, Euer Gnaden, wollt Ihr Euch endlich wie ein Mann verhalten? Ich habe Euch doch gerade gesagt, dass ich nicht vorhabe, Euch Furcht einzujagen, sondern mit Euch zu verhandeln. Damit wir beide ruhig leben können.«

Nach langem Zögern nahm Guido di Baisio die Hände vom Gesicht. »Und die Verschwiegenheit Eures Onkels?«

»Die kann ich Euch zusichern.«

Bei diesen Worten nickte Guido. Schicksalsergeben setzte er sich an den Schreibtisch, Erschöpfung stand ihm ins Gesicht geschrieben. »Ihr werdet in genau sieben Tagen hier vor mir erscheinen und schreibt dann in meiner Gegenwart den Brief an Euren Onkel, den ich danach durch meine eigenen Boten nach Saint-Denis bringen lassen werde«, sagte er leise keuchend. »So kann ich sichergehen, dass ich Euch trauen kann.« Er sammelte seine Gedanken und fügte schließlich hinzu: »Dafür erhaltet Ihr von mir ein schriftliches Geständnis darüber, was mich mit Eurem Bruder verbindet. Ihr werdet Euch verpflichten, dieses Geständnis niemandem zu zeigen, wenn Ihr es doch tut, droht Euch die ewige Verdammnis Eurer Seele.«

»Einverstanden«, sagte Eudeline mit unbewegtem Gesicht.

»In diesem Fall, Madonna, haben wir eine Vereinbarung.«

Nachdem sie ihm lange in die Augen geschaut hatte, um sich zu vergewissern, dass der Bischof es ehrlich meinte, verabschiedete sich Eudeline und ging zur Tür. Dort drehte sie sich noch einmal um. »Nur zu Eurer Information. Mein Onkel wird unverzüglich eine ganz andere Nachricht erhalten, sollte ich ein Opfer Eurer Schergen werden oder merken, dass ich verfolgt werde.«

Dann verneigte sie sich leicht und ließ den Bischof allein.

28

»Ich hab ihn gesehen, ich hab ihn gesehen«, wiederholte der Diener, während er schnell über die Piazza lief und den Weg vorgab. Er hieß Duccio und musste etwa fünfzehn Jahre alt sein.

Jedes Mal wenn er zu ihm hinübersah, spürte Maynard Gewissensbisse, weil er einen so jungen Menschen in seine Ermittlungen verwickelt hatte. Doch der Drang, etwas über den Mann mit dem Feuermal zu erfahren, war stärker als seine Bedenken. »Erzählt mir alles«, forderte er ihn deshalb auf. »Ganz genau.«

»Ich habe ihn Sonntagnachmittag bei Hof gesehen«, antwortete Duccio. »Ich erinnere mich genau, weil es der Ostersonntag war. Bei Hof wurde ein großes Bankett mit vielen vornehmen Gästen gegeben, aber keine Dame konnte sich mit der Schönheit derjenigen messen, die als Letzte eintraf.«

»Wen meint Ihr?«

»Die Dame mit den roten Haaren! Sie kam in einer Kutsche, als das Bankett schon seinem Ende entgegenging, mit nur einer Person als Begleitung. Das war *er*, Messere. Ein grimmig wirkender Bewaffneter mit einem roten Fleck über dem linken Auge.«

Maynard achtete nicht mehr auf den Weg oder die Menschen, die in der Abenddämmerung an ihnen vorübergingen. Eine Frau mit roten Haaren. Hatte der Wolfsjäger so nicht die Person beschrieben, die auf dem unaussprechlichen Tier reitend den Laternenzug angeführt hatte? »Also, diese Dame«, fragte er leise. »Habt Ihr gehört, wie sie heißt?«

»Das war mir nicht möglich«, erklärte Duccio. »Aber ich habe ihren Begleiter im Auge behalten. Statt sich zum Fest zu gesellen, ist er im Hof geblieben und hat die Kutsche bewacht.«

»Und dann?«

»Und dann … Er hat nichts Besonderes getan. Er hat auf dem

Kutschbock gehockt und ein wenig gedöst. Wenn mein Dienst es zuließ, bin ich zurückgekehrt, um ihn zu beobachten, bis ich bemerkte, dass er sich zur Abfahrt bereit machte. Da habe ich mich hinter einen Busch geduckt, und als er sich entfernt hat, bin ich ihm gefolgt.«

Maynard musterte ihn erstaunt. »Zu Fuß?«

Duccio nickte. »In den engen Gassen von Ferrara kommen solche Gefährte nur langsam voran. Wenn man genug Luft zum Rennen hat und die richtigen Abkürzungen kennt, hat man ein leichtes Spiel.«

Maynard beglückwünschte sich und zerzauste dem Jungen gutmütig die Locken. »Wenn ich Euch recht verstanden habe, ist der Mann allein weggefahren.«

»Ja, ohne auf die Dame zu warten.«

»Habt Ihr ihn bis zu seinem Haus verfolgt?«

Duccio nickte. »Es befindet sich am Rand des Burgus Superior.«

»Habt Ihr dort irgendwelche Wachen bemerkt?«

»Weder Wachen noch Hunde. Es handelt sich um ein bescheidenes Haus mit einem Hof, umgeben von einer Mauer, die so niedrig ist, dass ich mich hinüberbeugen konnte, um in das Innere zu sehen.«

»Das habt Ihr sehr gut gemacht.« Maynard fischte mit zwei Fingern einen Silbersoldo aus seinem Geldbeutel, den er Duccio reichte. Dann sah er sich misstrauisch um. Inzwischen hatten sie das San-Romano-Viertel hinter sich gelassen und waren auf der Straße, die am Kloster San Giacomo entlangführte, weiter Richtung Süden gelaufen. Maynard nutzte einen Bogengang, um stehen zu bleiben und den jungen Mann beiseitezuziehen. »Sehen wir, ob Ihr auch eine weitere Aufgabe erfüllen könnt«, flüsterte er ihm zu, als sie vor Blicken geschützt waren.

»Ich bin ganz Ohr, Messere.« Duccio überkam ein leichter Angstschauer.

»Vor Monaten erzähltet Ihr mir etwas über den Geist von Madonna Ariosti. Erinnert Ihr Euch?«

»Ganz genau. Ihr habt mir damals geraten, ich solle nicht auf solches Geschwätz hören.«

»Und das rate ich Euch auch heute noch«, sagte Maynard. »Doch bei dieser Gelegenheit ließt Ihr durchblicken, dass die edle Dame vielleicht getötet worden sei.«

Duccio wich plötzlich zurück. »Mit Verlaub«, stammelte er, »ich muss mich geirrt haben.«

»Wirklich?« Maynard musterte den Diener misstrauisch. »Ich glaube mich jedoch gut zu erinnern, dass Ihr Euch ganz sicher wart.«

»Nun, ich ... Wie soll ich es erklären? ... Ich habe nur etwas erzählt, was ich aufgeschnappt hatte.«

»Von wem?«

»Das weiß ich nicht mehr.«

Maynard kam drohend auf ihn zu. »Ihr solltet besser Eure Erinnerung auffrischen! Ich stelle Euch diese Fragen nicht zu meinem Vergnügen, sondern auf Befehl des Bischofs von Ferrara. Ist Euch das bewusst? Wem wollt Ihr lieber Bericht erstatten, mir oder seiner Exzellenz persönlich?«

Duccio presste sich eng an eine Wand. »Oh Herr, verzeiht mir!« Er zitterte am ganzen Leibe. »Ich ... ich wusste ja nicht, dass Ihr im Namen von Monsignore Guido handelt.«

»Schweigt!« Maynard hatte das Geräusch von herannahenden Schritten alarmiert. Er trat aus dem Bogengang hervor und blickte forschend in die Dunkelheit, um sich dann wieder dem Diener zuzuwenden. »Nun kommt schon, mein Sohn, heraus damit.«

»Der Marchese will nicht, dass man darüber spricht«, jammerte Duccio. »Die Magd der Marchesa ist mit Peitschenhieben bestraft worden, als sie darüber geredet hat.«

»Der Marchese wird nichts davon erfahren. Nun enthüllt mir, was diese Magd damit zu tun hat.«

»Nun, seht ...« Duccio schluckte. »Sie hat Lippa Ariosti vorbereitet, damit sie dann in aller Feierlichkeit zur Kirche San Francesco gefahren wurde. Sie hat geholfen, ihr das Gewand anzuziehen, in dem sie an ein und demselben Tag vor den Altar und dann ins Grab ging. Und eben dabei hat sie die Wunde bemerkt.«

»Welche Wunde?«, fuhr Maynard auf.

Der Diener zögerte mit der Antwort. »Die Wunde, die die Marchesa am Unterleib hatte.«

Der Beobachter, der sich in der Dunkelheit neben dem Bogen des Hauseingangs verbarg, unterdrückte einen Fluch.

Im innersten Flügel des Palazzo della Signoria begab sich Aldobrandino d'Este im Schein einer Kerze zu seinen Gemächern. Ermattet und schlecht gelaunt setzte er einen Fuß vor den anderen und hatte nur noch den einen Wunsch, sich auf sein Bett fallen zu lassen. Den Vater bei der Amtsausübung zu vertreten war eine zermürbende Pflicht. Er hoffte, jener möge baldmöglichst zurückkehren, um sich wieder persönlich der Stadt und dem Gewimmel der Geschäftemacher, Höflinge und Beamten zu widmen, deren aufgeregtes Gemurmel auch noch nach Sonnenuntergang durch diese Flure hallte.

Hätte er sie doch zum Schweigen bringen können! Am gesamten Hof schien es zudem keinen Mann mehr zu geben, der Ehre nicht als Schwäche, sondern als Stärke ansah. Noch ein Grund mehr, weshalb er es bedauerte, wie er Messer Maynard behandelt hatte.

Obwohl er überzeugt war, dass Maynard de Rocheblanche in den Tod seiner Mutter verwickelt war, hielt Aldobrandino ihn für zu rechtschaffen, als dass er gegen eine Dame intrigieren würde. Genau aus diesem Grund hatte er ihn mit seinen Worten aus der Deckung locken wollen, selbst wenn es wie eine Anschuldigung gewirkt haben sollte. Sein Plan war gewesen, an Maynards Pflichtgefühl und seinen Stolz zu appellieren, allerdings hatten Wut, Trauer und unzählige Verdachtsmomente ihn daran gehindert, ruhig zu bleiben.

Das Zittern der Kerzenflamme riss ihn aus seinen Gedanken. Er stand gerade vor der Tür zu seinem Schlafgemach, um ihn herum war niemand zu hören oder zu sehen, und dennoch hatte er plötzlich das

Gefühl, beobachtet zu werden. Er nahm einen stechenden Geruch wahr, der ihn an Weihrauch erinnerte, und fragte sich kurz, wo dieser herkam.

»Pro bono malum«, hörte er eine flüsternde Stimme hinter sich.

Mit klopfendem Herzen wandte er sich um. »Mutter, seid Ihr das?«, fragte er, ohne nachzudenken. Mit einer Mischung aus Staunen und Angst suchte er mit seinem Blick den dunklen Flur ab. Diese Stimme … diese Stimme … War es möglich, dass sie es war? Es musste ein Traum sein!

»Pro bono malum«, hörte er noch einmal, diesmal wesentlich deutlicher. Bei Gott, das war die Stimme von Lippa Ariosti!

Inzwischen rührte sich etwas dort in der Dunkelheit. Die Schatten bewegten sich schlängelnd wie Rauchfahnen. Aldobrandino machte mit zitternden Knien einen Schritt nach vorn, die Kerze in der Hand, in der Hoffnung, die Mutter zu entdecken, die aus den Tiefen der Unterwelt den Weg zu ihm gefunden hatte.

Doch aus dem Dunkel erschien nun eine behaarte Pranke, so groß wie die eines Bären. Ihre Krallen kratzten mit einem entsetzlichen schleifenden Laut über den Boden.

Aldobrandino wich sofort zurück, die Augen auf das fürchterliche Wesen gerichtet, das langsam Gestalt annahm. Ein Schrei entfuhr seiner Kehle. Danach waren um ihn herum nur noch Dunkelheit und Vergessen.

Das Haus, in dem der Mann mit dem Feuermal lebte, lag nicht weit entfernt von der Stelle, an der Maynard ihn im vergangenen Winter aus den Augen verloren hatte. Man kam dorthin, wenn man die Via delle Volte in Richtung der Kirche Santa Maria delle Bocche nahm, in südlicher Richtung abbog, um dann in einem halb verlassenen Viertel zwischen den Stadttoren Porta di Sant'Agnese und Porta San Pietro zu enden.

Unterwegs hatte Maynard den Diener noch weiter befragt. »Eine Dolchwunde, seid Ihr sicher?«

»Das behauptet die Magd der Marchesa«, sagte Duccio seufzend.

Maynard achtete nicht auf dessen Unbehagen, er war viel zu sehr damit beschäftigt, die einzelnen Steinchen dieses Mosaiks zusammenzufügen, das sich gerade als wesentlich größer erwies, als er es sich vorgestellt hatte. Er wusste zwar nicht, wie alles zusammenhing, aber er ahnte, dass seine Vermutung, zwischen dem Komplott gegen das Haus d'Este und dem Tod Lippas bestünde eine Verbindung, keineswegs abwegig war. Mehr denn je spürte er, dass er der Lösung nahegekommen war.

Er ging an die niedrige Mauer, die das Haus, auf das der Diener gezeigt hatte, von der Straße abgrenzte, und spähte darüber. »Habt Ihr ihn bis hierher verfolgt?«

Duccio nickte.

»Wartet hier im Schutz der Dunkelheit auf mich«, befahl Maynard und setzte mit einem Sprung über die niedrige Mauer.

Er fand alles so vor, wie Duccio es beschrieben hatte. Ein bescheidenes Haus mit einem Hof, der so klein war, dass er gerade einmal Platz für einen Stall mit einem einzigen Pferd bot. Dieses labte sich gerade ruhig an seinem Futtertrog, von der Kutsche aber fehlte jede Spur. Im Lichtschein der Fenster ließen sich jedoch Radspuren im Schlamm erkennen.

Maynard ging auf die kleine Veranda des Hauses zu und hoffte, Duccio möge recht damit behalten, dass das Haus unbewacht war. Und tatsächlich fand er keine Wachen vor. Rasch schlich er an der Tür vorbei und duckte sich unter den halb geschlossenen Läden eines Fensters, hinter dem er jemanden an einem Kamin sitzen sah.

Ob es sich um den Mann handelte, nach dem er suchte, konnte er von seinem Standort aus nicht sagen. Doch er schien allein zu sein. Eine Gelegenheit, die Maynard sich nicht entgehen lassen konnte.

Die Hand am Dolch öffnete er langsam die Tür und schlüpfte ins Innere des Hauses. Er war bestimmt nicht stolz auf das, was er tat, doch seine Ungeduld, Antworten zu erhalten, war übermächtig. Außerdem hatte man ihn schon einmal an der Nase herumgeführt, und er hatte nicht vor, weitere Monate auf eine dritte Gelegenheit zu warten.

Der Mann vor dem Kamin saß in einem Sessel, in einen Halbschlaf versunken. Maynard schlich sich an ihn heran, um ihm ins Gesicht sehen zu können, doch kaum war er neben ihm, schreckte der Mann hoch. Rasch hielt Maynard ihm den Mund zu und drohte ihm, ihn mit dem Dolch zu durchbohren. Er war es wirklich! Das rote Feuermal über dem linken Auge ließ keine Zweifel daran. »Jetzt werdet Ihr reden, so wahr ein Gott lebt!«, knurrte Maynard, dessen Anspannung wuchs. »Ihr werdet mir alles enthüllen!«

Erst erstaunt, dann wütend blickte der Mann ihn an.

»Ihr könnt mich ruhig finster ansehen«, sagte Maynard und nahm die Hand von dessen Gesicht. »Ich will nur, dass –«

»Zu Hilfe!«, schrie der Mann, kaum dass er wieder in der Lage war zu sprechen. »Ein gedungener Mörder der d'Este! Zu Hilfe!«

Maynard blieb nicht einmal die Zeit, um zu begreifen, was um ihn herum geschah, als zwei Personen durch die Hintertür in den Raum eindrangen. Er wich zurück, damit sie sich nicht auf ihn stürzen konnten, nahm den Dolch in die linke Hand und packte ein brennendes Holzscheit aus dem Kamin, um sie auf Abstand zu halten.

Der Mann nutzte die Gelegenheit, um auf die Tür zuzurennen. Maynard stellte ihm ein Bein und brachte ihn so zu Fall, dann wandte er sich den anderen beiden zu. Sie waren wie einfache Leute aus dem Volk gekleidet und schwangen auch keine Waffen, wirkten aber doch recht kräftig. Den Ersten traf er mit dem Holzscheit, ein gezielter Schlag an die Schläfe, danach stürzte sich schon der Zweite auf ihn. Maynard befreite sich schnell aus dessen Umklammerung und stach mit seinem Dolch auf ihn ein.

Der Mann mit dem Feuermal war inzwischen aufgestanden und wollte sich aus dem Staub machen. Als er im Begriff war, ihn festzuhalten, spürte Maynard, wie er von dem anderen Mann am Hals gepackt wurde. Sein Widersacher war stark, doch er zögerte, zuzudrücken und ihn zu erwürgen. Ein unerfahrener Kämpfer, dachte Maynard, während das Holzscheit aus seinen Fingern glitt. Er wehrte sich und konnte sich mit einem Satz befreien, sodass er wieder genügend Spielraum hatte.

»Tod den d'Este!«, knurrte sein Gegner und fuhr sich mit der Hand über die verwundete Schläfe.

Maynard wirbelte mit seinem Umhang herum, um ihm die Sicht zu nehmen, dann gelang es ihm, den anderen mit einem gezielten Faustschlag niederzustrecken. Rasch rannte er nach draußen, doch er konnte bloß noch sehen, wie der Mann mit dem Mal auf dem ungesattelten Pferd davonritt. »Feigling!«, zischte er wütend.

Auf der Straße blieb Maynard stehen, ließ die Hand unter seinen Umhang gleiten und holte eine kleine Armbrust hervor. Dieser Hundesohn hatte es so gewollt! Er zielte und drückte ab.

Ein Sirren erfüllte die Luft. Der Mann fiel zu Boden, während das Pferd weitergaloppierte und zwischen den von dunklen Schatten gezeichneten Häuserfassaden verschwand.

»Ihr habt ihn erwischt, ihr habt ihn erwischt!«, schrie Duccio, der aus seinem Versteck hervorkam.

»Lebt er?«, fragte Maynard, der sich mit langen Schritten näherte.

Duccio beugte sich über den am Boden Liegenden. »Er atmet kaum noch …«

Da schob Maynard ihn schon beiseite und überzeugte sich selbst. Der Pfeil hatte den Hals des Mannes durchschlagen, was zu einem großen Blutverlust geführt hatte. Maynard wusste, dass ihm wenig Zeit blieb, deshalb packte er den Sterbenden beim Kragen und schüttelte ihn. »Redet! Nennt den Namen Eures Herrn!«

Doch als einzige Antwort hörte er das Stöhnen, mit dem die Seele den Körper verließ.

Hätte es der Teufel doch nicht so eilig gehabt, diesen Schurken zu sich zu holen! Maynard kehrte um und verfluchte stumm sich selbst und die ganze Hölle. Nun, da sein einziger Verdächtiger tot war, klammerte er sich an die schwache Hoffnung, einige Hinweise in dessen Wohnung zu finden.

Gefolgt von Duccio betrat er den Hof und ging dann durch die Tür unterhalb der Veranda ins Haus. Er bemerkte sofort, dass der Handlanger, den er an der Schläfe verwundet hatte, geflohen war. In dem karg eingerichteten Raum war nur sein toter Kumpan zurückgeblieben.

»Hier ist nichts«, erklärte der Diener, nachdem er sich umgesehen hatte.

Maynard war versucht, ihn anzufahren, er möge schweigen, aber er beherrschte sich. Der Junge hatte recht. Welches Geheimnis er auch gehütet haben mochte, hier in diesem Raum hatte der Mann mit dem Feuermal jedenfalls keine Spuren davon hinterlassen. Ruhelos wanderte sein Blick hin und her, doch er konnte weder Dokumente, Wappen noch andere besondere Gegenstände entdecken, die einen Hinweis hätten liefern können. War das möglich?, fragte er sich, während die Wut in ihm hochstieg. Konnte es wirklich sein, dass sich hier überhaupt nichts fand?

Wütend stieß er einen Trog um, nachdem er sich dessen Inhalt angesehen hatte. Dann nahm er sich eine Truhe vor, die mit Lumpen gefüllt war, und ein Gestell, an dem ein ganz gewöhnliches Schwert aufgehängt war. Nichts. Schließlich durchsuchte er auch die angrenzenden Räume, allesamt schäbige fensterlose Kammern. Dort fand er nichts außer ein wenig Geld, Kerzen und Feuerholz.

Entmutigt kehrte Maynard in den Raum zurück, in dem der Kampf stattgefunden hatte, und sah sich dort die Kaminöffnung an. Am liebsten hätte er laut geschrien oder alles kurz und klein geschlagen. Allein die Anwesenheit des jungen Duccio ließ ihn wenigstens den Anschein von Haltung bewahren.

Hätte er mit diesem verdammten Pfeil bloß etwas tiefer gezielt!

Maynard schlug mit der Faust gegen den Kaminsims, ohne auf die Schmerzen zu achten, die ihm von den Fingerknöcheln in den Handrücken schossen. Geh weg von hier, sagte ihm eine innere Stimme. Verlasse diese Stadt.

Doch plötzlich verstummten diese Laute.

Etwas hatte seine Aufmerksamkeit erregt. Ein Gegenstand auf dem Sims, der so offen dort stand, dass er ihm zuerst nicht aufgefallen war.

Das Porträt einer Frau.

Angezogen von dem Gefühl, die Edeldame, die darauf abgebildet war, zu kennen, näherte Maynard sich, um das Bild zu betrachten. Rote Haare, weiße Haut, sinnliche Lippen …

Plötzlich ahnte er, dass er gefunden hatte, was er suchte.

29

Ferrara, Kontrade Boccacanale

Ein scharfer Wind pfiff durch die Gassen und kündete von einem Gewitter, als Guido di Baisio in der geheimen Unterkunft von Bertrand du Pouget vorstellig wurde. Es war noch Nacht und sehr kalt, aber die zahlreichen Gedanken, die ihn beschäftigten, hatten ihn noch vor dem Morgengrauen aus dem Haus getrieben.

Du Pouget empfing ihn widerwillig, fast schon verächtlich. »Eure Exzellenz, ich war schon versucht, Euch vor der Tür stehen zu lassen.«

»Weshalb denn?«, fragte Guido di Baisio leise und warf seinen Umhang über einen Stuhl.

Kardinal Bertrands Gesicht verfinsterte sich plötzlich. »Wenn Ihr noch einmal meine Intelligenz beleidigt, werdet Ihr es bereuen«, sagte er und richtete drohend den Finger auf ihn. »Ohne Euer unseliges Eingreifen wäre Rocheblanche schon in meiner Gewalt.«

Guido blieb stehen und starrte ihn entsetzt an. In seinem Eifer, den Schaden für sich zu begrenzen, hatte er die jüngsten Ereignisse vergessen. »Rocheblanche ... Rocheblanche ...«, murmelte er verwirrt. »Lautete der Plan denn nicht, ihn so lange wie möglich in Ferrara festzuhalten? So dachte ich, die wirksamste Methode wäre es, die Dauer der Ermittlungen zu verlängern, obwohl sie zu nichts führen. Deshalb habe ich den Kapitän-General gebeten, ihm Soldaten mitzugeben, die ihn bei den Untersuchungen unterstützen sollen.«

»So haltet Ihr ihn aber fern vom Kloster San Domenico und meinen Spähern, Elender! Fast könnte ich glauben, Ihr hättet es mit Absicht getan.«

»Aber Eminenz ... Ihr nehmt doch bestimmt nicht an ...«

»Doch, genau das tue ich!«, rief Kardinal Bertrand vorwurfsvoll. »Seit einiger Zeit habe ich ohnehin den Eindruck, dass Euch das Gewissen plagt, daher frage ich Euch geradeheraus: Seid Ihr diesem Ritter freundschaftlich verpflichtet?«

Diese Frage versetzte Guido einen Stich ins Herz, denn er musste sofort an seinen Aufenthalt in der Abtei von Pomposa zurückdenken, als der Schwarze Tod wütete. In jenen Tagen voller Ränke, Enthüllungen und Ängste war nur ein Mann so wagemutig gewesen, das Kloster zu verlassen, um Lebensmittel und Arzneien zu besorgen. Er hatte sich oft gefragt, was Rocheblanche dazu bewogen hatte, jedes Mal zurückzukehren, anstatt zu fliehen und das eigene Geheimnis zu beschützen. Seufzend senkte er den Kopf. »Er hat mich vor der Pest gerettet.«

»Hütet Euch, Eure Exzellenz«, warnte ihn Bertrand du Pouget. »Es gibt schlimmere Schicksale.«

»Lasst es mich erklären«, erwiderte Guido rasch. »Es liegt mir fern, auch nur daran zu denken, mich gegen Euch aufzulehnen. Ich war stets loyal Euch gegenüber und glaube, dies auch hinreichend bewiesen zu haben. Dennoch ist Rocheblanche ein Mann von großem Edelmut, und das trotz seiner Fehler und dessen, was dies für Euch bedeutet.«

Kardinal Bertrand starrte ihn ungläubig an. »Wollt Ihr also nun bei Intrigen ethische Grundsätze anlegen?«, spottete er. »Also bitte! Ihr seid ja noch heuchlerischer als Euer Freund, der Abt!«

Dass nun auch Pater Andrea in den Schmutz gezogen wurde, erboste Guido di Baisio. Obwohl er vor einiger Zeit vielleicht ähnlich über ihn gedacht hatte, fühlte er sich nun wie ein anderer Mensch. Verletzlicher vielleicht, aber sich der eigenen Menschlichkeit bewusst. Es war ein langsamer Prozess gewesen, der nach Ostern von einer Einladung nach Pomposa gekrönt worden war, als der Abt ihm die Ergebnisse der spirituellen Reform zeigte, die er unter dem Eindruck von Damianis »De perfectione monachorum« für sein Kloster in die Wege geleitet hatte. Bewundernswerte Ergebnisse, hatte er ihm gesagt, die keinesfalls umzusetzen gewesen wären, hätte es da nicht das mutige Vorbild von Messer Maynard gegeben. Und Guido di Baisio wusste ganz genau, wie weit dieser Mut ging, und so war ihm bewusst, dass er einen Teil der Wahrheit, die er erfahren hatte, vor Bertrand du Pouget geheim halten musste. »Ich wollte damit nur andeuten, dass ein heiliger Gegenstand wie der Lapis exilii eine würdigere Suche verdient hätte.«

»Eine würdigere Suche«, äffte der Kardinal ihn höhnisch nach. »Sagt lieber ... Habt Ihr deswegen etwas vor mir verheimlicht?«

Guidos Miene wurde verschlossen. »Niemals, Eminenz!«

»Seid Ihr sicher? Ihr habt mich mit einem Brief nach Ferrara gelockt, der von Maynard de Rocheblanche und seinem Geheimnis sprach, dem Lapis exilii. Darin schriebt Ihr mir, dass Ihr davon von ihm selbst erfahren habt, nur um dann anzufügen, dass dieser Mann niemals das Versteck dieser heiligen Reliquie preisgeben würde. Und doch hat mich stets misstrauisch gemacht, dass eine gewisse Einzelheit niemals erwähnt wurde.«

»Eine ... Einzelheit?«

Bertrand nickte. »Der Lapis exilii wird von einem Rätsel beschützt, das auf einem kleinen Pergamentstück niedergeschrieben wurde. Dieses Röllchen habe ich vor sechzehn Jahren mit meinen eigenen Augen gesehen, doch die Zeit reichte nicht, um zu lesen, was dort stand. Es verblieb bei König Jang de Blannen, bis es bei seinem Tod in den Besitz von Rocheblanche überging. Selbst wenn ich annehmen muss, dass dieser verfluchte Ritter es an einem geheimen Ort versteckt, erscheint es mir doch seltsam – zu seltsam – dass er es Euch gegenüber nie erwähnt haben soll.«

Guido hatte das Gefühl, der Kardinal könnte seine Angst riechen. Er widerstand dem Drang zurückzuweichen und tat stattdessen lieber so, als würde er nicht verstehen. »Es tut mir leid, ich habe keine Ahnung, wovon Ihr sprecht.«

»Also dann«, herrschte ihn Bertrand du Pouget an, »darf man endlich erfahren, weshalb Ihr hergekommen seid?«

Obwohl der Kardinal so barsch auf seine ausweichende Antwort reagiert hatte, entspannte sich Guido di Baisio. Er seufzte einmal tief auf und näherte sich einem Stuhl, in der Hoffnung, dass man ihn aufforderte, darauf Platz zu nehmen. »Ich habe Besuch von Madonna Eudeline de Rocheblanche erhalten.«

Du Pouget riss die Augen auf. »Die Schwester von Messer Maynard? Sie ist hier?«

»Bis vor einigen Stunden wusste ich es selbst nicht.«

»Und was hat sie zu Euch geführt?«

»Ihr Schutzbedürfnis ihrem Bruder gegenüber ... und gegenüber einem gewissen Gualtiero de' Bruni.«

»De' Bruni? Wer soll das sein?«

Bischof Guido zögerte kurz, dann überlegte er, dass der Kardinal für das ganze Netz aus Boten und Spionen verantwortlich gewesen war, zu dem einst auch Elisa d'Este gehört hatte. »Für jemanden, der nichts über seine Herkunft weiß, ist Gualtiero ein junger Maler aus dem Volk. Doch in Wirklichkeit handelt es sich um den Sohn von Passerino de' Bonacossi und Elisa d'Este.«

»Bonacossi, der Herr über Mantua.« Bertrand kniff die Augen zusammen. »Ich erinnere mich, es hieß, er wäre ohne Nachkommen gestorben. Elisa d'Este ... dieser Name ... aber ja, gewiss! Die Spionin! Sie starb in Villeneuve bei Avignon an der Pest.«

Guido nickte. »Ich selbst habe angeordnet, sie dort in der Festung gefangen zu halten, nachdem mein Vizdom sie rein zufällig erkannt hatte. Ich denke, Ihr versteht, welche Gefahr es bedeutet hätte, wenn Gerüchte über die Intrigen in Umlauf gekommen wären, die diese Frau im Auftrag der Kirche gesponnen hatte ...«

»Ihr habt in der Tat klug gehandelt.« Endlich bot Kardinal Bertrand ihm einen Platz an. »Ich erinnere mich an einen jungen Pilger, der sich in Avignon nach ihr erkundigte ...«

»Das war bestimmt Gualtiero de' Bruni«, erwiderte di Baisio, während er sich schwerfällig niederließ.

Bertrands Neugier erwachte, und er setzte sich ihm gegenüber.

»Nun denn, Exzellenz, was verbindet Eudeline de Rocheblanche mit diesen beiden?«

»Darüber weiß ich nichts. Sie kam nur zu mir, um mir Bedingungen zu stellen, ja mich richtiggehend zu erpressen.«

»Zu erpressen?«

»Wegen einiger Schulden, die mein ehrwürdiger Onkel Guidus Baysius, Auditor von Avignon, gemacht hat«, erklärte Guido hastig. »Madonna Eudeline droht damit, sie den päpstlichen Geldeintreibern zu melden, falls ich ihre Forderungen nicht erfülle.«

»Also seid Ihr zu mir gekommen, um mich um Hilfe zu bitten.«

Der Verlauf ihres Gesprächs ließ Guido tiefe Scham empfinden, doch er konnte bloß nicken. »Wenn Ihr zu meinen Gunsten bei Euren Verbindungen in der Apostolischen Kammer intervenieren könntet …«

Bertrand du Pouget musterte ihn spöttisch. »Wo ist nur Euer Sinn für Anstand geblieben?«

»Ich befinde mich völlig in den Händen dieser Frau«, erklärte Guido verlegen. »Wenn ich mich weigerte zu tun, was sie verlangt, wäre ich ruiniert. Und andernfalls wäre ich gezwungen, die Bedrohung durch den Sohn der Elisa d'Este zu ignorieren.«

»Ich verstehe Eure Beweggründe, aber nicht die Eudeline de Rocheblanches«, sagte du Pouget immer nachdenklicher. »Warum sollte sie sich wegen eines jungen Malers so weit vorwagen? Das ergibt keinen Sinn, es sei denn …« Er schlug mit der Hand auf die Stuhllehne und sah Guido aufgeregt an. »Es sei denn, diesen Gualtiero de' Bruni verbindet etwas mit Maynard de Rocheblanche!«

»Das ist durchaus möglich, Eminenz. Sie haben sich beide länger in Pomposa aufgehalten. Vielleicht haben sie dort Freundschaft geschlossen und sogar …«

«… Geheimnisse geteilt?«

Guido di Baisio zuckte zusammen. »Das schließe ich nicht aus.«

Du Pouget gönnte sich einen kurzen Moment des Schweigens, ehe er sich mit einem drohenden Lächeln an Guido wandte. »Ich werde Euch helfen, Exzellenz. Ich werde alles unternehmen, damit die Schulden Eures Onkels aus den Büchern der Apostolischen Kammer verschwinden. Doch nur unter der Bedingung, dass Ihr mir sowohl Gualtiero de' Bruni als auch Eudeline de Rocheblanche ausliefert.«

»Aber …«, stammelte Guido bestürzt. »Gualtiero ist im Moment nicht auffindbar, und falls Eudeline wittert, dass sie in Gefahr schwebt, würde sie nicht zögern, mich zu ruinieren!« Das Gelächter des Kardinals ließ ihm das Blut in den Adern gefrieren.

»Habt Ihr es immer noch nicht begriffen, jämmerlicher Narr? Ihr *seid* bereits ruiniert! Ihr habt mein Vertrauen und meine Erwartungen enttäuscht.« Du Pouget sprang auf, packte ihn am Arm und zerrte ihn mit unerwarteter Kraft zum Ausgang.

Eingeschüchtert und unfähig, darauf etwas zu erwidern, fand sich Guido di Baisio auf einmal an der Tür wieder, die sich unverzüglich öffnete.

»Ihr könnt nur hoffen, dass ich mich am Ende dieser Angelegenheit damit begnüge, Euch vor mir im Staub liegen zu sehen und nicht wie ein Tier gehäutet an einem Galgen hängend!«, rief du Pouget.

Danach blieb Guido di Baisio nichts anderes mehr, als sich der eisigen Umklammerung der Nacht zu überlassen.

30

Der Palazzo della Signoria war ein riesiger dunkler Koloss in der Nacht. Er erhob sich hoch über der Piazza, auf die ein Gewitter mit so heftigem Regen niederging, dass sich auf dem Pflaster Schlammströme bildeten. Ein Blitz erhellte die Straße für einen kurzen Augenblick, als Maynard hinter einer Häuserecke hervortrat und durch den Regen zum Palazzo eilte. Zwei Gestalten in schwarzen Kapuzenumhängen folgten ihm.

Als die beiden Wächter, die unter dem Torbogen postiert waren, sahen, wie die Männer auf sie zukamen, griff einer der beiden zur Pike. »Messere, halt, seid Ihr von Sinnen?«, schrie er ihn an. »Bei so einem Unwetter ... und zu dieser späten Stunde!«

»Wenn Ihr mir den Zutritt verwehrt, dann verwehrt Ihr ihn auch den Mönchen des Dominikanerordens, die mich begleiten.« Maynard deutete auf die Gestalten hinter sich. »Einer von ihnen ist Lamberto da Cingoli, der Inquisitor von Ferrara.«

Wie um seinen Worten Nachdruck zu verleihen, trat Bruder Lamberto vor und schlug die durchnässte Kapuze nach hinten. »Warum haltet Ihr uns auf?«, fragte er laut, und seine gebieterische Geste ließ die Soldaten den Weg frei machen. »Messer Maynard, Bruder Prudenzio, folgt mir!« Ohne eine Erlaubnis abzuwarten, lief er auf den Innenhof zu. »Wir haben keine Zeit zu verlieren!«

Die ständig zuckenden Blitze tauchten die Gänge des Palazzos in ein so unwirkliches Licht, dass Bruder Prudenzio immer wieder erschrocken zusammenfuhr.

Maynard kümmerte sich nicht weiter um ihn und eilte zu den Räumlichkeiten von Messer Aldobrandino. Lamberto da Cingoli blieb an seiner Seite.

»Ihr habt mir immer noch nicht den Grund für diese Eile genannt.«

Lamberto dämpfte die Stimme, damit der Soldat, der ihnen vorausging, seine Worte nicht hörte.

Maynard zögerte, ihm eine Erklärung zu geben. Er hatte sich nur deswegen an Bruder Lamberto gewandt, weil er sichergehen wollte, dass man ihn mitten in der Nacht im Palast empfangen würde. Ihm war keine Zeit geblieben, das Für und Wider einer solchen Entscheidung abzuwägen, er wollte lediglich schnelle Antworten. Weil die Wache, die sie begleitete, sich plötzlich an sie wandte, blieb ihm eine Erwiderung erspart.

»Dem Sohn des Marchese geht es heute Nacht nicht gut«, unterrichtete sie der Soldat.

»Was meint Ihr damit?«, fragte Maynard.

Der Soldat zuckte mit den Schultern. »In der Abenddämmerung wurde Messer Aldobrandino von einem akuten Unwohlsein befallen. Anscheinend erholt er sich bereits wieder, obwohl er davon immer noch … wie soll ich sagen … mitgenommen ist.«

»Was Ihr da erzählt, ist äußerst seltsam. Ich selbst habe ihn noch heute gegen Abend gesehen, und da schien er mir bei bester Gesundheit zu sein.«

»Es geht nicht um seine Gesundheit«, gab der Soldat lakonisch zurück und sagte nichts mehr, bis sie die Gemächer Aldobrandinos erreicht hatten. Totenbleich erschien dieser an der Tür und wandte sich sofort Maynard zu.

»Messere …«, stieß Aldobrandino keuchend hervor. Er wirkte verwirrt und seine Lippen zitterten.

Obwohl die Wache schon gesagt hatte, dass es dem Kapitän-General nicht gut ginge, war Maynard auf eine derart heftige Veränderung nicht gefasst. »Euer Gnaden«, sagte er und wich mit einer entschuldigenden Verbeugung zurück, »hätte ich gewusst, in welchem Zustand Ihr Euch befindet, wäre ich niemals so vermessen gewesen –«

»Nein, nein, kommt herein«, unterbrach ihn Aldobrandino und ging zur Seite, um ihn eintreten zu lassen. »Doch das gilt nur für

Euch.« Er warf Lamberto und Prudenzio einen misstrauischen Blick zu. »Nur für Euch.«

Sobald sich die Tür hinter ihnen geschlossen hatte, wankte Aldobrandino zu einem Stuhl, auf dem er sich erschöpft niederließ. Er trug eine *Bruche* und darüber ein Nachthemd, was seine Unentschlossenheit erkennen ließ, ob er nun schlafen oder wachen sollte.

Maynard ließ seinen Blick über das zerwühlte Bett und die brennenden Kerzen schweifen – zu viele, um dabei zu schlafen – und fragte sich, was den Sohn des Marchese quälen mochte. Dass er einen Dolch zwischen den Laken entdeckte, beunruhigte ihn noch weiter. »Man benötigt keine Waffe, wenn man sich nicht wohlfühlt«, murmelte er vor sich hin.

»Das habe ich nur vorgeschoben.« Aldobrandino ließ den Kopf nach hinten gegen die Stuhllehne sinken. »Ich habe es verbreiten lassen, damit nicht Angst und Schrecken um sich greifen.«

»Angst und Schrecken?«

»Die mich befallen haben, Messere.« Er fuhr mit der Hand zum Hals und lockerte sich den Kragen, als bekäme er keine Luft. »Heute Nacht habe ich etwas gesehen. Etwas, das ich mir nicht erklären kann.«

»Möchtet Ihr darüber reden?«

»Das ist nicht so einfach, bei Gott. Glaubt Ihr an *visiones*?«

Maynard schob einen Vorhang beiseite und spähte nach draußen, wo das Gewitter unvermindert tobte. »Man sagt, einzig die von Heiligen und Königen seien wahrhaftig. Die Theologen behaupten, sie seien die Stimme Gottes.«

Aldobrandino lachte nervös auf. Obwohl die Gegenwart Maynards ihn zu beruhigen schien, irrte sein Blick immer wieder suchend in die schattigen Winkel des Raumes. »Ich habe keine Ahnung, ob es sich um das Werk Gottes, Satans oder um irgendeinen Zauber gehandelt hat«, sagte er und versuchte dabei, seine Angst zu beherrschen. Er füllte sich einen Becher mit Wasser und leerte ihn in einem Zug.

»Kurz nach Sonnenuntergang stand ich nur wenige Schritte von diesem Zimmer entfernt einer Bestie gegenüber. Weder Wolf noch Bock, aber dennoch beides. Sie kam aus der Dunkelheit … wie ein Alptraum!«

Mehr noch als von seinen Worten war Maynard davon betroffen, wie wirr der Sohn des Marchese sich ausdrückte. Er musste an die Beschreibung von Silvano da Focomorto denken, und ein Schauder ergriff ihn: das Tier, das dieser inmitten des Waldes an der Spitze der Lichterprozession gesehen hatte! Das Tier, das er so lange in den Wäldern um Ferrara gesucht hatte. Er trat an Aldobrandino heran und sah ihm prüfend in die Augen. »Hat sie Euch etwas angetan?«

Der Sohn des Marchese schüttelte den Kopf. »Ich muss kurz ohnmächtig geworden sein, weil ich mich an nichts erinnere. An nichts, bis auf diese Stimme.«

»Welche Stimme?«

Aldobrandino sprang so rasch auf, dass er Maynard zurückstieß. »Die Stimme einer Frau, Messere. Eine Stimme, die, ich schwöre es bei der Heiligen Jungfrau, meiner Mutter gehörte. Ja genau, meiner Mutter! Sie kam aus dem fernen Reich der Schatten … Und doch schien sie gleichzeitig so nah, direkt an meiner Seite zu sein.«

Maynard rüttelte ihn an den Schultern, um seine Aufmerksamkeit zu erlangen. »Was hat sie zu Euch gesagt?«

Aldobrandino zögerte mit seiner Antwort, als könne er selbst nicht glauben, was er gleich sagen wollte. Schließlich gab er die Worte mit schmerzlich verzogener Miene wieder: *»Pro bono malum.«*

Maynard nickte. Obwohl alles völlig verworren klang, bestätigten diese Worte seinen Verdacht. Er strich sich übers Kinn und gönnte sich eine kurze Pause, um seine Gedanken zu ordnen. Es war sinnlos, den jungen Mann mit weiteren Fragen zu diesem beängstigenden Erlebnis zu quälen. Oder ihm seine eigenen Überlegungen darzulegen. Deshalb kam er auf den Grund zurück, der ihn mitten in der Nacht hierhergetrieben hatte, und sah Aldobrandino ernst an. »Habt ihr gehört, dass Euer Herr Vater neue Gäste im Palast empfangen hat?«

Die Frage verwirrte den Jungen. »Nicht dass ich wüsste«, murmelte er. »In letzter Zeit war er fast immer unterwegs, um die Aufstände im Umland zu befrieden. Und ich bin so von meinen Pflichten in Anspruch genommen, dass ich nicht auf solche Nebensächlichkeiten achten kann.«

Oh, das sind keineswegs Nebensächlichkeiten, dachte Maynard bitter. Er richtete sich auf und blickte zur Tür. »Dann muss ich mich wohl an Euren Vater selbst wenden.«

»Nicht so schnell!«, fuhr Aldobrandino auf. »Was verheimlicht Ihr vor mir?«

»Ihr müsst Vertrauen haben.« Maynard redete so ruhig auf ihn ein, wie er ihn früher auch die Schwertkunst gelehrt hatte. »Ich kann mir kaum vorstellen, wie schwer das alles für Euch ist. Aber für den Moment kann ich Euch bloß raten, auf der Hut zu sein und nicht an das wirre Zeug zu glauben, das Ihr mir erzählt habt. Ich werde die Wahrheit über Eure Mutter herausfinden, das verspreche ich Euch.« Maynard wollte sich schon verabschieden, als er sich daran erinnerte, wer dort draußen auf ihn wartete. Daher wandte er sich erneut an Aldobrandino. »Noch eine letzte Frage, wenn Ihr gestattet. Warum habt Ihr Euch geweigert, Bruder Lamberto da Cingoli und seinen Begleiter zu empfangen?«

»Auf Geheiß meines Herrn Vaters«, erwiderte Aldobrandino, während er sich auf sein Bett setzte. »Aus mir unbekannten Gründen hat er mir jeden Kontakt zu diesem Mönch kategorisch verboten.«

Obwohl seine Neugier geweckt war, verabschiedete Maynard sich mit einer Verbeugung. »Ruht Euch nun aus, mein Herr«, empfahl er ihm. »Euch erwarten schwierige Zeiten.«

Sobald Maynard aus dem Zimmer getreten war, wurde er von Bruder Lamberto bedrängt.

»Nun, ich erwarte Erklärungen!«, zischte er.

Maynard würdigte ihn keines Blickes, sondern strebte mit großen Schritten dem Ausgang des Palazzos entgegen. »Im Augenblick habe ich nur Verdachtsmomente. Diese muss ich zunächst prüfen.«

»Unmöglich! Ich verlange eine Erklärung!«

»Die werdet Ihr erhalten, aber nicht jetzt.«

Bei dieser Antwort packte Lamberto ihn mit seinen knochigen Fingern am Arm. »Wie könnt Ihr es wagen, mich mitten in der Nacht zu stören und mich dann über alles im Unklaren zu lassen?«

»Segnet doch den Palast, Pater.« Maynard riss sich so heftig los, dass Lamberto zu Boden stürzte. »Dann wird Euer Besuch nicht umsonst gewesen sein.«

Lamberto da Cingoli sah aus, als würde er gleich Feuer spucken. »Ihr ... Ihr ...« Er stieß Bruder Prudenzio beiseite, der herbeigeeilt war, um ihm aufzuhelfen. »Das werdet Ihr teuer bezahlen, Messere!«

Maynard stand bereits am Portal, das auf die Piazza führte. Er hatte es zu eilig, um auf das Gezeter des Mönchs einzugehen. In seinem Kopf war nur Platz für einen Gedanken: Er musste unbedingt Obizzo d'Este sprechen! Ehe er auf die Straße trat, durch die der Wind peitschte, wandte er sich an den diensthabenden Soldaten. »Wache, ein Pferd! Und zwar eines der schnellsten!«

31

Kurienpalast
15. April

Bischof Guido di Baisio hätte nie gedacht, dass er seinen Vizdom Superanzio Orsini und dessen prahlerischen Gehilfen Petricciolo, die er mit den schmutzigen Aufgaben betraut hatte, jemals vermissen würde. Dank der beiden hatte er sich viele Jahre lang der gleichen Illusion wie Pontius Pilatus hingeben können, nämlich dass es reichte, den Blick abzuwenden, um nichts vom Unrat der eigenen Missetaten mitzubekommen. Bis zum Tod seiner beiden Handlanger war ihm nicht bewusst gewesen, wie tief er schon gesunken war. Er hatte immer geglaubt, Teil einer strengen, aber gerechten Führungshierarchie zu sein, in deren Namen das Schwert Regeln durchsetzte, die von der Heiligkeit inspiriert waren. Wurde Vieh nicht auch erst durch Gewalt fügsam gemacht? Und bewahrten Schäfer nicht auf diese Weise ihre Herden vor Unheil?

Die ersten Zweifel waren ihm gekommen, als er Maynard de Rocheblanche begegnete, einem von seinen inneren Dämonen gequälten, aber aufrechten Ritter voller Fragen und ebenso vieler Geheimnisse. Zu Beginn hatte er bei ihm so offensichtliche Zeichen von Verlorenheit erkannt, dass er geneigt war, ihn zu beraten und aufzufordern, sich zu öffnen. Erst später hatte Guido erkannt, dass dieser Mann keiner Führung bedurfte. Sein Geist war gefestigter als der vieler Männer der Kirche, zuvorderst der des wankelmütigen Pater Andrea. Dieser geißelte den eigenen Stolz so sehr, dass es ihm fast Vergnügen zu bereiten schien. Doch trotz ihrer Differenzen wusste Bischof Guido, dass er auch viel von Abt Andrea gelernt hatte.

Sein verstörendes Misstrauen gegenüber der Führung in Avignon hatte in Guido ganz allmählich Zweifel geweckt, ob er auch auf der richtigen Seite kämpfte. Und die Leichtfertigkeit, mit der Bertrand du Pouget über das Leben anderer verfügte, hatte diese noch bestärkt.

Dies war auch einer der Gründe, weshalb Guido den Kardinal angelogen hatte. Natürlich nicht zu Anfang, als sein Glaube an die Hierarchien noch fest und unbeirrbar gewesen war. Damals hatte er es aus Vorsicht getan. Die Welt war voller falscher Propheten, und nach den Katharern, den Dolcinianern, den Brüdern und Schwestern des Freien Geistes und der Frage des *filioque* fehlte nur noch, dass das Auffinden des Lapis exilii zu einem neuen Schisma innerhalb der Kirche führte.

Erst später, nachdem Bertrand du Pouget in Ferrara eingetroffen war, hatten ihn Skrupel befallen. Obwohl Guido di Baisio wusste, dass er ihm gegenüber zu Gehorsam verpflichtet war, hatte er an dem Kardinal einen krankhaften Ehrgeiz wahrgenommen, der sicherlich nicht vom wahren Glauben bestimmt war.

Trotzdem musste er ihm noch einmal gehorchen, und daran trug Eudeline de Rocheblanche die Schuld. Wäre diese Frau doch niemals zu ihm gekommen! Jetzt hatten sich ihre Forderungen zu einer doppelten Bedrohung für ihn entwickelt: Auf der einen Seite schwebte das Schreckgespenst des finanziellen Ruins über ihm, auf der anderen durfte er den Kardinal nicht enttäuschen. Nur Gott allein wusste, was ihm noch bevorstand!

So saß er nun an seinem Schreibtisch und musste seinen Spähern Befehle erteilen. Findet Eudeline de Rocheblanche, findet Gualtiero de' Bruni, aber möglichst unauffällig. So etwas war gewiss kein leichtes Unterfangen, zumal er nun nicht mehr auf Superanzio Orsini zurückgreifen konnte, der für ihn die Schmutzarbeit erledigt hatte. Guido di Baisio sah sich nicht in der Lage, solche Schändlichkeiten selbst auszuführen. Er fühlte sich dadurch noch schmutziger und noch heuchlerischer als sonst. Gleichzeitig wurde ihm nur zu klar vor Augen geführt, wie wenig genügte, um dem Ruin entgegenzugehen.

Guido hatte das Gefühl, dass er diesen Moment nutzen sollte, um sein Gewissen zu erleichtern. Er überwand seinen Widerwillen, nahm Feder und Pergament zur Hand und schrieb die eigenen Verfehlungen und Geheimnisse nieder. Und derer gab es viele, weit mehr, als Eudeline de Rocheblanche sich vorstellen konnte.

Sollte er eines Tages angesichts einer bedrohlichen Situation feststellen, dass er aus Selbstschutz zu feige war, die Wahrheit zu enthüllen, würden diese Zeilen es für ihn tun.

32

Gegend um Ferrara
16. April

Maynard wusste, dass er sein Ziel erreicht hatte, als er auf eine schlammige Straße stieß, die von Gehenkten gesäumt war. Wolken von schwarzen Raben flatterten auf, als er an ihnen vorbeikam, und schickten ihr düsteres Krächzen übers Land. Einmal noch musste er sein Pferd antreiben, dann erblickte er das Lager. Es waren nur wenige Zelte, um der Wahrheit die Ehre zu geben – als hätte der Marchese hier weit weniger Feinde zu bekämpfen, als es allgemein hieß.

Maynard trabte bis zu den Stallungen, saß schwungvoll ab und wandte sich an den erstbesten Knappen. Er war erschöpft, nicht nur von den Strapazen des schnellen Ritts, sondern auch von den vielen Fragen, die ihn die ganze Zeit auf dem Weg hierher beschäftigt hatten. »Ich muss mit Seiner Gnaden sprechen«, erklärte er knapp.

Der Knappe reagierte unwirsch. »Haltet Ihr mich etwa für einen Diener?«

»Ich halte Euch für das, was Ihr seid, und jetzt beeilt Euch!«, fuhr er ihn an und packte ihn am Kragen. »Es geht um Leben oder Tod!«

Obizzo d'Este saß vor seinem Zelt und fütterte gerade einen Falken mit Fleischstückchen. Er hielt sie ganz fest in den Fingern, sodass das Tier gezwungen war, mit dem Schnabel kräftig daran zu zerren. Als Maynard sich dem Marchese näherte, geriet er unwillkürlich in den Bann seiner schwarzen Augen, die starr auf den Raubvogel gerichtet waren. Schwer zu erraten, welche Gedanken sich dahinter verbargen. »Ich wusste nicht, dass Ihr Euch hierherbegeben habt, um Euch der Falknerei zu widmen«, sagte Maynard in ernstem Ton.

»Eher, um darüber nachzudenken, wer der Jäger und wer der Gejagte ist.« Obizzo schaute auf.

Maynard ging über dessen offensichtliche Gleichgültigkeit hinweg. »Tragen wir nicht Wesenszüge von beiden in uns?«

Obizzo setzte den Falken auf einer Stange ab. »Ich meinte damit nicht den Jagdinstinkt des Menschen, sondern das Maß, in dem jeder von uns sich bewusst ist, dass über seinem Kopf Krallen schweben, die jederzeit zupacken können.«

»Ich bin mir dessen nicht nur bewusst, ich sehe sie klar und deutlich«, sagte Maynard und lächelte bitter.

»Ach wirklich?« Obizzo starrte ihn undurchdringlich an. »Vielleicht verlasst Ihr Euch zu sehr auf die Reichweite Eurer Augen.«

»Wo wir gerade von Augen sprechen. Haben Eure jemals dies hier gesehen?« Maynard öffnete seine Reisetasche, die er unter dem Umhang trug, und zeigte ihm das Bildnis der Frau, das er vor zwei Nächten gefunden hatte.

Marchese Obizzo runzelte die Stirn. »Worauf bezieht Ihr Euch genau?«

»Seit ich es gefunden habe, finde ich keine Ruhe mehr«, gestand Maynard und musterte erneut das Bild. »Ich begreife nicht, wie es sein kann, dass es Lippa Ariosti so sehr ähnelt.«

»Kein Wunder, dass es ihr gleicht. Es handelt sich um ihre Schwester«, gab Obizzo barsch zurück.

Maynard zuckte zusammen. »Die … Schwester?«

Obizzo schien seine Überraschung zu genießen. »Margherita Ariosti, von einer anderen Mutter geboren und um einige Jahre jünger«, erklärte er. »Vor einem Monat äußerte sie den Wunsch, sich in Ferrara niederzulassen, und ich stimmte dem zu, da ich es für angemessen hielt, dass zu den fremden Adligen, die in die Stadt ziehen, um frisches Blut hereinzubringen, auch die Ariosti von Bologna zählen.«

Maynard hatte den Eindruck, einen Anflug von Begehren an ihm wahrzunehmen, was ein weit persönlicheres Interesse vermuten ließ.

Margherita Ariosti ähnelte ihrer Schwester in der Tat so sehr, dass sie die Lust des Marchese erregt haben könnte. Und vielleicht auch seine Eifersucht.

»Ich muss mit dieser Dame sprechen«, sagte Maynard. »Wo kann ich sie finden?«

»Was lässt Euch annehmen, dass ich dies weiß?«

»Wenn nicht Ihr, wer dann?«

»Das Zuweisen von Unterkünften zählt zu den Aufgaben des Richters der Savi.« Obizzo d'Este stellte sich misstrauisch vor ihn hin. »Zu den meinen hingegen gehört es, zu begreifen, was ein verräterischer Ritter von einer edlen Dame aus Ferrara wollen könnte.«

»Ihr müsst Euch mit derselben Antwort begnügen, die ich Bruder Lamberto da Cingoli gab«, entgegnete Maynard knapp.

Als Obizzo den Namen des Inquisitors hörte, wich er zurück. »Da Cingoli ist ebenfalls beteiligt?«

Maynard beobachtete ihn argwöhnisch. »Ich muss annehmen, dass Ihr den Dominikaner fürchtet«, reizte er ihn. »Sagt, Euer Gnaden, habt Ihr Euch etwa hierher zurückgezogen, um seinen Krallen zu entgehen? Vielleicht ist es ja Euren Höflingen entgangen, aber für einen gestandenen Krieger mit meiner Erfahrung ist offensichtlich, dass Ihr hier in dieser Gegend keinen gefährlichen Aufstand niederwerfen müsst.«

»Es ging auch nie darum, einen Aufstand niederzuschlagen, sondern darum, ein Schlangennest niederzubrennen«, stellte Obizzo klar.

»Ein erbärmliches Unterfangen, wenn ich mir diese Bemerkung erlauben darf. Ich habe die Gehenkten an den Bäumen gesehen.«

»Ihr würdet nicht so leichtfertig urteilen, wenn Ihr deren Schlachtrufe vernommen hättet.« Obizzo wandte zornig den Blick ab und stieß dann schnell hervor: *»Pro bono malum.«*

Maynard traf dieser Satz wie ein Blitz aus heiterem Himmel. »Wie in den Botschaften, die im Palast gefunden wurden?«

Obizzo d'Este nickte. »Es waren in der Tat nicht sehr viele. Eine

Horde von mit Sensen und Mistgabeln bewaffneten Bauern. Nachdem die wildesten unter ihnen niedergestreckt waren, habe ich meine Spürhunde losgelassen, um die Überlebenden in den umliegenden Wäldern aufzustöbern.«

Maynard erkannte sofort einen Zusammenhang mit dem, was ihm vor zwei Nächten in dem Haus des Mannes mit dem Feuermal passiert war. Auch dort hatte er gegen zwei Leute aus dem einfachen Volk kämpfen müssen, die dem Haus d'Este feindlich gesinnt waren. Und er erinnerte sich noch gut daran, wie er, als er den Mann zuvor verfolgt hatte, von einem zerlumpten Bengel zu Fall gebracht worden war. Schlagartig begriff er. Wer auch immer die Fäden dieser Intrige spann, wollte das Volk gegen das Haus d'Este aufhetzen. Diesen Verdacht behielt er allerdings für sich, stattdessen fragte er lieber nach etwas anderem, was ihn neugierig gemacht hatte. »Ich verstehe Eure Beweggründe, Messere. Doch erklärt dies noch nicht, warum Ihr Euch so lange vom Hofe fernhaltet.«

»Ich spiele auf Zeit, versteht Ihr?«, fuhr Obizzo plötzlich auf. »Falls dieser Teufel Durfort, der General des Papstes, wüsste, dass ich kampfbereit bin, würde er sogleich meine Dienste einfordern, um die Rebellen von Faenza zu bekämpfen. Und ich habe weder Zeit noch Lust, mich mit Aufgaben zu beschäftigen, die mich selbst gar nicht betreffen!«

Maynard starrte ihn verwundert an. »Warum erzählt Ihr mir davon?«

»Weil ich nicht will, dass Ihr mich für einen Feigling haltet. Oder glaubt Ihr etwa, dass schon ein einziger Dominikaner ausreicht, um mich vor Schreck erbleichen zu lassen?«

Maynard gewann allerdings genau diesen Eindruck, und obwohl er den Grund dafür nicht kannte, hielt er es für angebracht, die Erklärungen erst zu anderer Zeit zu suchen. »Ihr werdet nun Eure Antwort erhalten«, erklärte er ernst und deutete auf das Bildnis. »Meiner Meinung nach ist diese Dame in den Tod von Madonna Lippa, Eurer Gemahlin, verwickelt.«

»Seid Ihr nun völlig von Sinnen?«, brüllte Obizzo. »Wie könnt Ihr es wagen, Madonna Lippa zu erwähnen? Hat man es Euch nicht hinterbracht? Sie starb an einer plötzlichen Krankheit!« Wütend stieß er Maynard zurück. »Geht nun, verfluchter Kerl, ehe ich mein Schwert ziehe! Geht, oder ich schwöre, ich werde mein Versprechen halten und Euch in die Hölle schicken!«

»Dazu ist auch später noch Zeit, Messere.« Maynard bezähmte seinen Stolz und verabschiedete sich mit einer knappen Verbeugung. Doch ehe er ging, fügte er noch hinzu: »Wisset jedoch, dass die Verschwörung noch nicht vorbei ist. Vor Kurzem erst wurde Euer Sohn im Palast angegriffen.«

Während er ging, um sein Pferd zu holen, waren seine Gedanken bei Margherita Ariosti. Der geheimnisvollen Dame mit den roten Haaren.

33

Ferrara, Borgo San Giorgio

Kaum dass er sie gesehen hatte, wusste Venturino, dass er für die Zukunft ausgesorgt hatte. Der Herr Bischof hatte es zwar nicht offen ausgesprochen, doch hatte er durchblicken lassen, dass für denjenigen seiner Soldaten, der wenigstens eine der gesuchten Personen aufspürte, eine Beförderung möglich war. Es war ja auch kein Geheimnis, dass seit dem Tod Orsinis der Posten des Vizdoms nicht besetzt war und dass so mancher seine Seele dem Teufel verkauft hätte, um ihn zu bekommen. Und nun hatte er sie ausfindig gemacht.

Erkannt hatte er sie wegen der jungen Frau an ihrer Seite. Ihre jüngere Schwester, wie es hieß. Ihre verschiedenfarbigen Augen stachen hervor wie Klatschmohn im Kornfeld. Außerdem hatte ihn eine ganze Spur von Indizien hierhergeführt, und so war er sicher, dass die Dame an ihrer Seite Eudeline de Rocheblanche war.

Er beobachtete sie weiter durch ein hölzernes Gitter, das den Laubengang eines Wohnhauses von der Straße trennte. Eine Frau wie diese hatte er nicht erwartet. Schön und würdevoll bewegte sie sich mit einer argwöhnischen Haltung durch die Menge, als erwarte sie jeden Augenblick einen Angriff. Und doch erweckte sie den Eindruck, als sei sie sich durchaus bewusst, dass sie Respekt einflößte – sie schien ihn sogar zu erwarten.

Sie war auf dem Rückweg vom Markt und steuerte mit ihrer jungen Begleiterin ihre Behausung an, eine bescheidene Unterkunft bei einem Tischler. Es war leicht gewesen, sie zu finden, auch wenn Venturino nicht begreifen konnte, wieso eine Dame vornehmer Herkunft sich solch ein Rattenloch ausgesucht hatte.

Kurz ließ Venturino seiner Phantasie freien Lauf und stellte sich vor, wie es wäre, sie zu besitzen, dann fiel ihm die Anweisung des

Bischofs wieder ein. Entführt sie, ohne Aufsehen zu erregen! Kein leichtes Unterfangen in einem so belebten Viertel wie diesem. Er würde abwarten müssen, bis es Nacht war, dann konnte er sich das Stillschweigen der anderen Hausbewohner erkaufen und in ihre Behausung eindringen. Und wer weiß, vielleicht würde die reizende Eudeline in der Hoffnung, mit der Freiheit davonzukommen, ihm im Dunkeln zu Willen sein …

Da strich ihm ein Krummdolch beinahe zärtlich über die Kehle.

Beim ersten Versuch, die Klinge wegzuschieben, drang der Stahl sofort ein wenig ins Fleisch. Venturino wurde klar, dass er keine Wahl hatte. Der Mann, der aus dem Nichts aufgetaucht war, trug einen grauen Umhang, und seine Haut war dunkler als bei allen Menschen, die der Soldat bislang gesehen hatte.

»Wenn Ihr wüsstet, wer mein Auftraggeber ist …«, warnte Venturino ihn.

»Mir genügt es, meinen eigenen zu kennen«, gab der Araber mit finsterer Miene zurück. »Und der möchte vielleicht noch mehr wissen.« Mit diesen Worten drängte er Venturino in eine dunkle Gasse. »Nun geht langsam weiter, ich folge Euch. Und damit Ihr Euren Wagemut oder auch nur Eure Dummheit im Zaum haltet, solltet Ihr wissen, dass ich in der Hand, die Ihr nicht sehen könnt, noch einen zweiten Dolch halte, der auf Euch gerichtet ist.«

34

Ferrara, San Romano
19. April

Der Mann, der Guido di Baisio aufsuchte, war von solch stattlicher Statur, dass dieser bei seinem Anblick überrascht aufstöhnte. Er war ganz und gar in Schwarz gekleidet und trug außerdem einen ledernen Brustpanzer, der sich über den kräftigen Muskeln spannte. Die Hände waren groß genug, um den Kopf eines Kindes zu umspannen, das Kreuz so breit wie das Joch eines Ochsen. Und doch entbehrte er nicht einer gewissen Eleganz, wie sich zeigte, wann immer er auf seinem hölzernen Stuhl die Position wechselte.

Bischof Guido hatte sich bereit erklärt, ihn in einem abseits gelegenen Raum zu empfangen, zu dem man nur über den Kreuzgang von San Romano gelangte. Ab und an warf er jedoch einen verstörten Blick auf das Bündel, das der Unbekannte ihm als Ehrengabe übergeben hatte, und zweifelte am eigenen Verstand. Unnötig, den blutdurchtränkten Stoff beiseitezuziehen, um zu begreifen, was darin war. Im Übrigen waren die Zeiten halbgarer Kompromisse vorüber. Seine Gewissensbisse und Ängste trieben ihn möglicherweise zuweilen dazu, unüberlegt zu handeln, doch nur, weil er unentwegt nach einem Ausweg aus seiner misslichen Lage suchte.

Guido di Baisio durchschritt den Raum, die Hände hinter dem Rücken verschränkt, und kam vor dem Fremden zum Stehen. Obwohl er unbewaffnet war, wirkte er immer noch bedrohlich. Guido warf einen Blick zur Tür und beruhigte sich mit dem Gedanken, dass auf der anderen Seite zwei Bewaffnete standen. Schließlich runzelte er die Stirn. »Nur ein sehr mutiger Mann oder ein Wahnsinniger würde es wagen, bei einem Prälaten mit dem abgeschlagenen Kopf eines seiner Leute als Gastgeschenk vorstellig zu werden.«

Der schwarz gewandete Ritter lächelte fast freundlich. »Was hingegen ließe sich über jemanden sagen, der ein solches Präsent entgegennimmt, ohne mit der Wimper zu zucken?« Seine Aussprache verriet einen deutlichen französischen Akzent. Ohne eine Antwort abzuwarten, wies er mit dem Kinn auf das Bündel. »Er hieß Venturino und hatte ein loses Maul. Auch wenn ich seine Zunge zunächst mit dem Messer lösen musste.«

»Ihr kennt meinen Namen und auch den meines Schergen, Euren eigenen hingegen haltet Ihr immer noch geheim.«

»Spräche ich ihn aus, käme der Teufel persönlich hierher, um mich zu holen.« Der Mann beugte sich vor, als wollte er ihm etwas im Vertrauen mitteilen. »Solltet Ihr es denn unbedingt für nötig halten, so nennt mich Namo.«

»Namo, wie der Ratgeber Karls des Großen?« Guido sah ihn misstrauisch an. »Ich bezweifle, dass Ihr bis hierhin gekommen seid, um Rat zu erteilen.«

»In der Tat verhält es sich vielmehr so, dass ich Antworten suche. Einige habe ich bereits von Eurem Schergen erhalten. Einer meiner Diener hat ihn gefasst, als er Eudeline de Rocheblanche ausspionierte.«

»Kennt ihr diese Frau?« Guido zuckte zusammen.

Namos hohles Gelächter ließ die Luft erzittern. »Ja, und zwar gut genug, um mich zu fragen, was Ihr von ihr wollt.«

»Steht Ihr in ihren Diensten?«

»Sehe ich vielleicht aus wie ein Diener?«

»Dann händigt sie mir aus, und ich werde mich angemessen erkenntlich zeigen.«

Namo umklammerte die Armlehnen so fest, dass sie knarrten. »Einem solchen Wunsch werde ich niemals nachkommen!« Jäh aufwallender Zorn verzerrte sein Gesicht. »Eudeline gehört mir! Mir allein!«

Das genügte, um Bischof Guido in Angst zu versetzen. Unwillkürlich wich er zurück und warf einen Blick zur Tür. »Wenn es nicht aus diesem Grund war, weshalb habt Ihr dann um eine Audienz gebeten?«

Namo beruhigte sich wieder, doch offensichtlich quälte ihn noch etwas Furchtbares. Mit der Antwort schien er ein Todesurteil auszusprechen. »Maynard de Rocheblanche.«

Guido schlug die Hand vor den Mund. »Ich weiß nicht, wovon Ihr –«

Namo unterbrach ihn sogleich mit tadelnd erhobenem Finger. »Als er den Kopf noch auf dem Hals trug, hat Venturino mir Eure Beziehung zu jenem Ritter enthüllt.« Er erhob sich von seinem Stuhl, begab sich zur Tür und lehnte sich dagegen, wodurch er den Ausgang versperrte. Die verschränkten Arme und sein Gesichtsausdruck gaben zu erkennen, dass nichts und niemand den Durchgang frei machen könnte, wenn er es nicht wollte. »Ihr müsst wissen, dass ich diesem Mann schon sehr, sehr lange auf der Spur bin«, fuhr er mit gespielter Gleichgültigkeit fort. »Es gab eine Zeit, da ich ihn tot glaubte. Dann stellte ich fest, dass er in ein ziemlich finsteres Komplott verstrickt ist, das mich allerdings nicht im Geringsten interessiert. Mir geht es nur um ihn, ist das klar? Ich brenne darauf, ihn zu treffen, um eine Angelegenheit zu klären, die allzu lange offengeblieben ist, wirklich viel zu viele Jahre schon, als dass ich noch länger warten könnte. Und obwohl ich aus sicherer Quelle weiß, dass er nun in Ferrara lebt, konnte ich ihn nicht ausfindig machen. Es scheint, als würde ihn keiner kennen. Niemand außer Euch. Das also ist der Grund für mein Kommen: Ich will, dass Ihr mir verratet, wo er sich versteckt hält.«

Guido di Baisio widerstand dem Drang, im Raum umherzulaufen wie eine Maus in der Falle. Er machte sich klar, dass immer noch er im Vorteil war. Schließlich hatte der Unbekannte gerade zugegeben, dass es ihm nicht möglich war, Maynard zu finden, solange er nicht wusste, wo er suchen sollte. Doch Guido war weit davon entfernt, ihm behilflich sein zu wollen. »Das sind ja schöne Ansprüche für jemanden, der im Gegenzug nichts zu bieten hat«, forderte er seinen Besucher heraus.

Namo lächelte wissend. »Da gibt es schon etwas, das für Euch von Interesse wäre und das niemand sonst Euch verschaffen kann.«

Bischof Guido vernahm eine innere Stimme in seinem Kopf. Da gab es allerdings etwas ... Es würde genügen, dem schwarzen Ritter gegenüber eine Andeutung zu machen, sich zwischen den Wäldern um Ferrara und San Domenico umzusehen, um im Gegenzug einen großen Gefallen zu erhalten. Doch aus demselben Impuls heraus, aus dem er Bertrand du Pouget angelogen hatte, widerstand er der Versuchung auch jetzt. »Was genau wollt Ihr von Rocheblanche?«

»Das habe ich Euch gesagt. Es handelt sich um eine persönliche Angelegenheit.«

»Ihr verlangt von mir, einen Ehrenmann zu verraten.«

»Kein Verrat, Exzellenz. Ich versichere Euch: Wüsste Maynard, dass ich lebe, würde er seine Seele verkaufen, um seinerseits zu erfahren, worum ich Euch bitte. Und zwar im Namen ebenjener Ehre, von der Ihr sprecht.«

Guido musterte seine Miene. Namo war aufrichtig, da war er sich sicher. Doch was ausschlaggebend dafür war, dass er schließlich doch mit dem Mann vor sich redete, war eine plötzliche Vertrautheit, die er empfand, als er ihm tief in die Augen sah. Anfangs war ihm nicht klar, woher dieses Gefühl rührte, dann legte er vor Überraschung eine Hand auf die Brust. Oh Herr! Wie war das möglich? Ein solcher Zufall ließ sich nicht mit Vernunft erklären, völlig ausgeschlossen! Und doch hatte er genug gesehen, um noch zu glauben, dass er sich irren könnte. Ganz zweifellos, dieser leidenschaftliche Blick, diese Augen – sie waren die gleichen wie die von Maynard!

Hastig verbarg er seine Empfindungen und wägte den Vorschlag dieses Mannes mit der mysteriösen Vergangenheit ab. Namo ... oder vielleicht *nemo*, also »niemand«? Es wäre in der Tat besser, er würde ins Nichts verschwinden. Sein Angebot jedoch ... Der Bischof biss sich auf die Lippe, hin- und hergerissen zwischen Neugier und der Furcht davor, zu erfahren, wer derjenige war, den er da vor sich hatte. *Er ist aufrichtig*, fing das teuflische Stimmchen in seinem Inneren wieder an. Auf mehr kam es doch unterm Strich nicht an, oder? Nach einem letzten Blick auf den abgetrennten Kopf Venturinos trat Guido entschlossen an ihn heran. »Meine Bedingung ist, dass Madonna Eudeline Ferrara für immer verlässt, ob mit Euch oder allein, ist mir egal, solange sie weder jetzt noch in der Zukunft verbreiten kann, dass einer meiner Vorfahren Verbindlichkeiten hat. Könnt Ihr diese Auflage erfüllen?«

Regungslos dachte Namo einen Augenblick darüber nach und nickte schließlich.

»Das ist noch nicht alles. Auch ich suche jemanden. Sein Name ist Gualtiero de' Bruni, ein junger Maler. Wenn es Euch gelingt, ihn aufzuspüren und lebend demjenigen zu übergeben, den ich Euch nennen werde, werdet Ihr im Gegenzug Maynard de Rocheblanche bekommen. Zusammen mit meiner ewigen Dankbarkeit.«

Der Araber wartete etwas abseits, wenige Schritte neben der Fassade von San Romano. Mit der linken Hand hielt er das Wickelkind auf dem Schoß, das in der Wärme seiner nach Gewürzen duftenden Kleidung eingeschlafen war. Seine Rechte ruhte unter dem Umhang auf dem Griff seines Dolches.

Als er sah, dass sein Herr das Gebäude verließ, gab er ihm ein Zeichen. »Also?«, fragte er, als jener nah genug herangekommen war und er sich vergewissert hatte, dass ihm niemand gefolgt war.

»Der Bischof weiß etwas«, schnaubte Namo. »Aber er verlangt zu viel.«

35

Freudenhaus El Gambaro
21. April

Im Norden Ferraras erstreckte sich nicht weit vom Borgo San Leonardo die Via del Gambaro. Sie verlief parallel zur Stadtmauer und folgte dem Verlauf eines Abwassergrabens, der in den Padus mündete. Obwohl sie in die Zuständigkeit der Gemeinde von San Cristoforo dei Bastardini gehörte, boten dort viele Frauen im Schutz einer Reihe von Ulmen ihre Körper feil. Auch ein Gasthaus namens *Ganea* gab es dort, besser bekannt jedoch unter dem Namen der Straße, El Gambaro, in dem die ansehnlicheren unter den Frauen sich denen hingaben, die bereit waren, tiefer in die Tasche zu greifen.

Es war nicht der erste Ort von üblem Ruf, den Maynard an diesem Nachmittag aufsuchte. In den Kontraden San Paolo und San Romano gab es zahlreiche Freudenhäuser, und nicht immer waren sie leicht zu erkennen. Dass er nun endlich das richtige gefunden hatte, wusste er, als er zwei Soldaten in Uniform vor dem Haus Wache stehen sah.

Er näherte sich mit verhülltem Gesicht, für den Fall, dass einer von beiden ihn kennen könnte. Nachdem er seinen Rappen angebunden hatte, trat er ein und zeigte dem Betreiber des Hauses an der Tür, dass er keine Waffen trug. Nun konnte er sich in dem recht schäbigen Hof frei zwischen den Huren bewegen, die um seine Gunst warben. Obwohl sie sich in geschlossenen Räumen befanden, stellten viele von ihnen ganz ohne Scham, sogar kokett, das Halsband mit der Schelle zur Schau, mit dem sich die Damen des Gewerbes auf der Straße kenntlich machen mussten.

Er blieb vor einer schmalen Treppe stehen, die ins obere Stockwerk führte, und fragte die junge Küchenmagd, die gerade die Stiege putzen wollte, nach den nötigen Informationen. Schließlich reichte er ihr eine Münze und ging raschen Schrittes hinauf.

Das obere Stockwerk war weniger spartanisch möbliert, einige Zimmer waren sogar nahezu geschmackvoll eingerichtet. Vasen, Kerzenleuchter und Teppiche sollten jener Klientel den Aufenthalt angenehm gestalten, die sich nicht mit hastigen Verrichtungen und billigem Wein begnügen wollte. Glücklicherweise waren die Eingänge der Zimmer nur mit schlichten Vorhängen verhängt. Maynard brauchte nur einen nach dem andern diskret ein Stück zur Seite zu schieben, bis er den Mann fand, den er suchte.

Filippo Migliorati ließ sich in einer großen Wanne verwöhnen, auf ihm saß rittlings ein Mädchen. Der Richter der Savi sah so gebannt auf deren wippende Brüste, dass er den Eindringling nicht sofort bemerkte. Maynard konnte seelenruhig den Raum betreten, den Umhang über die rechte Schulter zurückschlagen und sich an den Türpfosten lehnen.

Erst jetzt bemerkte Migliorati ihn. Er stieß einen Fluch aus, warf die Frau ab und stürzte aus dem Bottich zum Fenster. »Hilfe!«, rief er. Doch bevor es ihm gelang, die Wachen auf der Straße zu alarmieren, griff sich Maynard einen tönernen Nachttopf und zerschmetterte ihn auf seinem Kopf.

Filippo Migliorati brach auf dem Boden zusammen, den Hintern in die Luft gereckt. Das gab Maynard die Möglichkeit, das Mädchen zu beruhigen und sie mit ein paar Münzen zu entlassen. Danach nahm er die Bruche, die über einem Stuhl hing, und warf sie dem Mann am Boden hin. »Zieht Euch an, Euer Gnaden.«

Migliorati richtete sich auf alle viere auf und rieb sich den Kopf. »Ihr hättet mich … töten können«, jammerte er immer noch halb benommen.

»Das wäre ein zu ehrenvoller Tod für Euch«, höhnte Maynard und begutachtete den mit Kot und Scherben überzogenen Kopf des Richters. Eine kleine Rache für die hochmütige Art, mit der ihn der verhasste Toskaner immer behandelt hatte.

Maynards Spott ließ Migliorati schnell wieder zur Vernunft kommen, er sprang auf die Füße und schwenkte die Unterhose wie eine Fahne. »Elender Franzmann, seid Ihr verrückt? Wartet nur, wenn der Marchese erfährt …«

»Es war eben Seine Gnaden, die mich zu Euch geschickt hat«, erwiderte Maynard. »Wenngleich er mir den Hinweis unterschlug, Euch in den Bordellen zu suchen.«

»Unfug! Messer Obizzo hätte sich niemals an einen Verräter und Mörder gewandt!«

»Tatsächlich war ich es, der sich an ihn gewandt hat. Ich bin auf der Suche nach einer bestimmten Person, und so wie es aussieht, seid Ihr der Einzige, der mir etwas über ihren Aufenthalt sagen kann.«

Bei diesen Worten hörte Migliorati auf zu brüllen und wich zurück. »Ihr haltet mich für einen Spion?«, knurrte er.

»Es ist nur zum Wohle Eures Herrn.«

»Wenn das so ist, werde ich direkt mit Seiner Gnaden sprechen.« Migliorati machte eine wegwerfende Handbewegung und zog sich wieder an. »Was Euch betrifft, Messere, bleibt ruhig noch und vergnügt Euch in diesem Bordell. Sofern Ihr nicht bereit seid, Euch in einer Schlacht niedermetzeln zu lassen, seid Ihr schließlich genauso unnütz wie eine alte Hure.«

Selbst wenn Maynard über ein solch gnädiges Naturell verfügt hätte, über eine derartige Beleidigung hinwegzusehen, fühlte er sich berechtigt, diesen halb nackten Wurm beim Hals zu packen und gegen eine Wand zu schmettern. »Margherita Ariosti ist aus Bologna eingetroffen«, presste er zwischen den Zähnen hervor und drohte Migliorati, ihm einen Faustschlag unter die Gürtellinie zu verpassen. »Sagt mir augenblicklich, welche Unterkunft Ihr der Dame zugewiesen habt, oder ich schwöre bei Gott, dass Ihr in der Tat sehr bald mit dem Marchese sprechen werdet, und zwar mit dem glockenhellen Sopran eines Chorknaben!«

36

Um zu Margherita Ariostis Aufenthaltsort zu gelangen, musste man beim Castel Tedaldo die Stadtmauer passieren und nach dem Überqueren der Schiffbrücke dem Lauf des Padus nach Osten folgen, noch über die Galgenwiese und die Kirche San Giacomo hinaus. Am Rand des Borgos San Luca stieß Maynard auf die Behausung, die ihm Filippo Migliorati beschrieben hatte. Es handelte sich um einen Landsitz, dessen Ländereien sich bis zu der Böschung des Flusses und einer über Pfählen errichteten Wassermühle ausdehnten – eine der wenigen, die nicht in die Besitztümer des Bischofssitzes gelangt waren. Der Richter der Savi hatte auf das besondere Interesse Margheritas an ebendiesem Gebäude hingewiesen, für das sie sich derart begeistern konnte, dass sie elegantere und weniger kostspielige Wohnsitze vernachlässigte.

Daher beschloss Maynard, seine Nachforschungen an diesem Ort zu beginnen. Er band den Rappen an einen Zaun nahe dem Ufer, stieg auf den Damm hinauf und lief weiter über einen Steg zu einer Art hölzernem Kai auf Pfählen. Dahinter ragte, umgeben von grau-blauen Fluten, eine komplett aus Holz gebaute Mühle auf, das riesige Mühlrad lag im Wasser.

Maynard sah sich nach Wachen um, und da er keine sah, begab er sich zum Eingang. Erst jetzt bemerkte er, dass die Mühle, anders als der Holzkai, gar nicht auf Pfählen errichtet war, sondern schwamm. Die Basis ähnelte einem Floß, doch war sie so groß angelegt, dass sie eine zweigeschossige Konstruktion tragen und über Wasser halten konnte. Er erinnerte sich jetzt, dass er bei seinen ersten Überquerungen des Padus bereits ähnliche Gebäude gesehen hatte.

Nachdem er nochmals einen Blick über die Schulter geworfen hatte, ging Maynard hinein. Der untere Bereich wurde nahezu vollständig vom Mühlstein eingenommen, der seinerseits mit einem umfangreichen, momentan stillstehenden Getriebesystem verbunden war. Alles war mit einer dicken Staubschicht bedeckt, was darauf schließen ließ, dass hier schon seit ewigen Zeiten nichts mehr in Bewegung gesetzt worden war.

Angesichts dieser Umstände fragte sich Maynard, was Margherita Ariosti so begeistert haben mochte. Sie konnte doch eine alte Mühle nicht aus einer reinen Laune erworben haben, fragte er sich, auch wenn ihm seine Augen das Gegenteil verrieten. Er betrat eine Treppe, die direkt auf eine Galerie führte, und hoffte, dort eine Antwort zu finden.

Oben angekommen ging er zu einem Rundfenster, das den Blick auf das Hinterland freigab. Von hier ließ sich beinahe das gesamte Anwesen Margheritas überblicken: ein mit Zinnen versehener Turm, umgeben von Palisaden, mit einem großen Hof und vielen Stallungen. In der Nähe stand ein Karren, vor den zwei Pferde gespannt waren. Da wollte wohl gerade jemand abreisen.

Auf der Galerie selbst stapelten sich Fässer, Strohkörbe und ein Gewirr aus Seilen. Ziemlich enttäuscht wollte Maynard gerade wieder hinuntersteigen, als ein Geruch, an den er sich entfernt erinnerte, seine Sinne alarmierte. Herb und zugleich nicht näher bestimmbar, wie nach … Gewürzen! Er atmete tief ein und überlegte, wo er schon einmal Ähnliches gerochen hatte. Er war sich sicher, dass er sich nicht täuschte – er kannte den Geruch von irgendwoher. Doch woher bloß?

Als Erstes kam ihm der Weihrauch von San Domenico in den Sinn, doch diese Möglichkeit verwarf er sofort wieder. Das war nicht der Duft, den man in Kirchen antraf, und doch war er sich ziemlich sicher, ihn an einem vergleichbaren, ähnlich hoheitsvollen Ort wahrgenommen zu haben.

Plötzlich kam ihm die letzte Begegnung mit Aldobrandino in den Sinn. Und mit einem Anflug von Bestürzung begriff er.

Von instinktiver Unruhe erfasst, versuchte er die Quelle des Geruchs ausfindig zu machen. Der Duft schien von unten zu kommen, also bückte er sich, um die Fährte aufzunehmen.

Da bemerkte er die Schleifspuren auf dem Dielenboden.

Irgendetwas war mehrere Male halbkreisförmig darübergezogen worden. Eine Tür zum Beispiel.

Schnell räumte er alles beiseite, was ihn behinderte, und untersuchte die Wand auf Höhe der Spuren. Dabei bemerkte er, dass es sich um eine bewegliche Trennwand handelte. Er ließ seine Fingerspitzen darübergleiten, bis er einen etwas breiteren Spalt ausmachte, in dem er sich festkrallen konnte, und zog das Wandstück dann kräftig zu sich heran, sodass es schließlich den Weg freigab.

Der Geruch, der aus dem Inneren strömte, war noch viel intensiver.

Maynard bedeckte die Nase mit einem Zipfel seines Mantels und ging hinein.

Hinter der Zwischenwand lag ein Raum, der groß genug war, um darin einen Schreibtisch unterzubringen, ein paar Bücherregale und ein Bett.

Noch ehe Maynard erfasst hatte, welchem Zweck dieser Raum diente, packte ihn plötzlich ein ungeahnter Schreck.

Dort im Dunkel, nur wenige Schritte von ihm entfernt, lauerte es.

Das Tier.

37

Maynard brauchte einen Moment, um wieder zu Atem zu kommen, dann seufzte er tief und ging auf die abscheuliche Kreatur zu, die ihn aus einer Ecke des Raums anstarrte. Sie hatte Ziegenhörner, doch die Schnauze war mehr die eines Bären. Die weit aufgerissenen Kiefer boten einen Kranz spitzer Zähne dar, gegen die die Fangeisen von Silvano da Focomorto geradezu lächerlich wirkten. Die Augen jedoch waren leer.

Maynard zauderte noch einen Moment, bevor er seine Finger in diese schwarzen Löcher steckte. Dann brach er in Gelächter aus, das allerdings ebenso rasch erstarb, wie es begonnen hatte.

Er ging dazu über, den übrigen Körper zu untersuchen. Glieder und Brustkorb waren mit braunem Fell überzogen und mit Riemen und schuppenartigen Beschlägen versehen, wie man sie für Schlachtrösser verwendete. Doch war die Wirkung hier weitaus erschreckender. Er nahm eine der Pranken, deren Klauen an Rammsporne denken ließen, in die Hand, begutachtete sie und ließ sie wieder fallen. Schlaff und keineswegs bedrohlich hing sie herab.

Na endlich!, dachte er triumphierend. Wenn doch nur Lamberto da Cingoli bei ihm wäre! Endlich hatte er das apokalyptische Tier gefunden.

Eine leere Hülle, die an einer Wand baumelte.

Ein Mann von kräftiger Statur hätte sie ohne größere Anstrengung überwerfen und darin die Bewegungen eines wilden Tieres nachahmen können. Dies würde jedoch nicht genügen, um das geschulte Auge eines Wolfsjägers zu täuschen und das des jungen Herrn Aldobrandino ebenso wenig.

Deshalb setzte Maynard die Suche nach dem Ursprung des Geruchs fort, der ihn erst hierhergeführt hatte, denn er war mehr denn je überzeugt, dass dieser der Grund für jegliche übernatürliche *visio* war. Er kramte auf dem Tisch und in den Regalen, bis ihm eine Truhe auffiel, die in einer dunklen Ecke stand und fast nicht zu sehen war. Er kniete sich darauf und schlug mit dem Griff des Dolches solange auf das Schloss ein, bis es zerbrach. Als er den Deckel hochklappte, schlug ihm ein solch intensives Aroma entgegen, dass er einen Schritt zurückweichen musste.

Opium, Herba diaboli, Bilsenkraut … Nase und Augen brannten höllisch. Er rieb sich mit dem Saum seines Umhangs das Gesicht und näherte sich, diesmal mit größerer Vorsicht, abermals der Truhe. Er wollte gerade den Inhalt untersuchen, als ihm plötzlich schwindlig wurde und er das Gleichgewicht verlor.

Maynard fiel auf seine Hände und Knie, dazu hatte ihn eine Übelkeit überkommen, die er den soeben eingeatmeten Substanzen zuschrieb. Dann jedoch erkannte er, dass der Boden unter seinen Füßen tatsächlich schwankte – so als würde er vom Wellengang bewegt!

Noch ehe er den Gedanken zu Ende gedacht hatte, stürzte er aus dem Zimmer und Hals über Kopf die Treppe hinab. Die Wände direkt um den Mühlstein herum ächzten und knarzten düster, als seien sie zum Leben erwacht. Als er hinausblickte, sah Maynard seine schlimmsten Befürchtungen bestätigt.

Die Mühle trieb ab.

Draußen sah er einen Mann über den Holzkai davonrennen. Vermutlich hatte er gerade die Haltetaue durchgeschnitten.

Schneller, als er Amen sagen konnte, warf Maynard den Umhang ab und stürzte sich in die Fluten. Sofort umhüllte ihn die Eiseskälte des Flusses, und er bereute sein instinktives Handeln. Andererseits war ihm klar, dass er keine Sekunde zu verlieren hatte. Man hatte ihn entdeckt, und die Verschwörer würden fliehen!

Er kam an die Oberfläche und schwamm mit kräftigen Armschlägen gegen die Strömung zum Ufer. Mit den vollgesogenen Kleidern und der Kälte, die seine Glieder gefühllos machte, war dies kein leichtes Unterfangen, ganz zu schweigen davon, dass die Strömung ihn flussabwärts trieb. Maynard wollte sich jedoch nicht geschlagen geben. Nicht jetzt, wo er so kurz davor war, das Rätsel aufzuklären. Mit erbitterter Entschlossenheit gelangte er an Land.

Er musste noch einen mit Schilf bewachsenen Streifen überwinden, wo er knietief im Schlamm versank. Schließlich erklomm er erschöpft die Uferböschung und machte erst halt, als er seinen Rappen erreicht hatte. In der Ferne sah er, wie vom Anwesen Margherita Ariostis ein Wagen davonpreschte.

Maynard schwang sich auf sein Pferd und nahm die Verfolgung auf.

38

Der Wagen zog einen grauen Staubschleier hinter sich her. Maynard schlug sich nach links, um bessere Sicht zu haben, und trieb sein Pferd an. Die durchnässten Kleider waren bretthart gefroren, die Eiseskälte des Flusses steckte ihm in den Knochen. Sein Rappe stürmte voran, und so erreichte er das Gefährt, dessen Rückseite von einem leinenen Sichtschutz umspannt war. Als er mit dem Kutscher auf gleicher Höhe war, schlug dieser mit den Zügeln wie mit einer Peitsche nach ihm und setzte seine Fahrt Richtung Waldrand fort.

Die Vegetation wurde immer dichter. Maynard verlagerte das Gewicht auf eine Seite des Sattels, klammerte sich seitlich an den Wagen und blieb halb in der Luft hängen, während der Kutscher mit vor Wut verzerrtem Gesicht weiter auf ihn einpeitschte. Unter ihnen sausten Schlamm, Steine und Wurzeln vorbei. Maynard bemühte sich, nicht hinabzusehen, hielt den Hieben stand und hangelte sich bis zum Kutschbock. Er hing nur eine Spanne über den dahineilenden Rädern und hielt sich mit Mühe aufrecht, als er schließlich seinen Gegner erreichte. Er wich einem Stoß aus, wobei es ihm aber gelang, den Kopf des Mannes zu umklammern und ihm die Daumen in die Augenhöhlen zu bohren. Der Schmerzensschrei gellte in Maynards Ohren, doch er übte weiterhin Druck aus, bis der Kutscher sich nicht mehr regte. Dann stieß er ihn vom Bock hinunter.

Als Maynard wieder zu Atem gekommen war, brachte er den Wagen unter Kontrolle und steuerte ihn zwischen den Bäumen hindurch. Der Rappe folgte im Galopp. Aus dem Inneren der Kutsche waren nun wüste Beschimpfungen zu hören. Ausgestoßen von einer Frau.

Schreit Euch ruhig heiser, dachte Maynard. Obwohl er nur noch einen Schritt von der Wahrheit entfernt war, fand er alles bloß noch zermürbend. Zum Teufel mit dem Marchese, dem Bischof und den

Dominikanermönchen. Er wünschte, er hätte mit alldem nichts mehr zu tun und wäre wieder Herr über sein Leben. Als er eine Wiese erreichte, zügelte er die Pferde und sprang vom Kutschbock herunter, voller Ungeduld nachzusehen, ob die mysteriöse Frau, die im Wagen saß, wirklich Margherita war. Als er den Vorhang beiseiteschob, war er geradezu überwältigt.

Ein lebendes Abbild Lippa Ariostis.

Mit hochrotem Kopf und einem Stilett in der Hand stand sie aufrecht vor ihm. Mit einer knappen Geste forderte sie ihn auf, ihr Platz zu machen, und streckte die Füße vor, um sie dann aufs Gras zu setzen. Die abschätzige Art, mit der sie ihr Gewand richtete, einen Bliaut aus schwarzem Samt mit luftig fallendem gezackten Saum, war von gewisser Anmut. Während sie Maynard mit einer stillen, hintergründigen Wut musterte, umspielte plötzlich ein unerwartetes Lächeln ihre Lippen. »Sagt mir Euren Preis, und ich werde ihn mit Freuden zahlen.«

Maynard war immer noch damit beschäftigt, seine Verblüffung zu verarbeiten, doch dieser hochmütige Ton rüttelte ihn wach. »Was denkt Ihr von mir?«, rief er. »Ihr seht keinen Räuber vor Euch!«

»Doch Ihr dient einem Mörder«, gab sie zurück.

Maynard ahnte, auf wen sie anspielte, aber nach all den Monaten, die er mit der Suche nach Antworten verbracht hatte, wollte er die Frage Schritt für Schritt angehen und vorgefasste Annahmen vermeiden. »Darüber unterhalten wir uns noch«, erwiderte er streng. »Verratet Ihr mir zunächst Euren Namen, damit ich sicher sein kann, wirklich die vor mir zu haben, die ich meine.«

Sie sah ihn mit ihren smaragdgrünen Augen weiter unverwandt an. Auf diese Weise, und nicht mit der schmalen Klinge, die sie beharrlich weiter gegen ihn richtete, stachelte sie seinen Stolz an. »Margherita Ariosti aus Bologna. Die Schwester einer gemeuchelten Dame.«

»Wenn Ihr die Wahrheit sprecht, werde ich Euch helfen, Gerechtigkeit zu erlangen«, sagte Maynard.

Margherita lachte, sei es, um ihn zu verführen oder um ihren Zorn über die Niederlage zu verbergen. Wie eine Wölfin auf dem Sprung zum Angriff zog sie mit kleinen Schritten einen Halbkreis um ihn herum und legte den Kopf in den Nacken. »Messer Maynard, wenn ich nicht irre?« Sie überraschte ihn erneut. »Ihr wisst es vielleicht nicht, doch ich kenne Euch. Meine Schwester Lippa schrieb mir in einem Brief von Euch, einmal nur, doch das genügte mir, um zu erkennen, dass sie sich verliebt hatte.« Im nächsten Augenblick war das Thema für sie beendet, und sie fuhr verächtlich fort: »Wieso glaubt Ihr, ich hätte Eure Hilfe nötig, um Gerechtigkeit zu erlangen?«

»Wenn Ihr auf die Verschwörung gegen das Haus d'Este anspielt, so handelt es sich gewiss nicht um Gerechtigkeit, sondern um Wahnsinn«, wies Maynard sie zurecht.

»War es denn nicht auch Wahnsinn, der Obizzo d'Este dazu trieb, so ruchlos zu handeln? Er war es, der das Leben meiner Schwester auslöschte!«

»Das könnt Ihr nicht mit Sicherheit wissen ...«

»Oh doch, ich weiß es!« Margherita Ariosti erhob das Stilett, um sich gegen einen imaginären Feind zu verteidigen. »Ich weiß, wie sehr Lippa diesen Mann fürchtete, tausendfach deutete sie es in ihren Briefen an. Natürlich niemals mit offenen Worten, versteht sich, und doch hinreichend deutlich, um mich zu beunruhigen. Als mich dann die Kunde von ihrem Tod erreichte, begab ich mich daher sofort unerkannt nach Ferrara. Dort grub ich im Schutz der Dunkelheit auf der Suche nach Beweisen ihren Körper aus. Und so sah ich sie – oh ja, ich sah sie, die frevelhafte Wunde!«

Maynard lief es kalt den Rücken hinunter. Ihre Worte stimmten zu gut mit den Berichten von Duccio und Aldobrandino überein, als dass es sich um Lügen handeln konnte. Sie beschworen solch schlimme Bilder herauf, dass er nicht imstande war, einen klaren Gedanken zu fassen. Ganz unvermittelt hatte er das Gefühl, wieder in Reims zu sein, auf dem Schloss von Rocheblanche, und er sah sich mit der Gewalt konfrontiert, die sein Vater seiner Schwester Eudeline angetan hatte. War das möglich?, fragte er sich mit wachsender Wut.

War es möglich, dass jede vornehme Familie solche Ungeheuerlichkeiten zu verbergen hatte? Er stieß ein ersticktes Stöhnen aus, packte Margherita am Handgelenk und nahm ihr die Waffe fort. »Darf man erfahren, wovon Ihr sprecht?«

Sie versuchte sich ihm zu entwinden, dabei erwies sie sich als kräftiger, als man es bei ihrer schmalen Gestalt vermutet hätte. Margheritas Blick huschte zu dem Stilett, das ins Gras gefallen war. Vergebens jedoch. Als sie begriff, dass sie sich nicht aus Maynards Klammergriff befreien konnte, stieß sie eine verzweifelte Klage aus. »Ich spreche von der Wunde, die ein Dolch in den Leib meiner Schwester gebohrt und ihn damit entstellt hatte.« Mit scharfem Blick beobachtete sie die aufmerksame Miene Maynards und fuhr fort: »Die Wunde war vorsätzlich verborgen worden, mit einem festen Verband unter der Kleidung, damit niemand sie sehen oder Verdacht schöpfen konnte ...«

Er schüttelte sie am Handgelenk. »Wieso beschuldigt Ihr ausgerechnet Obizzo?«

»Weil jeder andere es teuer bezahlt hätte. Er muss es gewusst haben, Messere. Er musste! Er nahm Lippa noch am selben Tag zur Frau, um sie dann in den Sarg zu legen. Er wusste über ihre Verfassung Bescheid, also wusste er auch, wer oder was ihr das Leben geraubt hatte. Wieso hätte er eine solche Schmach ungesühnt lassen sollen?«

Angesichts ihrer Tränen lockerte Maynard seinen Griff und richtete den Blick auf die Bäume, die einzigen Zeugen dieser irrwitzigen Befragung. »Selbst wenn es wahr wäre, plantet Ihr, dieses Verbrechen mit gleicher Heimtücke heimzuzahlen. Wollt Ihr auf diese Weise das Andenken an Eure Schwester ehren?«

»Pro bono malum!«, zischte Margherita und trocknete ihre Wangen. »Ich denke an eine sehr langsame Bestrafung, Messere, insbesondere weil es darum geht, den Verrat an der Hingabe meiner Schwester zu rächen. Wisst Ihr, der Ihr mit Ratschlägen so leicht bei der Hand seid, vielleicht ein besseres Mittel, um einen mächtigen

Mann zu treffen? Ich habe das einfache Volk benutzt, um die Reihen meiner Verbündeten zu verstärken. Ahnungslose Mitstreiter, versteht sich, doch sie eint die Unzufriedenheit und die Furcht vor dem Übernatürlichen. Dank ihrer schuf ich eine Bedrohung, die weitaus furchteinflößender ist als die, die von einer einzelnen Frau ausgehen kann.«

Maynard starrte immer noch beiseite. Er war es nicht gewohnt, eine Frau zu beschuldigen. Und auch das Wissen darum, nun die Person vor sich zu haben, die den Aufruhr der letzten Monate zu verantworten hatte, half ihm nicht dabei, entsprechend hart durchzugreifen. Zudem sah er, wann immer er seinen Blick auf sie richtete, Lippas Züge. »Den Marchese von unten zu stürzen und dabei den Aberglauben und das Elend des gemeinen Volkes auszunutzen …«, murmelte er missbilligend. »Wenn Ihr das meint, dann habt Ihr versagt.«

Madonna Ariosti schüttelte den Kopf. »Ich habe alles Notwendige unternommen, um meine Verfolger abzulenken und sie ungehindert auszuspionieren. In der Zwischenzeit habe ich mich bei Hofe eingeschlichen.«

»Der nächtliche Übergriff im Palazzo …«, murmelte Maynard. »Dann wart Ihr es also, die den jungen Aldobrandino in jener Nacht bedrohte?«

»Ich wollte Obizzo zu verstehen geben, wie schutzlos sein ach so wertvoller Erstgeborener ist.«

»Doch Ihr habt ihm kein Haar gekrümmt.«

Margherita zuckte mit den Schultern. »Ich sah etwas in seinem Blick …«

»Das kam wegen Eurer Stimme«, sagte Maynard. »Sie erinnerte ihn an die seiner Mutter.«

Margherita ließ sich jedoch nicht erweichen und machte eine abfällige Handbewegung. »Ich hatte die Absicht, ihm ganz andere Gedanken einzuflößen.«

»Wie die, die Ihr Euren Anhängern eingebläut habt? Ihr habt deren Unwissenheit und Schlichtheit ausgenutzt.«

»Und wenn schon? Ich habe so gehandelt, wie es jemandem zusteht, der das Talent hat, die Massen zu beherrschen. Die Frösche, die Zusammenkünfte in den Wäldern, die Lumpenpuppen … Ein Narr, wer nicht weiß, was für großartige Waffen Wahnvorstellungen und die Angst vor dem Unbekannten sind.«

»Dazu also diente die Mischung aus Opium und Herba diaboli? Um real erscheinen zu lassen, was es nicht gab?«

»Seid Ihr, Messere, Euch tatsächlich sicher, die Wirklichkeit immer von der Einbildung unterscheiden zu können? Armer Narr! Die Mischung, von der Ihr sprecht, löst keine einfachen Halluzinationen aus, sondern präsentiert die Welt so, wie sie wirklich ist, jenseits aller Täuschungen und Betrügereien.«

Maynard war nicht klar, warum Margherita so bereitwillig Erklärungen gab, wo sie doch hätte um Erbarmen bitten, sich wehren oder fliehen müssen. Bei jedem ihrer Worte trat ihre Wut zutage, die so groß schien, dass er das Gefühl hatte, sie hätte ihn ohne zu zögern getötet, wenn sich ihr die Gelegenheit geboten hätte. So setzte sich nun die Posse fort, ganz so, als ob Margherita den Umstand, dass sie gerade gefangen genommen worden war, nicht besonders ernst nahm. Vielleicht sah sie sich auch gar nicht als Gefangene. Um sie dazu zu bringen, ihr komplettes Intrigenspiel zu enthüllen, versuchte Maynard, sie zu provozieren. »Wenn es so wäre, wie Ihr sagt, könnte ich in Euch wahre Weisheit erkennen. Ich sehe jedoch lediglich Zeichen von Wut und Wahn.«

»Und doch versteht Ihr mich, das merke ich, sonst hättet Ihr Euch nicht auf diese Unterhaltung eingelassen.«

»Ich verstehe Euch, das stimmt, aber nur teilweise. Gerechte Rache wird nicht auf Kosten des Lebens Unschuldiger erreicht.« Maynard streckte einen Arm aus, um sie zu ergreifen. »Ihr kommt mit mir und werdet vor den Marchese treten, doch nicht als Gefangene, sondern so, wie es einer Edelfrau von Eurem Rang gebührt.«

Margherita zog sich kämpferisch zurück. »Das, was Ihr mir in Aussicht stellt, ist der Kerker.«

»Ihr habt keine andere Wahl.«

»Und ob ich die habe!« Margherita lächelte herausfordernd. »Ihr werdet mich freilassen, mein Herr, daran habe ich keinen Zweifel. Sonst werdet Ihr, bei Gott, schuld sein am Tod eines Menschen.«

»Wollt Ihr Euch über mich lustig machen?«, brauste Maynard auf und packte sie an der Schulter.

»Keine Täuschung. Erinnert Ihr Euch, was ich Euch sagte? Ich hatte genug Zeit, um alles auszukundschaften und meine Feinde kennenzulernen ... Und der Zufall wollte es, dass meine Falle genau heute zugeschnappt ist.« Sie streckte eine Hand aus, um ihm übers Gesicht zu streichen, eine Andeutung von Zärtlichkeit, doch dann grub sie ihm die Nägel ins Fleisch.

Maynard packte ihre Hand und löste damit nur ein boshaftes Lachen aus.

»Oh, mein armer Herr!«, zog Madonna Ariosti ihn auf, über ihren Sieg triumphierend. »Ihr habt wenig Zeit, ein schweres Unglück abzuwenden. Sehr wenig! Lasst mich daher gehen. Gehorcht! Nur unter dieser Bedingung werde ich Euch den Namen des ausersehenen Opfers verraten.«

39

Bischofspalast

Eudeline de Rocheblanche hatte lange überlegt, ob sie wirklich zu dem Treffen mit dem Bischof erscheinen sollte, doch schließlich hatte sie sich dafür entschieden, zu ihrem gegebenen Wort zu stehen. Außerdem hatte sie weniger Angst vor dem Bischof selbst als vor möglichen Hinterhalten auf dem Weg zu ihm.

In den vergangenen Tagen hatte sie den Araber wieder gesehen, einmal auf dem Fischmarkt und ein anderes Mal auf dem Weg zur Kirche. Es waren immer nur flüchtige Begegnungen gewesen, ohne jede Auswirkung, bis sie eines Abends auf dem Heimweg feststellte, dass ihr jemand folgte. Nachdem sie die Tür hinter sich verriegelt hatte, war sie zum Fenster geeilt, um dort eine in einen grauen Umhang gehüllte Gestalt zu bemerken, die sich langsam entfernte, nachdem sie das Gebäude umrundet hatte. Das war zu viel für Eudeline gewesen. Sie hatte Isabeau aus dem Bett geholt, dann hatten beide ihre Habseligkeiten zusammengerafft und den Borgo San Giorgio verlassen, um in einem anderen Teil der Stadt Zuflucht zu suchen. Was auch immer er plante, der Araber würde sie nun nicht mehr finden. Doch diese Vorstellung genügte nicht, um Eudeline zu beruhigen. Besonders dann nicht, wenn sie gezwungen war, sich schutzlos durch die Straßen von Ferrara zu bewegen. Doch sie dachte nicht einmal im Traum daran, ihren Bruder um Hilfe zu bitten. Solange sie nicht mit dem Bischof handelseinig geworden war, durfte Maynard nichts von alldem erfahren.

Deshalb stand sie nun, genau eine Woche nach ihrer ersten Begegnung, vor Guido di Baisio in dessen Arbeitszimmer. Diesem schien es sehr zu missfallen, sie zu empfangen, mehr noch als beim letzten Mal. Er wirkte geradezu verärgert.

Ohne zu fragen, setzte Eudeline sich ihm gegenüber. »Ich bin zurückgekehrt, Euer Exzellenz. Wie versprochen.«

»Das sehe ich, Madonna«, schnaubte Guido.

»Ihr scheint beinahe überrascht zu sein. Habt Ihr eine Entscheidung getroffen?«

»Selbst wenn ich Euch jetzt enttäuschen muss, nein.«

»Gut, dann trefft Ihr sie eben jetzt.«

Mit einem entnervten Seufzer stand Guido auf. »Ihr könnt mich zu nichts zwingen, ich bin der Bischof von Ferrara!«

»Es sind die Umstände, die Euch dazu zwingen. Falls Ihr die Geldeintreiber der Apostolischen Kammer jedoch nicht fürchtet ...«

»Wenn es doch so einfach wäre ...« Den Bischof schien etwas umzutreiben, das ihm die Sprache raubte. Und das ihn dazu brachte, mit vor das Gesicht geschlagenen Händen im Zimmer auf und ab zu laufen. Wie ein Raubtier auf der Suche nach einem Fluchtweg blickte er sich um, bis seine Augen am Biforium haften blieben, das Ausblick auf das San-Romano-Viertel gewährte. »Ihr versteht das nicht ...«, fuhr er mit gebrochener Stimme fort. »Ihr wisst nichts von den verborgenen und heiklen Problemen, die ich auf keinen Fall ... außer Acht lassen kann.«

Eudeline betrachtete ihn kühl. »Appelliert Ihr an mein Mitleid oder eher an Euer Gewissen?«

»Weder das eine noch das andere könnte mich retten«, erwiderte Guido betrübt.

Doch Eudeline war weit davon entfernt, sich erweichen zu lassen. Voller Hass auf diesen Mann, der keine Stellung beziehen wollte, erhob sie sich von ihrem Sitz und sah ihn höhnisch an. »Falls Ihr Absolution sucht: Die werdet Ihr von mir nicht erhalten. Ich bin nur gekommen, um meinen Bruder und einen unschuldigen jungen Mann zu retten.«

»Unschuldig?«, brauste Guido leicht hysterisch auf. »In dieser Sache ist niemand unschuldig. Niemand!«

»Einschließlich Euch selbst, Exzellenz.«

»Haltet Ihr mich für so erbärmlich? Ich bin mir meiner Schuld genau bewusst.«

»Nun denn? Seht Ihr in meinem Eingreifen dann keine Gelegenheit, Euch davon zu erlösen?« Sie stand stolz und aufrecht da und beobachtete ihn, wie er sichtlich gequält im Arbeitszimmer auf und ab lief. Eudeline war sich sicher, dass sie aus seinen Worten eine gewisse Reue herausgehört hatte. Sie wusste nicht, welchem Umstand sie diese Gewissensbisse zuschreiben sollte, dennoch begriff sie, dass sie heute einem ganz anderen Mann gegenüberstand als noch vor sieben Tagen. Doch sein schlechtes Gewissen hielt sich mit seiner Angst die Waage. Eudeline entschied, dass genau diese Angst es war, die den ehrwürdigen Guido zögern ließ, weshalb sie beschloss, ihm eine noch größere Furcht einzuflößen, um damit die erste zu bekämpfen. »Habt Ihr vielleicht meine Drohungen vergessen?«, fragte sie angriffslustig. »Ich werde dieses Arbeitszimmer nicht eher verlassen, als bis ich Euer Wort erhalten habe.«

»Ihr dürftet überhaupt nicht hier sein!«, brüllte Guido di Baisio. Seine Augen schweiften ruhelos durch das Zimmer, beinahe, als sehnte er die Anwesenheit einer dritten Person herbei. »Verfluchter Namo«, jammerte er. »Warum hat er sein Versprechen nicht gehalten?«

»Wen meint Ihr?«, fuhr sie auf und spitzte die Ohren.

»Schweigt, Madonna Rocheblanche.« Bischof Guido klammerte sich an die kleinen Säulen des doppelbogigen Fensters, die Augen dem Himmel zugewandt. »Euer Name ... Rocheblanche! Oh Herr, er ist über mich gekommen wie eine Heimsuchung! Und jetzt, da ich nicht weiß, was ich tun soll ...«

»Ihr selbst seid die Heimsuchung! Hätte Maynard doch nie auf Euch gehört ...«

Sie sah, wie seine Silhouette im Gegenlicht erbebte. »Ich habe Euren Bruder beschützt! Trotz seiner Irrtümer und seiner Sturheit. Ich habe ihn so lange beschützt, wie es mir möglich war, und mit allen Mitteln, die mir ...«

Der Satz ging in einem Gurgeln unter.

Guido di Baisio wich schwankend zurück und stolperte über den Saum eines Teppichs.

Mit wachsendem Entsetzen beobachtete Eudeline, wie er der Länge nach hinfiel, und entdeckte dann den Pfeil, der aus seiner Brust ragte.

Sie stürzte auf ihn zu und hob seinen Nacken an. »Exzellenz ...«, stammelte sie und betrachtete erst sein Gesicht, dann sah sie zu den Dächern jenseits des Fensters hinüber. Ein Bogenschütze, schoss es ihr durch den Kopf. Irgendwo da draußen war ein Bogenschütze postiert.

Bischof Guido hustete würgend, während der Unglaube in seinem Blick einer wachsenden Furcht wich. Er versuchte sich an Eudeline zu klammern, in einem stummen Hilferuf. Doch sie wusste nicht, was sie tun sollte. Sie untersuchte die Wunde, war jedoch so betroffen, dass sie nicht einmal in der Lage war, um Hilfe zu rufen. Fliehe!, riet ihr der natürliche Instinkt. Fliehe, ehe der Schütze auch dich trifft.

Eudeline wandte sich zur Tür, da sie sich an die Wachen erinnerte, die davor postiert waren. Sie wollte schon aufspringen und in diese Richtung laufen, als sie fühlte, wie sie festgehalten wurde.

Guido di Baisio sah sie an, und in seinen Augen stand das Wissen um die grausame Wahrheit. Mit einem schmerzlichen Keuchen öffnete er die Lippen. »Schnell ...«, flüsterte er. »Die Schublade ...«

»Exzellenz, ich –«

»Die Schublade ... in meinem Schreibtisch ...«

Anfangs begriff Eudeline nicht, doch dann bemerkte sie, dass die Augen des Sterbenden auf den einzigen Schreibtisch im Arbeitszimmer gerichtet waren.

»Schnell ...«

Sie fragte sich, ob die Todesangst ihn hatte wahnsinnig werden lassen. Doch dann versuchte sie sich vorzustellen, was ihr in einem solchen Moment wichtig wäre, und begriff, dass sie den letzten Wunsch dieses Mannes erfüllen wollte. Nach einem prüfenden Blick zum Fenster bewegte sie sich vorsichtig auf den Schreibtisch zu, als ein sirrender Laut sie zurückweichen ließ. Der Pfeil bohrte sich in die Wand, etwa eine Spanne von ihrem Hals entfernt. »Oh Gott …«, flüsterte sie erschrocken. Dieser Sohn einer Hündin lauerte immer noch dort draußen auf den Dächern! Doch dann überwand Eudeline ihre Furcht und stürzte vor, um ihm nicht die Zeit zu geben, auf sie zu zielen, und verbarg sich hinter dem Schreibtisch. Dort verharrte sie, und ihr Herz klopfte so wild, als wäre sie bis zur Erschöpfung gerannt.

Der Bischof lag nur wenige Schritte von ihr entfernt, wachsbleich im Gesicht, doch er schien eine Meile weit weg zu sein. Einen Augenblick lang hielt sie ihn schon für tot, doch dann bewegte er sich plötzlich und forderte sie mit einer Geste, die ihn enorme Anstrengung kostete, auf, seine Forderung zu erfüllen.

Daraufhin öffnete Eudeline die Schublade, in der ein mit Tinte beschriebenes Pergament lag.

»Nehmt es …«, murmelte Guido mit weit aufgerissenen Augen. »Nehmt es, Madonna … und flieht, bevor …«

Seine Stimme wurde zu einem erstickten Flüstern.

Erst nach einer gefühlten Ewigkeit konnte Eudeline den Blick von seinem leblosen Antlitz lösen. Dann schlug sie hastig ein Kreuz und wandte sich dem Ausgang zu, in der angstvollen Ungewissheit, ob sie ihn erreichen oder der Bogenschütze sie vorher treffen würde.

Im gleichen Moment, als Maynard auf seinem Rappen den Bischofspalast erreichte, begriff er, dass er zu spät gekommen war. Eine Menge Neugieriger hatte sich auf dem Platz davor versammelt und stellte die Wachen am Eingang auf eine harte Probe. Er drängte so weit wie möglich auf seinem Pferd nach vorn, saß dann ab und bahnte sich seinen Weg durch die Menschenansammlung. Er befahl sich, ruhig zu bleiben. Schließlich war nicht gesagt, dass der Anschlag von Margherita Ariosti von Erfolg gekrönt gewesen war. Vielleicht hatte Guido di Baisio ihn ja überlebt, war nur verletzt. Doch all diese Menschen, die sich zusammendrängten, ließen nichts Gutes ahnen.

»Messere, Ihr müsst uns folgen!«

Maynard fuhr herum und sah sich vier Soldaten gegenüber. Die hinteren hatten drohend ihre Piken auf ihn gerichtet, während die beiden anderen ihre Hände auf den Schwertknauf gelegt hatten.

»Wer gab Euch diesen Befehl?«, wollte Maynard wissen, während die Menge sich um die kleine Gruppe drängte, als würde sie einen Kampf erwarten. Maynard hingegen hoffte, sich der Soldaten mit Worten entledigen zu können, und zwar schnell. Er musste unbedingt feststellen, wie es dem Bischof ging, um dann zum Palazzo della Signoria zu eilen und den Verrat von Margherita Ariosti zu melden.

»Die Heilige Inquisition«, bekam er zur Antwort.

»Meldet Pater Lamberto da Cingoli, dass ich ihm bald Bericht erstatten werde. Zunächst muss ich jedoch –«

»Ihr täuscht Euch, Messere«, entgegnete einer der Soldaten und bedeutete seinen Gefährten, den Ritter einzukreisen. »Es geht nicht um den ausstehenden Bericht, Ihr seid verhaftet.«

Maynard, der seinen Ohren nicht traute, wich empört zurück. »Wessen werde ich beschuldigt?«

»Das wird Euch der Magister persönlich mitteilen. Und jetzt kommt, Ihr werdet im Kloster San Domenico erwartet.«

Maynard sah ihn mit spöttischem Grinsen an. Er sollte verhaftet werden! Das konnte nur eine Falle sein, doch die Überraschung war zu groß, als dass er jetzt kühl überlegen konnte. Gerade wog er zögernd ab, ob er Hand an die Waffe legen sollte, als er auf einmal eine weibliche Gestalt bemerkte, die sich durch die Menge schlängelte und sich eiligen Schrittes Richtung Piazza entfernte. Konnte das wirklich Eudeline gewesen sein?, fragte er sich vollkommen verblüfft. Nein, auf keinen Fall! Er wusste sie in Sicherheit, weit entfernt von all diesen Intrigen. Und doch, dieses Gesicht, die Haltung …

Er wollte sie schon bei ihrem Namen rufen, doch ihm blieb nicht genug Zeit, da sich eine Lanzenspitze in seinen Rücken bohrte.

Kaum hatte sie die Piazza überquerte rannte Eudeline los, bis sie in einen Hausflur schlüpfte, wo sie Schutz vor den Blicken der Passanten fand. Sie war vollkommen erschöpft, die Angst lastete schwer auf ihr. Mit dem Rücken an eine Wand gelehnt ließ sie sich auf den Boden gleiten. Nur durch ein Wunder war sie noch am Leben! Als sie das Arbeitszimmer des Bischofs verließ, hatte ein Schrei genügt, um die Aufmerksamkeit der Wachen auf sich zu ziehen, danach war die Hölle losgebrochen. Glücklicherweise war sofort klar gewesen, dass sie nichts mit dem Tod des ehrwürdigen Guido zu tun hatte – der Pfeil war ganz offensichtlich von draußen auf ihn abgeschossen worden. Deshalb hatte sie die Erlaubnis erhalten zu gehen. Gleich nach Verlassen des Palazzos hatte sie sich eilig entfernt, um nicht in die Verhaftung des Mannes vor dem Gebäude verwickelt zu werden, den sie nicht hatte erkennen können.

Nun befand sie sich nur wenige Schritte von ihrer Unterkunft entfernt, wo Isabeau auf sie wartete, doch obwohl sie immer noch vollkommen durcheinander war, konnte sie nicht länger zögern. Sie musste sich Klarheit verschaffen!

Eudeline suchte mit der rechten Hand in ihrem Gewand und holte das Dokument hervor, das sie unter Lebensgefahr aus dem Schreibtisch des Bischofs genommen hatte, auf die Gefahr hin, selbst von einem Pfeil durchbohrt zu werden. Sie hatte nicht die geringste Vorstellung, was den Sterbenden dazu bewogen hatte, sie zu drängen, es in ihren Besitz zu bringen.

Auf den ersten Blick wirkte das Schriftstück wie ein Testament. Der Verfasser, Guido di Baisio höchstpersönlich, begann das Schreiben mit einer formellen Bitte um Vergebung seiner Sünden, um dann …

Eudeline rang nach Luft.

40

Ferrara, Kathedrale San Giorgio
23. April

Die Menschenmassen strömten vom San-Romano-Viertel zum Portale dei Pelligrini, um dort in den majestätischen Dombau zu drängen. Isabeau hatte noch nie in ihrem Leben gesehen, dass eine so große Menge sich geordnet und in absoluter Stille vorwärtsbewegte. Und sie hätte sich niemals vorstellen können, dass das Hinscheiden eines einzigen Prälaten so zahlreiche Leute anlocken würde. Natürlich hatten die Ausrufer der Kirche ihren Teil dazu beigetragen, doch jeder der hier versammelten Menschen war schon zu oft dem Tod begegnet, als dass er nicht der Totenglocken überdrüssig war. Es gab nur eine Erklärung: Die Leute waren herbeigekommen, um nicht etwa einen Mann zu ehren, sondern das höchste Symbol des geistlichen Lebens in Ferrara.

Als die Schellen erklangen, teilte sich der Zug in der Mitte, um Platz für den Wagen zu machen, in dem man inmitten von Weihrauchschwaden den Sarg von Guido di Baisio erkennen konnte.

Isabeau war am Rande der Piazza stehen geblieben und verfolgte das Geschehen an der Seite von Eudeline. Trotz der wärmenden Frühlingssonne hatten sich beide in dunkle Umhänge gehüllt und ihre Gesichter unter Kapuzen verborgen. Eudeline hatte Isabeau eingeschärft, dass niemand sie erkennen durfte. Dann hatte sie hinzugefügt, dass der Tod des Bischofs sowohl für Maynard wie auch Gualtiero von Vorteil sei. Dennoch wirkte sie besorgt. Isabeau sah, wie Eudeline die Menge suchend musterte, bis ihr Blick auf einer Gruppe in schwarz-weißen Kutten verweilte.

»Warum sind wir hier?«, fragte Isabeau jetzt schon zum wiederholten Mal.

Doch Eudeline antwortete ihr nicht, sondern nahm nur ihre Hand, um sich zusammen mit ihr den Mönchen zu nähern. »Ehrwürdige Väter«, begann sie und verneigte sich knapp. »Habe ich die Ehre, mit Predigermönchen aus dem Heiligen Dominikanerorden zu sprechen?«

Der jüngste und dicklichste von ihnen meldete sich zu Wort. »Ja, meine Tochter.«

Eudeline zögerte einen Moment. Am Druck ihrer Finger spürte Isabeau, wie sie zitterte. »Ich suche einen Mann, der Gast in Eurem Kloster ist«, hörte sie Eudeline sagen. »Ich rechnete damit, dass er heute beim Begräbnis des Bischofs anwesend sein würde, aber ich kann ihn nirgends entdecken.«

Der Mönch sah sie verwundert an. »Unser Orden kann sich vieler Diener und Konversen rühmen. Wen meint Ihr denn genau?«

»Einen Ritter. Sein Name ist Maynard de Rocheblanche.«

Isabeau konnte gerade noch das plötzliche Erstaunen auf dem Gesicht des Dominikaners wahrnehmen. Dann lenkte das Gemurmel der Menge ihre Aufmerksamkeit auf den hinteren Teil des Platzes, wo ein Grüppchen Soldaten einer ganzen Schar Adliger voranschritt, angeführt von Marchese Obizzo III. und seinem erstgeborenen Sohn auf dem Rücken zweier prächtiger Rappen. Schwarz waren auch die Schabracken und das Zaumzeug, als Zeichen der Trauer um den Bischof.

Bevor sie Weiteres beobachten konnte, wurde Isabeau von der Hand fortgezogen und eilig von der Menge entfernt. »Was ist los?«, fragte sie beunruhigt.

Ohne ihre Finger loszulassen, schritt Eudeline wütend über das Pflaster davon. »Gott soll sie verfluchen!«, zischte sie. »Sie haben meinen Bruder verhaftet!«

41

Kloster San Domenico, Kerker

Maynard befand sich nun seit zwei Tagen in dieser Zelle, und bisher hatte sich niemand bemüßigt gefühlt, ihn über die Gründe für seine Verhaftung zu unterrichten. Die Soldaten hatten ihn direkt in die unterirdischen Geschosse des Klosters gebracht und ihn *intra arctos muros* eingeschlossen, nackt und in Dunkelheit, wie man es mit denjenigen zu tun pflegte, die zum Verhör oder für die peinliche Befragung durch den Henker bestimmt waren. Ihre Schuld oder Unschuld spielte dabei kaum eine Rolle. Wie jeder rational denkende Mensch wusste Maynard genau, dass eine Verhaftung durch die Heilige Inquisition einem vorweggenommenen Schuldspruch gleichkam und dass er, unabhängig von jedem Beweis, schon jetzt als jemand angesehen wurde, der schwere Verbrechen begangen hatte.

Er bedauerte es sehr, dass er Magherita Ariosti hatte entkommen lassen, die sein Vertrauen mit einer Gemeinheit vergolten hatte. Nachdem sie ihm den Namen ihres nächsten Opfers enthüllt hatte, war er in höchster Eile losgaloppiert, doch als er den Bischofspalast erreicht hatte, hatte er feststellen müssen, dass für ihn niemals die Möglichkeit bestanden hätte, den ehrwürdigen Guido zu retten. Es würde nicht leicht werden, dies zu erklären, dennoch zählte er darauf, durch diese Informationen seine Freiheit wiederzuerlangen. Immer angenommen, dass Lamberto da Cingoli keine anderen Gründe hatte, ihn festzuhalten.

Zunächst bemühte Maynard sich jedoch zu begreifen, wessen man ihn eigentlich beschuldigte. Es war schwer, unter diesen Umständen ruhiges Blut zu bewahren, besonders, wenn einen auch noch wie Maynard Reue plagte. Reue, dass er seiner Schwester gegenüber so gleichgültig gewesen war, dass er sich der Sünde des Stolzes schuldig gemacht hatte. Reue über zerstörte Leben, und nicht zuletzt bedauerte er den nie besänftigten Zorn seinem Vater gegenüber. Maynard fühlte sich wie ein Versager. Seine Mission, den Lapis exilii zu schützen, war vergeblich gewesen. Statt der ersehnten Sühne spürte er nur, dass er sich nicht als würdig erwiesen hatte. So hatte er nur die Wut in sich genährt, in der insgeheimen Hoffnung, sie früher oder später in einer verabscheuungswürdigen und zerstörerischen Tat ausleben zu können.

Verzweifelt schlug er mit der Faust gegen die Mauer. Wenn man es recht bedachte, war er auch nicht besser als Margherita Ariosti, Marchese Obizzo oder sogar sein schändlicher Vater. Wenigstens waren diese Leute ehrlich genug, das ihnen eigene Naturell anzunehmen. Er dagegen hatte doch nichts anderes getan, als sich hinter leeren Vorsätzen von Redlichkeit zu verstecken, oder?

Wieder schlug er auf die Mauer ein und stieß einen lauten Wutschrei aus.

»Wer ist da …?«, erklang plötzlich eine Stimme.

Doch es hörte sich eher an wie ein Klagelaut aus dem Grab, nicht wie die Stimme eines Lebenden. Maynard löste sich aus seinen Gedanken und lauschte in die Dunkelheit hinein. »Wer spricht da?«, fragte er zögernd.

Die Antwort ließ auf sich warten. Stattdessen hörte man ein Scharren, als würde sich ein Körper vorwärtsschleppen und an eine Wand pressen. »Abraham, ich heiße Abraham …«, flüsterte schließlich der Unsichtbare, und seine Stimme verriet eine gewisse Erleichterung. »Wer … hat da gesprochen?«

Maynard nahm an, dass dieser Abraham sich in einer Nachbarzelle befand, und empfand tiefes Mitleid. Jedes Wort dieses Unglücklichen verriet Angst und Unterwerfung, und man konnte sich denken, dass er schon lange in den Kerkern von San Domenico weilte. Maynard wollte schon seinen Namen nennen, als ihn eine so beunruhigende Vorahnung beschlich, dass sich ihm eine Frage aufdrängte: »Abraham aus Basel, seid Ihr es … der Confectionarius?«

»Ja, ja!«, rief der Mann schrill. »Und Ihr, Messere? Wer seid Ihr, dass Ihr mich an meiner Stimme erkennt?«

»Rocheblanche«, rief der Ritter laut. »Aber, was ist geschehen? Ich glaubte, Ihr hättet Ferrara verlassen.«

»Rocheblanche?« Hass und Verachtung sprachen aus diesem Aufschrei. »Gott möge Euch verfluchen!«

Maynard wich hastig von der Wand zurück. Er konnte nicht glauben, was er da gehört hatte. »Messere, ich begreife nicht ... Ich habe nicht ...«

»Man hat mir die Augen ausgerissen, und das ist Eure Schuld! Meine armen Augen!« Man hörte ein Wimmern. Nach einem schwachen Stöhnen erklang Abrahams Stimme wieder aus der Dunkelheit. »Das Tier ... die Laternen ... das Maleficium ... Ich wusste nichts davon, aber sie ... sie ... sie gaben sich damit nicht zufrieden, begreift Ihr? Sie sagten, das Blut Judas' hätte eine lügnerische Zunge. Und ich ... ich ...« Die Stimme verstummte, und ein erneutes Stöhnen erklang aus der Dunkelheit. Dann schien Abraham wieder zu neuen Kräften zu kommen und fragte wütend: »Warum habt Ihr sie zu mir geschickt?«

Maynard fühlte sich, als hätte ihn plötzlich jemand geohrfeigt. Während der Ermittlungen hatte er sich wohl gehütet, Lamberto da Cingoli Namen zu verraten, gerade weil er keine Irrtümer und Missverständnisse verursachen wollte. Aber wenn er es nicht gewesen war, wer hatte dann wohl geredet? Das konnte doch nur einer gewesen sein: Bruder Prudenzio, dieser verdammte Verräter!

Um seine aufkommende Wut herauszulassen, schlug er mit den Handflächen gegen die Tür. Dieser miese kleine Wurm! Natürlich, der war es gewesen. Er hatte ihn von Anfang an ausspioniert, hatte sich mit seinem feisten Lächeln immer an seine Fersen geheftet. Am liebsten hätte er ihn am Hals gepackt und ihn gezwungen, die ganze Wahrheit Wort für Wort zu gestehen.

Plötzlich hörte Maynard Schritte, dann nahm er einen Lichtschein hinter dem Gitter seiner Zellentür wahr.

»Wer zum Teufel ist da?«, fluchte er wutentbrannt.

Keine Antwort. Auch Abraham schien sich zurückgezogen zu haben.

Schließlich konnte er ein Gesicht hinter dem Guckloch in der Tür ausmachen.

Und Maynard starrte unvermittelt in die dunklen Augen von Marchese Obizzo III. d'Este. »Also ist es wahr!«, rief er aus. »In der Hölle trifft man auf die Teufel.«

»Und auf die Verdammten«, fügte der Marchese hinzu.

»Ich nehme an, Ihr seid gekommen, um Euch an mir zu rächen.«

Das ist nicht mein Vorrecht, schien Obizzos flüchtiges Lächeln auszudrücken. Doch hinter dem Loch in der Tür war kaum mehr als ein Spiel aus Licht und Schatten zu erkennen. Der Marchese sah sich um, fast als würden ihn die unterirdischen Verliese faszinieren. »Einzigartige Umstände, findet Ihr nicht?«, bemerkte er beißend. »Kommen da nicht frische Erinnerungen hoch?«

Maynard widerstand der Versuchung, ihm ins Gesicht zu spucken. Zurzeit war Obizzo seine einzige Verbindung zur Außenwelt. Wenn er herausfinden wollte, was ihn erwartete, musste er mitspielen. »Meint Ihr das eine Mal, als ich aus Eurer Laune heraus in Eurem Palazzo gefangen gehalten wurde? Wenn ich mich recht erinnere, habt Ihr mir bei dieser Gelegenheit anvertraut, dass Ihr Pater Facio di Malaspina getötet habt.«

»Selbst wenn dem so wäre«, sagte Marchese Obizzo leicht verärgert, »Ihr seid es, der dazu bestimmt ist, im Kerker zu verrotten.«

»Das mag stimmen, doch auch diesmal bin nicht ich derjenige, an dessen Händen Blut klebt.«

»Sollte mir das etwas sagen?«

»Das sollte es unbedingt, mein edler Herr.« Maynard krallte die Finger in das Türgitter und starrte Obizzo herausfordernd an. »Denn seht, ich weiß, wer Lippa Ariosti getötet hat.«

»Immer noch Phantastereien von dieser Chimäre?«, fuhr Obizzo auf. Er schlug mit beiden Händen gegen die Tür, sodass sie erzitterte.

»Meine Frau wurde vom Fieber dahingerafft! Ich selbst fand sie leblos im eigenen Bett!«

»Dann wird Euch auch nicht entgangen sein, dass jemand ihr ein Messer in die Seite gestoßen hat«, fügte Maynard mit zunehmender Sicherheit hinzu.

Obizzos Zorn legte sich schlagartig. Es folgte eine drückende Stille, bis er wieder an der Tür erschien, das Gesicht zu einer Grimasse verzerrt, die sowohl Hass als auch Bestürzung verriet. »Ihr intriganter Bastard! Wie habt Ihr nur … Wie habt Ihr es geschafft …«

»Davon zu erfahren? Zunächst durch einige Zeugnisse. Obwohl sie einander leicht widersprachen, erregten sie meinen Verdacht, bis ich schließlich die Wahrheit über dieses Verbrechen herausfand. Ein Verbrechen, begangen von einem elenden Feigling. Andererseits ist es nicht notwendig, ins Detail zu gehen, habe ich recht? Ihr kennt die Wahrheit ja nur zu genau.«

Die Wut Obizzos war sogar durch diese kleine Öffnung in der Tür zu spüren, dennoch klang seine Stimme tonlos. »Also seid Ihr wieder einmal zu Unrecht davon überzeugt, die Wahrheit erfasst zu haben.«

Maynard zuckte mit den Schultern. »Ich habe genug begriffen, um Euch zu verachten.«

Marchese Obizzo senkte den Kopf. Eine beinahe berechnende Geste, die weder Reue noch irgendein anderes Gefühl verriet. »Glaubt Ihr, für einen Mann meines Ranges ist es einfach, an der Macht zu bleiben? Ich bin der einzige Überlebende von drei Brüdern nach Kämpfen, Kompromissen und Bannflüchen. Es vergeht kein Morgen, an dem ich beim Aufstehen nicht den Knauf des Dolches berühre, der neben meinem Bett liegt, stets bereit, Feinde, Fallen und Komplotte aufzudecken! Und Ihr wollt mir hier eine Moralpredigt halten, mich anklagen … ja, wessen eigentlich? Ich bin alles, aber nicht schwach, Messere. Glaubt Ihr wirklich, ich wäre bereit, die Launen eines Weibes zu dulden?«

Maynard hatte bestimmt kein Schuldeingeständnis erwartet, aber angesichts der Skrupellosigkeit des Marchese fehlten ihm die Worte. Sie schien sich wie ein Nebel über alle Menschen und Dinge in seiner Umgebung zu legen, sie zu überschatten, zu verändern. Hinter diesem undurchsichtigen Schleier verbarg sich jedoch immer noch ein menschliches Wesen mit Gefühlen und Ängsten. »Werdet Ihr Euch so auch Eurem Sohn gegenüber rechtfertigen?«

Obizzo fluchte unterdrückt und wich zurück. »Wenn Ihr auch nur ein bisschen Zuneigung für Aldobrandino empfindet ...«

»Haltet Ihr mich für so niederträchtig?«, unterbrach Maynard ihn. »Ich werde ihn bestimmt nicht gegen seinen Vater aufhetzen, indem ich ihm eine solche Ungeheuerlichkeit enthülle. Ich weiß genau, wie es ist, seinen Vater auf ewig zu hassen. Das ist eine Wunde, die einen innerlich auffrisst und mit jedem weiteren Tag alle anderen Gefühle auslöscht. Es ist an Euch, diese Wunde früher oder später aufzureißen, als gerechte Strafe für das Blut, das Ihr vergossen habt. Und doch ...« Maynard stieß einen langen Seufzer aus, weil er sich plötzlich erinnerte, dass er hier im Vorzimmer zur Hölle gefangen saß. Obwohl ihm seine Ehre gebot, keinen Pakt mit einem Gattenmörder zu schließen, benötigte er etwas, womit er seine eigene Lage erleichtern konnte. »Und doch muss Euer edles Haus beschützt werden«, fuhr er also fort. »Es ist wegen Aldobrandino, nicht Euretwegen, dass ich Euch vor Margherita Ariosti warne.«

Der Marchese blinzelte leicht. »Lippas Schwester?«

Maynard nickte. »Hinter dem Komplott gegen die d'Este verbirgt sich ihre Hand. Das Erscheinen des schrecklichen Tiers, die Botschaften mit den Fröschen, die Bauernaufstände ... alles! Sogar die Sinnestäuschungen bei Eurem Sohn sind das Werk dieser Frau. Mit dem Ziel, Euch zu verwirren und Euch an mehreren Fronten zu beschäftigen, während sie ihr Intrigennetz spinnt, um ihre Schwester zu rächen.«

»Seid Ihr sicher?«

»Sie selbst hat es mir gestanden, kurz bevor ich verhaftet wurde. Hätten mir die Soldaten nur erlaubt, mit Euch zu sprechen ...«

»Eine Rache …«, sagte Obizzo nachdenklich. »Selbst wenn es so wäre, ist es Margherita doch nicht gelungen, mir irgendeinen Schaden zuzufügen.«

»Wirklich? Wie viele ihrer Gefolgsleute habt Ihr bei der Niederschlagung der Aufstände getötet? Bevor sie sich dieser Frau anschlossen, waren es Eure Untertanen. Durch ihr Zauberwerk hielten sie Euch für einen Despoten, die Verkörperung des Bösen. Außerdem habt Ihr nicht bedacht, was Bischof Guido zugestoßen ist.«

»Wollt Ihr damit sagen, dass –«

»Ja, Euer Gnaden. Mit Hilfe ihrer Spione hat Margherita von den Ermittlungen der Inquisition erfahren und die Hauptverantwortlichen ausgemacht. Als Wichtigsten von allen den Bischof von Ferrara, der seine Beteiligung mit dem Tode bezahlt hat, und ich nehme an, dass Pater Lamberto da Cingoli der Nächste gewesen wäre, wenn ich sie nicht in die Flucht geschlagen hätte. Indessen hätte Margherita ihre Aufmerksamkeit auf Euch gerichtet und sich bei Hofe eingeschlichen. Sie hätte Euch betört und an der Nase herumgeführt, bis Ihr gegen sie nichts mehr hättet ausrichten können.«

Obizzo versank in dunkles Schweigen. Als er aufsah, blitzte in seinem Blick beißender Spott auf. »Also habt Ihr die Ermittlung abgeschlossen, ich gratuliere. Vielleicht hättet Ihr Euren Scharfsinn auch einmal dafür einsetzen sollen, Euch an die eigene Nase zu fassen und Euch Eurer Probleme bewusst zu werden. Probleme, die viel größer sind als die meinigen, heißt es.«

»Denen stelle ich mich in dem Bewusstsein, dass ich auf der Seite des Rechts stehe«, verteidigte Maynard sich mit frisch erwachtem Stolz.

»Ihr habt gesagt, sie ist Euch entwischt.« Obizzo klang nun wieder unnahbar. Er lächelte grausam. »Meinen Schergen wird sie sicher nicht davonkommen.« Er trat beiseite und führte seine Hand zum Schloss.

Bevor Maynard zurückweichen konnte, sah er, wie die Tür geöffnet wurde. Das schwache Licht des Ganges erfüllte die gesamte

Türöffnung, in deren Mitte sich die Silhouette eines Mönchs abzeichnete, dessen Gesicht unter einer Kapuze verborgen war.

Obizzo klang schon weit entfernt, als er sagte: »Der Gefangene gehört Euch, Magister. Nehmt Euch ruhig Zeit. Zu Eurer Sicherheit postiere ich zwei Soldaten am Eingang der Zelle.«

42

Der Inquisitor Lamberto da Cingoli schlug die Kapuze seiner Capa zurück, während er die Zelle betrat, und sah sich mit seinen glühenden Augen um. Er betrachtete die mit Schimmel überzogenen Wände und beobachtete eine Fledermaus, die sich in einem Loch in der Decke versteckt hatte und nun aufgeregt davonflatterte. Dann verschränkte er die Arme vor der Brust. Erst jetzt schien er Maynard wahrzunehmen. »Lasset uns beten«, sagte er und bedeutete ihm niederzuknien.

Maynard bebte nach seiner Begegnung mit Obizzo noch vor Zorn und hätte jetzt ein Kräftemessen in einem richtigen Zweikampf auf Leben und Tod vorgezogen. Er fühlte sich verraten und verlangte Erklärungen. Aufrecht stand er dem Mönch gegenüber und musste sehr an sich halten, um ihn nicht sogleich am Kragen zu packen. »Warum habt Ihr mir das angetan?«, stieß er schließlich anklagend hervor.

Statt eine Antwort zu geben, deutete Lamberto nur mit dem Zeigefinger auf den Boden und gab damit zu verstehen, dass seine Worte von eben keine Einladung gewesen waren, sondern ein Befehl. Maynard musterte ihn misstrauisch und dachte, dass es für ihn ein Leichtes wäre, den Mönch als Geisel zu nehmen und die Wachen dazu zu bringen, ihn im Austausch gegen diesen erbärmlichen Dominikaner fliehen zu lassen. Aber wozu? Da Cingoli hatte zweifelsohne alles von langer Hand geplant. Bestimmt war er seit Monaten nur damit beschäftigt, jenseits der Mauern von San Domenico seine Netze auszuwerfen, die vielleicht sogar bis zu Eudelines Zuflucht oder gar zur Abtei von Pomposa reichten. Maynard kam zu dem Schluss, dass es weiser war, ruhig zu bleiben, und dass er sich besser bemühen sollte, die Strategie seines Feindes herauszufinden.

Er kniete sich hin.

Unverzüglich bekreuzigte sich Bruder Lamberto und legte ihm eine Hand auf den Kopf. *»Confiteor Deo quia peccavi in cogitatione, in locutione et in opere«*, begann er laut, um dann flüsternd fortzufahren: »Ihr habt gesündigt, Messere, und Euch mit einer solch verwerflichen Schuld befleckt, dass ich mich wundern muss, wie Ihr immer noch am Leben sein könnt, anstatt im Höllenfeuer zu schmoren. Doch gebt Euch keinen Illusionen hin, denn Ihr seid verdammt.« Seine keuchende Stimme wurde immer beschwörender und so düster, dass er damit auch im Herzen der Tapfersten Verzweiflung gesät hätte. Doch erst die folgenden Worte erschreckten Maynard wirklich und entlockten ihm einen erstaunten Fluch. »Ihr seid verdammt, seit Ihr Euch dazu entschieden habt, ein uraltes Geheimnis vor einem Kirchenfürsten zu verbergen«, sagte Lamberto. »Oh, mein unseliger Sohn! Warum nur tatet Ihr das? Warum wollt Ihr nicht Euer Herz erleichtern, *hic et nunc*, um eine so gotteslästerliche Missetat zu sühnen?«

Maynard spürte, wie sich die Finger des Mönches um seinen Kopf krallten, als wollten sie mit Gewalt Schuldgefühle in ihn hineinpressen. Inzwischen war sein anfänglicher ungläubiger Schrecken größer geworden. Er richtete den Blick starr auf den strohbedeckten Boden, um seine wachsende Angst zu bezwingen, und verfluchte das Schicksal. Dass sich die Dinge so entwickeln und er sich in einer solch demütigenden Situation wiederfinden würde, hätte er sich niemals vorstellen können. Wenn er sich früher die letzte Prüfung seines Lebens ausgemalt hatte, der er nun entgegenging, hatte er stets an einen Zweikampf mit offenem Visier gedacht, im gegenseitigen Respekt und zwischen zwei Gegnern, die sich bereits lange in einem geduldigen Intrigenspiel gemessen hatten. Stattdessen drohte ihm nun, wie irgendein unwichtiger Bauer noch vor dem Schachmatt vom Spielfeld gefegt zu werden.

Nein!, begehrte er plötzlich auf. Das wird niemals passieren! Maynard setzte ein grimmiges Lächeln auf, in Vorfreude auf den bevorstehenden Kampf. Falls seine Feinde darauf setzten, ihn mit dieser heimtückischen List in die Knie zu zwingen, würden sie bitter enttäuscht werden. Er hob schließlich den Kopf und forderte den Inquisitor mit kämpferischer Miene heraus. »Zieht Ihr es vor, dass ich mein Geheimnis direkt bei Euch beichte, oder soll es Euer geheimnisvoller Herr als Erster vernehmen?«, fragte er mit Grabesstimme.

»In den heiligen Reihen der Kirche gibt es weder Diener noch Herren«, ermahnte ihn Bruder Lamberto. »Nur Brüder, die einzig die Liebe zum Vater verpflichtet.«

»Zu einem Vater, der allerdings auch Bastarde als Kinder hat«, erwiderte Maynard und sprang auf. »So wie Seine Eminenz Bertrand du Pouget einer ist. Sagt die Wahrheit! Ist er der Kirchenfürst, von dem Ihr gesprochen habt? Habt Ihr zugestimmt, diese schmutzige kleine Posse zu inszenieren, um seinen Wünschen nachzukommen?«

»Wie könnt Ihr es wagen! Diese gotteslästerliche Beleidigung werdet Ihr teuer bezahlen.«

»Wollt Ihr mich in eine noch tiefer liegende Zelle werfen lassen?«, spottete Maynard. »Nun denn, nur zu! Zeigt mir, dass Ihr mit eiserner Faust durchgreift! Doch solltet Ihr auch nur halb der Mann sein, der Ihr vorgebt zu sein, dann lasst Eure Andeutungen nicht so im Raum stehen und enthüllt mir, wann genau Ihr beschlossen habt, mich zu verraten.«

Bruder Lamberto ließ sich von diesen Worten keineswegs beeindrucken. Reglos verharrte er in seinem Habit, der um seinen dürren, sehnigen Körper schlotterte. »Ein Inquisitor verrät nicht. Er nähert sich höchstens den Verdächtigen, in der Absicht, ihre Missetaten aufzudecken.«

»Also bereits am Anfang der Untersuchungen!« An Maynard zogen noch einmal die sich überstürzenden Ereignisse der letzten Monate vorüber. Erst jetzt konnte er erkennen, was sie alle verband. Die unerwartete Einbestellung durch den Bischof, wie man ihn nach San Domenico gelockt hatte, die indiskreten Fragen von Bruder Prudenzio … Alles diente nur dem Zweck, ihn im Auge zu behalten und unter dem Vorwand der Ermittlungen seine Geheimnisse zu entdecken. »Ich verlange eine Erklärung. Stammt der Plan von Guido di Baisio?«

Lamberto da Cingoli antwortete mit einem bitteren Lachen. »Ihr seid wie eine Fliege im Netz, Messere! Wenn Ihr versucht, Euch frei zu strampeln, führt das nur dazu, dass Ihr die Spinne weckt.«

»Soll sie doch kommen!«, rief Maynard. »Wo ist sie denn jetzt?«

»Monsignore du Pouget ist in unmittelbarer Nähe, glaubt mir. Doch er besteht darauf, dass im Moment ich mich um Euch kümmere.«

»Dann ist dieser Schuft bereits in Ferrara! Oh, Bruder Lamberto ... Wenn Ihr wüsstet, welcher Verbrechen er sich schuldig gemacht hat, würdet Ihr ihm nicht so viel Ehrerbietung entgegenbringen.«

»Ihr werdet doch nicht annehmen, dass ich Euch glaube«, sagte Lamberto, und seine Worte wirkten entmutigend auf Maynard. »Um selbst im Licht der Unschuld zu erscheinen, sind Ketzer bereit, ihre Ankläger der unmöglichsten Schandtaten zu bezichtigen!«

Plötzlich fügte sich für Maynard das letzte noch fehlende Teilchen ins Mosaik ein. Dessen beschuldigte man ihn also! »Ich bin kein Ketzer!«, wehrte er sich mit ungläubiger Empörung. »Ich bin Jesus Christus treu ergeben und wurde in einer der heiligsten Kirchen von Paris zum Ritter geschlagen! Seit Generationen verteidigt meine Familie das Kreuz, ich selbst habe in Frankreich Philipp VI. von Valois gedient, dem erzkatholischen König!«

»Und doch«, gab Lamberto sogleich zurück, »versteckt Ihr hartnäckig einen Gegenstand, den Kardinal du Pouget für eine kostbare Reliquie hält. Lapis exilii, so heißt sie, dünkt es mich. Ich weiß nicht, weshalb Monsignore Bertrand sie unbedingt in seinen Besitz bringen möchte, aber von einem Kardinal mit seiner Weisheit erwarte ich nichts anderes als den heiligen Wunsch, die Echtheit der besagten Reliquie zu überprüfen. Und falls diese Echtheit nicht bestätigt werden sollte, dann würde Euch das zu einem Hüter eines

Gegenstandes machen, der geschaffen wurde, um einen verlogenen Kult zu gründen. Was nichts anderes ist als Ketzerei! Ist Euch das jetzt klar? Dies sind die Gründe für meine Anklage, die nur durch bewiesene Tatsachen widerlegt werden kann.«

»Also wünscht Ihr, dass eine Kommission von Theologen den Lapis exilii untersucht.«

»So ist es.«

Maynard konnte nichts mehr empören. Bis zu diesem Moment hatte er gegen den Inquisitor eine Mischung aus Respekt und Feindseligkeit gehegt. So konnte er mit ihm zusammenarbeiten, wenngleich er auch seine Ansichten nicht teilte. Sogar nach seiner Verhaftung war er noch für ihn eingenommen gewesen und hatte diesen Affront nur seinem Übereifer zuschreiben wollen. Nun allerdings wunderte er sich, dass der Name dieser Reliquie Christi von jemandem in den Mund genommen wurde, der bis dato noch behauptet hatte, nichts von der Angelegenheit zu wissen. Offenkundig hatte Kardinal Bertrand keine Skrupel gehabt, dem Mönch alles zu enthüllen, was nötig war, um die eigenen Ziele zu verfolgen. Doch Maynard war nicht bereit, da mitzumachen. Niemals würde er preisgeben, dass der Lapis exilii der heilige Tisch des Abendmahls war, der der Welt genau aus dem Grund verborgen wurde, um vor verderbten Prälaten wie Monsignore du Pouget sicher zu sein. Niemals würde er das Versteck verraten oder den Namen des Abtes, dem er ewiges Stillschweigen geschworen hatte. »Was Ihr da fordert, wäre nur möglich, wenn ich Euch zum Lapis exilii führen würde, und das wird nicht geschehen.«

»Meint Ihr etwa, Ihr hättet eine Wahl?«, fragte Lamberto mit gespielter Freundlichkeit.

»Oh, Magister, ich habe sehr gut verstanden, dass Ihr mich, falls ich weiterhin schweige, der Häresie beschuldigen könntet, ohne dass dies Euer Gewissen belasten würde. Doch lieber sterbe ich als Märtyrer, als Eurem verbrecherischen Plan zu folgen.«

»Kein Plan, Messere. Das ist einfach nur christliche Moral. Wenn man akzeptiert, dass die Wahrheit immer und überall enthüllt werden muss, kann Euer Schweigen nur als eine bewusste Verschleierung einer Lüge gedeutet werden. Ich fordere Euch auf, mir das Gegenteil zu beweisen.«

Maynard lächelte bitter. »Wäre es nicht angebracht, herauszufinden, welche Lügen Euch du Pouget erzählt hat?«

»Ihr seid ein wagemutiger Mann, Rocheblanche.« Aus Lambertos Stimme war ein Hauch Bosheit herauszuhören. »Aber ich habe in diesen Kerkern Menschen blitzschnell ihre Meinung ändern sehen, die aus einem härteren Holz geschnitzt waren als Ihr.«

»Wollt Ihr auch mir die Augen herausreißen, wie Ihr es bei dem jüdischen Confectionarius getan habt?«

Ehe Lamberto antwortete, huschte ihm ein zufriedenes Lächeln übers Gesicht. »Seid Ihr damit nicht einverstanden? Oder fühlt Ihr Euch benutzt? Nun, ich habe mich nur jedes mir zur Verfügung stehenden Mittels bedient, um das Rätsel zu lösen, Messere. Und eines dieser Mittel wart Ihr. Ob es Euch nun passt oder nicht. Ich musste den Juden sofort befragen, nachdem ich von Bruder Prudenzio erfahren hatte, dass zwischen ihm und dem Trank, der für das Maleficium benutzt wurde, eine Verbindung bestand.«

»Das hättet Ihr Euch sparen können. Wenn Euch zugetragen wurde, was ich vor Kurzem dem Marchese berichtet habe, dann werdet Ihr wissen, dass ich den Fall aufgeklärt habe. Und das, ohne irgendjemanden zu foltern. Auch wenn ich Euch damit enttäusche, kann ich behaupten, dass die Fäden dieser Ränke gewiss nicht vom Teufel, sondern von einer Frau gesponnen wurden.«

»Was häufig dasselbe ist«, erwiderte Lamberto tonlos.

»Ich habe den Marchese gerettet. Habe ich mir dadurch also keine Verdienste erworben?«

Als einzige Antwort erntete er Lamberto da Cingolis höhnisches Gelächter. »Ich lobe Eure Verdienste, Messere«, sagte er und zeigte ihm seine ausgestreckten Handflächen. »Aber meine Hände sind keine Waagschalen, in denen gute Taten eine Sünde aufwiegen können.« Er bewegte sich langsam rückwärts zur Tür und klopfte beiläufig auf das Holz. »Ihr werdet reden, Rocheblanche, das verspreche ich Euch. Im Namen Gottes, der Reue oder der Angst. Aber glaubt mir, Ihr werdet reden.«

Dann wurde die Tür geöffnet, und Lamberto verschwand, während er ein letztes grausames Lachen hören ließ.

43

Ferrara, Kontrade Boccacanale

Bertrand du Pouget wusste, dass er gewonnen hatte. Es war nur eine Frage der Zeit, bis Maynard de Rocheblanche reden und er den Lapis exilii endlich in die Hände bekommen würde. Um dann Papst zu werden. Sobald er der Welt erst einmal die Existenz der obersten Reliquie Christi enthüllt hätte, würde es für ihn ein Leichtes sein, die Hindernisse zu beseitigen, die ihn noch von der Erlangung der Macht abhielten. Karel von Luxemburg, der *Rex Romanorum*, würde ihn unterstützen, zusammen mit einer großen Schar Prälaten, die eine Wende in der Kirche herbeisehnten. Wenn Papst Clemens VI. sich weiterhin hinter dem französischen Thron verstecken wollte, würde Bertrand nicht zögern, Rom für sich zurückzuerobern.

Er ging zu dem Eichentisch vor dem Kamin und öffnete den Schrein, der daraufstand. Dies hatte er schon längere Zeit nicht mehr getan, zurückgehalten von einer ehrerbietigen Furcht vor dem, was sich darin verbarg. An diesem wichtigen Tag allerdings hatte er das dringende Bedürfnis, den Blick Gottes auf sich zu spüren.

Nachdem er den Deckel hochgeklappt hatte, lagen vor ihm zwei pechschwarze Gegenstände. Ein Kelch und eine Lanzenspitze. Bertrand murmelte ein Gebet und berührte sie vorsichtig, während ihm ein leichter Energiestoß durch die Fingerspitzen in den Nacken fuhr.

Diese Reliquien waren lebendig. Fast als wäre ein göttlicher Funke in dem Material verblieben, aus dem sie geschaffen waren.

Derselbe Funke, durch den sie so schwarz wie die Nacht geworden waren. Oder wie die Sünde.

Bertrand hatte lange Zeit alles darangesetzt, in ihren Besitz zu gelangen. Er hatte den Mönch Facio di Malaspina aufgespürt, Jang de Blannen aus dem Weg geräumt, Späher ausgeschickt, mächtige Männer nach seinem Willen gelenkt. Er hatte so komplizierte Ränke geschmiedet, dass es ihm fast leidtat, sie der Welt nicht offenbaren zu können. Doch es durfte keiner herausfinden, wie weit er gegangen war, um die Schätze zu erobern, die im Buch des Juden Flegetanis erwähnt wurden. Wenn der richtige Moment gekommen war, würde er erklären, von einer göttlichen Vision geleitet worden zu sein, ähnlich wie ein Heiliger. Dafür müsste er sich nur an einen Mönch aus der Schreibstube wenden und ihm Wort für Wort seine Geschichte in die Feder diktieren, wodurch aus ihr die Legende des Kardinals werden würde, der von den Engeln auserwählt worden war, um den Kelch Christi und die Lanze des Longinus zu finden.

Und doch, das würde nicht genügen. Wenn er sich den Titel Heiliger Vater erwerben und den päpstlichen Thron besteigen wollte, musste er sich auch noch des dritten wundersamen Gegenstandes bemächtigen, den Flegetanis beschrieben hatte. Von dem niemand außer denen, die ihn hüteten, wusste, wie er beschaffen war oder wo er aufbewahrt wurde. Der Lapis exilii.

Der Schlüssel, den er zur Erfüllung dieses Plans benötigte, war in Reichweite, verschlossen im Kopf eines Mannes, der in den dunklen Kerkern von San Domenico gefangen war. Er musste sich einfach nur noch etwas gedulden.

Doch du Pouget fand keine Ruhe.

Er war alt. Obwohl die Reliquien in seinem Besitz ihn bei Kräften hielten und – so war er überzeugt – auch vor der Pest bewahrt hatten, konnten sie ihn doch nicht von dem Gedanken erlösen, wie schnell doch die Zeit verrann. Jeder Glockenschlag beschwerte die Last seiner siebzig Jahre und erinnerte ihn daran, wie tragisch es wäre, nur einen Schritt vor der Verwirklichung seiner ehrgeizigen Bestrebungen zu sterben. Es war also kaum der richtige Moment, sich auf den Lorbeeren auszuruhen. Bruder Lamberto da Cingoli musste gut handeln, und zwar bald.

Der Klang sich nähernder Schritte schreckte ihn auf, und er schloss den Schrein. Bernard setzte eine unbekümmerte Miene auf, nahm auf einem Stuhl Platz und wartete darauf, dass ein Diener erschien.

»Euer Gnaden, ein Mann fragt nach Euch«, sagte der junge Mann, der in der Türöffnung stehen geblieben war.

Bertrand zuckte zusammen. »Was für ein Mann?« Niemand wusste, dass er in Ferrara war. Niemand außer Lamberto und Guido di Baisio, dessen Totenfeier gerade erst begangen worden war. Kurz befiel ihn die Furcht, Hector de Durfort, der General des Papstes, könne von seiner Anwesenheit erfahren haben.

»Er gibt an, Namo zu heißen und im Namen seiner Exzellenz, des Bischofs, hier zu sein«, erklärte der Diener.

Nach einem kurzen Zögern verzog Bertrand verächtlich die Lippen. »Lass ihn eintreten. Aber die Schergen sollen sich bereithalten.«

Wenig später stand ein vollständig in Schwarz gekleideter Riese von einem Mann vor ihm, der ihn spöttisch beäugte. Obwohl er keine Waffen trug, ging von ihm ein ebenso starkes wie ungewöhnliches Gefühl der Bedrohung aus. Doch wirkte er weniger wie ein Scherge oder ein altgedienter Recke, sondern eher wie ein Schlächter.

Bertrand, der froh war, hinter seinem schützenden Schreibtisch zu sitzen, hütete sich wohl aufzustehen und begnügte sich mit einem stummen Nicken als Begrüßung. »Ihr kommt im Namen eines verstorbenen Prälaten«, eröffnete er das Gespräch.

»Verstorben ja, wenngleich sein Leib noch nicht ganz erkaltet ist.« Mit verschränkten Armen stellte Namo sich vor Bertrand. »Genauer gesagt ist es noch nicht lange her, seit Monsignore Guido mir gegenüber einen jungen Maler erwähnte, den ich Euch übergeben sollte.«

»Ach ja? Und doch kann ich mich nicht erinnern, Fresken beauftragt zu haben. Es sei denn, mein Kopf lässt mich im Stich.«

»Ich beziehe mich auf Gualtiero de' Bruni.«

»Ach, *dieser* Maler.« Bertrand verbarg seine Überraschung. »Wisst Ihr denn, wo er sich aufhält?«

»Nein, Exzellenz.«

»Und warum seid Ihr dann gekommen?«

»Im Austausch für Gualtiero de' Bruni versprach der ehrwürdige Guido, mir Maynard de Rocheblanche auszuliefern. Nach dem Tod des Bischofs habe ich hin und her überlegt und kam zu dem Schluss, dass Ihr diesen Ritter vermutlich ebenfalls kennt und auch einen Weg, wie man ihn aufspüren kann.«

Bertrand zog eine Augenbraue hoch und wünschte Guido di Baisio von ganzem Herzen, er möge in der Hölle schmoren. Bis zum Schluss ein Verräter! Wie konnte dieser Versager einem Dritten vertrauliche Informationen weitergeben? Mochte das im Fall des Sohns von Elisa d'Este noch angehen, kam es doch einem schweren Verrat gleich, einem Unbekannten preiszugeben, dass ein Kardinal aus Avignon sich heimlich in Ferrara aufhielt. Bertrand fuhr energisch mit der Hand über die Tischkante und unterdrückte seinen Zorn. »Was sonst noch meint Ihr zu wissen?«

Namo ließ den Blick durchs Zimmer schweifen. »Nun, man kann sich natürlich zu Recht fragen, weshalb ein Mann der Kirche sich in einem solchen Loch verkriecht. Noch dazu, wo die päpstlichen Truppen kaum einen Tagesritt von hier entfernt lagern.«

»Ich werde mich nicht mehr lange hier aufhalten«, antwortete Bertrand, doch seine Stimme klang leicht angespannt.

»Ach ja? Guido di Baisio ließ mich schwören, niemandem von Eurer Anwesenheit zu erzählen.«

Bertrand musterte ihn misstrauisch. »Habt etwa Ihr ihn umgebracht?«

»Nein, bestimmt nicht. Und falls Ihr Euch fragen solltet, ob ich für Euch eine Bedrohung darstelle: Auch das ist nicht der Fall.«

»Dass Ihr von meiner Anwesenheit wisst, beweist das Gegenteil.«

»Sagt mir einfach, wo sich Rocheblanche befindet, und ich werde von hier verschwinden, als wäre ich nie da gewesen.«

Bertrand gestattete sich ein listiges Grinsen. »Immer eins nach dem anderen. Erzählt mir von dem jungen Maler. Hat Guido di Baisio Euch etwa auch verraten, weshalb ich Interesse an ihm habe?«

Namo schnaubte auf. »Ich mische mich nicht gern in die Angelegenheiten anderer Leute.«

»Doch trotzdem seid Ihr gekommen, um genau das zu tun.«

»Könnt Ihr meine Frage zufriedenstellend beantworten?«

Zum ersten Mal klang der Mann drohend. Er hielt die Hände zu Fäusten geballt, die jederzeit wie Hämmer niedergehen konnten. Da ist er wieder, dachte Bertrand, der Schlächter. »Es tut mir leid«, meinte er seufzend. »Ich kenne keinen Maynard de Rocheblanche.«

Urplötzlich schnellte Namo vor und packte Bertrand am Handgelenk. »Mir ist das Wappen an Eurem Ring nicht entgangen«, zischte er. »Dabei musste ich sofort an einen Schergen denken, der vor zwei Jahren eine Äbtissin von Reims entführte und in einem alten Turm gefangen setzte. Einer meiner Diener hat ihn getötet, wusstet Ihr das? Er konnte zwar nicht mehr sagen, wer sein Herr war, doch seine Gürtelschnalle zierte ein Wappen. Ein Löwe ... der gleiche wie hier auf Eurem Siegelring. Welch merkwürdiger Zufall, wenn man bedenkt, dass die betreffende Äbtissin die Schwester von Rocheblanche ist! Behauptet Ihr immer noch, ihn nicht zu kennen?«

Überraschung und Zorn trieben Bertrand das Blut ins Gesicht, während er versuchte, seinen Arm freizubekommen. »Wachen!«, rief er wütend. Gleichzeitig ließ er die rechte Hand unter den Tisch gleiten und betätigte eine Armbrust, die unter der Holzplatte versteckt war. Zwei Pfeile schossen gleichzeitig los und trafen Namo zwischen Schenkel und Leiste.

Dessen Schrei dröhnte wie der Ruf eines Dämons. Der Schmerz ließ ihn taumelnd zurückweichen, und er suchte Halt an den Möbeln im Raum. Hinter Namo hatten sich bereits die Türflügel aufgetan, und zwei Soldaten waren mit gezücktem Schwert hereingestürmt. Bei ihrem Anblick stieß er ein finsteres Lachen aus, das Bertrand aufspringen ließ, in dem Versuch, sich so weit wie möglich von ihm zu entfernen.

»Ich weiß nicht, inwieweit Ihr Wahrheit und Wunschdenken miteinander verstrickt habt!«, rief er. »Doch ich kann es mir nicht erlauben, jemanden am Leben zu lassen, der von so vielen Geheimnissen Kenntnis hat!«

Namo hatte allerdings nicht die Absicht, sich geschlagen zu geben. Auf seinen bluttriefenden Beinen wankend riss er die Arme auseinander, sodass zwei darunter verborgene Stilette zum Vorschein kamen. Eines stieß er einem der Soldaten in den Hals und stürmte auf die Tür zu, ehe der andere ihn mit seinem Schwert durchbohren konnte. Dabei rammte er einen Türflügel, der unter dem Aufprall ächzte und beinahe entzweibrach.

»Haltet ihn auf!«, schrie Bertrand, der immer noch totenbleich an der Wand lehnte.

Doch sein unbekannter Besucher war schon aus seinem Gesichtsfeld verschwunden.

Aus dem Innenhof drang Kampfeslärm an sein Ohr. Bertrand hörte den dumpfen Laut eines zu Boden fallenden Körpers, das Knarren des sich öffnenden Tores und schließlich das Wiehern eines Pferdes, das im Galopp die Straße entlangstürmte.

Der schwarze Ritter hatte nur wenige Augenblicke in seinem Haus gewütet. Doch diese hatten genügt, um Bertrands Leben auf den Kopf zu stellen.

44

Abtei Santa Maria di Pomposa
24. April

Abt Andrea hatte sich in die Sakristei zurückgezogen und blätterte in einem verstaubten Messbuch, um sich Anregungen für die Sonntagspredigt zu holen. Doch in Wahrheit konnte er sich den theologischen Gedanken nicht hingeben, da zwölf Tage nach dem heiligen Osterfest schon wieder ein Schatten über der Welt lag. Der Tod von Guido di Baisio war ein unerwarteter Schlag gewesen, vor allem, als bekannt wurde, dass er einem Verbrechen zum Opfer gefallen war.

Doch mit jeder Seite, die er umwendete, entführte ihn das Rascheln des Pergaments ein Stückchen mehr aus der Wirklichkeit. Andrea rief sich seine letzte Begegnung mit dem Bischof in Erinnerung. Das war auf der Piazza von Ferrara gewesen, als sie beim heiligen Passionsspiel unterschiedlicher Meinung über den Wert der niederen Künste und der Treue unter den Menschen gewesen waren. Hätte er damals andere Worte gewählt, wären die Ereignisse womöglich anders verlaufen. Doch nicht nur das belastete ihn. Er bedauerte es auch, dass er der Totenfeier für den Bischof nicht hatte beiwohnen können. Ein heftiger Reizhusten, der ihn immer noch ein wenig plagte, hatte ihn eine Woche lang ans Bett gefesselt.

Am meisten quälte Andrea jedoch der Verdacht, dass zwischen dem Mord an Bischof di Baisio und den Untersuchungen, mit denen er Maynard de Rocheblanche betraut hatte, ein Zusammenhang bestand.

Natürlich hatte er dafür keine Beweise, obwohl die Nachrichten, die über Maynard eingetroffen waren, nichts Gutes erahnen ließen. Wenn jemand auf Anordnung der Inquisition verhaftet wurde, so war das ganz sicher ein Anzeichen dafür, dass sich ein Gewitter zusammenbraute.

Andrea kannte nicht genügend Einzelheiten, um sich eine Meinung bilden zu können. In den letzten Jahren hatte er erlebt, wie Maynard de Rocheblanche zahlreiche abenteuerliche Taten vollbracht hatte, die so gewagt waren, dass er sich fragte, ob sie von Mut oder eher von Wahnsinn diktiert worden waren. In einigen dieser gefährlichen Situationen hatte er ihn getadelt, ihn sogar gefürchtet, um schließlich hinter seiner verächtlichen Miene das Gesicht eines guten Mannes zu entdecken.

Andererseits war Güte kein Privileg der Gerechten. Es gab jede Menge Häretiker, Leichtfüße und Schwachsinnige, die sich als gut bezeichnen konnten, aber es dennoch nicht wert waren, dass man ihnen half. Und außerdem hatte Pater Andrea schon viel zu viel durchgemacht, um sich erneut in einen Kampf verwickeln zu lassen. Trotz der Verderbtheit, die Ferrara entwürdigte, war das Kloster von Pomposa endlich eine Insel der geistigen Vollkommenheit geworden. Die Mitbrüder hatten durch die Regeln von Pier Damiani ein strenges, reines Mönchstum wiederentdeckt, das gegenüber den Versuchungen der Welt unempfänglich war.

Nur eines fehlte noch, um Andreas Bestrebungen zu krönen: die Restaurierung der Fresken des Hauptschiffs seiner Kirche. Oh, wenn nur der Herr ihm einen Mastro pittore schicken würde, der der Aufgabe gewachsen war! Andrea träumte seit so langer Zeit davon und hatte in seiner Vorstellung bereits viele tausend Male das fertige Werk bewundert. Damit es an nichts fehlte, hatte er sogar schon die Verse zusammengestellt, die jedes einzelne Bild begleiten sollten, wie in der Biblia pauperum, die vor drei Jahrhunderten in der Basilika von Montecassino auf Anordnung von Abt Desiderio entstanden war.

Doch Andrea gab sich keinen Illusionen hin. Wenn er wirklich Pomposa zu altem Ruhm und Glanz verhelfen wollte, musste er seine Strategie ändern. Angefangen bei Gualtiero de' Bruni. Dieser Unverschämte hatte sich zu sehr vorgewagt, als dass er auf eine Rückkehr des verlorenen Sohns hoffen durfte. Außerdem war für die Restaurierung Geld nötig, sehr viel Geld. Und wenn Andrea nicht wieder die beiden Rocheblanches anbetteln wollte, was ihn an sie binden würde, würde er gezwungen sein, sich neue Unterstützung zu suchen. Zum Beispiel beim Nachfolger Guido di Baisios. Obwohl der zukünftige Bischof von Ferrara noch nicht ernannt worden war, gab es genug Wege, den Favoriten des Papstes für dieses Amt herauszufinden und sich dessen Schutz zu sichern, ehe ihn Massen von Bittstellern bestürmten. Er musste sich dafür nur an die Prioren von Nonantola, Vallombrosa und Santa Giustina wenden, die über solche Gerüchte stets bestens informiert waren.

Andreas Hände blätterten inzwischen nervös in dem Messbuch. Es war nicht einfach für ihn, die pragmatische Seite seines Wesens mit seinen Gefühlen zu vereinbaren. Vor allem dann nicht, wenn es darum ging, nur auf den eigenen Vorteil zu schauen, während Menschen, die ihm etwas bedeuteten, einem unbestimmten Schicksal entgegengingen. Ein Teil von ihm zermarterte sich immer noch das Hirn wegen Maynard, Gualtiero und dem mysteriösen Mord an Bischof Guido. Doch sein instinktives Misstrauen gegenüber der Vorhersehung zwang ihn, sich deutlich von Dingen zu distanzieren, die seine Pläne, ein höheres Ziel zu erreichen, zum Scheitern gebracht hätten.

Eine helle Stimme riss ihn aus diesen Überlegungen.

Hinten in der Sakristei spitzte ein blonder Lockenkopf durch die Tür herein. Es war Agostino, der Diener, der an die Stelle von Bonus getreten war, nachdem diesen die Pest dahingerafft hatte. Er war zwar zu jung, um seinen Vorgänger in seiner Tüchtigkeit zu ersetzen, aber seine Unerfahrenheit machte er mit einem Schwung Fröhlichkeit wett, die einen frischen Wind in die Dunkelheit des Klosters brachte.

»Eine Dame, *Dominus*«, verkündete der Diener. »Sie fragt nach Euch.«

»Eine Dame …« Dieser Ausdruck schloss so vieles ein, dass er Andrea beunruhigte. Etwas verärgert trat er vom Lesepult zurück. »Drück dich genauer aus. Eine Nonne? Eine Edeldame?«

Agostino zögerte. Unentschlossen wackelte er mit dem Kopf, dann zeigte er hinter sich. »Sie verlangte, im Parlatorium empfangen zu werden.«

»Aber wenigstens an ihren Namen erinnerst du dich?«

»Ja, Dominus«, erwiderte Agostino. »Eudeline de Rocheblanche.«

Sie war besorgt, das erkannte er sofort, als er sie sah. Sie lief mit vor dem Schoß verschränkten Händen auf und ab, keuchend wie jemand, der seine Angst nur mühsam unterdrückt. Pater Andrea schloss die Tür hinter sich und begrüßte sie, bang angesichts des Sturms, der in dieser Frau tobte.

»Mein Bruder!«, rief sie aus und schnellte unvermittelt auf ihn zu. »Mein Bruder ist von der Heiligen Inquisition verhaftet worden.«

Mit einer Geste forderte Andrea sie auf, sich im Ton zu mäßigen, da er sich sorgte, etwas von ihrer Unterredung könnte durch die Türen des Parlatoriums dringen. »Ich habe davon erfahren.«

Doch Eudeline war zu erregt, um auf die innerhalb der Klostermauern gebotene Ruhe zu achten. Sie packte ihn an einem Ärmel seiner Kutte. »Ihr müsst Euch etwas überlegen! Ihr müsst mir helfen!«

»Missversteht mich bitte nicht.« Andrea befreite verlegen seinen Ärmel. »Es tut mir sehr leid um Messer Maynard. Aber was könnte ich denn tun?«

Bei diesen Worten wich Eudeline zurück, Empörung stand in ihren Augen. Andrea war sich nur zu bewusst, dass er sie gekränkt hatte, und war schon auf eine Woge von wüsten Beschimpfungen gefasst, als sie zu seiner großen Überraschung ein fast gleichmütiges Lächeln aufsetzte.

»Habt Ihr keine Freunde im Orden des heiligen Domenicus?«

Er starrte sie ungläubig an. Mochte sie sich auch noch so sehr um ihren Bruder sorgen, so hätte er sich doch niemals vorstellen können, dass ein Weibsbild von ihrem Temperament in der Lage wäre, den eigenen Stolz derart zu bezähmen. »Niemand von Bedeutung«, antwortete er. Er musste sie dennoch enttäuschen. »Wäre der ehrwürdige Guido noch am Leben, hätte ich mich sicher an ihn gewandt. Doch nun stehe ich diesem Problem ohnmächtig gegenüber.«

»Ihr seid immer noch ein Mann der Kirche, ein Abt! Kann es wirklich sein, dass Euer Wort nichts zählt?«

»So wenig, dass ich um mein eigenes Leben fürchten muss«, erwiderte Andrea und suchte Schutz hinter einem schmiedeeisernen Kerzenständer. »Wenn ich mich zu sehr dafür einsetze, jemanden zu retten, der der Ketzerei bezichtigt wird, würde ich zerquetscht wie eine Maus.«

Eudeline lachte höhnisch auf. »Seid Ihr so feige?«

»Ich habe viel zu verlieren«, verteidigte sich Andrea. »Mein Kloster, meine Mönche ... Falls mir etwas zustieße, wer würde sich dann um sie kümmern?«

»Ihr schuldet meinem Bruder jedoch sehr viel, habt Ihr das bereits vergessen?«

»Nein, gewiss nicht! Der tapfere Rocheblanche hat mich bei mehr als einer Gelegenheit unterstützt, und ich bin ihm aus tiefstem Herzen dankbar. Doch kann ich nichts anderes tun als beten, damit –«

»Zum Teufel mit Euren Gebeten!« In ihrem Zorn warf Eudeline den Kerzenständer um und wurde so laut, dass sie sogar das Klirren übertönte, das im ganzen Kloster zu hören gewesen sein musste. »Man hat Maynard eine Falle gestellt, und ich werde sicherlich nicht untätig zusehen! Und wenn ich Dritte bezichtigen muss!«

Andrea stand mit dem Rücken zur Wand. »Ich begreife nicht den Sinn ... Eurer Worte ...«

»Ihr versteht sie nur zu gut, denn Ihr beweist viel zu viel Zurückhaltung, als dass Ihr nicht wüsstet, was Maynard zur Last gelegt wird. Es geht um das Buch von Flegetanis, nicht wahr? Der falsche Prophet! Ihr weigert Euch, etwas zu unternehmen, aus Furcht, es könnte bekannt werden, wie tief Ihr in die Angelegenheit verstrickt seid.«

»Ihr dürftet das gar nicht …« Überwältigt von seinen Ängsten konnte Andrea den Satz nicht zu Ende bringen. Er fühlte sich, als stünde er am Pranger, und umso verletzlicher, da es um ein Geheimnis ging, das niemals enthüllt werden durfte, nicht einmal bei der Beichte. Er bemühte sich, sein Zittern zu beherrschen, und stellte sich Eudeline entgegen. »Wie könnt Ihr davon wissen?«

Eudelines Gesicht flammte rot auf, doch ihr Lächeln war kalt, fast schon unverschämt. »Mein Bruder hat mir alles über den Lapis exilii und den Codex erzählt, der vor Hunderten von Jahren vom Juden Flegetanis verfasst wurde«, erklärte sie. »Dieses Werk ist als Codex Millenarius bekannt, und ich bin sicher, Ihr wisst, wo er sich momentan befindet.«

Andrea ahnte, dass sie noch mehr wusste, aber er war zu erschüttert, um seine Gedanken ordnen zu können. »Der Codex Millenarius ist im Besitz Eures Bruders.«

»Ich bezweifle jedoch sehr, dass er ihn mitgeführt hat. Da seine Ermittlungen sich so lange dahinzogen und er in San Domenico untergebracht war, wäre der Codex dort nicht sicher gewesen. Zum Beispiel hätte er verloren gehen oder in die Hände von jemandem geraten können, der zu neugierig ist. Da sollte man ihn doch besser an einem sicheren Ort verstecken, wo ihn, fern von der Stadt, zuverlässige Menschen behüten.« Bei diesen Worten begann Eudeline, sich umzusehen. »Einem Ort wie die Abtei von Pomposa, meine ich.«

Andrea musste sich sehr zurückhalten, um nicht zusammenzuzucken, und dachte sofort an das Buch, das er seit Monaten in einem Geheimfach seines Arbeitszimmers versteckte. Er wagte gar nicht, sich die Folgen auszumalen, falls der Inquisitor von Ferrara es bei ihm finden würde. »Und selbst wenn? Wenn Ihr mich beschuldigt, würdet Ihr damit Euren edlen Bruder nicht von seiner Schuld freisprechen. Und außerdem, was macht Euch so sicher, dass er wegen des Codex Millenarius verhaftet wurde?«

»Oh! Da bin ich mir sicher«, rief sie und seufzte tief.

Andrea musterte sie mit leisem Bedauern. Plötzlich wirkte diese Frau überhaupt nicht mehr feindselig. Ganz im Gegenteil hatte er unterschwellig etwas wahrgenommen, was sie beide verband. War sie vielleicht doch gekommen, um bei ihm um Hilfe zu bitten? »Es liegt mir fern, Euren Scharfsinn in Frage zu stellen«, erklärte er vorsichtig. »Aber selbst wenn Ihr jedes Geheimnis von Messer Maynard erfahren haben solltet, wäre Euch doch nicht alles über die Intrige bekannt, auf die Ihr anspielt. Glaubt mir, es wäre einfacher, den berüchtigten Gordischen Knoten zu entwirren.«

»Ich würde Euch ja recht geben, wenn sich meine Kenntnisse in dieser Angelegenheit auf die Euren beschränken würden«, erwiderte Eudeline. »Doch so ist es nicht. Nicht, seit der ehrwürdige Guido di Baisio in meiner Gegenwart getötet wurde.«

Ein schrecklicher Verdacht schoss dem Abt durch den Kopf. »Also habt Ihr …«

»Versteht mich nicht falsch, Vater.« Ihr Gesicht verfinsterte sich. »Ich selbst bin bei diesem Anschlag nur knapp mit dem Leben davongekommen. Doch wurde ich durch das belohnt, was seine Exzellenz mir anvertraute, ehe er sein Leben aushauchte.«

Obwohl er über eine lebhafte Phantasie verfügte, konnte Andrea sich nicht vorstellen, welche und wie viele Geheimnisse ein Prälat wie Bischof Baisio, der in der Kunst der Täuschung so geübt gewesen war, gehütet haben mochte. Einen Moment fragte er sich sogar, ob es überhaupt klug war, diese zu kennen. Doch dann überwog seine Neugier, und er sah Eudeline de Rocheblanche ungeduldig an. »Wärt Ihr bereit, mir davon zu erzählen?«

Sie schien nur darauf gewartet zu haben, was Andrea vermuten ließ, dass ihr Zögern bloß vorgeschoben gewesen war, um seine Abwehr zu schwächen und die Unterredung genau zu dem Punkt zu bringen, den sie jetzt erreicht hatten.

Eudeline ließ ihm jedoch keine Zeit für weitere Schlussfolgerungen. Sie wählte den weitesten Weg zur Tür und vergewisserte sich, dass der einzige Eingang gut verschlossen war. Schließlich zog sie eine Pergamentrolle aus einer Tasche ihres Gewandes und reichte sie ihm. »Das ist die letzte Beichte Seiner Exzellenz«, erklärte sie. »Hierin steht alles, was nötig ist, um Maynards Feinde zu vernichten. Aber wie ich schon sagte, ich benötige Eure Hilfe.«

»Ich habe immer noch nicht beschlossen, ob ich Euch diese geben kann.«

Eudeline tat so, als hätte sie ihn nicht gehört. »Und außerdem müsst Ihr mir Asyl gewähren, mir und meiner Schwester Isabeau.«

Andrea sah sie mit einer Mischung aus Erstaunen und Verärgerung an. »Und warum dies?«

»Weil mir in letzter Zeit ein Mann aufgefallen ist«, antwortete sie, und ihre Furcht war ihr anzumerken. »Ein Mann, der mich aus Gründen, die mir nicht bekannt sind, seit Reims verfolgt.«

45

Ferrara, Santa Maria in Vado, Gasthaus zum Schwarzen Schild

Der Mann, der sich Namo nennen ließ, lag auf dem Bett zwischen Tüchern aus grobem Stoff, die mit blutroten Spritzern übersät waren. Mit dem Glockenschlag zur Vesper war er eingetroffen, auf dem Rücken eines Pferdes, das über und über mit dem Blut bedeckt war, das aus seiner Verletzung am Schenkel floss. Der Araber war gezwungen gewesen, ein kleines Vermögen auszugeben, um sich das Stillschweigen der Leute zu sichern, die Zeugen seiner Ankunft gewesen waren – Passanten auf der Straße, vor allem aber der Wirt, der ihm behilflich gewesen war, den beinahe ohnmächtigen Namo ins obere Stockwerk zu bringen.

Nun, als er endlich allein war, stand der Araber vor ihm und begutachtete die beiden unglaublich spitzen Pfeile, die er ihm aus der Leistengegend gezogen hatte. »Ich glaube ja nicht an Wunder, mein guter Herr«, murmelte er nachdenklich, »doch, auf mein Wort, kein Medicus könnte erklären, wie es Euch gelungen ist, mit diesen Pfeilen im Leib zu fliehen und dabei bei Bewusstsein zu bleiben.«

»Das war die Wut und … die Angst«, raunte Namo unter Krämpfen.

»Hättet Ihr doch Vorsicht walten lassen –«

»Schweig, dreckiger Lump!« Namo wälzte sich wütend hin und her. Sein schmerzverzerrtes Gesicht war wie eine wächserne Maske. »Schweig, oder ich schwöre bei Gott …«

Der Araber legte ihm eine Hand auf die Brust. »Zorn wird nur dazu führen, dass die Wunde stärker blutet«, mahnte er. Dann begab er sich zum anderen Ende des Raumes, wo das Weinen eines Säuglings seine Aufmerksamkeit forderte.

»Bring sie zum Schweigen«, befahl Namo ihm röchelnd.

»Das wird nicht nötig sein.« Mit diesen Worten tauchte der Araber eine gebogene Nadel in eine Schale mit Essig und versicherte sich, eine Spule mit Faden aus Schafdarm bereit zu haben, mit dem er die Wunde nähen würde. »Bald schon, mein Herr, wird Euch vor Schmerz Hören und Sehen vergehen. Und zwar länger, als Euch lieb sein wird.«

46

Ferrara, Kontrade Boccacanale
17. Mai

»Weder Hunger noch Durst lösen bei ihm eine Regung aus. Nicht einmal die Folter scheint ihn brechen zu können.«

»Auch die Peitsche nicht?«

»Nicht einmal glühendes Eisen, Magister.« Lamberto da Cingoli sprach schon beinahe empört, als wollte er deutlich machen, dass man ihm dieses Scheitern nicht anlasten konnte. In seiner Laufbahn als Inquisitor hatte er bisher immer gewusst, den nötigen Schrecken einzuflößen, sodass noch jeder geredet hatte. Jeder, bis jetzt.

Bertrand du Pouget musterte ihn mit missmutiger Miene. Er wartete nun schon einen Monat vergebens und ließ allmählich Anzeichen von Ungeduld erkennen. »Vielleicht schützt ihn ein geheimnisvoller Zauber vor dem Schmerz?«

»Oh, Schmerz spürt er schon«, sagte Lamberto, in der Hoffnung, ihn zumindest teilweise zufriedenzustellen. »Seine Schreie hört man bis zu den Zinnen des Turms von San Domenico. Doch bittet er weder um Gnade noch spricht er.«

Der Kardinal brummte etwas Unverständliches. Er saß am üblichen Platz, erhellt von einem Lichtstrahl, der durch das Fenster fiel. Nervös trommelte er mit den Fingern auf dem Schrein, der auf dem Tisch stand, und nickte. »Der Hochmut des Märtyrers.«

»Was, wenn er tatsächlich nichts über das weiß, was man ihn fragt?«, wagte Lamberto einzuwenden.

»Seid kein Narr!«, zischte du Pouget »Und ob er etwas weiß!« Er erhob sich von seinem Sitz, packte Lamberto am Kragen und sah ihn grimmig an. »Dieser ruchlose Kerl hütet mehr Geheimnisse als Simon der Magier, ist Euch das immer noch nicht klar? Doch hegt er die Hoffnung, dass er mit dem Vortäuschen von Unwissen davonkommt!«

In seinem Stolz gekränkt presste Lamberto die Lippen aufeinander. »Oder aber er hasst Euch so, dass er Euch diese Genugtuung nicht verschaffen will.«

»Wenn es danach geht, wird er mich noch mehr hassen.«

»Worauf spielt Ihr an?«

Bertrand du Pouget grinste teuflisch. Er ließ von Lamberto ab und ging zum Fenster, um das Treiben auf der Straße zu beobachten. »Lasst die Folter einstellen. Es liegt auf der Hand, dass Rocheblanche weder Tod noch Qualen fürchtet. Man wird subtiler vorgehen müssen, um ihn zum Sprechen zu bewegen.«

»Ihr habt seine Liebsten im Sinn?«

»Die Schwester, ja. Eudeline de Rocheblanche. Wenige Tage vor seinem Tod vertraute mir Guido di Baisio an, dass er herausgefunden hatte, dass sie sich in Ferrara aufhält.«

»Und weiter, Eure Exzellenz?«

»Vielleicht ist die Frau ja immer noch in der Stadt. Lasst sie suchen. Wenn er sie in Ketten sieht, wird Messer Maynard bestimmt entgegenkommender sein.« In Gedanken schon bei neuen Ränken, wollte Kardinal du Pouget ihn bereits verabschieden. Plötzlich jedoch schien ihm noch etwas in den Sinn zu kommen, und er hob den Zeigefinger. »Sollte sich die Suche nach Eudeline als vergeblich erweisen, dann sucht nach einem gewissen Gualtiero de' Bruni. Es handelt sich um einen Mann aus dem Volk, bloß ein Maler, nichts weiter. Zumindest hat es den Anschein, wenn man seine Herkunft nicht kennt.«

Obwohl Lamberto gekränkt war und es kaum erwarten konnte, gehen zu dürfen, gelang es ihm nicht, seine Neugier zu verhehlen.

Bertrand du Pouget ließ sich jedoch nicht dazu herab, ihn noch einmal anzusehen. »Kürzlich habe ich die Verbindung des jungen Mannes mit den Rocheblanches entdeckt«, erklärte er lediglich. »Ich schließe nicht aus, dass er sogar Kenntnis vom Lapis exilii hat.«

47

Kloster San Domenico, Kerker

Der Traum von den drei Reitern hatte ihn seit Längerem nicht mehr gequält. Diese Nacht jedoch explodierte er schier in seinem Kopf. Maynard sah die drei Gestalten auf ihren Pferden durch einen leichentuchhaften Nebelschleier brechen, umgeben von flammenden Aureolen, Kometenschweifen gleich. Der erste Reiter trug eine Krone, der zweite eine Lanze und der dritte eine Schale mit Blut. Sie schrien geheimnisvolle Worte, die sie bei Anbruch der Finsternis als zornige Salve herausschleuderten. Die Dunkelheit war schwärzer als der Tartarus, eine Woge ewiger Düsternis, aus der schauerliches Wiehern zu hören war. Maynard betrachtete die Gestalten voller Schrecken, zugleich war er jedoch durchdrungen von einer unerklärlichen Anziehung. In ihrer Mitte erblickte er das Furchtbarste, das seine Augen je gesehen hatten: das obszön weit aufgerissene Maul eines knöchernen Pferdes.

Die Zelle schien noch vom Nachhall des Traums zu beben, als er erwachte. Die Dunkelheit war geradezu mit Händen greifbar, durchtränkt von derselben Feuchtigkeit, die er in seinen Knochen spürte. Undurchdringlich war sie jedoch nicht, bestand sie doch aus unterschiedlichen, sich überlagernden Schattentönen.

Maynard beruhigte sein klopfendes Herz. Wie bei jedem Erwachen musste er sich erst wieder in Erinnerung rufen, dass er ein Gefangener war. Und dann kam der Schmerz zurück. Die Glieder waren eine Ansammlung von Brandwunden, blauen Flecken und anderen Verletzungen. Cingolis Anweisungen gehorchend, hatte ihn sein Folterer gequält, ohne dauerhafte Spuren zu hinterlassen. Vielleicht, um ihm dadurch die Hoffnung zu geben, er könne in sein normales Leben zurückkehren, wenn er redete.

Maynard wusste, wie trügerisch dieses unausgesprochene Versprechen war, und aus diesem Grund hatte er sich geschworen, sich nicht darauf einzulassen, sondern sich lieber gleich als toten Mann zu sehen. Und einige Male hatte nicht viel dafür gefehlt! Wenn er bis hierhin Klingen, Peitschen und glühende Zangen ertragen hatte, so war dies allein der Wut zu verdanken, die er im Herzen trug. Eine Wut, weit heftiger als sein Leid. Es war ihm zur Gewohnheit geworden, kaum dass er erwachte, nach ihr zu suchen und sich an ihr festzuklammern.

Dann merkte er, dass er Gesellschaft hatte.

Einen Mann in einer Mönchskutte.

Noch bevor er wusste, ob es Traum oder Wirklichkeit war, sah er, wie dieser langsam die Kapuze seiner Kukulle nach hinten schlug. Zum Vorschein kam das Gesicht eines alten Mannes mit einer großen Tonsur. Obwohl Maynard die Züge im Halbdunkel kaum erkennen konnte, sah er doch genug, um völlig fassungslos zu sein. Oh Herr, dieses Antlitz! Doch dann erstickte er die Gefühle, die ihn zu überwältigen drohten, weil er seinen Augen misstraute. Das musste der Wahn sein, sagte er sich. Oder der Teufel, der gekommen war, um sich über ihn lustig zu machen.

Als hätte er diese Gedanken erraten, hob der Mönch eine Hand und legte sie ihm mit schützender Geste auf den Kopf. »Mein Freund«, flüsterte er. »Mein Sohn …« Seine Augen waren voller Mitgefühl, die Stimme verriet Entrüstung.

Maynard bezwang die aufkommenden Tränen, um sich das bisschen Stolz zu bewahren, das ihm noch geblieben war. Wie lange schon hatte er keinen Freund mehr um sich gehabt? Er spürte, wie die Rührung ihm die Kehle zuschnürte. »Oh, Pater Andrea«, stammelte er. »Was macht Ihr hier, in der Hölle?«

Die Hand des Geistlichen verharrte in einer zärtlichen Geste. »Ich bin gekommen, um Euch Hoffnung zu geben.«

»Hoffnung?« Maynard wich brüsk zurück. »Ich schöpfe meine Kraft aus der Ergebenheit in mein Schicksal! Wenn ich jetzt wagte zu hoffen …« Er verbarg das Gesicht in den schmutzigen Händen. »Geht, ich bitte Euch! Geht, ehe man auch Euch in den Kerker wirft.«

Kaum zu erkennen im vorherrschenden Halbschatten, schien Abt Andrea sich eines Lächelns nicht erwehren zu können. »Selbst wenn ich wollte, dürfte ich es nicht. Erst muss ich das Versprechen einlösen, dass ich Eurer Schwester gab.«

»Eudeline?«, rief Maynard aus.

»Um Himmels willen, sprecht leise!« Andrea wandte sich vorsichtig zur Tür um. »Ich bin hier, weil ich die Erlaubnis erhalten habe, Euch die Beichte abzunehmen. Wenn die Wache den wahren Grund ahnen sollte …«

Maynards Blick wurde schärfer. »Ihr habt also mit Lamberto da Cingoli gesprochen?«

»Das musste ich, ja«, antwortete Andrea. »Da Eure Zelle von einem Mann seines Vertrauens bewacht wird.«

»Und der Inquisitor hat keinen Verdacht geschöpft?«

»Und selbst wenn? Einen solchen Gefallen hätte er mir gewiss nicht abschlagen können.«

»Ihr geht ein großes Risiko ein.«

»Täte ich es nicht, wäre ich ein Feigling.« Dann schlug Andrea einen mahnenden Ton an. »Lasst uns zur Sache kommen, wir haben wenig Zeit.«

Bei diesen Worten vergaß Maynard die tragischen Umstände, in denen er sich gerade befand, und spürte, wie ihn neue Leidenschaft überkam. Nicht nur aus Neugier – er empfand das vertraute Vergnügen, erneut an einer Intrige beteiligt zu sein.

Abt Andrea senkte seine Stimme so weit, dass Maynard sein Ohr zu ihm neigen musste. »Vielleicht wisst Ihr nicht, dass sich Bischof Guido an dem Tag, an dem er getötet wurde, in der Gesellschaft Eurer Schwester Eudeline befand. Und ehe er seinen letzten Atemzug tat, vertraute er ihr eine schriftliche Beichte an, um, wie er sagte, sein Gewissen zu erleichtern.«

Maynard verzog verächtlich das Gesicht. »Damit hat er es sich leicht gemacht.«

»Uns steht kein Urteil zu. Erst recht nicht, wenn der Inhalt dieses Dokuments Euch einen Vorteil gegenüber Euren Feinden liefern kann.«

»Ihr bezieht Euch auf Bertrand du Pouget?«

Andrea nickte. »Seine Eminenz ist in Ferrara eingetroffen.«

»Das ist mir bereits bekannt. Auf sein Geheiß hin befinde ich mich hier. Bertrand du Pouget bedient sich des Inquisitors wie einer Marionette, in der Hoffnung, ich würde die Geheimnisse des Lapis exilii preisgeben.«

»Und doch wisst Ihr ein Detail nicht. Der Kardinal kennt nämlich keineswegs den rätselhaften Vers, der Hinweise auf das Versteck jener Reliquie enthält.«

»Aber ... wart es nicht Ihr selbst, Pater, der mir berichtete, dass Bischof Guido sich den Text angeeignet hatte?« Maynard konnte seine Verblüffung nicht verbergen.

»Ja, das ist richtig. Aber anscheinend hat er ihn niemals an Monsignore Bertrand weitergegeben.«

Maynard konnte es nicht glauben. »Also war di Baisio zumindest in Teilen loyal mir gegenüber.«

Andrea seufzte. »Hin- und hergerissen zwischen seiner stumpfsinnigen Treue gegenüber Avignon und der Erkenntnis, was richtig war, wurde er von seinen Gewissensbissen sicher schier aufgefressen. Das erklärt auch das Schreiben mit der Beichte, das er Eurer Schwester übergab. Eine im Übrigen recht detaillierte Beichte, wenn ich das sagen darf. Demnach habt Ihr es nicht nur mit Lamberto da Cingoli oder Bertrand du Pouget als Gegner zu tun. Dieser hat nämlich noch einen zweiten mächtigen Verbündeten: Obizzo III. d'Este.«

»Das habe ich mir schon gedacht, wenngleich ich mir nicht erklären kann, wieso der Marchese sich auf die Seite seines früheren Gegenspielers geschlagen hat.«

»Die Erklärung liegt in der Vergangenheit dieser Männer. Vor etwa zwanzig Jahren kam es zu einem gefährlichen Zwist zwischen der Familie d'Este und seiner Heiligkeit dem Papst. Aufgrund ihrer Sympathien für Ludwig von Bayern wurden der edle Obizzo und seine Brüder zu Ketzern erklärt, und die Inquisition machte ihnen den Prozess. Die Rolle des Anklägers wurde in Teilen Bertrand du Pouget übertragen, der damals über solche Macht verfügte, dass er die schlimmsten Kettenhunde der Kirche gegen die Herren von Ferrara hetzen konnte. Unter ihnen ein gewisser Lamberticius Cingulanus.«

»Oder auch: Lamberto da Cingoli!« Die Spannung war so stark geworden, dass Maynard einen Augenblick lang vergaß, die Stimme zu senken. »Nun begreife ich endlich die seltsame Reaktion des Marchese beim Anblick dieses Dominikaners! Es war der misslungene Versuch, seine Angst zu verbergen.«

Andrea nickte zustimmend. »Als er Cingoli sah, wurde Obizzo d'Este vermutlich mit seiner größten Furcht konfrontiert: dass man ihm erneut wegen Häresie den Prozess machen könnte. Stellt Euch vor, was er erst empfunden haben muss, als er im nächsten Moment von ebenjenem Inquisitor darüber in Kenntnis gesetzt wurde, dass sich Bertrand du Pouget in Ferrara aufhielt. Guido di Baisio gibt darüber in seiner schriftlichen Beichte klar Auskunft. Knapp gesagt beschreibt er, dass der Marchese im Grunde in einer Zwickmühle gefangen war.«

»Also hat Obizzo aus Feigheit beschlossen, Bertrand zu unterstützen.«

»Zu der sich, wie ich annehme, eine unzweifelhafte Abneigung Euch gegenüber gesellte.«

»Wie dem auch sei, ich bin verloren.« Maynard wurde von einer plötzlichen Verzweiflung überwältigt. »Versteht mich nicht falsch, ehrwürdiger Vater. Ich bin Euch dankbar für die Aufklärung in dieser Sache, aber ich sehe nicht, was sie mir nützt, und vor allem nicht, wie mir diese Erkenntnisse dabei helfen sollen, meinen ursprünglichen Auftrag zu Ende zu führen.«

Andrea sah ihn mit einem rätselhaften Lächeln an. »Ihr meint Euren Schwur, die Reliquien Christi wiederzuerlangen?«

»Ja, die Lanzenspitze und den Kelch«, antwortete Maynard, und seine Miene wurde noch finsterer. »Ich habe erst kürzlich davon geträumt, wisst Ihr? Sie waren in den Händen der apokalyptischen Reiter, meine wiederkehrende Vision, von der ich euch vor Monaten einmal erzählte. Damals glaubte ich, dass diese drei Boten die Pest ankündigten – doch nun versetzten sie mich erneut in Schrecken, auf dem Rücken ihrer dämonischen Rösser. Heute Nacht sah ich hinter ihnen zum ersten Mal eine undurchdringliche Dunkelheit heraufziehen und darin ... den vierten Reiter.« Er senkte niedergeschlagen den Kopf. »Den Tod.«

»Es ist noch nicht alles verloren, Herr. In seinem Schriftstück erwähnt Bischof Guido auch die Reliquien, die Ihr in dieser Gegend sucht. Sie gingen, schrieb er, aus Pater Facio di Malaspinas Händen über in die von Bertrand du Pouget.«

Maynard sah ihn bestürzt an. »Sie befinden sich demnach also ... in Ferrara?«

Andrea nickte. »In einem Haus in der Kontrade Boccacanale, um genau zu sein. Aufbewahrt in einem Schrein, auf den der Kardinal stets ein Auge hat.«

Ohne sich um die stechenden Schmerzen in seinen Gliedern zu kümmern, sprang Maynard auf und ergriff Andrea bei den Schultern. »Vergesst mich, Vater, und rettet diese Reliquien. Sofort! Es ist das Einzige, was zählt.«

»Aber Messere ...« Andrea entwand sich ihm.

»Übergebt sie dann dem tapferen Gualtiero. Er weiß, wohin er sie bringen muss. Er ist schon an jenem Ort gewesen, und es genügt –«

»Nun denkt doch erst nach, in Gottes Namen!«, mahnte Andrea und fuhr flüsternd fort: »Versteht Ihr nicht? Wenn es möglich wäre, zu zeigen, dass Bertrand du Pouget Euch aus keinem berechtigten Grund gefangen nehmen ließ, sondern nur, um in den Besitz der dritten Reliquie Christi zu gelangen, wäre Eure Unschuld bewiesen.«

»Doch auf diese Weise würden die Geheimnisse des Lapis exilii aller Welt enthüllt, und ich hätte meinen Eid entehrt«, wandte Maynard ein.

»Und an Eure Schwester denkt Ihr gar nicht?«

Maynard antwortete mit einer hilflosen Handbewegung. Er hatte Eudeline gegenüber furchtbare Schuldgefühle. Wäre er an ihrer Seite geblieben, statt verbissen dem nachzujagen, der ihr die Ehre geraubt hatte, hätte sie gewiss weniger gelitten. Vielleicht wäre sie in diesem Augenblick verheiratet und hätte Mann und Kinder, die sie glücklich machen würden. Daher war es doch viel besser, sie von einem Bruder zu befreien, der sie wieder und wieder zwingen würde, sich zu opfern, bis sie am Ende verrückt würde. »Meine Schwester wird das verstehen«, flüsterte er.

Andrea gab sich jedoch noch nicht geschlagen. »Sie hat mutig gehandelt und sich Gefahren ausgesetzt ... Wollt Ihr ihr dies auf solche Weise vergelten?«

Maynard zog sich in eine Ecke der Zelle zurück. »Sagt ihr, dass ich gescheitert bin, und, darum bitte ich Euch, bringt ihr gegenüber mein großes Bedauern zum Ausdruck. Aber ich kann das nicht ... Ich will nicht, dass sie meinetwegen weiter leidet.«

»Ihr argumentiert wie ein Dummkopf, mein Herr.«

»Das ist mir egal. Werdet Ihr tun, worum ich Euch gebeten habe?«

Diese Frage brachte Andrea in einen großen Zwiespalt, und man konnte ihm die Angst und seine Unentschlossenheit ansehen. »Ich ... nun, ich ...«

Noch ehe Andrea sein weiteres Vorhaben ausführen konnte, erhob sich Maynard vom Boden und packte ihn wütend am Kragen. »Würdet Ihr es etwa wagen, die Reliquien des Herrn in den Händen eines schlechten Menschen zu lassen?«

»Niemals!«

Maynard lockerte den Griff. »Schwört Ihr es?«

»Ich werde ... mein Möglichstes geben.« Andrea lehnte sich an die

Wand, als würde er plötzlich von einer großen Bürde niedergedrückt. »Ich bitte Euch, versteht doch, Herr … Ich bin kein Mann der Tat.«

»Besser noch, Ihr seid ein Mann des Glaubens.«

»Früher einmal vielleicht.«

»Und was nimmt nun den Platz des Glaubens ein? Die Angst?«

Abt Andrea wollte bereits etwas in gleichem Ton erwidern, hielt sich dann jedoch zurück. Er blieb an der Wand stehen und rührte sich nicht. Beinahe so, als sei er mit einem Pfeil dort festgenagelt worden. Eine Weile hörte man nur seine Atemzüge, begleitet von einem steten tropfenden Geräusch irgendwo in den Untiefen des Verlieses. Schließlich seufzte Andrea tief. »Nun gut, ich schwöre es.«

Maynards Miene erhellte sich. »Nun, mein Freund, dann braucht Ihr mir nur noch Euren Segen zu geben und Abschied zu nehmen von diesem Ort. Für immer.«

Der Mönch schaute ungläubig. »Oh nein, das werde ich Euch nicht versprechen.«

»Und ob Ihr das werdet«, beharrte Maynard mit warnendem Unterton. »Und zwar, um Lamberto da Cingolis größten Verdacht nicht weiter zu nähren.«

»Und der wäre?«

»Seit Tagen versucht er vergeblich, von mir etwas Bestimmtes zu hören. Er gibt einfach keine Ruhe. Denn er ist von einem Gedanken besessen, der auch Euch betrifft, ehrwürdiger Vater. Der Inquisitor ist überzeugt, dass Ihr in der Angelegenheit des Lapis exilii mein Komplize seid.«

48

Abtei Santa Maria di Pomposa, Parlatorium
23. Mai

Abt Andrea lief auf und ab. Er konnte das Bild des eingekerkerten Rocheblanche nicht aus dem Kopf bekommen. Eigentlich hatten ihn die Spuren der Folter an denjenigen, die man der Häresie bezichtigte, schon als er noch Novize war, nicht mehr erschreckt. Doch sie am Leib eines Mannes zu sehen, den er für seinen Freund hielt, hatte ihn getroffen. Es hatte ihn einige Mühe gekostet, seine Gefühle vor Maynard zu verbergen, und nachdem er das Kloster verlassen hatte, war er in eine dunkle Gasse geflüchtet, um sich seinen Tränen zu überlassen. Selbst im Halbdunkel des Kerkers hatte er die furchtbaren Wunden erkennen können, doch hatte er sich gezwungen, jede Mitleidsbekundung zu unterdrücken, um Maynards Stolz nicht zu verletzen.

Seitdem fand Andrea keine Ruhe mehr. Als er auf seinem Maultier in sein Kloster zurückritt, fragte er sich, ob es Mut war, der Maynard die Eisen des Henkers ertragen ließ, oder vielmehr der Wunsch, sich selbst zu strafen, um eine alte Schuld zu sühnen. Andrea waren weder der ungesunde Hang zur Selbstgeißelung noch die Besessenheit fremd, die Menschen dazu brachte, derlei Praktiken im Übermaß anzuwenden. Und er kannte Maynard gut genug, um an ihm eine solche Neigung wahrgenommen zu haben. Vielleicht war dieser dem Herrn sogar dankbar, dass er ihn vor eine derartig unmenschliche Herausforderung gestellt hat. Dennoch war es Unrecht.

Die Unruhe hatte Andrea auf dem gesamten Rückweg begleitet, bis zu jenem schrecklichen Moment, in dem er sich gezwungen sah, Eudeline de Rocheblanche Bericht zu erstatten.

Sie saß reglos und schweigend im Parlatorium, die Hände fest im Schoß verschränkt. Seit sie die Gastfreundschaft des Klosters genoss, trug Eudeline ein schwarzes Gewand, ähnlich dem der Beginen. Isabeau, die ihrem Kleidungsbeispiel gefolgt war, hockte neben dem Kamin und vertrieb sich die Zeit damit, mit den Ohren Fiumanos zu spielen.

Ehe er zum Sprechen ansetzte, ließ Andrea den Blick auf dem Windhund ruhen und bemerkte mit einer Spur von Eifersucht das schläfrige Wohlbehagen, mit dem das Tier sich die Aufmerksamkeit des Mädchens gefallen ließ. Schließlich wandte er sich an Eudeline. »Wenn Ihr ihn nur gesehen hättet … in welcher Verfassung er war!«

Bestürzt hörte Isabeau auf, den Hund zu streicheln, und hob den Kopf.

»Hat man ihn … gefoltert?«, brachte Eudeline tonlos hervor.

Andrea nickte. Auch wenn er lange darüber nachgedacht hatte, wie er es ausdrücken sollte, fiel es ihm schwer, Abstand zu dem zu gewinnen, was er gesehen hatte. Er hätte ein paar Tage der Sammlung gebraucht, um sein Gemüt zu beruhigen und die Situation nüchtern zu betrachten, doch konnte er sich der Verpflichtung diesen Frauen gegenüber nicht entziehen. Er räusperte sich betroffen. »Bruder Lamberto da Cingoli hat weder Rücksicht noch Erbarmen walten lassen.«

Eudeline unterdrückte einen wütenden Schrei.

»Ich hatte jedoch den Eindruck, dass Messer Maynard keine bleibenden Schäden davongetragen hat«, fügte Andrea schnell hinzu, um sie zu beruhigen.

»Der Kardinal will ihn also lebend.« Eudeline bemühte sich sichtlich, über ihre Besorgnis hinwegzutäuschen. »Er hat längerfristige Pläne.«

»Das könnt weder Ihr noch ich beurteilen. Schlimmer allerdings wiegt, dass dieser Sturkopf von Eurem Bruder nicht das geringste Interesse zeigt.«

»Was meint Ihr damit?«

»Er will nichts zu seiner Entlastung vorbringen.«

»Aber ... Habt Ihr ihm die Situation erklärt?«

»Haarklein habe ich sie ihm erklärt, Madonna. Dennoch bleibt er bei seinem unvernünftigen Entschluss. Er ist tief betroffen und über die Maßen zerknirscht ... Doch lieber würde er sich verurteilen lassen, als Euch Gefahren auszusetzen.«

Eudeline schüttelte den Kopf. »Ihr müsst ihn unbedingt davon abbringen.«

»Er hat mich gezwungen zu schwören, dass ich ihn nicht wieder aufsuchen werde«, sagte Andrea mit einer hilflosen Handbewegung. Er wollte seine Entscheidung gerade verteidigen und dazu den Verdacht Lamberto da Cingolis ihm gegenüber anführen, doch dann entschied er sich dagegen. Um Gerechtigkeit zu erlangen, hätte die unbeugsame Eudeline de Rocheblanche mit Sicherheit nicht nur ihn selbst, sondern die gesamte Abtei von Pomposa der Inquisition übergeben. Es war besser, ihre Aufmerksamkeit auf weniger verfängliche Argumente zu lenken. »Im Übrigen kennt Ihr Maynard besser als ich«, fügte Andrea hinzu. »Ich könnte es ihm zehnmal, hundertmal, tausendmal sagen und brächte ihn dennoch nicht von seinem Entschluss ab.«

Eudeline sah kurz zu Isabeau, um sich mit ihr zu verständigen, und wandte sich dann mit zunehmender Entschlossenheit an Andrea. »Das bedeutet, wir werden eine andere Lösung finden müssen.«

»Habt Ihr etwas Bestimmtes im Sinn?«

»Wir werden ins Kloster eindringen, um meinen Bruder zu befreien. Wenn es sein muss, werde ich Söldner anheuern und im Schutze der Nacht –«

»Das würde nichts nützen. Das Kloster San Domenico ist mit seinem mächtigen Turm und den von Bogenschützen bewachten Mauern nahezu unbezwingbar. Außerdem könntet Ihr bei dieser Gelegenheit von Maynards Feinden bemerkt werden. Was würde geschehen, wenn bekannt würde, dass Ihr Euch hier in der Abtei versteckt?«

Sie unterdrückte einen Fluch, doch sie konnte ihre Wut nicht beherrschen. »Ich werde meinen Bruder nicht aufgeben!«, rief sie.

»Ich auch nicht«, versuchte Andrea sie zu beruhigen.

Eudeline wandte sich ab und zwang sich nachzudenken, obwohl ihr Gesicht einen weiteren Zornesausbruch ankündigte. Sie verstummte und sprach erst weiter, als sich ihre Wut etwas abgekühlt hatte. »Vielleicht gibt es noch eine andere Möglichkeit. Ich denke dabei an die Reliquien Christi, die sich momentan in den Händen von Bertrand du Pouget befinden. Die Lanzenspitze und der Kelch.«

Andrea nickte. »Darüber habe ich mit Eurem Bruder gesprochen. Ich habe ihm versprechen müssen, sie wieder an mich zu bringen und sicher zu verwahren.«

»Wenn wir sie in unseren Besitz bringen könnten, könnten wir Maynard damit auslösen«, überlegte Eudeline, ohne ihn weiter zu beachten.

»Das hat mir Euer Bruder kategorisch verboten. Außerdem, seid doch vernünftig, ich bitte Euch. Selbst wenn es uns gelingen sollte, diese Reliquien an uns zu bringen, wäre es doch undenkbar, zu verlangen ...«

»Habt Ihr etwa Angst, Pater?« Eudeline brachte ihn ungestüm zum Schweigen. »Eurem Blick nach verheimlicht Ihr etwas.«

Er wich einen Schritt zurück. »Ich muss bloß in Ruhe nachdenken.«

»Das können wir uns nicht leisten.«

»Im Gegenteil, Madonna. So schlecht stehen die Dinge für uns gar nicht.« Andrea setzte sich auf eine Bank und erläuterte nun die Idee, die ihm während der letzten Stunden seiner Rückreise gekommen war. Auch wenn diese noch zu vage war, als dass man es schon einen Plan nennen konnte, war es doch das Einzige, was er Eudelines unbesonnenen Vorschlägen entgegensetzen konnte. »Trotz der unredlichen Absichten von da Cingoli und du Pouget können wir auf zwei Dinge zählen. Als Erstes darauf, dass Eurem Bruder von der Inquisition weder der Prozess gemacht, noch dass er verurteilt werden kann, solange Ferrara keinen Bischof hat. Und zweitens darauf, dass die Anwesenheit der päpstlichen Truppen in der Nähe der Romagna die Handlungsfreiheit Monsignore Bertrands einschränkt.«

Je weiter Andrea seine Überlegungen darlegte, desto aufmerksamer wurde Eudeline. Schließlich nickte sie. »Was schlagt Ihr also vor zu tun?«

»Die Pattsituation so lang wie möglich aufrechtzuerhalten«, sagte er mit listigem Lächeln. »Aus Gründen, die Euch nicht betreffen, habe ich nach dem Tod Guido di Baisios Nachforschungen angestellt, um herauszufinden, wer der Favorit für seine Nachfolge ist. Und gerade vorgestern habe ich aus einer Nachricht, die mir unter größter Geheimhaltung von einem Mönch aus Florenz übermittelt wurde, den Namen erfahren.«

»Also wird die Diözese von Ferrara bald wieder einen neuen Bischof haben. Nun gut, und wieso seht Ihr darin einen Vorteil?«

»Es wird ein Vorteil werden, sofern es mir gelingt, den zukünftigen Bischof davon zu überzeugen, seine Investitur zu verschieben, damit wir Zeit gewinnen. Oder aber für Euren Bruder zu intervenieren.«

»Vorausgesetzt, dass Bertrand du Pouget Euch nicht zuvorgekommen ist und sich die Loyalität dieses Prälaten bereits gesichert hat.«

»Das ist ein Risiko, das man meiner Meinung nach eingehen muss.« Andrea faltete die Hände, wodurch er unfreiwillig die Haltung eines Bittstellers einnahm. »Lasst es mich versuchen.«

Die steile Falte auf Eudelines Stirn betonte ihren stummen Widerspruch. »Seid Ihr sicher, dass es nicht angebrachter ist, sich die Reliquien zurückzuholen, die sich im Besitz du Pougets befinden?«

»Auch dafür wird der richtige Zeitpunkt kommen. Doch je später wir dies tun, desto später wird der Kardinal Verdacht schöpfen.«

Sie hob die Hände zum Himmel. »Diese ganzen Vorsichtsmaßnahmen sind nervtötend!«

»Aber notwendig, denn die Reliquien in unseren Besitz zu bringen wird kein Kinderspiel. Zu wissen, wo sich etwas befindet, heißt noch lange nicht, dass es leicht wird, es zu stehlen. Besonders, wenn es gut bewacht wird.«

Eudeline kam nicht umhin, ihm recht zu geben. »Man bräuchte jemanden, der sich in diesen Dingen auskennt …«

»Na, das ist doch eine Kleinigkeit«, erwiderte Andrea ironisch. »Kennt Ihr Euch zufällig aus in der Welt der Diebe?«

»Ich kenne mich aus!«

Beide drehten sich zu Isabeau um. Sie war aufgesprungen und hatte die Fäuste in die Hüften gestemmt, wild entschlossen wie ein Soldat.

»Seid nicht töricht, meine Tochter«, winkte Andrea ab.

Ohne sich um seinen Einwand zu kümmern, sah Isabeau Eudeline eindringlich an. »Es wäre nicht das erste Mal.«

»Was wollt Ihr damit sagen?«

»Dass ich nicht die bin, für die Ihr mich haltet.« Isabeau ging zunehmend selbstbewusst in die Mitte des Raums. »Maynard und Eudeline haben meine wahre Identität geheim gehalten, um mich zu schützen, aber angesichts der gegenwärtigen Lage fühle ich mich genötigt, Euch aufzuklären.« Ihre verschiedenfarbigen Augen ruhten auf ihm, gerade so, als fände sie Gefallen an seiner Verwirrung. »Durch meine Adern fließt nicht das Blut der Rocheblanches, noch ist es von sonstiger vornehmer Herkunft. Ich bin die Tochter eines Gauklers, schon als kleines Mädchen wurde ich Waise. Und um zu überleben, scheute ich mich bis vor zwei Jahren nicht, mich für meine Diebeszüge an die ungewöhnlichsten Orte zu schleichen.«

Andrea blieb der Mund offen stehen, weniger fassungslos wegen der Enthüllung an sich als wegen der bizarren Umstände, in die er sich hineingezogen sah. Er hatte das Gefühl, gar nicht mehr mit der Entwicklung der Dinge Schritt halten zu können, da sich die Welt um ihn herum unaufhörlich änderte und ihn mit immer neuen Täuschungen konfrontierte. Außerdem sah er sich nun in seinen Vorbehalten gegen dieses Mädchen bestätigt. Es war, als sähe er sie zum ersten

Mal. Isabeau die Diebin, die Herumtreiberin, die Verführerin, die den braven Gualtiero vom rechten Weg abgebracht hatte, sodass er Pomposa und den Herrn verlassen und auf ein Vorhaben von wahrer Größe verzichtet hatte. Er fühlte sich betrogen und zeigte mit dem Finger auf sie. »Ihr … verfluchte Lügnerin!«

»Dies ist nicht der Moment, sich dem Groll hinzugeben«, mahnte Eudeline. »Wir haben uns hier versammelt, um zusammenzuarbeiten, und, bei Gott, das werden wir!«

»Ihr verlangt von mir, mich in die Hände dieser kleinen Schlange zu begeben?«

»Nur, wenn es erforderlich ist. Im Augenblick möchte ich zunächst einmal auf Euren Plan vertrauen. Sorgt für ein Treffen mit dem zukünftigen Bischof von Ferrara, und wir sehen weiter. Doch ich fürchte, Pater, Ihr müsst dazu etwas Wirksameres mitbringen als bloß gute Absichten, wenn die Sache Erfolg haben soll.«

Andrea sah sie verärgert an. »Was gibt es anderes, das einen Mann der Kirche dazu bewegen könnte, unsere Sache zu unterstützen?«

»Geld natürlich«, erwiderte Eudeline. »Einen schönen Batzen Geld.«

DRITTER TEIL

DER VIERTE REITER

49

Florenz, San Pier a Scheraggio

Im milden Licht der letzten Sonnenstrahlen schien es, als gingen Bogengänge, Säulen und Mauerwerk der Kirche San Pier a Scheraggio in den ockerfarbenen Naturstein des Priorspalastes und die Überreste der alten Stadtmauer über. Abt Andrea war hier nach einer schier endlosen Reise über den Apennin, durch die düsteren Wälder der Garfagnana-Region, das Serchio-Tal und schließlich über die Via Francigena angelangt, indem er am Ende der Via della Ninna gefolgt war. Er hatte nur einen Bediensteten bei sich, Basilio, der sich auf einem Weg voller Gefahren der gottgefälligen Aufgabe angenommen hatte, ihn zu beschützen. Doch jetzt, angesichts der Schönheiten von Florenz, vergaß Andrea alle Strapazen des Weges. Ihn erfüllte eine schon lange nicht mehr verspürte Begeisterung, fast als wäre er wieder der junge Novize von einst, der die Welt erst für sich entdecken sollte. Er musste an seinen alten Lehrer Severino aus Padua denken, der ihm vor vielen Jahren geraten hatte, niemals den Blick eines Wanderers zu verlieren, denn dies wäre der Schlüssel, um Gott in jedem Ding zu erkennen. Und kurz glaubte Andrea auch, er hätte den Schlüssel wiedergefunden, doch dann musste er diesen Gedankengang fallen lassen und auf die gegenwärtige Situation reagieren. Denn genau in diesem Augenblick riefen die Glocken den gesamten Klerus zum Vespergottesdienst und boten ihm eine Gelegenheit, die sich sonst erst wieder am nächsten Tag ergeben würde. Er saß daher von seinem Maultier ab und reichte Basilio die Zügel, dann richtete er seine Reisekutte, so gut es ging.

Andrea musste nicht lange warten, bis das Portal des Palazzo sich auftat und eine kleine Prozession von *gentes togatae* auf die Straße entließ. Vorwiegend waren es Mönche, nur ab und an sah man unter ihnen einen Priester in einer prächtigen Robe.

Andrea wollte sich ihnen schon anschließen, bevor sie die Kirche erreichten, als ihn Bedenken davon abbrachten. Er öffnete eine Tasche am Sattel seines Maultiers und holte ein Blatt Amalfipapier hervor. Dann schrieb er mit einem Kohlestift ein paar Zeilen und gab das Papier Basilio. »Geh du dorthin«, sagte er und zeigte auf die Prozession.

Der Diener zögerte leicht.

»Oder würdest du es lieber sehen, dass dein Abt sich auf eine Stufe mit einem gemeinen Bittsteller begibt?«, drängte Andrea.

»Nein, Dominus.«

»Dann geh, beeil dich. Übergib dieses Schreiben dem Prior. Vergiss nicht zu erwähnen, wer ihm das schickt, und komm erst wieder, wenn du Antwort erhalten hast.«

Während er darauf wartete, dass Basilio seinen Auftrag ausführte, nahm Andrea das Maultier bei den Zügeln und führte es in den Schatten fernab des Gedränges der Straße. Seinen Diener ließ er jedoch nicht aus den Augen. Er beobachtete, wie er der Prozession hinterherlief, einige Geistliche ansprach und schließlich die Botschaft einem groß gewachsenen Mann von elegantem Aussehen übergab, dem ein auffälliges goldenes Kreuz vor der Brust baumelte. Das musste er sein, der zukünftige Bischof von Ferrara. Monsignore Filippo di Neri d'Antella. Von seinen Informanten hatte er nur den Namen erfahren, nebst ein paar beinahe nutzlosen Ratschlägen.

Plötzlich bemerkte er, dass Basilio dem Prälaten zunickte und nach einem ehrfürchtigen Gruß wieder zu ihm zurücklief.

»Und?«, fragte Andrea ihn, als sein Diener wieder vor ihm stand.

»Der Prior lässt Euch seine besten Grüße ausrichten«, antwortete Basilio, noch ganz außer Atem. »Und er möchte Euch einladen, morgen Abend zur zehnten Stunde in seinem Palast mit ihm zu speisen.«

50

Abtei Santa Maria di Pomposa
14. Juni

Nachdem sie zwanzig Tage lang keine verlässlichen Nachrichten über ihren Bruder erhalten hatte, bekam Eudeline es mit der Angst zu tun. Mit an Sicherheit grenzender Wahrscheinlichkeit war Maynard noch am Leben, und wenn man den Gerüchten aus der Kurie Glauben schenken wollte, hatte Lamberto da Cingoli auch die Folter ausgesetzt. Doch dies war nur ein schwacher Trost, zu dem noch die Unsicherheit kam, wie wohl Pater Andreas Mission ausgegangen war. Obwohl sie die Hilfe des Abtes schätzte und seinen Scharfsinn lobte, war sie es nicht gewohnt, ihre Angelegenheiten Dritten anzuvertrauen. Besonders, wenn es um so heikle Dinge ging. Anstatt hier zu warten und sich mit Gedanken zu quälen, wäre sie viel lieber persönlich nach Florenz gereist, um dort direkt mit dem geheimnisvollen Nachfolger von Guido di Baisio zu verhandeln. Aber Pater Andrea hatte nicht mit sich reden lassen. Er wollte dies allein regeln, mit der Begründung, dass sie nur hier sicher war und vollkommen unerkannt bleiben konnte.

Gegen ihren Willen hatte Eudeline ihm zustimmen müssen. Würde sich das Gerücht verbreiten, dass sich die Herrin von Rocheblanche in Ferrara aufhielt und alles daransetzte, ihren Bruder zu befreien, würden Bertrand du Pougets Schergen nicht lange brauchen, um sie ausfindig zu machen. Aus diesem Grund hatte der Abt dafür gesorgt, dass nicht einmal die Mönche in Pomposa wussten, wer sie war, indem er sie als entfernte Cousine einführte, die auf ihren Eintritt in ein Nonnenkloster wartete.

Ein einziger Mensch in der Abtei kannte Eudelines wahren Namen und den Grund, aus dem man sie und Isabeau hier untergebracht hatte. Dabei handelte es sich um einen jungen Bediensteten, der den Auftrag hatte, sich um sie zu kümmern und sie während Andreas Abwesenheit mit seinem Leben zu beschützen. Und als sie ihn jetzt plötzlich kommen sah, ahnte sie schon, dass Gefahr drohte.

Sie kniete gerade betend in einem Seitenschiff der Klosterkirche vor dem Fresko der Madonna del Popolo, dem Gnadenbild der Jungfrau Maria mit dem Jesuskind, das links vom Altar angebracht war. Sie war in dem Moment nicht in der Lage, auch nur ein einziges Ave-Maria zu beten, so sehr beschäftigten sie ihre Sorgen. Dennoch hatte sie sich entschlossen, in die Kirche zu gehen, um dem engen, erdrückenden Raum zu entfliehen, in dem sie untergebracht war. Die gebetsfreie Zeit während der frühen Nachmittagsstunden bot sich dafür an.

Der junge Bedienstete Agostino kam eilig auf sie zu, sie sah seinen Blondschopf zwischen den Bänken auftauchen, in denen sonst die Mönche knieten.

»Madonna«, flüsterte er ihr besorgt zu, als er vor ihr stand. »Ich muss dringend mit Euch sprechen.«

»Was ist geschehen?«, fragte Eudeline besorgt.

»Am späten Vormittag sind hier Männer eingetroffen, die sich als Pilger ausgegeben haben.«

»Und das sind sie nicht?«

»Der Zustand ihrer Pferde lässt nicht an eine lange Reise glauben. Sie lügen, darauf würde ich sogar eines meiner Augen verwetten.«

Eudeline musterte das Gesicht des Bediensteten. Es war zu jung für einen Bartflaum und wirkte durch die luftigen Engelslocken noch kindlicher. Sein Blick war aufmerksam, und man sah ihm an, dass er bestimmt nicht dazu neigte, sich in irgendwelchen Phantastereien zu verlieren. »Und selbst wenn?«, erwiderte sie. »Warum sollte mich das etwas angehen?«

»Einer der Kerle hat dem Bruder Pförtner erzählt, er sei auf der Suche nach einer vornehmen Dame, und hat gefragt, ob sie sich nicht vielleicht hier in der Abtei aufhält. Er hat Euch ganz genau beschrieben und dann sogar noch Euren Namen genannt.«

»Bist du sicher?«

»Ich habe das genau gehört, während ich darauf wartete, dass sie mir ihre Pferde übergeben würden.«

Eudeline spürte, wie ihr plötzlich heiß wurde. Zuletzt hatte sie so empfunden, als sie in den Gassen von Ferrara den Araber entdeckt hatte, aber sie spürte, dass diese Bedrohung hier sogar noch größer war. Sie musste sofort darauf reagieren und sich selbst und Isabeau in Sicherheit bringen. »Hat der Pförtner geredet?«

»Er hat gesagt, dass sich schon eine Frau im Kloster befände, aber nicht mit diesem Namen. Dennoch hat der Mann Verdacht geschöpft.«

»Es gilt keine Zeit zu verlieren«, rief Eudeline aus und wollte durch den Nebenausgang zum Kreuzgang verschwinden.

»Deswegen bin ich hier«, erklärte Agostino und hielt sie am Arm zurück.

Eudeline befreite sich aus dem Griff. »Ja, ich weiß, Ihr habt viel für mich getan, aber jetzt –«

»Ihr müsst mir vertrauen«, beharrte er. »Der ehrwürdige Abt hat eine solche Möglichkeit vorhergesehen und mich vor seiner Abreise entsprechend instruiert.«

Diese Worte überraschten Eudeline so, dass sie wortlos stehen blieb. »Schnell, Madonna«, trieb Agostino sie an. »Ihr müsst mir folgen.«

51

Florenz, Priorspalast

Es war ein beeindruckendes Bauwerk mit einer Fassade aus Bossenwerk, Zinnen und einem Korpus, der eher an eine Festung erinnerte. Abt Andrea hatte das Gebäude auf seinem Weg über die Piazza bewundert und konnte den Blick gar nicht mehr von dem dezentral errichteten und alles überragenden Turm lösen, der dem Ganzen einen aufsehenerregenden Eindruck verlieh. Obwohl er diesen Palazzo schon am Vortag bewundert hatte, wandte er den Blick beim Laufen immer noch nach oben, bis ihn die Wachen anhielten, weil der Zutritt zu der Arringhiera neben dem Haupteingang einzig dem Prior vorbehalten war, der von diesem Podest aus die heiligen Handlungen verfolgte.

Monsignore Filippo di Neri d'Antella erwartete Abt Andrea schon in einem mit Wandteppichen und guelfischen Wappen geschmückten Raum, dazwischen ein Bogenfenster, das auf die Via Por Santa Maria ging. Der Prior stand neben dem Fenster und blickte hinaus auf das geschäftige Treiben der Seidenhändler unten auf der Straße. Er war hochgewachsen, hager und ganz in Schwarz gekleidet. Die langgliedrigen Finger hielt er hinter dem Rücken verschränkt. Als er seinen Gast bemerkte, bot er ihm einen Platz auf einem Stuhl aus geschwärztem Holz an und setzte sich mit beneidenswerter Eleganz ihm gegenüber. »Der ehrwürdige Abt Andrea aus Pomposa, vermute ich.«

Andrea nickte. »Ich bin sehr dankbar, Euer Gnaden, dass Ihr mich so rasch empfangt.«

Monsignore Filippo rückte verschwörerisch näher. »Berücksichtigt man, woher Ihr kommt, hielt ich es für ratsam, Euch nicht warten zu lassen.«

Das genügte, damit Andrea sich ertappt fühlte. »Also habt Ihr schon geahnt ...«

»Es war mehr als eine Ahnung.« Filippo di Neri zeigte mit einer so gleichgültigen Handbewegung auf die Dächer, die man durch das Fenster sah, als wäre dies ein Marionettentheater, ein Schauplatz, an dem die Mächtigen die Puppen nach ihrem Gutdünken bewegten. »Vor Tagen hat mich der Generalabt von Vallombrosa in Kenntnis gesetzt, dass Ihr den zukünftigen Bischof von Ferrara unbedingt vorzeitig kennenlernen wollt. Ich habe ihm gestattet, Euch meinen Namen zu nennen.«

»Dann habt Ihr also meinen Besuch erwartet.« Andreas Stimme zitterte ein wenig.

Filippo lächelte. »Letztendlich weiß ich bloß eins nicht, nämlich den Grund, der Euch hierhergeführt hat. Aber mit ein wenig Vorstellungskraft kann ich es mir denken.«

Andreas Hände schlossen sich fest um die Armlehnen. Er wirkte empört. »Nicht etwa, weil ich Euch um Almosen anbetteln will, falls Ihr das gemeint habt.«

»Das ehrt Euch«, besänftigte ihn Filippo und beugte sich zu ihm vor. »Was bringt Euch denn sonst dazu, Eure neblige Gegend zu verlassen?«

Bevor er antwortete, ermahnte Andrea sich, ruhig zu bleiben. Er wusste noch nicht, ob Filippo di Neri aus reinem Vergnügen stichelte oder ob er durch seine provozierenden Bemerkungen herausfinden wollte, was für einen Mann er vor sich hatte. Er stieß einen bitteren Seufzer aus. »Es geht um eine Gewissensfrage, Euer Gnaden.«

»Hättet Ihr damit nicht bis nach meiner Einsetzung warten können? Es dauert nicht mehr lange, bis Seine Heiligkeit mir offiziell die Diözese von Ferrara übergeben wird.«

»Das kann ich nicht. Nein, ich bin sogar zu Euch gekommen, um Euch zu bitten, diesen Moment hinauszuzögern.«

Monsignore Filippo sprang auf. »Seid Ihr verrückt geworden?«

Andrea konnte noch erkennen, wie dessen Blick zunächst Ungläubigkeit, dann aber Empörung verriet, ehe er schnell die Lider senkte, um wieder Demut auszustrahlen. »Es geht um das Leben eines aufrechten Mannes, Euer Gnaden.«

»Und wenn es hundert wären, ich werde nicht auf das verzichten, was mir zusteht!«

»Nicht einmal, wenn Ihr damit dem Wunsch Eures Vorgängers nachkommen würdet?«

»Wenn Ihr glaubt, Ihr könntet mich mit weitschweifigen Ausführungen zu Euren Gunsten verwirren, täuscht Ihr Euch gewaltig. Erklärt mir die Sache kurz, und Ihr werdet meine Meinung dazu hören.«

Andrea nickte, die Augen immer noch gesenkt. Er war etwas überrascht, wie heftig Filippo di Neri reagierte, da er es gemeinhin mit Prälaten zu tun hatte, die sich eher vorsichtig und undurchschaubar verhielten und sich lieber hinter tausend Andeutungen versteckten. Diesem Prior jedoch musste man mit offenem Visier begegnen. »Der Mann, um den es geht, hat Monsignore Guido di Baisio während der Pest das Leben gerettet und würde sicher nicht zögern, für Euch das Gleiche zu tun, wenn die Lage es erforderte. Ein furchtloser Ritter, der Ehre und Treue verpflichtet ist, ein loyaler Diener Gottes und der Kirche, und doch wurde er zu Unrecht verunglimpft und wird von der Inquisition in Ferrara unter der Anklage der Häresie gefangen gehalten.«

Die Verärgerung des Priors schien sich gelegt zu haben. Er hatte die Augen halb geschlossen und dachte nach, während er sich mit der Hand das Kinn rieb. »Kein Verfahren der Heiligen Inquisition kann in einer Diözese abgehalten werden, wenn es dort keinen Bischof gibt.«

»Ihr habt es genau erfasst.« Andrea war erfreut über eine so schnelle Auffassungsgabe.

»Dies bedeutet nicht, dass ich auf Eure Bitte eingehe«, erklärte Filippo mit einem listigen Lächeln. »Was ist besser für mich: Wenn ich mir die Mönche der Heiligen Inquisition zum Feind mache, oder wenn ich einen Fremden opfere, mag er noch so unschuldig sein? Antwortet, ehrwürdiger Vater.«

Das Gesicht des Abtes verfinsterte sich. »Der mutige Mann, den ich hier verteidige, verdient solche Herablassung nicht.«

»Dann werde ich Euch etwas über Verdienste erzählen«, erwiderte Monsignore Filippo in gleichem Ton. »Es ist jetzt sieben Jahre her, dass man mir die Ernennung zum Bischof von Florenz verweigerte, obwohl Papst Benedikt XII. sie mir zugesagt hatte. Sieben Jahre, Vater, und ich versichere Euch, das schmerzt immer noch. Ihr könnt Euch nicht einmal im Ansatz vorstellen, was ich alles tun musste, um zu zeigen, dass ich diese Ernennung verdient habe, welche harten und unermüdlichen Mühen ich auf mich nahm! Und jetzt, da Clemens VI. sich nach langem Zögern endlich entschließt, mir zum Trost die Bischofswürde einer weit entfernten, mir beinahe unbekannten Stadt zu übergeben, verlangt Ihr von mir, ich solle darauf verzichten?«

Andrea schüttelte hastig den Kopf. »Um Gottes willen, nein«, sagte er leise. »Ich kenne Eure Verdienste und bezweifle, dass es einen Geistlichen gibt, der würdiger ist, das Amt auszufüllen, das Ihr anstrebt. Ihr wart schon päpstlicher Kaplan, Botschafter des Heiligen Stuhls, Rektor der Romagna, und nun seid Ihr Prior von San Pier a Scheraggio. Wer könnte besser als Ihr –«

Filippo di Neri lachte trocken auf. »Durch Schmeicheleien erwerbt Ihr Euch meine Gunst auch nicht.«

Das wusste Andrea bereits. Gleich nach ihrer Ankunft in Florenz hatte er Basilio durch Straßen, Kirchen und Gasthäuser geschickt, damit er sich dort über Monsignore Filippo erkundigte, und anhand dieser Informationen war er zu dem gleichen Schluss gekommen wie Madonna Eudeline. Ja, d'Antella war ein Mann der Kirche und ein Vasall von Avignon, aber vor allem entstammte er einer Familie von Kaufleuten und Geldwechslern. Es würde einfacher sein, sein Blut in Wasser zu verwandeln, als dass er eine Bitte erfüllte, ohne etwas dafür zu bekommen.

»Ihr werdet eine Summe Geldes erhalten, die mindestens ebenso hoch sein wird wie die Einkünfte, die Ihr als Bischof erhalten würdet, und zwar für die gesamte Zeit, in der Ihr Eure Investitur hinauszögert«, erklärte Andrea.

Jetzt war Monsignore Filippo auf einmal doch zurückhaltender mit seinen Gefühlen. Nachdenklich umkreiste er ihn eine Weile und gestattete sich bloß ein sardonisches Grinsen. »Ich würde ja gern mit Euch verhandeln, jedoch weiß ich um die wirtschaftlichen Schwierigkeiten Eures Klosters.«

»Das Geld käme nicht aus Pomposa«, stellte Andrea rasch klar, »sondern von jemandem, der dem Mann, den ich befreien möchte, eng verbunden ist.« Bei diesen Worten bemühte er sich, zwei Gefühle zu unterdrücken, die ihm das Herz zerfleischten. Das erste war Verachtung für die Geldgier des zukünftigen Bischofs von Ferrara. Das zweite Wehmut, weil er wusste, dass er, um Maynard de Rocheblanches Leben zu verlängern, auf die Goldflorin verzichten musste, die für das neue Fresko in seiner Abtei nötig gewesen wären.

52

Abtei Santa Maria di Pomposa

Kurz vor Anbruch der Dunkelheit verließ eine in einen schwarzen Umhang gehüllte Frau im Sattel eines Falben die Stallungen und entfernte sich mit einem Zügelschnalzen eilig vom Kloster.

Einer der drei angeblichen Pilger, der vor dem Gästehaus Wache hielt, bemerkte sie sofort und rief seine Kumpane mit einem Pfiff herbei. Im Nu machten sie sich an die Verfolgung.

Das Pferd der Flüchtenden war schnell, doch war sie nicht geübt darin, den Galopp auf längere Zeit durchzuhalten. Die Männer stürzten auf sie zu wie Falken und zwangen sie, langsamer zu werden.

»Und jetzt, edle Dame«, höhnte einer von ihnen und richtete einen Dolch gegen ihre Kehle, »jetzt bringen wir Euch zum Kardinal.«

53

Ferrara, Kontrade Boccacanale

Bertrand du Pouget blieb stehen, um seine Erregung zu unterdrücken, als die in einen Umhang gehüllte Frau ihm vorgeführt wurde. Unter der schwarzen Kapuze, die ihre Züge verbarg, meinte er ein Zittern auszumachen, was sein Verlangen noch steigerte, gleich die brennenden Augen von Eudeline de Rocheblanche vor sich zu sehen. Von nun an, so sagte er sich, würde der niederträchtige Maynard ihm kein Geheimnis mehr verschweigen können.

Mit einer ungeduldigen Handbewegung befahl er einem der Soldaten, die er auf Anraten von Lamberto da Cingoli nach Pomposa geschickt hatte, das Gesicht der Frau zu enthüllen.

Der Mann gehorchte.

Kardinal Bertrand sah die Frau an.

Seine Augen, die nicht mehr so scharf waren wie in seiner Jugend, zogen sich zu schmalen Schlitzen zusammen. Zunächst nur in dem Bemühen, besser zu sehen, doch dann verliehen sie seinen unkontrolliert wütenden Gefühlen Ausdruck. Fast ohne es zu bemerken, schnellte er vor und stieß den Soldaten beinahe zu Boden. »Wer soll das sein?«, brüllte Bertrand.

»Ist das nicht … die Frau, die Ihr Euch erwartet habt?«, stammelte der Soldat.

»Ich kenne die Edeldame genau, die ich Euch zu suchen auftrug!« Kardinal Bertrand spie Gift und Galle, um dann verächtlich auf die Gefangene zu zeigen. »Und so sieht sie bestimmt nicht aus!«

»Aber sie war die einzige Edeldame im Kloster!«

»Was redet Ihr da von Edeldame?«, jammerte die Frau. »Ich bin eine Magd, arbeite in der Küche, halte das Refektorium sauber …« Auf einmal brach sie in Tränen aus. »Und diese … diese Schurken …

haben mich entführt, während ich auf dem Weg war, draußen vor dem Kloster Gemüse zu ernten.«

»Sie saß auf einem Pferd und sah aus, als wollte sie fliehen«, verteidigte sich der Soldat.

»Ich hatte es eilig«, schluchzte sie. »Das Abendessen …«

Kardinal Bertrand war erschüttert. Über alle Maßen enttäuscht und mit dem leisen Gefühl, betrogen worden zu sein, durchquerte er den Raum und schwang die Fäuste durch die Luft. »Los! Schafft mir dieses Weibsstück aus den Augen!«, schrie er.

»Aber wohin?«, wagte ein Soldat zu fragen.

»Jagt sie davon!« Bertrand warf ihm einen vernichtenden Blick zu. »Wohin, ist mir ganz egal!«

Er verließ türenknallend den Raum und zog sich in seine Gemächer zurück.

54

Abtei Santa Maria di Pomposa
27. Juni

Fiumano erwartete ihn schon auf den Eingangsstufen. Er lief ihm schwanzwedelnd entgegen, wobei sein hinkender Gang nicht zu der eleganten Gestalt eines Windhunds passte. Abt Andrea strich ihm ein paarmal liebevoll über den Rücken, dann ging er auf den Kreuzgang zu, obwohl er sich am liebsten gleich ins Innere des Klosters zurückgezogen hätte, um sich auszuruhen. Die Rückreise war ermüdender gewesen als die Hinreise und hatte ihm vor Augen gehalten, dass er älter geworden war. Hatte es einmal eine Zeit gegeben, in der das Pilgern für ihn eine Freude gewesen war, so fragte er sich jetzt, wie es Mönchen vom Schlag der Heiligen Romualdo und Bruno von Querfurt gelungen war, bis ins vorgerückte Alter zu Pferde durch die Welt zu reisen, sich glühend heißen Sommern auszusetzen und so harten Wintern, dass ihnen die Füße in den Steigbügeln festfroren.

Er übergab Basilio das Maultier und die Satteltasche, zog den Hirtenstab heraus, den er quer am Sattel befestigt hatte, und machte sich auf die Suche nach dem Bruder Pförtner, den er aufforderte, die Frau, die im Kloster wohne, sofort zu rufen.

»Sie wird nicht kommen«, antwortete ihm der Mönch.

»Und warum nicht?«, fragte Andrea unwirsch.

»Vor zehn Tagen hat sie sich mit ihrer jüngeren Gefährtin in der Krypta eingeschlossen. Und seitdem weigert sie sich, diese zu verlassen.«

»Wer klopft da?«

»Ich bin es, Madonna! Öffnet!«

Ein metallisches Schnappen drang durch die Dunkelheit, und die

Tür zur Krypta öffnete sich. Andrea schritt im Schein einer Fackel über die Schwelle, und als er sich umsah, bemerkte er, wie Eudeline ein Stilett im Ärmel ihres Gewandes verschwinden ließ.

»Eine Vorsichtsmaßnahme«, erklärte sie bestimmt.

Seufzend kam Andrea näher und gab vor, Isabeaus misstrauischen Blick nicht zu bemerken. Er schob ein von der Decke herabbaumelndes Spinnennetz beiseite und steckte die Fackel in einen an der Wand befestigten Ring. »Also!«, rief er aus. »Was bedeutet diese Posse?«

»Eine Posse nennt Ihr das?«, ereiferte sich Eudeline und schloss hastig die Tür. »Ihr werdet bald alles erfahren, aber zunächst erzählt mir Eure Neuigkeiten.«

Andreas Gesicht verzog sich leidvoll, als er an Filippo di Neri d'Antella zurückdachte. Vielleicht hatte dieser ihm die Rückreise noch beschwerlicher gemacht – als wäre eine Begegnung mit ihm das Gleiche, als würde man eine verdorbene Speise essen. »Alles verlief nach Plan«, begann er und behielt dabei diese Gedanken für sich. »Ich habe den Mann getroffen, der demnächst Bischof von Ferrara werden soll, und habe mich mit ihm geeinigt. Er ist verschlagen und giert nach Macht, aber Reichtum bedeutet ihm noch mehr, und schließlich ist es mir gelungen, ihn zu überzeugen, seine Investitur hinauszuzögern.«

»Zu welchem Preis?«

»Zweihundert Goldflorin pro Monat von heute an bis zu dem Tag, an dem ihm die Bischofswürde verliehen wird.«

»Ich hoffe, Ihr habt die Herkunft des Geldes wohl verschwiegen.«

»Natürlich.«

»Und mein Bruder? Habt Ihr mit dem zukünftigen Bischof von Ferrara auch über ihn gesprochen?«

»Monsignore Filippo d'Antella gehört zu den Prälaten, deren Herz kaum zu rühren ist.«

»Dann wird er also nichts zu Maynards Schutz unternehmen?«, schnaubte Isabeau, die ihre Unterredung die ganze Zeit in einer dunklen Ecke schweigend verfolgt hatte.

Andrea nickte. »Kaum hatte er vernommen, dass die Heilige Inquisition involviert ist, hat di Neri sich zurückgezogen.«

»Das bedeutet, wir haben das Unvermeidliche nur hinausgezögert«, schloss Eudeline.

»Zeit zu gewinnen ist dennoch wertvoll, Madonna.«

»Das wäre es.« Eudelines Gesicht verdüsterte sich. »Wenn hier einer dem anderen vertrauen könnte.«

»Worauf spielt Ihr an?«

»Auf den Grund, aus dem Isabeau und ich uns hier unten verschanzt haben.« Bei diesen Worten verschränkte sie die Arme vor der Brust und sah hinauf zu den Bögen des Deckengewölbes. »Die Krypta war eine Idee Eures Dieners, des guten Agostino. Zuvor hatte er mich davor bewahrt, von einigen Spionen gefangen genommen zu werden, indem er eine junge Witwe, die in Eurem Hause dient, an meiner statt losreiten ließ. Sehr schlau von ihm, selbst wenn er mir gestand, dass er eigentlich nur einem Plan gefolgt ist, der ihm vorgegeben worden war. Und zwar von Euch.«

»Spione?«, wiederholte Andrea.

»Drei Schergen, die sich als Pilger ausgaben«, erklärte Eudeline und musterte Andrea finster. »Der Auftraggeber blieb mir leider verborgen, aber da Ihr einen solchen Zwischenfall bereits vorhergesehen habt, vermute ich, dass Ihr mich nun aufklären könnt.«

»Wenn ich Euch dies verheimlichte, dann nur, um Euch nicht mehr als nötig zu beunruhigen.«

Eudeline lachte sarkastisch. »Wovor ich mich fürchte oder nicht, überlasst lieber meiner Entscheidung.«

»Ich sehe das Misstrauen in Eurem Blick«, entgegnete Andrea empört. »Es wirkt fast, als hättet Ihr vergessen, wo ich gerade herkomme und was ich auf mich nehmen musste.«

»Ein Unterfangen, das Ihr mit Hilfe meines Geldes zum Abschluss gebracht habt. Und das Euch erlaubt hat, eine Verbindung zu dem zukünftigen Bischof von Ferrara aufzubauen.«

»Wie könnt Ihr nur eine solche Unterstellung äußern?«

»Ich nehme sie zurück, wenn Ihr mir das Vorgefallene erklärt.«

Andrea biss sich auf die Zunge. Er war über alle Maßen verärgert, dass eine Frau es wagte, ihn zu beschuldigen, und noch mehr über die bösen Blicke Isabeaus. Dazu kam natürlich, dass ihm bewusst war, auf der Seite des Unrechts zu stehen. »Lamberto da Cingoli«, stieß er schließlich zornig hervor. »Ich vermute, der Überfall, dem Ihr entgangen seid, ist das Werk dieses Dominikanermönchs. Er argwöhnt, dass ich in der Sache des Lapis exilii ein Komplize Eures Bruders sei.«

»Diese Männer suchten aber *mich*, nicht Euch.«

»Es ist anzunehmen, dass Guido di Baisio vor seinem Tod da Cingoli und du Pouget über Eure Anwesenheit in Ferrara in Kenntnis gesetzt hat. In diesem Fall könnte man die Verbindung zwischen mir und Euch rasch herstellen. Außerdem, habt nicht Ihr selbst in dieser Abtei Unterschlupf gesucht, weil Ihr annahmt, Ihr würdet verfolgt?«

Eudeline bedeutete ihm, dass sie verstanden hatte. »Wenn es ihnen gelungen wäre, mich zu entführen, hätten die Schurken mich benutzt, um Maynard zum Reden zu bringen!«, rief sie erschrocken.

Ihre Furcht ließ den Abt seine Empörung vergessen, und er lächelte beruhigend. »Wieder ein Beweis dafür, dass Euer edler Bruder noch lebt.«

»Ja«, gab sie seufzend zu. »Aber wie lange noch?«

»Ich hoffe, lange genug, um einen Plan auszuführen.«

»Welchen denn bitte?«

»Euren. Ich habe lange nachgedacht und, Gott möge mir verzeihen, ich sehe keine andere Möglichkeit.«

55

Ferrara, Palazzo della Signoria
12. September

»Ich verlange, dass ihm der Prozess gemacht wird, ich sehe keine andere Möglichkeit.«

»Das ist im Moment unmöglich, Eure Eminenz, wie Ihr selbst genau wisst.«

Die beiden Männer liefen durch den Garten, über ihnen leuchtete die Sonne des späten Vormittags. Bertrand du Pouget hatte die Augen fest auf eine Rosenhecke gerichtet, Bruder Lamberto neben ihm umklammerte sein Kruzifix. Einige Schritte hinter ihnen bildete Marchese Obizzo missmutig die Nachhut.

Bertrand war es leid, sich in der Kontrade Boccacanale zu verbergen. Mit dem Vorwand, er wolle die Sache nun selbst in die Hand nehmen, hatte er sich vorgewagt, und nun musste Lamberto seine Ungeduld besänftigen. »Ihr wisst sehr gut«, begann Lamberto vorsichtig, »dass man, um einen offiziellen Prozess in Gang zu setzen, die Einwilligung eines Bischofs braucht. Oder besser noch die eines Kardinals. Aber wenn die Bischofsstelle in Ferrara noch nicht besetzt ist, kann man diese Aufgabe nicht einmal Euch, Eurer Eminenz, übertragen, außer auf ein Mandat des Heiligen Vaters hin, der Euch zum päpstlichen Legaten ernennt.«

»Ich bin hier im Geheimen angekommen und werde nie ein solches Dokument erhalten.« Kardinal Bertrand seufzte, während er die Rosen betrachtete. Nach so vielen Monaten, in denen er das Gebäude nicht verlassen konnte, schien ihm noch das kleinste Ding, das von der Sonne geküsst worden war, Freude zu bereiten. »Doch all dies ändert nichts daran, dass ein Prozess das einzige Mittel bleibt, um Rocheblanches Zunge zu lösen.«

Da konnte Lamberto ihm nur beipflichten. Bis zu diesem Zeitpunkt hatte er noch keinen Menschen kennengelernt, der so mutig der Folter und der Kerkerhaft widerstehen konnte, sodass er langsam zweifelte, ob er sich in Bezug auf Messere Maynard nicht geirrt hatte. Und vielleicht betraf dies auch Abt Andrea. Dass die Männer, die er nach Pomposa geschickt hatte, erfolglos geblieben waren, ließ ihn fürchten, einen riesigen Fehler begangen zu haben. Er hatte sich sogar gefragt, ob die Suche nach dem Lapis exilii nichts als ein Trugbild war, Ausgeburt einer altersbedingten geistigen Schwäche von Monsignore Bertrand.

Doch dieser hatte ihm die beiden Reliquien ja gezeigt.

Lamberto hatte es nicht gewagt, sie zu berühren, aber er hatte den Duft wahrgenommen, der von ihnen ausging, zusammen mit einer geheimnisvollen fernen Aura, die immer noch in seiner Erinnerung lebendig war und ihn an die Erzählungen derjenigen erinnerte, die die Gräber heiliger Märtyrer entdeckt hatten. Auch er hatte einen Moment lang dieses unglaubliche, dieses wunderbare Gefühl genießen dürfen! Diesen beiden Gegenständen entströmte zweifellos der Hauch der Gnade, obwohl ihre schwarze Farbe eher wirkte, als wären sie in den Tiefen der Hölle geschmiedet worden.

Doch da blieb noch die Tatsache, dass Maynard de Rocheblanche, der der Einzige war, der sie zu der dritten Reliquie Christi führen konnte, schwieg. Ein Prozess wegen Ketzerei hätte diesen gezwungen, die eigene Unschuld zu beweisen, indem er mit der Wahrheit herausrückte. Obwohl er ahnte, dass Maynard eher auf dem Scheiterhaufen sterben würde, als seinen Feinden nachzugeben, würde Lamberto ihm damit drohen, dass er ohne Absolution vor seinen Schöpfer treten müsse, mit einer schrecklichen Anklage, die auf seiner Seele lastete. Und so würde er seinen Widerstand brechen. Da es aber keinen eingesetzten Bischof gab, sah er sich gezwungen, aus der Not eine Tugend zu machen. »Und wenn wir es mit stärkeren Foltermethoden versuchten?«, schlug er vor.

»Und dabei Gefahr liefen, ihn zu töten?«, knurrte Kardinal

Bertrand vorwurfsvoll. »Ihm ein Bein oder einen Arm abtrennen, ihm die Haut abziehen oder ihn in siedendes Öl werfen … all dies könnte ihn nicht nur töten, sondern würde ihn sicher dazu bringen, den Tod herbeizusehnen. Und dann würden wir gar nichts mehr aus ihm herausholen.«

Lamberto nickte unwillig.

»Nur sein eigener Stolz kann ihn noch brechen«, fuhr Bertrand fort und warf Marchese Obizzo einen verschwörerischen Blick zu. »Habe ich recht?«

Aus seinen Gedanken gerissen, nickte Obizzo, wenngleich sein Gesicht ein gewisses Unbehagen verriet.

»Der Stolz, sich einem Gericht zu stellen, das ihn anklagt. Um sich gegen die Schande und die Unehre zu wehren, die seinen Namen beflecken«, erklärte Bertrand zu Lamberto gewandt.

»Er wäre nicht der erste Adlige, der so reagieren würde«, stimmte Lamberto ihm zu.

»Dazu käme noch, dass die Nachricht von einem Prozess Madonna Eudeline wohl endlich aus ihrem Versteck treiben würde. Und wenn man dann beider Geschwister habhaft wäre, sollte es ein Leichtes sein, sie zu einem Geständnis zu bringen.«

Lamberto da Cingoli seufzte schwer. »Doch diese Frage ist obsolet, Eminenz. Wir kennen die Lösung genau, aber uns fehlt die Erlaubnis eines Bischofs, um einen Prozess anzustrengen.«

»Der Bischof wurde schon ernannt.«

»Was heißt das?«, fuhr Lamberto auf.

»Genau das, was ich gesagt habe. Er wurde schon vor Monaten von Papst Clemens höchstpersönlich ernannt, und dennoch versucht er unter allen möglichen Vorwänden, seine Investitur hinauszuzögern.«

»Wie habt Ihr denn erfahren …?«

»Ihr vergesst meine Verbindungen nach Avignon«, sagte Bertrand du Pouget stirnrunzelnd. »Der Auserwählte ist Monsignore Filippo d'Antella aus Florenz. Er hat Seine Heiligkeit gebeten, ihm Zeit zu gewähren, damit er einige Missstände in seinem geliebten Kloster in Ordnung bringen könne, bevor er es jemand anderem übergibt. Missstände, die, unter uns gesagt, wohl nicht existieren.«

»Dann begreife ich nicht, warum er seine Einsetzung hinauszögern sollte.«

»Die wahrscheinlichste Vermutung ist, dass jemand, der ein Interesse daran hat, ihn aus Ferrara fernzuhalten, ihn bestochen oder bedroht hat.«

»Ihr denkt doch nicht etwa an ein Komplott, um Rocheblanche zu schützen!«

Bertrand zuckte mit den Schultern. »Vielleicht geht der Plan von seiner Schwester aus, obwohl ich dafür keine Beweise habe.« Nachdem er die Rosenhecke hinter sich gelassen hatte, blieb er vor einem knorrigen Feigenbaum stehen und betrachtete dessen Früchte. »Andererseits liegt die Lösung für dieses Problem doch auf der Hand.«

Lamberto schien das nicht so klar zu sein. Er sah ihn an und setzte ein höfliches Lächeln auf, während er fieberhaft überlegte, was er jetzt sagen sollte, damit er nicht wie ein Idiot dastand. »Euer Gnaden ist in solchen Dingen sicherlich bewanderter als ich.«

Als hätte er ihn nicht gehört, pflückte Bertrand nun eine Feige von den untersten Zweigen des Baumes und öffnete sie, um ihr Fruchtfleisch auszusaugen. Dann sah er hinauf in das immer noch warme Sonnenlicht, das zwischen den Zweigen hindurchdrang. »Natürlich müsste man mehr bezahlen.«

Lamberto wich besorgt zurück. »Falls Ihr glaubt, auf die Gelder von San Domenico zurückgreifen zu können …«

»Das wird nicht nötig sein, ehrwürdiger Vater«, beruhigte ihn Bertrand. Dann deutete er auf Marchese Obizzo, der sich mit gespielter Gleichgültigkeit abseitshielt. »Wir verfügen über einen edlen, loyalen Wohltäter.«

56

Ferrara, Kontrade Boccacanale
3. Oktober

Geduckt und im Schatten der umstehenden Häuser umrundete Isabeau das Gebäude schon zum zweiten Mal, doch konnte sie nirgends eine Öffnung entdecken, durch die man sich hätte hineinschleichen können. Die Lüftungsschlitze im Souterrain wären dafür geeignet gewesen, hätte man sie nicht mit dicken Gittern verschlossen. Türen und Fenster hingegen wurden von schwarz gekleideten Bewaffneten bewacht.

Eine Möglichkeit gäbe es doch, überlegte sie und hob den Blick zu einem Geflecht aus wild wuchernden Reben, das auf der Südseite des Gebäudes bis zu einem Balkon hinaufrankte. Die Triebe wirkten stark genug, um das Gewicht eines kleinen, leichten Menschen zu tragen, der sich wie sie flink und wendig zu bewegen wusste. Das einzige Erbe ihres Vaters.

Als sie allerdings in dem Zimmer, zu dem der Balkon gehörte, die Umrisse einer dort postierten Wache entdeckte, ließ sie von ihrem Plan ab. Gleich darauf brachte ein hoher Schornstein sie auf eine ungewöhnliche, jedoch auch erfolgversprechende Idee. Isabeau nahm sich vor, Eudeline um Rat zu fragen.

Sie verbarg ihr Gesicht wieder unter dem zerlumpten Schultertuch, das ihr das Aussehen einer Bettlerin verlieh, um ihre Untersuchung fortzusetzen. Agostino lief neben ihr her und sah sich aufmerksam um.

Anfangs hatte Isabeau sich dagegen verwahrt, ihn immer in ihrer Nähe zu haben, doch dann hatte sie eingesehen, warum der Abt darauf bestanden hatte, ihn ihr als Begleitung mitzuschicken. Der junge Bedienstete war nicht nur anständig, sondern besaß auch einen gewissen Sinn für das Praktische, was sehr nützlich war, wenn man improvisieren musste.

Isabeau bewegte sich stumm vorwärts, wobei sie verstohlen das Gebäude überprüfte, ohne jedoch zu vergessen, jedes Mal um Almosen zu bitten, wenn jemand an ihr vorüberkam. Sie musste ihre Komödie fortführen, wenn sie nicht ihr Leben verlieren wollte. Und wenn die einzige Hoffnung, Maynards Leben zu retten, diese verdammten Reliquien darstellten, würde sie schon einen Weg finden, sie zu stehlen, auch wenn sie leiser und unsichtbarer als ein Geist werden müsste.

Auf einmal merkte sie, dass Agostino zurückgeblieben war, und als sie sich zu ihm umdrehte, entdeckte sie, dass er die Eisenstäbe eines Gitters betrachtete. »Beweg dich«, zischte sie ihm verärgert zu.

»Vielleicht könnte man mit einer Feile …« Agostino zögerte.

»Dazu würde man eine ganze Nacht brauchen«, gab Isabeau spöttisch zurück.

Doch wenn sie im Moment jemandem zürnte, dann sich selbst. Nachdem sie sich so gefreut hatte, endlich auch etwas beitragen zu können, und Eudeline und Abt Andrea in endlosen Diskussionen dazu gebracht hatte, ihr zu vertrauen, überkamen sie auf einmal Zweifel. Sicher, in der Vergangenheit hatte sie schon in vielen Häusern gestohlen, sogar schon einmal in einem Adelspalast. Ein anderes Mal beinahe in einem Kloster, hätte sie damals nicht die Angst, dafür in der Hölle zu landen, davon abgehalten.

Doch das Gebäude, in dem Bertrand du Pouget sich versteckte, war weitaus besser beschützt, als sie es sich vorgestellt hatte. Hier musste es mindestens sechs Bewaffnete geben, die es vermutlich auch des Nachts bewachten.

Ein Problem für jeden, der unbeobachtet hineinkommen und dort drinnen unentdeckt bleiben wollte.

Ein Warnpfiff Agostinos ließ sie sich einem Wächter zuwenden, der gerade aus dem Haupteingang gekommen war. Er war dunkelhaarig, sogar noch größer als Maynard und trug an seiner linken Seite ein Krummschwert in einer Scheide. Nachdem er die Türflügel hinter sich geschlossen hatte, wandte er sich den beiden vermeintlichen Bettlern zu. »Ihr zwei da«, knurrte er. »Verschwindet!«

Agostino wollte schon den Rückzug antreten, als Isabeau ihn aufhielt. Ihr hatte ein Blick genügt, um den Schlüsselring am Gürtel des Wächters zu bemerken. Diese Gelegenheit würde sie sich auf keinen Fall entgehen lassen. Gemäß ihrer Rolle verbarg sie ihr Gesicht und streckte die Hände vor. »Eine Münze, Herr«, flehte sie kläglich. »Eine Münze für die Armen.«

Bevor der Bewaffnete noch etwas erwidern konnte, hatte sie sich schon an seine Kleidung geklammert und zerrte daran.

»Verschwinde!«, wiederholte der Kerl und stieß sie zu Boden.

»Nur eine Münze ...«, beharrte Isabeau, die auf die Knie gefallen war.

Der Mann packte sie am Gewand und hob sie ruckartig hoch, um sie zu ohrfeigen. Isabeau ließ es mit sich geschehen und verbarg nur ihr Angesicht, das sie schützen, aber auch nicht zeigen wollte.

»Lasst sie los!«, ertönte eine schrille Stimme. Mit erhobenen Fäusten kam Agostino herbei, laut schreiend, bereit, seine Begleiterin zu verteidigen. »Lasst sie los, oder ich schwöre ...«

Der Bewaffnete blieb regungslos stehen, hielt Isabeau auf halber Höhe erhoben und sah ihn an. Er wollte zur Waffe greifen, verzog dann aber, belustigt von der Leidenschaft seines schmächtigen Gegners, sein finsteres Gesicht nur zu einem höhnischen Grinsen. »Wenn ich euch noch einmal hier in der Nähe erwische ...«, sagte er und warf Isabeau in den Straßenstaub. »Dann werdet Ihr es bereuen!«

Agostino lief sofort zu Isabeau. »Geht es Euch gut?«, fragte er besorgt und wollte ihr aufhelfen.

Doch diese wies seine Unterstützung barsch zurück und eilte, ohne ihn eines Blickes zu würdigen, mit langen Schritten die Via della Rotta entlang auf die Piazza zu. Erst als sie sich weit vom Ort des Missgeschicks entfernt hatte, schien sie sich an ihren Helfer zu erinnern, der ihr gefolgt war.

»Du bist ein verdammter Dummkopf!«, warf sie ihm zitternd vor Wut an den Kopf. »Du hättest zulassen müssen, dass er mich schlägt. So hätte ich ihm die Schlüssel stehlen können!«

Sie hatten die Kreuzung zwischen der Via della Rotta und der Via dei Drapieri erreicht, als sie lautes Rufen von der Piazza hörten. Sie warfen sich einen Blick zu und liefen zu der Stelle, wo die Straße zwischen dem Palazzo des Marchese und der Kirche Ognissanti in einen kleinen Platz überging. Von dort aus konnten sie beobachten, wie sich eine Menge vor der Kathedrale versammelte, um offenbar etwas zu feiern.

Neugierig hielt Agostino den ersten Menschen an, der an ihnen vorbeilief. »Verzeiht, Messere. Was geschieht hier?«

»Das ist schnell gesagt«, antwortete jener ganz aufgeregt. »Der neue Bischof ist gerade in Ferrara angekommen!«

57

Abtei Santa Maria di Pomposa
4. Oktober

»Der neue Bischof …«, murmelte Abt Andrea ungläubig. »Aber wie …«

»Wisst Ihr das wirklich nicht?« Mit grimmiger Miene lief Eudeline im Parlatorium auf und ab. »Der Kardinal muss Euer Spiel aufgedeckt haben.«

»Dabei habe ich diesen Schurken doch bezahlt!«

»Manchmal sind Drohungen überzeugender als Geld.«

»Das bedeutet aber, es besteht noch Hoffnung für Maynard«, mischte Isabeau sich ein und machte diesem Wortgefecht ein Ende, das zu nichts führte. »Ich habe mir das Haus angesehen.«

Eudeline blieb ruckartig stehen und sah sie voller Hoffnung an. »Und, kann man hineinkommen?«

»Vielleicht. Mit viel Geschick und einem Trick.«

»Erklärt Euch näher«, drängte Andrea.

»Ich werde es im Dunkeln und allein versuchen müssen.« Isabeau wandte sich an Eudeline. »Aber damit mein Plan gelingt, benötige ich ein besonderes Kraut. Ein Kraut, von dem ich während meines Aufenthalts im Kloster Sant'Antonio Abate gehört habe.«

58

Kloster San Domenico
2. November

Zuerst hörte er, wie die Glocken zur Vesper *pro requie omnium defunctorum* schlugen. Dann sah er den blendenden Lichtschein von Fackeln und Laternen. Noch immer wie betäubt, wurde er von einer Handvoll Wachen durch einen Felsengang und dann eine Wendeltreppe hinaufgeschleift, bis sie zu einem breiten Gang gelangten. Als ein frischer Windstoß ihn streifte und ihm half, wieder Herr seiner Sinne zu werden, hob er den Kopf und erkannte über sich die grauen Rippen einer Gewölbedecke.

Maynard begriff, dass man ihn ganz nach oben auf den Turm führte, aber eigentlich war es ihm einerlei. Nach Monaten im dunklen Kerker war es schon eine Erleichterung, wieder aufrecht laufen zu können. Er genoss dieses Gefühl mit jedem Schritt und bemühte sich um einen sicheren Gang, trotz der Schwäche, die ihn innerlich aushöhlte. Vom unerschrockenen Ritter Rocheblanche war nur ein schwacher Abglanz geblieben, wie der Nachklang eines Donners, der in der dunklen Nacht verebbte. Er hätte sich seiner selbst geschämt, hätte ihn nicht das Bewusstsein erfüllt, dass er dem eigenen Mut treu geblieben war. Indem er geschwiegen hatte.

Die Wachen blieben plötzlich stehen, und Maynard sah ein feistes Gesicht vor sich, so rund wie der Vollmond. Zunächst noch verwirrt betrachtete er eine reuige, von Schuldgefühlen angespannte Miene, doch als er Bruder Prudenzio erkannte, überwältigte ihn der Zorn.

»Erbärmlicher Wurm!«, schrie er ihm voller Verachtung ins Gesicht.

Eine Hand packte ihn mit eisernem Griff im Nacken und zwang ihn, den Kopf zu senken, während noch eine weitere Person hinzutrat. Maynard konnte den Saum einer weißen Tunika sehen, unter der knochige Füße in Sandalen aus Espartogras hervorschauten. Schließlich, als der Griff sich lockerte, sah er eine schwarze Capa, an der sein Blick nach oben bis zu einem weißen Skapulier wanderte. Und dann blickte er in die brennenden Augen von Lamberto da Cingoli.

Das Gesicht des Inquisitors war so angespannt wie ein Trommelfell, und nun öffnete sich, wie ein Riss darin, der Mund zu einem Lächeln. Dann packte er die eisernen Schellen, die Maynards Hände fesselten. »Jetzt werdet Ihr Euer Geheimnis preisgeben, oder, Messere, Ihr werdet mit dem *placet* des Bischofs auf dem Scheiterhaufen brennen.«

Bertrand du Pouget hatte seine geheime Unterkunft in der Kontrade Boccacanale mit einer Eskorte von vier bewaffneten Soldaten verlassen, um von einem etwas höher gelegenen Platz ganz hinten im Raum dem Prozess gegen Maynard de Rocheblanche beizuwohnen. Außer ihm hatte es niemand gewagt, die Vertraulichkeit der *quaestio* zu stören. In den Augen der einfachen Leute war der Fall von geringer Bedeutung. Und der gerade eingesetzte Bischof hatte ebenfalls verzichtet, nachzufragen, warum man sich so auf einen dahergelaufenen Unruhestifter aus Frankreich stürzte. Das Geld des Marchese und Bertrands Drohungen hatten genügt, um seine Neugier zu ersticken, sodass die Beteiligten nun freie Bahn hatten.

So war Kardinal Bertrand voller Vorfreude, dass in Kürze endlich der Schleier gelüftet würde, der ihn noch vom Lapis exilii trennte. Es war ihm fast ein wenig peinlich, dass er derart schwere Geschütze hatte auffahren müssen, doch nach den vergeblichen Versuchen, Rocheblanche zum Reden zu bringen, war er zu dem Schluss gekommen, dass dieser verfluchte Ritter von einer übernatürlichen Kraft besessen sei, die ihn noch die größte Verzweiflung und Folter ertragen ließ. Aber war er nicht immer noch ein Mensch aus Fleisch und Blut? Fast empfand der Kardinal so etwas wie Bewunderung für seinen Gegner, die allerdings sofort verflog, als er den Angeklagten den Gerichtssaal betreten sah.

Gebeugt, abgemagert, die Augen tief eingesunken. Das also war sein Feind! Der Mann, der einst die leichenbedeckten Schlachtfelder von Crécy hinter sich gelassen hatte, nur um von da an seine Pläne zu durchkreuzen, konnte sich nun vor der Kommission unter dem Vorsitz von Bruder Lamberto kaum aufrecht auf den Beinen halten. Auch wenn man bei genauerem Hinsehen ein stolzes Funkeln in seinen Augen erkennen konnte.

Lamberto da Cingoli saß zusammen mit zwei Mönchen seines Ordens am Richtertisch und eröffnete den Prozess mit einer rituellen Formel und der Aufforderung an den Protokollführer, die Genehmigung von Seiner Gnaden, Bischof Filippo di Neri d'Antella, in die Akte aufzunehmen. Nachdem er von seinen Mitbrüdern ein zustimmendes Nicken eingeholt hatte, begann Lamberto mit der Befragung des Angeklagten.

»Seid Ihr Messer Maynard de Rocheblanche, geboren in Reims?«, fragte er so laut, dass seine Stimme durch den ganzen Saal hallte. »Und habt Ihr in den letzten zwei Jahren am Hof Seiner Durchlaucht des Marchese Obizzo III. d'Este geweilt?«

Als er seinen Namen hörte, richtete Maynard sich auf und antwortete mit fester Stimme. »Ja.«

»Ihr erklärt Euch unserem Herrn Jesus Christus treu ergeben, dem einzig wahren Glauben, der auf der Dreifaltigkeit von Vater, Sohn und Heiligem Geist baut?«

»Ja.«

»Und Ihr habt die Sakramente der Taufe und der Eucharistie empfangen?«

»Ja.«

»Schwört Ihr also, dass Ihr unter der Strafe Eurer Schande und ewiger Verdammnis vor dem, der hier die heilige Gewalt des Herrn auf Erden vertritt, keine Lügen vorbringen werdet?«

»Ich schwöre. Niemals werde ich falsch Zeugnis reden, und nie werde ich in den Augen des allmächtigen Vaters Verbrechen begehen.«

Ehe er fortfuhr, sah Lamberto da Cingoli zum Kardinal hinüber. »Warum also«, wandte er sich wieder dem Angeklagten zu, »verheimlichtet Ihr, dass Ihr im Besitz einer Reliquie seid, die vermutlich von Christus dem Erlöser höchstselbst stammt?«

Ein herausforderndes Lächeln glitt über Maynards Gesicht. »Weil das, was Ihr vorbringt, nicht der Wahrheit entspricht.«

»Ihr wagt es, mir zu widersprechen?«

Maynard zuckte mit keinem Muskel. »Ich bin nicht im Besitz irgendeiner Reliquie.«

»Doch Ihr wisst, wo sie verborgen ist.«

Oben auf seinem erhöhten Platz saß Kardinal Bertrand und verfolgte gespannt den Prozess. Diese Fragen hatte er am Vortag mit Lamberto da Cingoli abgestimmt, um Maynard dazu zu bringen, die Wahrheit nicht aus eigenem Antrieb, sondern nach und nach zu enthüllen. Durch diese Taktik wollten sie erreichen, dass er sich stolz und unbesonnen verteidigte.

Doch Maynard machte keine Anstalten, sich zu äußern.

»Bedenkt, Messere«, warnte Lamberto ihn. »Das Verweigern einer Antwort wird als Lüge gewertet werden und damit Euer Wort entkräften.«

»Ich habe Aufrichtigkeit gegenüber den Vertretern Gottes auf Erden geschworen, doch ich sehe hier keinen im Saal«, verteidigte Maynard sich.

»Was für ein Hochmut, Messere.« Lamberto unterband mit einem Wink das empörte Raunen der Mönche. »Eure Behauptung allein reicht aus, um Euch zu garantieren, dass Ihr in die Hölle kommt, ist Euch das bewusst? Diese Kommission wird jedoch Gnade zeigen und Euch Absolution erteilen, wenn Ihr bereit seid zu gestehen.«

»Jede Schuld ... gestehen?«, murmelte Maynard misstrauisch. »Sogar die, den eigenen Vater zu hassen, obwohl man genau weiß, dass dieser tot ist?«

»Ihr wisst genau, worauf ich mich beziehe«, fuhr Lamberto auf.

Erneut hüllte Maynard sich in undurchdringliches Schweigen. Kardinal Bertrand spürte genau, wie viel Kraft es ihn kostete, nach außen hin Kampfgeist zu zeigen, trotz seiner Verwirrung, der Angst und der Erschöpfung. Wie lange noch?, fragte er sich, wie lange noch, ehe er zusammenbricht?

Erfüllt von Verachtung ergriff Maynard unvermittelt das Wort. »Selbst wenn die betreffende Reliquie existierte, könnte sie doch niemals jemandem gehören.«

»Wenn die Reliquie existierte«, gab Lamberto zurück, »würde sie der Kirche gehören, und Ihr hättet Euch schuldig gemacht, weil Ihr sie verborgen gehalten habt. Die andere Möglichkeit wäre, dass der genannte Gegenstand eine Fälschung ist und dass Ihr ein Narr oder Lügner seid, beteiligt an einem Intrigenspiel, das Zweifel an den Dogmen des katholischen Glaubens säen soll.«

Empört über diese Behauptung schüttelte Maynard heftig den Kopf. »Derjenige, der mir davon erzählte, war ein weiser Mann und hinterließ in mir keinerlei Zweifel«, verteidigte er sich.

Ein Hoffnungsschimmer blitzte in der Miene des Inquisitors auf. »Ein kluger Ketzer weiß, wie er in den Ohren der einfachen Menschen weise klingen kann.«

Maynard zögerte, er bereute, dass er mehr als nötig gesagt hatte. »Es hat einmal eine Zeit gegeben, da hättet Ihr mich so nennen können«, erwiderte er spöttisch. »Aber heute bin ich kein naiver Mensch mehr. Nachdem ich die schändlichen Taten erlebt habe, die von den höchsten Vertretern der Menschheit verübt werden. Misswirtschaft! Krieg! Not! Diese drei Schreckgespenster suchen schon zu lange meine Nächte heim, als dass mir derartige Anzeichen entgehen könnten.«

Noch ganz im Überschwang seines momentanen Vorteils nahm Lamberto Maynards Ausführungen nicht zur Kenntnis. »Es war also ein weiser Mann, der Euch zum ersten Mal vom Lapis exilii erzählte?«, fragte er unbeirrt weiter.

»Ihr habt diesen Namen genannt, nicht ich.«

»Und als was hat er sich Euch vorgestellt? Als ein Heiliger? Ein Wahrsager? Oder vielleicht als der Erlöser persönlich?«

Maynard hatte sich nun besser im Griff und überlegte einen Moment, ehe er vorsichtig antwortete. »Ein weniger gläubiger Mensch als ich würde in Euren Fragen die Absicht sehen, mir zum Preis der Verleugnung die Wahrheit aus dem Mund zu entreißen.«

Bertrand du Pouget unterdrückte einen Fluch, so etwas hätte er nicht erwartet. Dieser erbärmliche Schuft hatte die Falle entdeckt! Nun würde er keinen einzigen Ton mehr von sich geben! In seiner Erregung sprang er unwillkürlich auf, und ehe er etwas dagegen unternehmen konnte, waren die Augen aller Anwesenden auf ihn gerichtet. Vor allem die von Maynard.

Dieser musterte ihn mit den gefesselten Händen vor der Brust, die gerunzelte Stirn ein einziger Vorwurf. Maynard drehte sich kurz zu Lamberto da Cingoli um, als wollte er bei ihm die Bestätigung für seinen Verdacht finden, dann sah er wieder zu Bertrand. Sein Blick wurde immer finsterer. »Seid Ihr es wirklich?«, sprach er ihn in einer Mischung aus Erstaunen und Empörung an. »Seid Ihr der schändliche Mensch, der meine Schwester entführte und befahl, mich und andere Unbeteiligte in unbeschreiblicher Weise zu bedrohen?«

Bertrand starrte ihn eine Weile vollkommen reglos an, von einem solchen Hass ergriffen, dass es ihn in den Schläfen schmerzte.

»Kommt schon, nennt Euren Namen!«, forderte Maynard ihn auf und kümmerte sich nicht mehr um die Ermahnungen der Kommission. Er tat einen Schritt nach vorn, als wollte er sich in den Kampf stürzen. »Nur zu, bestätigt meine Worte, wenn Ihr den Mut dazu habt, Kardinal!«

Doch dessen Schweigen war Antwort genug.

Gleich ergriffen die Wachen den Angeklagten und zwangen ihn vor Bruder Lamberto auf die Knie.

Einer der Richter war außer sich. »Ich glaube, dass diesem hier nicht am eigenen Seelenheil gelegen ist!«

»Das werden wir sehen!«, zischte Lamberto. »Trotz seines Hochmuts und seiner Unverschämtheit werde ich ihn vor eine Probe stellen, der kein gottesfürchtiger Mann widerstehen kann! Und dann, das schwöre ich bei allem, was heilig ist auf dieser Welt, wird sich seine Zunge schon lösen. Oder er wird auf ewig verdammt sein!«

59

Ferrara, Kontrade Boccacanale

Als der Prozess gegen Maynard de Rocheblanche begann, kletterte Isabeau an dem wilden Wein hoch, der die komplette Südseite von Bertrand du Pougets Unterkunft mit seinen Ranken bedeckte. Wie erwartet waren diese kräftig genug, um ihr Gewicht zu tragen, sodass sie den der Straße zugewandten Balkon ohne Schwierigkeiten erklomm. Die Abwesenheit des Kardinals, der am Abend mit vier Bewaffneten aufgebrochen war, hatte für die denkbar besten Voraussetzungen gesorgt. Isabeau gab sich nicht der Illusion hin, dass das Haus unbewacht geblieben sei, doch dank der Hilfe von Eudeline und der Herboristin von Sant'Antonio Abate hatte sie einen fast unfehlbaren Plan entwickelt.

Mit einer letzten Kraftanstrengung schwang sie sich auf den Balkon, mied jedoch den Eingang zum oberen Stockwerk, damit nicht doch noch eine Wache auf sie aufmerksam wurde. Sie kletterte an einem Balken hoch auf das Dach, wo sie über die Ziegel bis zum Kamin lief.

Es war kalt, und der mit bleiernen Wolken verhangene Himmel kündete Schnee an, aber Isabeau war zu sehr auf das eigene Ziel konzentriert, als dass der scharfe Wind sie beeinträchtigte. Sie näherte sich dem aus roten Ziegelsteinen gemauerten Abzug. Die Rauchfahne, die daraus emporstieg, sagte ihr, dass sie hier richtig war. Das Feuer im darunter gelegenen Raum brannte ganz sicher, daher würde sich alles, was dort hineinfiel, sofort entzünden. Gedacht, getan – mit einer raschen Handbewegung zog sie ein Ledersäckchen aus ihrer Umhängetasche. Sie schüttete den Inhalt auf ihre Handfläche, um ihn noch einmal zu überprüfen.

Pulver von der Alraune. Das war der Name gewesen, den sie vor einiger Zeit im Kloster Sant'Antonio Abate gehört hatte. Und zwar von der Schwester Herboristin, die einige Mitschwestern über die positive Wirkung eines *herba somnifera* aufklären wollte, mit dem man den Todeskampf schwer verletzter Patienten erleichtern konnte. Ein kurzer Austausch mit Eudeline hatte Isabeau in ihrer Erinnerung bestätigt, und kurz darauf hatte sie ein wenig Pulver von der Wurzel dieser Pflanze erhalten, das noch mit einigen anderen ihr unbekannten Substanzen versetzt war, um die Wirkung zu verstärken.

Während sie genau darauf achtete, nichts davon einzuatmen, warf sie mehrere Hände voll von diesem Pulver in den Kamin. Sie wartete eine Zeitspanne ab, die ihr vernünftig erschien, bis sich die erwünschte Wirkung eingestellt haben sollte. Dann band sie sich ein Tuch vor Mund und Nase, kletterte wieder auf den Balkon und betrat das Gebäude.

Das obere Stockwerk war verlassen. Leise schlich sie weiter zu einer Holztreppe, die sie extrem langsam hinabstieg, während sie sich an der Wand entlangdrückte, um nicht entdeckt zu werden. Pater Andrea hatte sie ermahnt, keine Zeit mit überflüssigem Suchen zu vergeuden. Wenn Guido di Baisios Angaben stimmten, dann würde sie die beiden Christus-Reliquien in einem Zimmer im Erdgeschoss finden. In einem Schrein, der auf einem Tisch neben dem Kamin stand.

Wenige Schritte hinter der Treppe traf sie auf den ersten Schergen, bei dem der Qualm der verkohlten Alraunewurzel gewirkt hatte. In seinen Umhang gewickelt lag er ausgestreckt auf dem Boden. Da sie nicht so genau erkennen konnte, ob er bewusstlos war oder nur leicht betäubt, lief Isabeau auf Zehenspitzen an ihm vorbei, um weiter ins Haus vorzudringen.

Ein zweiter Mann war an einem Türrahmen zu Boden geglitten. Er saß nun mit dem Rücken an die Wand gelehnt und röchelte durch den offenen Mund leise vor sich hin. Isabeau stieg vorsichtig über ihn hinweg und drückte sich das Tuch fester vor den Mund. Trotz dieses Schutzes stieg ihr immer deutlicher der stechende Geruch verbrannter Kräuter in die Nase. Daher nahm sie an, sie wäre nun ganz in der Nähe des Kamins.

Und tatsächlich sah sie gleich beim Betreten des Raums den lodernden Feuerschein in der halb von einem breiten Tisch verborgenen Öffnung. Auf der Tischplatte stand ein reich verzierter Holzschrein, ähnlich den Reliquiaren, die in Krypten von Klöstern aufbewahrt wurden. Er war mit einem Schloss versperrt.

Einen kurzen Moment meinte Isabeau, eine leise Stimme zu vernehmen. Als würde ihr etwas aus dem Inneren des Schreins Worte zuflüstern. Das musste an der Alraune liegen, versuchte sie sich einzureden.

Dann zögerte sie nicht länger und tat, was sie sich vorgenommen hatte.

Eine Stunde später kehrte Kardinal Bertrand du Pouget schlecht gelaunt in Begleitung seiner Soldaten zurück. Selbst nachdem er mit Bruder Lamberto die Art und Weise abgesprochen hatte, wie er den Prozess zu Ende bringen konnte, verfolgte ihn Rocheblanche weiter in seinen Gedanken. Ständig hatte er dessen von Leidenschaft und Wahnsinn erfüllten Blick vor Augen. Ihm kam die ganze Situation so absurd vor. Nun hatte er jahrelang gesucht, hatte viele Opfer gebracht, und nur eines stand noch zwischen ihm und dem Lapis exilii: der Widerstand dieses Mannes.

Es war die letzte Prüfung. Der Herr wollte ihn auf die Probe stellen, um seine Geduld und Seelenstärke auszuloten. Du Pouget glaubte allerdings, die eigene Entsagung zur Genüge bewiesen zu haben. Nachdem er unzählige Schlachten geschlagen hatte, war er überzeugt, zu Recht den Papsttitel verdient zu haben, so wie einst sein leiblicher Vater, seine Heiligkeit Johannes XXII. Doch dafür musste er erst die drei Reliquien des Heilands zusammenführen.

Beim Betreten des Hauses tröstete sich du Pouget noch mit dem Gedanken, dass sich ja schon zwei der Objekte in seinem Besitz befanden. Gleich würde er sich am Kamin am geheimnisvollen Abglanz von Kelch und Lanzenspitze erfreuen. Doch da stieg ihm ein merkwürdiger Geruch in die Nase und ließ ihn aufschrecken.

Instinktiv wich er zurück und wies seine Soldaten an, sich im Haus umzusehen. Aber noch ehe sie ihm berichten konnten, was hinter diesen Mauern vorgefallen war, hatte ihn schon ein Verdacht beschlichen. Und so eilte du Pouget in das Zimmer, wohin er sich sonst zum Nachdenken zurückzog, und suchte den Raum nach dem wertvollsten Schatz ab, den ein Sterblicher hüten konnte.

Ein Wutschrei wie der eines Tieres entrang sich seiner Kehle, und sein Blick verharrte ungläubig auf der Tischplatte, als könne er es nicht fassen.

60

Ferrara, Piazza vor der Kathedrale
9. November

Die Pruina, der nächtliche Wind, hatte die verschneiten Straßen überfrieren lassen. Deshalb kamen die Karren auf der Via Grande nur langsam vorwärts und fuhren in der Nähe der kleinen Menschenansammlungen, die sich rund um einige brennende Feuer bildeten, noch vorsichtiger. Es schneite immer noch, wenn auch weniger heftig, und die eifrigsten Männer waren schon wieder dabei, die Schneedecke fortzuschaufeln, ehe sie zu schwer für die Dachziegel und das Gebälk wurde. Obwohl es erst früh am Morgen war, wurde der Verkehr auf den Straßen, die ins Zentrum führten, immer dichter, vor allem rund um die Piazza, wo die Händler es sich zunutze machen wollten, dass die Menschen so zahlreich zur Sonntagsmesse des neuen Bischofs strömten.

Ein Herold, der sich auf seinem Pferd direkt vor dem Palazzo della Ragione aufgebaut hatte, tat sich besonders wichtig. Seine Garnache aus Fuchspelz sowie die lange Wollhaube, die seinen halben Rücken bedeckte, hatten schon die Aufmerksamkeit der Leute auf sich gezogen. Und als er auch noch eine Pergamentrolle aus seiner Umhängetasche holte, verloren alle in den Straßen das Interesse an dem, womit sie gerade beschäftigt waren, und scharten sich gespannt um ihn.

Dem Mann war eine gewisse Erfahrung anzumerken. Er wartete, bis die Neugierigen verstummt waren, dann hob er bedeutungsvoll den Zeigefinger, um zu zeigen, dass er jetzt beginnen würde. »An diesem ersten Sonntag im Advent«, verkündete er, »zwei Tage vor dem Beginn der Fastenzeit zu Sankt Martin im Jahre des Herrn 1349 tut Seine Exzellenz, der Hochwürdigste Monsignore Bischof Filippo d'Antella, in Gegenwart des Volkes von Ferrara Messer Maynard de Rocheblanche, derzeitig in Kerkerhaft im Kloster von San Domenico, kund, dass er der Häresie angeklagt wird. Das Todesurteil, auf das die Vollstreckung der Strafe auf dem Scheiterhaufen erfolgt, wird an diesem selbigen Ort am ersten Tag des Jahres des Herrn 1350 ausgesprochen werden, zur Eröffnung des Heiligen Jahres, das durch seine Heiligkeit, *servus servorum Dei*, Papst Clemens VI., ausgerufen wurde, um der gesamten Menschheit die Sünden zu erlassen.«

Nachdem er seine Botschaft verlesen hatte, steckte der Herold seine Pergamentrolle wieder in die Umhängetasche und jagte mit einem Schrei davon, der sein Pferd anspornte und die Menschentraube, die sich um ihn gebildet hatte, auseinandertrieb.

Als die Menge der Zuhörer sich zerstreute, war ein junger Bursche, der offenkundig auf der Wanderschaft war, noch stehen geblieben. Reglos sah er dem berittenen Herold hinterher, bis dieser vom Schneetreiben verschluckt wurde. Dann nahm er, immer noch ungläubig ob dessen, was er gerade gehört hatte, seinen Weg zur südlichen Stadtmauer auf. Er machte weite Schritte, gestützt auf einen knotigen Stock, an dem eine Flasche mit Schnaps hing. Den abgewetzten Umhang hatte er sich fest um die Hüften geschnürt, um das Basler Messer an seiner Seite zu verbergen. Auf der Reise nach Ferrara hätte er nicht im Traum daran gedacht, dass er bei seiner Rückkehr so eine schreckliche Nachricht erfahren musste. Die so perfekt mit seiner Ankunft zusammentraf, als hätte man nur auf ihn gewartet und wollte ihm damit einen unseligen Willkommensgruß übermitteln.

Obwohl ihn tausend Fragen bedrängten, durfte er sich weder der Trauer noch der Wut überlassen. Er musste weiter hoffen und sich gedulden, bis er wieder vor ihr stehen würde.

Der junge Mann bog in eine Gasse ein, die den Burgus Superior von der Burg der Curtensi, dem alten Castrum, trennte, und ließ schon bald, ohne es zu bemerken, die Kirche Santa Maria delle

Bocche hinter sich. Seine Gedanken eilten ihm schon voraus, zur Porta San Pietro auf die hölzerne Brücke, die zur Insel Sant'Antonio führte.

Er hatte diesen Moment vor einem Jahr schon einmal durchlebt. Und auch damals hatte es geschneit. Jetzt allerdings hatte er Pläne, er wusste, was er wollte, und um nichts in der Welt würde er auf sie verzichten.

Er musste bloß noch herausfinden, ob ihre Gefühle für ihn nicht erloschen waren.

Ohne innezuhalten, überquerte er die Brücke und blieb erst am Tor des Benediktinerinnenklosters stehen. Eine der Nonnen, wahrscheinlich die Pförtnerin, erteilte gerade den Bediensteten den Befehl, den Weg zur Kirche vom Schnee frei zu räumen.

»Gott zum Gruße, ehrwürdige Mutter«, sprach der Bursche sie respektvoll an. »Ich komme von weit her, um Madonna Isabeau zu besuchen.«

Bei diesen Worten streckte die Nonne den Kopf vor und musterte ihn mitleidig. »Dann ist Eure Reise vergebens, Messere. Denn sie weilt schon seit vielen Monaten nicht mehr innerhalb dieser Mauern.«

61

Abtei Santa Maria di Pomposa
10. November

Vollkommen verfroren brachte Pater Andrea das kurze Stück zwischen dem Palatium abbatis und dem Kloster hinter sich. Die Garnache aus Wolle und die Filzstrümpfe waren nicht warm genug, um ihn vor der eisigen Luft an diesem Morgen zu schützen. Dennoch musste er kurz vor dem Portal innehalten, um zum Gästehaus zu blicken, wo eine Schar Bettler um ein Feuer versammelt stand. Obwohl der Anblick für ihn nichts Ungewöhnliches war, vor allem nicht in den Wintermonaten, konnte er nicht einfach über sie hinwegsehen. Ich werde ihnen eine warme Suppe schicken lassen, sagte er sich, um sein Gewissen zu beruhigen. Aber dann bemerkte er etwas, das ihn veranlasste stehen zu bleiben.

Einer dieser Männer hatte sich vom Feuer entfernt und kam mit einem Zeichen des Grußes auf ihn zu. Trotz des abgewetzten Umhangs und des unförmigen Hutes, der sein Gesicht verbarg, glaubte Andrea, ihn zu kennen.

Schwankend zwischen Neugier und Alarmbereitschaft blickte Andrea ihm entgegen, bis der Fremde nah genug war, dass er dessen Gesicht unter der Hutkrempe erkennen konnte. »Aber … großer Gott!«, rief er unvermittelt aus. »Gualtiero, seid Ihr es wirklich?«

Der zerlumpte Mann nickte. »Ich hoffe, ich komme nicht ungelegen«, erwiderte er kühl. »Doch die Umstände haben mich hierhergetrieben.«

Statt sich über den harschen Ton zu wundern, legte Andrea ihm die Hände auf die Schultern. »Und ich Narr habe schon nicht mehr auf die Rückkehr des verlorenen Sohns zu hoffen gewagt!«, gestand er gerührt. »Kommt herein und wärmt Euch ein wenig.«

»Ich bin nicht gekommen, um Miniaturist zu werden«, sagte Gualtiero und befreite sich von der Hand Andreas. »Während ich in Udine war, erfuhr ich zufällig vom Tod Guido di Baisios und dachte, dass ich nun nichts mehr in diesen Landen zu fürchten hätte. Daher kam ich zurück, um Isabeau zu suchen, doch fand auf einmal ganz andere Umstände als erwartet.«

Andreas Miene verfinsterte sich. Erst jetzt bemerkte er, dass Gualtiero unter seinem Umhang die Fäuste geballt hatte und heftig zitterte, woran sicher nicht die Kälte schuld war.

Gualtiero schwieg einen Moment. Seine Augen schienen unten in den Granitstufen des Portals nach Antworten zu suchen. »Warum habt Ihr ihn im Stich gelassen?«, brach es aus ihm heraus.

»Mein Sohn, wen meint Ihr denn?«

»Messer Maynard!«

»Ich habe diesen Mann nicht im Stich gelassen.«

»Ich habe die Ankündigung des Herolds auf der Piazza gehört«, fuhr Gualtiero fort, als wollte er diese Aussage widerlegen. »Ihm ist wegen Ketzerei der Prozess gemacht worden. Er wird auf dem Scheiterhaufen verbrannt!«

Bei diesen Worten runzelte Abt Andrea die Stirn und versank in tiefes nachdenkliches Schweigen. Wenn Gualtiero etwas einwenden wollte, hielt er ihn mit einer Handbewegung auf, um ihm zu bedeuten, er solle sich gedulden. »Das also ist seine Antwort!«, stieß er schließlich hervor.

»Wen meint Ihr?«, fragte Gualtiero verwirrt.

»Monsignore Bertrand du Pouget, Rocheblanches erbittertster Feind.« Ehe er mit seinen Erläuterungen fortfuhr, flüchtete sich Andrea ins Innere der Kirche, wo es etwas wärmer war. Gualtiero folgte ihm. »Er ließ ihn vom Inquisitor unter einem feigen Vorwand verhaften, um ihn dazu zu bringen, das Versteck des Lapis exilii zu verraten. Um das zu verhindern, haben Maynards Schwester und ich einen Plan geschmiedet, der die Interessen des Kardinals durchkreuzen sollte.«

»Welche Winkelzüge auch immer Ihr erdacht haben solltet, sie scheinen nur noch mehr Schaden angerichtet zu haben«, knurrte Gualtiero. »Der einzige wahre Freund, der mir hätte helfen können, Isabeau wiederzufinden, wird zu Anbeginn des neuen Jahres auf dem Scheiterhaufen brennen!«

»Das ist eine Falle, um mich aus der Deckung zu locken«, ertönte auf einmal aus der Krypta die Stimme einer Frau.

Abt Andrea achtete nicht weiter auf die Verblüffung des jungen de' Bruni und wartete, bis die Frau aus dem Schatten der Apsis getreten war, um sie dann respektvoll zu begrüßen. »Madonna Eudeline de Rocheblanche«, erklärte er schließlich, »die Schwester von Messer Maynard.«

Gualtiero starrte sie an, während sie näher kam, als wäre sie eine überirdische Erscheinung. Er zog den Hut, wodurch seine zerzausten schwarzen Locken zum Vorschein kamen. »Ich fühle mich geehrt ...«, er deutete eine ehrerbietige Verbeugung an, »und bin voller Mitleid für Euren –«

Eudeline fiel ihm ins Wort. »Würde ich auf die Piazza eilen, um mich für meinen Bruder einzusetzen«, sagte sie zu Andrea gewandt, »ließe der Kardinal mich sofort gefangen nehmen. Er würde zunächst zwar die Verbrennung aussetzen, doch nur, um Maynard dann mit der Drohung, mir schlimmstes Leid zuzufügen, dazu zu zwingen, das Geheimnis des Lapis exilii zu enthüllen, und mich zur Herausgabe der beiden Reliquien zu zwingen, die ihm gestohlen wurden.«

»Der Kardinal weiß doch nicht, dass Ihr es wart, die sie entwenden ließ«, warf Andrea sogleich ein und nahm damit den Faden der eben unterbrochenen Unterredung wieder auf. »Und vielleicht wäre es ja nicht so weit gekommen, wärt Ihr meinem Rat gefolgt und hättet ihm eine Botschaft geschickt ...«

»Um ihm damit die Möglichkeit zu geben, mich aufzuspüren? Da unterliegt Ihr einem Irrtum, Vater. Bertrand du Pouget weiß nur zu gut, wer die Hand beim Diebstahl seiner Kostbarkeiten im Spiel hatte. Wer sonst sollte es gewesen sein? Seit dem Tod von Guido di Baisio sind die Einzigen, gegen die sich sein Verdacht richten kann, Maynard und ich.«

Andrea schnaubte empört auf. »Ich gebe zu bedenken, Madonna, dass auch ich in Gefahr sein könnte.«

Eudeline schüttelte den Kopf. »Würden du Pouget oder Cingoli Euch misstrauen, hätten sie bereits ihre Soldaten nach Pomposa geschickt, um mich hier zu suchen. Seid daher versichert, dass sie ihre letzte Hoffnung darauf setzen, mein schwesterliches Mitgefühl angesichts von Maynards Verurteilung zu regen.«

»Vorausgesetzt, Ihr habt recht. Wie wollt Ihr das Dilemma lösen?«

»Wir haben fünfzig Tage, um einen Weg zu finden«, erwiderte Eudeline, doch man sah ihr deutlich an, wie sie sich um ihren Bruder sorgte. »Und nun, wenn Ihr gestattet, würde ich gern ein paar Worte mit diesem mutigen Wanderburschen wechseln.«

Gualtiero, der bis zu diesem Moment dem Gespräch mit wachsendem Interesse, aber stumm gefolgt war, wandte sich voller Respekt an Eudeline. »Was wünscht Ihr, Madonna?«

Doch ihr Ton war weit weniger freundlich. »Eure überlange Abwesenheit hat einer jungen Dame viel Kummer und Sorgen bereitet. Ist Euch das bewusst?«

Er sah sie verblüfft an. »Sprecht Ihr von … Isabeau?«

Eudeline nickte.

»Wisst Ihr, wo sie sich aufhält?«

»Und wenn. Was lässt Euch annehmen, dass Isabeau Euch immer noch wiedersehen will?«

Gualtiero erstarrte. »Sie hat gesagt, sie liebt mich.«

»Ihr Männer erwähnt die Liebe immer nur dann, wenn es darum geht, Gefälligkeiten zu erhalten«, verspottete sie ihn. »Und vergesst sie gleich wieder, sobald Ihr bekommen habt, was Ihr wolltet.«

»Ihr versteht es nicht!« Gualtiero gab seine Zurückhaltung auf und ergriff gegen jede Regel des Anstands ihre Hände. »Ich bin fortgegangen, um sie zu schützen, aber nun, da ich nicht weiß, wo sie ist, bin ich in solch großer Sorge um sie, dass ich bereit bin, alles zu opfern, nur um zu wissen, dass es ihr gut geht!«

Eudeline ließ sich von seinem Gefühlsausbruch nicht beeindrucken und befreite sich aus seinem Griff. »Und was würdet Ihr ihr anbieten, falls Ihr sie wiedersehen solltet?«

»Mein Leben, meine Träume«, erwiderte er mit zunehmender Leidenschaft. »Die Monate, die ich an der Seite von Vitale de Equis in der Kathedrale von Udine arbeitend verbracht habe, haben sich ausgezahlt. Endlich bin ich ein Mastro pittore! Ich werde aus meiner Kunst einen Beruf machen und für Isabeau sorgen können, wenn sie das wünscht.«

Eudeline fuhr ungerührt fort. »Vielleicht verdient sie ja Besseres.«

»Dann will ich das aus ihrem Mund hören! Und falls ihre Gefühle sich so geändert haben sollten, würde ich mir das Recht nehmen, sie eine Lügnerin zu heißen. Denn manche Worte, edle Herrin, sollte man nur sagen, wenn man sich ihrer absolut sicher ist.«

Fast als wollte sie seinen Zorn noch weiter anstacheln, schenkte Eudeline ihm ein undurchschaubares Lächeln. »Dann bleibt Euch nichts anderes übrig, Messer Gualtiero, als sie das selbst zu fragen.« Und ohne ein weiteres Wort deutete sie auf den Eingang zur Krypta.

Gualtiero stürzte Hals über Kopf die Treppe hinab, ohne auf seinen Umhang zu achten, der sich überall verfing und ihn beim Fortkommen behinderte. Dann sah er sie vor sich, dort im Halbdunkel der Krypta, wie sie im Schein einer Laterne las.

Ein Blick, und schon lagen sie sich in den Armen.

»Ich werde dich nie mehr verlassen«, versprach ihr Gualtiero und vergrub sein Gesicht in ihren weizenblonden Haaren. Schlagartig schienen die Anstrengungen der Reise, die Opfer der letzten Monate und sogar Maynards Unglück vergessen. »Nie wieder«, wiederholte er.

»Worte genügen mir nicht«, sagte Isabeau. »Heirate mich!« Und sie besiegelte ihren Antrag mit einem Kuss.

»Ich wünsche mir nichts anderes, das schwöre ich mit ganzem Herzen. Sobald alles vorbei ist –«

»Nein«, unterbrach sie ihn und schenkte ihm ein strahlendes Lächeln. »Nicht morgen, nicht in einem Monat oder einer Woche. Noch heute.«

62

»Ihr habt vor, heute zu heiraten? Seid Ihr sicher?«

»Ich habe viel zu lange gewartet.«

Pater Andrea nickte und forderte Gualtiero de' Bruni auf, ihm in den Altarbereich zu folgen. »Ich habe Eure Gefühle für dieses Mädchen immer als unselig betrachtet …«

»Ich habe Euch nicht nach Eurer Meinung gefragt.«

»Lasst mich ausreden«, bat Andrea. »Ich habe sie immer als unselig betrachtet, aber nun bin ich geneigt, meine Meinung zu ändern. Denn nur diesen Gefühlen ist es zu verdanken, dass Ihr wieder in Pomposa seid.«

»Ich bin jetzt ein Mastro pittore wie mein Vater«, stellte Gualtiero klar. »Ich werde nicht wieder damit anfangen, Eure Bücher mit Miniaturen zu versehen.«

»Genau an den Mastro pittore wende ich mich ja.«

Gualtiero musterte das Gesicht des Abts, das keinen Hinweis erkennen ließ. »Weswegen denn?«

Ehe er antwortete, ging Andrea ein paar Schritte und zeigte auf die verblassten Bilder, die sich über die Wände des Kirchenschiffs zogen. »Schmückt die Kirche mit Fresken aus«, rief er voller Begeisterung aus. »*Ex novo*.«

Gualtiero stand nur da und sah ihn an.

»Was denn?«, spöttelte Andrea. »Habt Ihr vielleicht keinen Ehrgeiz mehr?«

»Sicher nicht«, antwortete Gualtiero zögerlich. »Aber ein solches Angebot unter so unglücklichen Umständen zu erhalten, besonders was Messer Maynard betrifft, scheint mir, gelinde gesagt, etwas unangemessen.«

»Heiraten dagegen nicht?«

Doch in dieser Bemerkung, die etwas Herausforderndes hatte,

schwang keineswegs Groll mit, eher ein wenig Spott, was Gualtiero noch mehr verwirrte.

Abt Andrea wandte sich den alten Fresken zu, fast als suchte er nach einem Zeichen, bis er sich wieder an Gualtiero wandte und ihm verständnisvoll zunickte. »Die Wahrheit ist, dass wir beide es leid sind, Angst zu haben, mein Sohn«, seufzte er. »Leid, uns zu fragen, wann die Missgeschicke und Untaten aufhören werden und wir von Neuem anfangen können zu leben.« Andrea klopfte mit seinem Hirtenstab auf die Bodenmosaiken, was seine innere Empörung verriet. »Nach der Pest und der Hungersnot, nach all den Jahren, die ich wie ein Blinder auf der Suche nach Gott herumgeirrt bin, habe ich beschlossen, mich mit neuer Hoffnung der Zukunft zuzuwenden. Haltet Ihr mich für einen Narren deswegen? Wir sind doch keine lichtscheuen Tiere, die dafür bestimmt sind, auf immer in der Dunkelheit zu hausen! Wir sind Menschen! Und selbst wenn ein Unglück auf das andere folgt und wenn die Apokalypse selbst über uns hereinbrechen sollte, wir werden uns nur dann als Menschen bezeichnen dürfen, wenn wir von der Schönheit inspiriert sind.«

Gualtiero hatte vergessen, wie mitreißend die Worte dieses alten Mönches sein konnten. Er zögerte mit einer Antwort, so begeisterte ihn die Leidenschaft, die daraus sprach. »Die Schönheit, die Ihr meint, ist etwas wesentlich Höheres als das Werk eines Handwerkers«, erwiderte er schließlich. »Sie ist die Gnade Gottes, die uns streift, wenn wir auf den Gesang eines Vogels lauschen oder wenn wir am Morgen im goldenen Schein der Sonne erwachen. Sie liegt in der göttlichen Ordnung der Sterne und in den hervorragendsten Gedanken der Theologen. Doch kein Mastro pittore verfügt über die Kunstfertigkeit, um so Großes zu erreichen.«

Andrea deutete verärgert auf die Apsis. »Ist das vielleicht nicht der Erlöser, der Euch von dort oben betrachtet?«

Gualtiero betrachtete den Christus Pantokrator, den Vitale de Equis gemalt hatte. Zunächst fragte er sich, ob es ihm jemals gelingen würde, ein derart vollkommenes Werk zu schaffen, dann verharrte sein Blick auf der geheimnisvollen Starrheit im Antlitz des Herrn. »Das ist er.«

»Und spürt ihr nicht Seinen Blick auf Euch«, fuhr Andrea fort, »obwohl es sich bloß um ein Gemälde handelt? Ist es nicht, als ob Er selbst in dieser Schicht Farbe wohnte und die Seele berührte wie ein Sonnenstrahl?«

»Ja, ich spüre es«, musste Gualtiero zugeben. »Doch nur dank Eurer Worte.«

»Ich habe bloß Eure Aufmerksamkeit darauf gelenkt. Das Gefühl, das Ihr dabei empfindet, kommt von der Flamme der Ewigkeit, die in Euch brennt. Eine Flamme, die jeder von uns in sich trägt, mein Sohn, und die uns die Stimme des Vaters in allem erkennen lässt, der sie innewohnt. Auch *in pictura*.«

»Falls Ihr recht hättet, müsste die Kunst der Bilder sich als genauso heilig betrachten wie das Gebet, die Sakramente und die Bibel.«

»Und so ist es auch, obwohl viele anderes behaupten.« Im Schwung seiner Begeisterung breitete Andrea die Arme aus und zeigte auf die Fresken. »Seid Euch immer bewusst, mein Sohn, dass die Tradition der Ikonografie im Genie des Apostels Lukas ihren Ursprung hat! Er war der Maler aller Maler, der erste Mensch, der zu Wachs und Farbe griff, um die Antlitze Jesu und der Heiligen Jungfrau darzustellen. Auf ihn geht all dies hier zurück, versteht Ihr? Zu Zeiten, als es noch keine theologischen Traktate, dogmatischen Streitgespräche und ökumenischen Konzile gab, hatte unser Glaube bereits Ausdruck in der Erhabenheit des *imago* gefunden, als *symbolum depictum*! Und wenn Ihr an meinen Worten zweifelt, so könnt Ihr das angesichts der Schriften von Symeon Metaphrastes, von Johannes von Damaskus und Thomas von Aquin nicht. Wie zahlreiche Gelehrte der Kirche erkennen sie in dem Evangelisten Lukas den Begründer der Ikonografie, und daher in all jenen vom Schicksal Begünstigten, die diese Kunst beherrschen, seine Zeugen.«

Gualtieros Blick ging instinktiv zu seinen Händen. »Meine Finger … meine Gabe … sollen also Werkzeuge sein, die vom Heiligen

Geist durchdrungen sind, wie es bei jedem *summus magister* und *doctor ecclesiae* der Fall ist?«, murmelte er ungläubig.

Andrea nickte. »So wird es sein, solange Gott wünscht, dass Ihr sein Wort abbildet.«

»Ihr habt mir gerade etwas erklärt, über das weder mein Vater noch Mastro Vitale jemals ein Wort verloren haben«, sagte Gualtiero anerkennend. »Und ich danke Euch dafür.« Kaum hatte er dies ausgesprochen, verwandelte sich sein staunender Ausdruck in geschäftsmäßige Sachlichkeit. »Doch was Ihr hier von mir verlangt, muss auch entlohnt werden.«

Abt Andrea war darauf vorbereitet. »Ehe ich zu Euch ging, hatte ich eine Unterredung mit Madonna Eudeline. An Geld wird es nicht fehlen.«

Gualtiero nahm an ihm eine leichte Verlegenheit wahr, oder vielleicht auch nur eine Reserviertheit, und versuchte, den Abt zum Reden zu ermuntern. »Dann stünden wir also beide in der Schuld der Herrin von Rocheblanche.«

»Sprecht nicht so schnell von Schuld«, wehrte Andrea schnell ab und seufzte. »Denn noch haben wir nicht von der Reise gesprochen, die Ihr vielleicht unternehmen müsst.« Nun war seine Verschämtheit beinahe greifbar.

»Eine weitere Reise? Aus welchem Grund?«

»Für die Ehre von Messer Maynard.«

Als Gualtiero den Namen des Ritters hörte, richtete er sich stolz auf. »Für Messer Maynard werde ich alles tun, das in meiner Macht liegt.«

Andrea zögerte. »Er hat mich über Eure Beteiligung an seiner Mission unterrichtet, obwohl er sich sehr bedeckt gehalten hat.«

Gualtiero wurde plötzlich misstrauisch.

»Ich weiß, worum es geht«, versicherte ihm Andrea, um seine aufrichtigen Absichten zu bekräftigen. »Ich weiß vom Buch des Flegetanis und dem geheimnisvollen Lapis exilii. Ich habe lange über dessen Bedeutung nachgedacht oder zumindest lange genug, um das zu behaupten, was bereits mein Vorgänger Severino meinte ...« Hier unterbrach er sich, überwältigt von plötzlicher Rührung.

Gualtiero, der das nicht nachvollziehen konnte, wartete, bis der Abt sich mit einer beinahe kindlichen Geste eine Träne abgewischt hatte. »Meine Augen haben weit mehr erblickt, als Ihr vermutet«, enthüllte er nun. »Sogar mehr noch als Rocheblanche selbst gesehen hat bei seiner Mission – denn sie hatten das Privileg, den Lapis exilii zu betrachten. Ich habe ihn gesehen, ehrwürdiger Vater, so, wie ich jetzt Euch vor mir sehe.« Diese Worte brachten ihm die Erinnerungen an die Reise zum Kloster Mont-Fleur zurück, das ihm so lebhaft vor Augen stand, dass er das Gefühl verspürte, er hätte es erst vor Kurzem verlassen. Da waren das Gesicht des weisen Abtes Manessier und die mutige Bogenschützin, die ihn vor dem Wolf gerettet hatte. Und dann sah er den majestätischen Felsentisch in der Form eines Mahlsteins, mit dem einst ein Grabmal verschlossen worden war, den Stein, in den die Worte des Messias geritzt waren. Er musste einen ehrfürchtigen Schauer unterdrücken, da bemerkte er, dass der Abt in höchster Begeisterung auf ihn zukam.

»Dann ist es also wahr«, stieß Andrea hervor. »Eure Pilgerreise führte Euch an diesen geheimen Ort –«

»Ich habe schon zu viel gesagt«, unterbrach Gualtiero ihn rasch. »Und ich vertraue darauf, dass Ihr darüber zu keiner Menschenseele ein Wort verliert.«

»Nichts liegt mir ferner«, erwiderte Andrea, der sich plötzlich wieder zurückzog. »Es könnte sogar sein, dass Ihr zwei Reliquien dorthin bringen müsst. Ich meine die beiden Reliquien, die gestohlen wurden ...«

»Der Kelch und die Lanzenspitze. Ich kenne die Geschichte.«

»Nun ja, momentan sind sie beide in unserem Besitz.«

»Ihr meint ... innerhalb dieser Mauern?«

»In einem Grab in der Krypta.«

Gualtiero runzelte die Stirn. »Endlich verstehe ich Eure Sorge und erkenne darin auch die von Messer Maynard. Diese beiden Reliquien müssen an ihren ursprünglichen Ort zurückkehren, damit sie mit dem Lapis exilii vereint werden. Ich werde diese Aufgabe erfüllen, dessen dürft Ihr gewiss sein, doch ich muss die Schneeschmelze abwarten, damit ich die Alpenpässe überqueren kann.«

»Nicht so vorschnell«, ermahnte ihn Andrea. »Für den Moment habe ich bloß die Möglichkeit erwähnt.«

»Was wäre denn die Alternative?«

»Dass Madonna Eudeline sich entschließt, die beiden Reliquien gegen das Leben ihres Bruders einzutauschen.«

»Wollt Ihr damit sagen, dass sie sich diesbezüglich noch nicht geäußert hat?«

»Anfangs erschien sie mir entschlossener als ein Soldat, aber nachdem sie die beiden Reliquien in Augenschein genommen hatte …« Andrea winkte verärgert ab, zum Zeichen, dass er über Angenehmeres sprechen wollte. »Genug für jetzt«, rief er verschwörerisch. »Folgt mir in die Sakristei und lasst uns Eure Hochzeit vorbereiten.«

Die Schlichtheit der Trauungszeremonie hatte sie verzaubert. Nichts als die Worte des Abtes und die beiden Verliebten, die einander unter dem Bogen der Apsis in den Augen des anderen wiederfanden. Doch dies genügte, um ihr all das in Erinnerung zu rufen, was ihr nach dem Tod von Robert de Vermandois für immer versagt bleiben würde. Dort im Licht zeigten die beiden eine solche Freude, die ihr beinahe unziemlich vorkam. Während die Zeremonie sich dem Ende zuneigte, spürte sie auf einmal Roberts Gegenwart, und sie träumte von einem gemeinsamen Leben mit ihm. Einem Leben, das sie in ihren wenigen Umarmungen hatte erahnen können, als sie noch darauf hoffte, einfach nur eine Frau zu sein, alt zu werden mit dem Mann, den sie liebte, Mutter zu sein. Das war, ehe die Pest und die Niedertracht der Menschen sie noch einsamer gemacht hatten.

»Madonna Eudeline weint.«

Zunächst hatte sie gar nicht begriffen, wer das gesagt hatte. Dann hatte sie gesehen, wie Isabeau sie voller Dankbarkeit betrachtete, ehe sie sich erneut Gualtiero zuwandte. Ja, ich weine, hatte Eudeline da gedacht. Ich weine, meine teuerste Freundin, wegen des Glücks, das du nun hast und das mir niemals vergönnt sein wird.

Und Eudeline weinte immer noch. Inzwischen war es Nacht geworden, die Zeremonie war vorbei, aber ihr Kopf war weiterhin erfüllt von diesen Gedanken. Die Marienstatue aus Holz, vor der sie niederkniete, schenkte ihr keinen Trost. Sogar Roberts Geist schien sie verlassen zu haben, hatte sie allein gelassen mit der Angst, nun auch noch den Bruder zu verlieren.

Rette wenigstens ihn, wiederholte sie immer wieder stumm mit gefalteten Händen. Rette ihn, zeig mir den Weg dahin, und ich werde dir für immer dankbar sein.

Aber das holzgeschnitzte Antlitz der Gebenedeiten unter allen Frauen starrte sie nur ausdruckslos an, als hätte sie nach all den Jahrhunderten der Gebete ihre Fähigkeit verloren, die flehentlichen Bitten der Sterblichen zu erfüllen oder wenigstens anzuhören.

Rette ihn, bat Eudeline dennoch beharrlich, und ich schwöre, die Reliquien zu beschützen, die vom Blut deines Sohnes getränkt sind.

63

Kerker des Klosters San Domenico

»Ich biete Euch eine letzte Möglichkeit, Messere«, sagte Bertrand du Pouget mit einem Unterton der Verzweiflung. »Offenbart mir das Versteck des Lapis exilii und den Namen dessen, der meine Reliquien gestohlen hat. Wenn Ihr das tut, seid Ihr gerettet.«

Maynard lachte nur laut, ohne ihm in der Dunkelheit auch nur einen Blick zu gönnen. Er wusste ohnehin nicht, ob er mit einem Menschen aus Fleisch und Blut sprach oder mit einer Ausgeburt seiner eigenen Phantasie. »Welche Rettung wäre das schon, wenn ich sie mit einem Bruch meiner Grundsätze bezahlte?«

»Und angenommen, Eure Schwester würde mit Euch bestraft?«

»Wenn das in Eurer Macht stünde, hättet Ihr sie schon zu mir gebracht.«

»Vielleicht habe ich mir dieses letzte Mittel ja aufgehoben.«

»Vielleicht gibt es Euch gar nicht.«

»Dann wärt Ihr verrückt.«

»Immer noch besser als die andere Möglichkeit.«

»Und die wäre?«

»Dass Ihr der Verrückte seid.« Maynards Gesicht verzerrte sich zu einem bösartigen Grinsen. »Und dass ich mit meinen Werten und meinen Vorsätzen nur eine reine Illusion Eurerseits wäre.«

64

Abtei Santa Maria di Pomposa
29. Dezember

Die Vorskizzen, die er mit Sinopia angefertigt hatte, waren inzwischen erst unter einer Schicht Putz und schließlich unter dem Farbauftrag verschwunden, sodass nun eine Freskenfolge die gesamte südliche Wand des Hauptschiffes ausfüllte. Ein sehr umfangreiches Werk, das sich über neun Gerüstgrenzen erstreckte und über das Doppelte an Tagwerken, woraus neunzehn biblische Szenen in zwei Freskenbändern übereinander entstanden waren. Gualtiero betrachtete sie stolz, er konnte fast nicht glauben, dass er dies alles geschaffen haben sollte.

Um mehr Raum für die Fresken zu finden, hatte er mit dem Einverständnis des Abts Andrea entschieden, drei von den sechs Fenstern hoch oben in der Wand zumauern zu lassen. Die Vollständigkeit der Bilderfolge hatte Vorrang vor dem Sonnenlicht, das von dort in das Kirchenschiff fiel. Nun, da das Werk an dieser Seite vollendet war, erwies sich der Effekt als atemberaubend: Die gesamte Wand wirkte wie ein Blatt voller Miniaturen, das sich auf der gegenüberliegenden Wand fortführen und dort seinen Abschluss finden sollte.

Die oberste Bilderreihe zeigte Geschichten aus dem Alten Testament, angefangen von Adam und Eva vor dem Baum der Erkenntnis, über Kain und Abel, Noah, Abraham bis zu Jakob und Josef. Die untere, die Episoden aus dem Neuen Testament zum Inhalt hatte, erwies sich als wesentlich anspruchsvoller. Die Anmut der Jungfrau Maria bei der Verkündigung durch den Erzengel Gabriel und dessen Flügelfedern waren nur der Beginn einer jedes kleinste Detail berücksichtigenden Übung für Malstil und Vorstellungskraft gewesen, die ihren Höhepunkt in den bestickten Gewändern der Heiligen Drei

Könige und dem Zelt aus Brokatstoff, das den Hintergrund für das Hochzeitsmahl zu Kana bildete, erreichte.

Trotz der Direktiven von Abt Andrea hatte sich Gualtiero einige Freiheiten genommen. Zunächst bei der Darstellung der Flucht aus Ägypten, bei der das Jesuskind nicht auf einem Esel saß, sondern auf den Schultern des heiligen Josef. Außerdem war die Szenerie von Mariä Heimsuchung durch ein Labyrinth aus Mauern und Stadtarchitektur geprägt.

Natürlich durften auch huldigende Bezüge auf die byzantinische Tradition nicht fehlen, insbesondere in den Bildern von Jesu Geburt, seiner Einführung in den Tempel, der Taufe und seinem Einzug in Jerusalem. Außerdem hatte Gualtiero in seine Fresken die Wunderheilungen Jesu eingefügt, die Abt Andrea besonders am Herzen lagen, und sie im Sinne des heiligen Augustinus als Heilssymbole ausgelegt.

Doch wenn man es genauer betrachtete, war jedes Detail seines Werks ein Symbol. Der Abt, der der Anfertigung der Entwürfe beiwohnte, hatte Gualtiero ermahnt, sich die Worte Hugos von Sankt Viktor vor Augen zu halten, dass »alle sichtbaren Dinge Vorlagen sind, die unsichtbaren Dinge zu bezeichnen und zu erklären«.

Außerdem betonte Andrea die heikle Mission aller, die auf den Spuren des Apostels Lukas wandelten. Die Bibel in Fresken umzusetzen, wurde der Abt nicht müde zu wiederholen, hieß, sie neu zu schreiben, sie auszulegen. Und diese Aufgabe verlangte nicht nur Eifer und handwerkliches Geschick, sondern auch Wissen, angefangen von der scheinbar banalen Frage, welche Farben man wählte.

Auch während der späteren Schaffensphasen hatte Gualtiero seine Arbeit Dutzende Male unterbrechen und vom Gerüst hinuntersteigen müssen, um die Bücher zu konsultieren, die Abt Andrea ihm brachte, in dem Bestreben, ihm neue Anregungen zu vermitteln. Dieser ständige Austausch festigte ihre Beziehung, und Gualtiero war jedes Mal aufs Neue überrascht, wie viele Geheimnisse sich hinter einer einfachen Farbschicht verbergen konnten. Trotz all seiner Meisterschaft und seiner Ratschläge schien Vitale de Equis diesen Punkt ihm gegenüber absichtlich verschwiegen zu haben. Vermutlich hatte er die kostbarsten Geheimnisse seines Berufs nicht mit ihm teilen wollen.

Doch erst als er die vollendete Freskenwand betrachtete, wurde Gualtiero bewusst, wie dankbar er dem Abt für seine Unterstützung sein musste. Es wirkte, als würden die Bilder, die aus seinem Pinsel geflossen waren, in ihrem rötlichen Glanz die Verbindung zu einer geheimnisvollen, unsichtbaren Welt schaffen, die nur die gelehrtesten Männer darin erkennen würden.

Von wegen Biblia pauperum! Kein ungebildeter Mensch wäre in der Lage, die komplexe Symbolstruktur auch nur zu erahnen. Die meisten würden in seinen Figuren nur ihre vordergründige Schönheit sehen, ohne auch nur im Geringsten zu erkennen, wie viel Wissen sich dahinter verbarg.

Auf einmal befielen ihn Zweifel. Hatte er sich damit zum Mitschuldigen eines Betrugs gemacht? In seiner Begeisterung für die Bücher aus seiner Bibliothek hatte Abt Andrea ihn dazu gebracht, ein Fresko zu erschaffen, dass nur von Predigern und Gelehrten verstanden werden konnte. War das nicht vielleicht ungerecht gegenüber dem gemeinen Volk?

Gualtiero unterdrückte diese Gefühle und konzentrierte sich auf die Arbeit, die vor ihm lag. Er betrachtete die noch unbemalten Kirchenwände: Auf der nördlichen Wand würden die Bibelszenen fortgesetzt, und die Innenseite der Fassade war traditionsgemäß Darstellungen aus dem Jüngsten Gericht vorbehalten. Die oberste Schicht der beiden Wände hatte er bereits mit dem Hammer abgeschlagen, damit sie die neue Verputzschicht besser aufnahmen.

Noch ein Monat oder höchstens zwei und sein Werk würde vollendet sein.

Ein kalter Luftzug vom Portal her brachte ihn dazu, sich umzudrehen. Soeben hatte sich ein Türflügel geöffnet, und eine in eine wollene Garnache gehüllte Gestalt war hereingekommen. Unter der Kapuze sahen zwei weizenblonde Haarsträhnen hervor. Gualtiero lief sofort auf sie zu und wollte sie umarmen.

»Warte«, sagte Isabeau und legte ihm einen Finger auf den Mund. »Lass mich erst schauen.«

»Hast du immer noch nicht genug davon?«, spöttelte er. »Seit Wochen liege ich dir damit doch schon in den Ohren.«

»Aber jetzt kann ich es endlich im Ganzen sehen.« Isabeau nahm ihn an der Hand und ließ sich von ihm durch das Kirchenschiff führen, während sie eingehend jede Einzelheit des Freskos studierte.

Gualtiero beschränkte sich darauf, sie nur stumm von der Seite zu beobachten. Er brannte zwar darauf, ihre Meinung zu erfahren, aber er wollte sie keineswegs zur Eile drängen. Isabeau hatte von Anfang an offen ihre Begeisterung für die ihm anvertraute Aufgabe gezeigt, doch auch ihre Enttäuschung ausgedrückt, dass sie ihm dabei nicht helfen konnte. Aber er hatte ihr darin widersprochen. Schon seit der Zeit, als er in Anwesenheit seiner Mutter gemalt hatte, war ihm bewusst, wie außerordentlich wichtig es war, einen Menschen an seiner Seite zu haben, den man stolz machen konnte, und nun konnte er sich nach zahlreichen Widrigkeiten glücklich schätzen, den Stolz seiner eigenen Ehefrau zufriedenzustellen. Aus diesem Grund betrachtete er sie weiterhin verstohlen, doch er konnte ihrem Gesicht nicht ansehen, was sie dachte. »Willst du mich noch lange zappeln lassen?«, fragte er schließlich.

Bevor sie ihm antwortete, sah Isabeau sich erst alles zu Ende an und blieb dann vor einer Darstellung der Heiligen Drei Könige stehen, die unter einem wie eine goldene Lilie geformten Kometen dalagen und schliefen. Erst jetzt ließ sie ihre Verzückung erkennen. »Wenn ich bedenke, dass jedes dieser Bilder das Werk deiner Hände ist … und nur dieser Hände …« Sie küsste ihn bewegt. »Es ist, als würde meine Liebe zu dir noch wachsen, während ich sie ansehe. Um so viel mehr!«

Gualtiero war im siebten Himmel. Obwohl ihn noch der Zweifel quälte, ob sein Werk nicht doch zu kompliziert für die einfachen Gemüter des Volkes wäre, bat er Isabeau, doch näher zu erklären, was sie dachte. Da bemerkte er eine weitere Person, die an der Kirchentür stehen geblieben war und sich räusperte.

Es war Agostino.

Anfangs begriff Gualtiero nicht, warum der Bedienstete so verlegen war. Doch dann wurde ihm bewusst, dass er im Überschwang seiner Gefühle Isabeau so eng umarmte, wie es wohl kaum der Umgebung angemessen war. Verschämt ließ er sie los.

»Der ehrwürdige Abt bittet Euch beide, sofort in sein Arbeitszimmer zu kommen«, sagte Agostino daraufhin. Und während er sich zum Gehen wandte, fügte er noch traurig hinzu: »Die Zeit für den Scheiterhaufen ist nah.«

»Übermorgen bei Tagesanbruch«, erklärte Abt Andrea finster. Er war so betroffen, dass es ihn nicht an seinem Platz hielt. Als Gualtiero und Isabeau das Arbeitszimmer betraten, lief er unruhig zwischen dem Schreibtisch und dem Kamin hin und her.

Genauso erschüttert, aber reglos stand Eudeline etwas entfernt von ihm, als wollte sie sich von seiner Erregung nicht anstecken lassen.

»Übermorgen!«, wiederholte Andrea und lief mit langen Schritten auf und ab.

»Also gibt es keinen Aufschub?«, vergewisserte sich Gualtiero.

»Ein Ausrufer hat es gestern auf der Piazza verkündet. Weder Aufschub noch Begnadigung!«

»Nicht einmal, wenn man dem Kardinal die beiden Reliquien im Tausch anbietet?«, fragte Isabeau schreckensbleich.

»Das werde ich nicht tun.« Eudeline trat einen Schritt vor, sie hielt sich kerzengerade. Die dunklen Augenringe und das nervöse Zittern ihres Körpers verrieten nur einen kleinen Teil ihrer inneren Anspannung. »Diesen Gefallen werde ich dem Bastard nicht tun!«

»Ich würde ebenfalls zögern, Madonna«, erklärte Gualtiero. »Aber für Maynard …«

»Ich werde die Ehre meines Bruders nicht in den Schmutz ziehen«, schnitt Eudeline ihm beinahe bissig das Wort ab. »Wenn ich Bertrand du Pouget die Reliquien überließe, wäre das, als würde ich Maynard verraten, und seine ganzen Anstrengungen wären umsonst gewesen. Und er … er würde mir dies nie verzeihen!«

Isabeau schüttelte den Kopf und wollte ihr schon widersprechen, doch Gualtiero bedeutete ihr rasch, sie solle sich zurückhalten. »Also werdet ihr tatenlos zusehen, wie Euer Bruder stirbt?«

»Ich …« Eudeline ballte wütend die Hände zu Fäusten. »Ich werde einen Weg finden, ihn zu rächen.«

»Noch ist er am Leben, und Ihr sprecht bereits von Rache?«, mahnte Andrea.

»Würdet Ihr lieber die Reliquien dem Teufel in Person ausliefern?«, griff Eudeline ihn an. »Meint Ihr etwa, Maynard würde Euch dies erlauben? Er wäre glücklich darüber? Ich bin doch die Erste, die unter dieser Entscheidung leidet, aber gerade aus Liebe zu meinem edlen Bruder … und zu den Werten, die ihn zu einem Mann machen …«

Tief berührt sah Gualtiero diese Frau an. Sie stand aufrecht in der Mitte des Raumes, kämpferisch und erschüttert zugleich. Und auch voller Angst, das sah er nun klar und deutlich. Von allen Anwesenden schien Eudeline am erschrockensten über die Worte aus ihrem Mund zu sein. Es wirkte, als hätte sie sich nach langem, zermürbendem Zögern nun endlich entschlossen, sie auszusprechen.

»Zweifellos habt Ihr recht, Madonna, ich kann dennoch nicht akzeptieren, dass es so enden soll.« Nachdem er die Bestürzung in Isabeaus Gesicht bemerkt hatte, wandte Gualtiero sich an den Abt. »Vielleicht, wenn wir den Bischof um Gnade bäten …«

»Das habe ich schon versucht«, schnaubte Andrea. »Aber Seine Exzellenz, Filippo d'Antella, war taub für meine Bitten.«

»Dieser Judas!«, fluchte Eudeline.

Gualtiero wollte schon etwas dazu sagen, doch Andrea hielt ihn auf. »Wir haben schon alles versucht, mein Sohn, jede Möglichkeit in Betracht gezogen. In der irrigen Annahme, wir könnten etwas Unausweichliches ändern. Die schlimme Wahrheit ist, dass niemand mehr Lamberto da Cingoli und Bertrand du Pouget in ihrem Vorhaben aufhalten kann. Selbst wenn Madonna Eudeline sich jetzt dazu entschlösse, sich ihnen auszuliefern, würde sie doch nur zu einem Instrument der Erpressung für diese Schurken werden ... um dann gemeinsam mit Maynard auf dem Scheiterhaufen zu enden.«

»Ihr wollt also allen Ernstes sagen, dass sie nicht einmal dem Tod des eigenen Bruders beiwohnen darf?« Gualtiero musterte ihn voller Empörung.

Andrea nickte. »Die Männer des Kardinals würden nicht zögern, sie zu ergreifen, sobald sie sie erkennen würden. Und glaubt mir, an jenem schicksalhaften Tag werden sie wie ausgehungerte Wölfe über die Piazza streifen.«

Mit traurigem Herzen musste Gualtiero an den Tod seines Vaters zurückdenken. Oder zumindest an den des Mannes, den er seit seiner Kindheit dafür gehalten hatte. Mastro Sigismondo de' Bruni, der zu Unrecht auf der Galgenwiese aufgehängt worden war. Er hatte noch dessen Furcht vor Augen, das schmutzige Gesicht, von Tränenspuren überzogen, den Körper, der langsam unter dem Druck der Schlinge erdrosselt wurde. Der Schmerz und die Wut darüber, nur ohnmächtig zusehen zu können, hatten ihn so überwältigt, dass er bewusstlos zu Boden gesunken war. Genauso schmerzlich war es gewesen, Zeuge werden zu müssen, wie seine Mutter, verzehrt von der Pest und der Reue, mit einer Lüge gelebt zu haben, allmählich ihr Leben aushauchte.

Doch wenigstens hatten Sigismondo und Sapia im Augenblick ihres Todes den geliebten Sohn in ihrer Nähe gehabt. Ihre Seele war erfüllt von dem Gefühl, dass jemand da war, der sie sehr liebte, zu ihrem Schöpfer gegangen.

Maynard würde nicht einmal dies vergönnt sein.

Hin- und hergerissen zwischen Rührung und Wut trat Gualtiero entschlossen in die Mitte des Raumes.

»Wenn Madonna Eudeline schon nicht an der Hinrichtung teilnehmen darf, heißt das, dass ich dort sein werde.« Dann wandte er sich an Andrea. »Und Ihr, Vater, werdet mich begleiten.«

65

Ferrara, Platz vor der Kathedrale
1. Januar 1350

Maynard betrat den Platz im ersten blassen Morgenlicht. Der Soldat, der ihn am Strick führte, meinte höhnisch, es sei doch eine Ehre, auf dem prächtigsten Platz der ganzen Stadt zu brennen. Doch Maynard wandte seine Aufmerksamkeit dem Schneetreiben zu, das mit seinem Weiß die Marmorfassade des Domes verschwinden ließ. Auf der anderen Seite der Piazza erhob sich der Palazzo della Signoria wie ein riesiger Wächter. Maynard schaute etwas genauer hin, da etwas Schreckliches dort zwischen den Zinnen seine Aufmerksamkeit erregt hatte. Es war der Kopf von Margherita Ariosti, aufgespießt auf einer Pike.

Die Menge wurde allmählich zahlreicher, sie versammelte sich wie ein Schwarm Raben, die ein Aas angelockt hatte. Doch nachdem er den Scheiterhaufen erblickt hatte, gab es für Maynard nichts anderes mehr. Ein einfacher Holzpfahl in einem Kegel aus Heu, über den Pech verteilt war. Er konnte kaum glauben, dass ein derart groteskes Ding das Leben eines Mannes beenden sollte.

Maynard ertappte sich bei einem Lächeln. Verglichen mit dem Grauen von Crécy, den Schrecken der Pest und der Folterqual in den Kerkern von San Domenico wirkte dieser Holzpfahl geradezu harmlos, mehr wie eine Vogelscheuche. Da er so viele Menschen hatte sterben sehen, war ihm der Schnitter Tod mit jedem Tag vertrauter geworden. Fast war es, als hätte er sich in einem Schattentanz mit ihm vergnügt, um ihm seine alltägliche Gegenwart und sein stetes Näherkommen bewusst zu machen und ihn auf die letzte Umarmung vorzubereiten.

Maynard hatte diesen Gedanken noch nicht zu Ende gebracht, da rissen die Wolken auf, und ein dünner Sonnenstrahl fiel schräg auf die Spitze des Scheiterhaufens. Gut, dann seid Ihr also gekommen mit Eurer Sense, dachte er.

Er wurde mit Händen, Oberkörper und Füßen an den Pfahl gefesselt, während die *congregatio mortis* sich vor ihm versammelte, in den Dunst ihrer Weihrauchfässchen gehüllt. Doch bevor sie ihre Gebete anstimmen konnte, hielt eine gebieterische Stimme sie auf.

»Kein Miserere für diesen da!«

Da ihm die Stimme bekannt vorkam, suchte Maynard in der Menge nach dem, der diesen Befehl ausgesprochen hatte, bis er schließlich seinen Erzfeind erkannte, der von einer Schar Bewaffneter begleitet wurde.

Gualtiero drängte sich beharrlich durch die Menge vorwärts, Abt Andrea zog er an der Hand mit sich, damit er ihn nicht in dem Gewimmel rund um den Scheiterhaufen verlor. Inzwischen war er schon so nahe gekommen, dass er Maynards Kopf ausmachen konnte, ein Stück oberhalb der Häupter der versammelten Menge.

»Bleibt doch stehen!«, flehte Andrea ihn an, völlig außer Atem.

»Ich denke nicht daran«, schnaubte Gualtiero und bahnte sich mit den Ellenbogen den Weg nach vorn. »Er muss uns sehen! Er muss wissen, dass wir ihn nicht verlassen haben!«

Doch Abt Andrea hatte immer mehr Mühe vorwärtszukommen, insbesondere als das Auftauchen einer Schar Bewaffneter die Menge erregte und dazu brachte, noch näher an den Hinrichtungsplatz zu drängen. Der Abt stolperte über den Saum seines Gewandes und über Dutzende Füße. Als er plötzlich dicht von der Menge umringt war, löste sich seine Hand aus der Gualtieros. »Habt Erbarmen!«, rief er mit hilfloser Enttäuschung aus.

Gualtiero wandte sich um. »Kommt schon!«

»Geht Ihr voraus«, sagte Andrea. »Ich folge Euch.«

Gualtiero hatte da gewisse Zweifel. Obwohl Andrea ihn nach Ferrara begleitet hatte, hatte er von Anfang an seine Bedenken geäußert, der Hinrichtung beizuwohnen. Er wollte nicht Zeuge werden, wie ein gerechter Mann so kläglich zugrunde ging.

Gualtiero war seiner Meinung, doch er ahnte, dass der Abt nicht die ganze Wahrheit gesagt hatte. Hinter dessen Zögern verbarg sich bestimmt auch die Sorge, sich allzu verdächtig zu machen. Eine ziemlich wahrscheinliche Vermutung übrigens, wenn da Cingoli oder du Pouget sie beide in vorderster Reihe bei der Hinrichtung von Maynard de Rocheblanche bemerkt hätten. Doch Gualtiero wollte ihn in dieser Situation nicht als Feigling beschimpfen und ging deshalb allein vorwärts.

Im Gegensatz zum Abt von Pomposa kannte ihn hier niemand, und er konnte sich unbeobachtet zwischen den Leuten aus dem Volk bewegen, die gekommen waren, um sich das schändliche Spektakel anzusehen. Deshalb drängte er sich gewaltsam vor, bis ihn nur noch eine Reihe Soldaten vom Scheiterhaufen trennte.

Er hätte den abgemagerten, in Lumpen gehüllten Mann kaum wiedererkannt, der dort an den Brandpfahl gefesselt war. Keinen einzigen Moment zweifelte er jedoch, wer der ältere, aber energisch wirkende Mann im Kardinalsgewand sein mochte, der auf Maynard zuging.

Bertrand du Pouget schritt vorwärts und schwang dabei einen Stab, auf dessen Spitze ein Kreuz saß. »Seht Ihr dies hier, Rocheblanche?«, rief er laut aus und zeigte es dem Verurteilten. »Dies ist die Rettung! Eure einzige, wenn Ihr Euch ihrer würdig erweist.«

Maynard lachte ihm offen ins Gesicht. »Welche Rettung könnte mir schon ein Teufel bieten, der sich im Gewand eines Priesters verbirgt?«

»Warum bleibt Ihr nur so verstockt?«, sagte Kardinal du Pouget und täuschte Betrübnis vor. »Sprecht doch, um Gottes willen! Sprecht, damit ich Euch erlösen kann!«

»Eminenz, Ihr scheint Euch mehr zu fürchten als ich«, spottete Maynard weiter.

Dieser ging nicht auf die Provokation ein. Seine Wissbegier ließ ihn alles vergessen, den Stab mit dem Kreuz, die Soldaten und das versammelte Volk. »Ihr begreift nicht … Ihr begreift nicht!«, rief er, packte Maynard an den Seilen, die seine Brust fesselten, und schüttelte ihn heftig. »Was Ihr wisst, dürft ihr der Kirche nicht verschweigen! Das ist ein unsägliches Verbrechen, eine Todsünde!«

»Verbrennt mich doch endlich, zum Teufel«, sagte Maynard. »Los, worauf wartet Ihr noch?«

Kardinal du Pouget taumelte zurück, außer sich vor Wut. »Ihr wollt mich herausfordern, Rocheblanche? Eigentlich solltet Ihr mich anflehen!« Er deutete auf das pechgetränkte Heu, das die Grundlage des Scheiterhaufens bildete. »Wenn Ihr Euch mir nicht öffnet, wird Eure unsterbliche Seele in der Hölle enden!«

»Dort bin ich schon. Die Hölle habt Ihr mir gezeigt.«

»Ihr wisst ja nicht, was Ihr sagt!«

»Zu Eurem Leidwesen weiß ich das nur zu genau. Wie viel Zeit bleibt Euch noch, Eminenz? Ihr seid alt, und mit mir stirbt Eure letzte Hoffnung, den Lapis exilii zu finden. Mit all Eurem Schrecken und Eurer Schläue ist es Euch nicht gelungen, mich zum Sprechen zu bringen!«

»In einem täuscht Ihr Euch«, zischte Bertrand du Pouget drohend. »Solange Eure Schwester lebt, ist noch nicht alles verloren.«

Trotz der Furcht vor seinem unmittelbar bevorstehenden Tod durchfuhr Maynard nun ein noch größerer Schreck, die Angst um Eudeline. Er grinste höhnisch, um die Wut des Kardinals weiter anzuheizen. »Meine Schwester ist vorsichtig und klug, Ihr werdet sie nie finden!«

»Ich ahne jedoch, dass sie ganz in der Nähe ist! Und wenn ich sie erst in der Hand habe …«

»Das werdet Ihr nicht wagen!«

Kardinal du Pouget näherte sich ihm ein letztes Mal, in seinen geweiteten Augen lag unbändiges Verlangen. »Redet, Rocheblanche!«

»Niemals!«

»Nun denn ...« Bertrand du Pouget wandte sich mit ausgebreiteten Armen der Menge zu. »Er soll brennen!«

Dann überstürzten sich die Ereignisse. Maynard hob die Augen zum Himmel, um sich dem Herrn anzuvertrauen. Als er sie senkte, begegnete sein Blick dem eines in einen schwarzen Umhang gehüllten Mannes, der aufrecht auf dem Balkon seines Palastes stand. Obizzo d'Este schien ihm einen letzten Gruß zu entbieten. Weiter unten in der Menge blieb sein Blick an einem jungen Mann mit einem wirren Haarschopf haften, dessen tränenüberströmtes Gesicht sich in einem Schrei verzog.

Dann schleuderte ein Scherge eine Fackel auf das pechgetränkte Heu, das sofort hell aufloderte.

An diesem eiskalten Januarmorgen spürte Maynard, wie die Luft auf einmal stickiger wurde. Der Rauch stieg quälend in seine Nasenlöcher, er nahm ihm die Sicht und schleuderte ihn zurück in die finstere Welt seiner Alpträume. Jetzt meinte er, Hufgeklapper zu hören. Da war er, der vierte Reiter, der kam, um ihn zu holen!

Der Rauch, der von unten aus dem Scheiterhaufen aufstieg, schwoll ungewöhnlich stark an und zwang die Menge und die Bewaffneten zurückzuweichen. Gualtiero fiel zu Boden. Diese dichten, sich weiter ausbreitenden Schwaden, die so dunkel waren, als kämen sie aus den Tiefen eines Vulkans, nahmen ihm die Sicht. Er hörte Flüche, Angstschreie, Ausrufe der Verwunderung. Ohne zu wissen, was da vorging, rief er Maynard laut bei seinem Namen.

Dann geschah ein Wunder, das der Teufel selbst nicht besser hätte schaffen können. Unten aus dem Scheiterhaufen leckten plötzlich scharlachrote Feuerzungen hervor, wanden sich wie Schlangen aus Licht nach oben. Dazu ertönte ein schrilles Pfeifen, das die Leute auf der Piazza noch mehr erschreckte.

Und da erschien er.

Im Sattel eines riesigen Pferdes, gehüllt in eine Rüstung, die noch schwärzer war als die Nacht, galoppierte er vorwärts, ohne sich darum zu kümmern, ob er dabei Bewaffnete, Geistliche oder einfache Leute niederritt. Während große Verwirrung herrschte, stürzte er sich dorthinein, wo der Rauch am dichtesten war, bis er wieder daraus hervortauchte und davonpreschte.

Gualtiero, dessen Verwunderung keine Grenzen kannte, hätte geschworen, dass er auf dem Sattel des Reiters den leblosen Maynard gesehen hatte.

Während der Rauch durch den Wind vertrieben wurde und man die Überreste eines leeren Scheiterhaufens sah, stand Gualtiero auf, ohne jedoch zu verstehen, was gerade vor sich gegangen war. Er sah sich nach Abt Andrea um, weil er hoffte, dass wenigstens dieser ihm eine Erklärung dafür geben könnte.

Doch da hörte er hinter sich eine Stimme. »Gualtiero de' Bruni, der Maler?«

Instinktiv nickte er und wandte sich um.

Doch noch bevor er sehen konnte, wer ihn gerufen hatte, schlug ihm jemand auf den Kopf.

Dann war da wieder diese Stimme. »Kommt mit, der Kardinal erwartet Euch …«

66

Wie durch ein Wunder war Abt Andrea nicht im allgemeinen Durcheinander von den Leuten umgerissen worden. Als die ersten ungewöhnlich dichten Rauchschwaden aufzogen, hatte er sich aus der Menge fortgeschlichen, um Schutz unter der Fassade der Kathedrale zu suchen, weil ihm bewusst war, dass dort etwas Seltsames vor sich ging. Doch das, was folgte, war so außergewöhnlich, dass er es nur stumm verfolgen konnte.

Als der ganze Spuk vorbei war, irrte er zusammen mit Dutzenden Leuten, die genauso benommen waren wie er selbst, über die Piazza, bis er eine Gruppe entdeckte, die sich raschen Schrittes vom Scheiterhaufen entfernte. An der Spitze der Inquisitor Lamberto da Cingoli und ein alter Prälat, in dem er sogleich Kardinal Bertrand du Pouget erkannte. Hinter ihnen liefen einige Schergen, die einen bewusstlosen Mann mit sich schleiften.

Kaum hatte er diesen erkannt, eilte Andrea auf die Gruppe zu.

»Halt!«, schrie er. »Dazu habt Ihr kein Recht!«

Da Cingoli blieb sofort stehen und sah sich nach demjenigen um, der gerufen hatte. Als er Andrea erkannte, gab er den anderen ein Zeichen, einfach weiterzugehen.

»Ihr dürft ihn nicht gefangen nehmen!« Andrea bemühte sich, die Gruppe so schnell wie möglich zu erreichen.

Zu seiner größten Überraschung sah er, dass Lamberto da Cingoli ihm entgegenkam. »Nehmt Ihr Gualtiero de' Bruni etwa in Schutz, ehrwürdiger Vater?«

Die Anklage in dessen Stimme schüchterte Andrea ein. »Dieser Mann ... ist nicht fähig, jemandem etwas anzutun.«

»Dieser Mann ist ein Freund von Rocheblanche«, sagte da Cingoli und kam vor ihm zu stehen. »Und kennt seine Geheimnisse, Geheimnisse, die weit über Eure Vorstellungskraft gehen.«

Andrea nahm all seinen Mut zusammen, um Gualtiero zu verteidigen. »Er ist ein guter Christ! Übergebt ihn mir, und ich werde ihn befragen, falls er wirklich –«

»Auch Ihr seid ein Freund von Rocheblanche«, sagte da Cingoli drohend. »Muss ich vielleicht annehmen, dass Ihr mir etwas verheimlicht?«

Andrea spürte, wie eine Eiseskälte sich um sein Herz legte. »Ich wollte ja nur … Klarheit schaffen«, stammelte er.

»Dafür sorge ich schon.« Mit einem knappen Gruß ließ da Cingoli ihn auf der Piazza stehen.

Und überließ ihn der Verzweiflung.

67

Das Weinen eines Kindes weckte Maynard auf.

Als er die Augen öffnete, bemerkte er erstaunt, dass er sich auf einem Strohlager wiederfand, über sich eine Balkendecke. Seine Sicht war getrübt. Er rieb sich die Augen, um zu erkennen, was sich dort im Halbdunkel verbarg. Inzwischen bemühte sein Kopf sich, die Zeitlücke zwischen dem Scheiterhaufen auf der Piazza und der verwirrenden Gegenwart auszufüllen. Ich lebe noch, wiederholte er sich und konnte es kaum glauben. »Ich lebe ... und stinke verbrannt.«

Er erinnerte sich an die ungewöhnliche Menge Rauch, die aus der Heuschicht aufgestiegen war, und das quälende Warten auf den Schmerz. Doch zu seiner großen Überraschung waren die Flammen nicht weiter aufgelodert, sondern hatten ständig immer dunklere und dichtere Schwaden aufsteigen lassen, die ihm die Atemluft genommen hatten. Dann war dieser Reiter in Rüstung erschienen. Er hatte sein Schwert gezogen, um ihm die Fesseln durchzuschneiden und ...

Wieder dieses Weinen.

Er hob den Kopf und sah einen Mann mit arabischen Gesichtszügen, der in einen grünen Umhang gehüllt war und ein kleines Mädchen mit kastanienbraunen Haaren auf dem Arm hielt. Es war ein so ungewöhnlicher Anblick, dass Maynard sich fragte, ob er nicht vielleicht an Halluzinationen litt.

Der Araber setzte die Kleine auf einen Schemel und kam auf Maynard zu. Er befühlte dessen Stirn, zog eines seiner Augenlider hoch und nickte dann zufrieden.

»Wer ... seid Ihr?«, fragte Maynard den Mann.

»Ein ungläubiger Teufel aus Spanien«, antwortete eine dritte Person an seiner statt.

Maynard wandte den Blick zu der Tür, die sich links von ihm

befand, und entdeckte dort einen Riesen in einer schwarzen Rüstung. Er trug immer noch den schreckenerregenden Helm, mit dem er an einen gehörnten Dämon erinnerte.

»Ein Teufel, der mir vor Zeiten das Leben gerettet hat«, fuhr der geheimnisvolle Mann fort. »Und heute, Messere. Er kennt sich sehr gut in der Heilkunst aus, aber auch im Einsatz von Schießpulver.«

Maynard richtete den Oberkörper auf, indem er sich auf seine Ellbogen stützte. Er wusste nicht, worüber er bestürzter sein sollte, über diese Erklärung oder die schreckliche Erinnerung, die der Klang dieser Stimme in ihm weckte. »Ihr wollt also sagen …«

»Dass mein Diener heute Nacht gewisse Substanzen im Heu Eures Scheiterhaufens verteilt hat, die dann den wundersamen Effekt hervorbrachten, wie Ihr ihn selbst beobachten konntet«, erklärte der Mann.

»Und wer seid Ihr, dass Ihr ein Interesse hattet, so etwas zu tun?«

Das Gelächter des Mannes hallte metallisch hinter seinem Visier hervor. »Seit ich hier in Ferrara bin, lasse ich mich Namo nennen.« Er löste eine Schnalle am unteren Ende der Halsberge und nahm dann mit quälender Langsamkeit den Helm ab. »Damit niemand Verdacht schöpfte, wenn er meinen wahren Namen kennt, der mich mit Euch verbindet.«

Der Anblick dieses Gesichts war für Maynard schlimmer als jede Folter. Mit geweiteten Augen sprang er auf, erfasst von einem Grauen nie geglaubten Ausmaßes. Hasserfüllt sagte er dieses eine, dieses ach so schreckliche Wort: »Vater.«

68

Obwohl er in seinem Leben schon viele Abenteuer durchlebt hatte und ihm Schlimmes widerfahren war, konnte Gualtiero sich nicht erinnern, dass er jemals solche Angst empfunden hätte. Man hatte ihn in ein Verlies mit einer Decke aus Felsen und feuchten, modrigen Wänden geschleppt. Es wurde von einer einzigen Laterne erhellt, die auf einem Tisch stand, hinter dem zwei Kirchenmänner saßen: der Inquisitor und der Kardinal. Außerdem befanden sich noch drei in schwarze Umhänge gehüllte Schergen im Raum.

»Wo ist Rocheblanche?«, fragte Lamberto da Cingoli mit donnernder Stimme.

»Er war an den Pfahl des Scheiterhaufens gefesselt …«, brachte Gualtiero schrill hervor, während einer der Handlanger ihn zwang, weiter auf den Knien zu verharren.

Bertrand du Pouget schlug wütend mit der flachen Hand auf den Tisch. »Er ist geflüchtet, das haben alle gesehen!«, zischte er wütend. »Wer hat ihm geholfen?«

»Das … weiß ich nicht.«

»Leugnet Ihr etwa, dass Ihr einer seiner Anhänger seid?«

»Sein Anhänger?« Gualtiero starrte die Männer empört an. »Ich bin einer seiner … Freunde.«

»Das wissen wir, das wissen wir …«, knurrte da Cingoli. »So wie wir wussten, dass heute jemand, der ihm nahesteht, zum Scheiterhaufen kommen würde, um der Verbrennung beizuwohnen. Schickt Euch Madonna Eudeline?«

Als er diesen Namen hörte, musste Gualtiero stark an sich halten, um nicht aufzufahren und sich mit heftigen Schlägen gegen den Schergen zur Wehr zu setzen. Die Geier vor ihm lauerten nur darauf, dass er sich durch eine Gefühlsregung verriet. »Ich kenne keine Madonna Eudeline.«

»Ihr wollt uns doch nicht erzählen, dass Ihr aus eigenem Antrieb nach Ferrara gekommen seid.«

»Das entspricht aber der Wahrheit.«

»Und der Lapis exilii? Kennt Ihr den etwa auch nicht?«

»Ich ...« Gualtiero biss sich auf die Lippe. »Ich kann kein Latein.«

»Schlau ist der Gauner also auch noch«, murmelte du Pouget.

»Das ist keine Spitzfindigkeit, Eure Exzellenz. Ich bin nur ein schlichter Mensch.«

»Nichts an Euch ist schlicht«, widersprach Kardinal du Pouget, der immer wütender wurde. »Genauso wenig wie an dieser Hündin von Eurer Mutter, Elisa d'Este.«

Gualtiero schnellte vor Wut hoch, doch ein heftiger Stoß in den Rücken schickte ihn sofort zu Boden. »Wagt es nicht ...«, knurrte er schäumend vor Wut.

»Das genügt!«, rief Lamberto da Cingoli. »Es ist offensichtlich, dass Ihr mit Rocheblanche unter einer Decke steckt! Offenbart uns seine Geheimnisse!«

»Ich weiß gar nichts«, schrie Gualtiero, während der Fuß des Schergen weiter zwischen seine Schulterblätter drückte.

»Ihr lügt! Erzählt uns von den Reliquien Christi!«

Gualtiero gab zu verstehen, dass er antworten wollte, und erhielt deswegen die Erlaubnis, sich auf die Knie aufzurichten. Er atmete tief durch, um den Aufruhr der Gefühle zu beruhigen, der in seiner Brust tobte. Vor vielen Jahren, als er noch ein kleiner Junge war, hatte er einmal einen Spatz in Händen gehalten und am Zittern seines Körpers dessen Angst wahrgenommen. Nun fühlte er sich genau wie dieses kleine, verschreckte Wesen. »Unser Herr Jesus Christus«, sagte er schließlich, »ist in Fleisch wiederauferstanden, sodass er keine Reliquien des eigenen Körpers hinterlassen konnte.«

Monsignore Bertrand hob eine Augenbraue. »Macht Ihr Euch über uns lustig?«

»Vor Euch, ehrwürdigste Prälaten, würde ich doch niemals lügen!«

Da Cingoli brachte ihn mit einer ungeduldigen Handbewegung zum Schweigen. »Wärt Ihr uns nicht noch nützlich, würde ich Euch dafür sofort diese unverschämte Zunge herausreißen lassen.« Dann beugte er sich mit einem bösartigen Lächeln vor. »Aber dafür können wir Euch etwas anderes nehmen, seid dessen gewiss.«

Der Scherge zückte einen Dolch. »Schneiden wir ihm doch ein Ohr ab!«, schlug er vor und packte Gualtiero an den Haaren.

»Nein«, unterbrach ihn du Pouget. »Er ist ein Maler, wenn ich nicht irre. Trennt ihm den kleinen Finger der rechten Hand ab.«

»Haltet ein!«, schrie Gualtiero und versuchte sich loszureißen. Die Verzweiflung verlieh ihm so viel Kraft, dass noch ein zweiter Handlanger hinzukommen musste, um ihn festzuhalten. Er wurde von den Knien hochgerissen, bis zum Tisch geschleppt und gezwungen, die Hand flach auf die Tischplatte zu pressen. Der Anblick der Klinge ließ ihn zusammenzucken. »Tut es nicht! Tut es nicht, ich flehe Euch an!«

Lamberto da Cingoli gab dem Schergen ein Zeichen, noch nicht zuzuschlagen. »Wenn Euch etwas daran liegt, unversehrt zu bleiben«, sagte er zu Gualtiero, »dann enthüllt uns die Geheimnisse von Rocheblanche.«

»Er hat mir nie etwas Wichtiges gesagt!«, schrie dieser flehend. »Nichts, sage ich Euch! Nichts!«

Der Inquisitor schnaubte enttäuscht auf. »Schlagt zu!«

69

»Ihr solltet tot sein!« Maynards Stimme verriet seine zwischen Hass und Verwunderung schwankenden Gefühle. »Ich habe gesehen, wie Ihr, zerfetzt von den Säbeln der Ungläubigen, im Staub von Algeciras lagt. Acht Jahre ist das nun her.«

Gaspar de Rocheblanche legte den Helm auf einem Hocker ab, ebenso die Eisenhandschuhe mit den schrecklichen Metalldornen. Nach einem schnellen Blick zum Araber, der zu dem kleinen Mädchen geeilt war, wandte er sich wieder seinem Sohn zu. »Ich erinnere mich nur zu genau an Euren Besuch, aber auch daran, in welch erbarmungswürdigem Zustand Ihr mich schamlos zurückgelassen habt. Wenn ich überlebt habe, dann verdanke ich das einzig diesem Sarazenen, der mich gesund pflegte im Gegenzug für das Versprechen, eines Tages an meinen Reichtümern teilzuhaben. Seither dient er mir treu.«

»Die Hölle hat Euch also nicht gewollt. Aber warum habt Ihr so lange geheim gehalten, dass Ihr noch lebt?«

»Kommt, mein edler Sohn! Ich war sicher nicht allzu begierig darauf, meine Brust Eurem Schwert darzubieten! Wusste ich doch nur zu gut von Eurer Besessenheit, mich umzubringen. Diese habe ich an jenem Tag in Spanien, als ihr mich so infam im Stich ließt, in Eurem Gesicht gelesen, so wie ich sie auch jetzt erkenne. Unverändert, obwohl ich Euch vor dem Scheiterhaufen gerettet habe.«

»Ich denke, dies habt Ihr einzig getan, um mir einen noch unangenehmeren Tod zu bereiten.«

»Offen gesagt habe ich es für mich selbst getan«, erklärte Gaspar. »In den vergangenen Monaten habe ich Eure Spuren verfolgt, und obwohl ich immer noch nicht weiß, weshalb Ihr von der Inquisition gefangen genommen worden seid, kann ich einfach nicht zulassen, dass mein einziger männlicher Nachkomme, unter dem allgemeinen Spott der Ketzerei angeklagt, auf dem Scheiterhaufen verbrannt wird.

Wäre es dazu gekommen, hätte das Haus de Rocheblanche einen unauslöschlichen Makel davongetragen, zudem wäre es als Folge von der Kirche seiner Güter beraubt worden.«

»Ihr kommt zu spät, da unser Besitz bereits von der Apostolischen Kammer eingezogen wurde«, verhöhnte ihn Maynard.

»Unmöglich!«

»Eingezogen!«, wiederholte Maynard genüsslich. »Mit besten Grüßen von Kardinal du Pouget und Eurem männlichen Erben, der sein Leben dafür hingeben würde, nur um Euch für Eure unaussprechlichen Schandtaten bestraft zu sehen!«

»Schweigt, verfluchter Sohn!«, zischte Gaspar und ging Maynard an die Gurgel.

»Meine Mutter ermordet! Meine Schwester vergewaltigt!«, schrie Maynard und riss sich wütend los. Doch diese Anstrengung kostete ihn so viel Kraft, dass er sich erschöpft mit dem Rücken an einer Wand abstützen musste. Wie oft hatte er sich danach gesehnt, seinem wiederauferstandenen Vater Aug in Aug gegenüberzustehen, um ihn persönlich zu bestrafen! Doch jetzt hatte er seine Kraft verloren, vielleicht für immer, und stand ihm in Lumpen gegenüber, ganz ohne Waffen.

Gaspar zögerte, ihn erneut anzugreifen, offenkundig war er nicht ganz sicher auf den Beinen. »Ihr und Eure Lügen!«, stieß er grimmig hervor. »Ich könnte wetten, dass Ihr sie jahrelang im Mund geführt und mir Verbrechen zur Last gelegt habt, die Ihr doch selbst begangen habt! Oh, Blut von meinem Blute! Und all das nur, weil es Euch vor der Zeit nach meinen Ländereien, meinem Geld und meinem Titel verlangte.«

Wahnsinn spiegelte sich in den Augen von Gaspar de Rocheblanche. Maynard musterte sie voll banger Sorge, etwas von sich selbst darin zu entdecken. Der Alptraum, dass er diesem Mann ähneln könnte, hatte ihn schon immer gequält. Aber nun, da er ihn ohne einen erkennbaren Grund diese schamlosen Lügen vorbringen hörte, fragte er sich, ob der Wahnsinn ihn von jeher besessen hatte oder ob das der Preis dafür war, dass er dem Tod noch einmal entronnen war. Auf jeden Fall genügte diese Überlegung nicht, um den Hass zu zügeln, der ihn verzehrte. »Wie könnt Ihr es wagen, mir das anzulasten, was Ihr selbst verbrochen habt?«, brauste Maynard auf.

»Nun, was habe ich gesagt?«, knurrte Gaspar in Richtung des Arabers. »Der hier ist von seiner Gier und von seiner Wut verblendet. Er bezichtigt mich all seiner Freveltaten. Und doch genügt ihm das Leid noch nicht, das er angerichtet hat. Er sehnt sich auch danach, mein Blut zu vergießen.«

Der Araber nickte angewidert. »Nun könnt Ihr Euch endlich rächen, mein Gebieter.«

Maynard starrte ihn ungläubig an. »Wovon zum Teufel sprecht Ihr?«

Gaspar bedeutete dem Araber, er solle das Kind in einen Nebenraum bringen, und schleppte sich hinkend zu einem Stuhl. So wie er sich bewegte, schien ihm das Gewicht der schweren Rüstung zu schaffen zu machen. »Nachdem ich aus Spanien zurückgekehrt war, hielt ich mich im Verborgenen, um den Moment abzuwarten, da Ihr Euch ungeschützt zeigt, um Euch dann entgegenzutreten«, erklärte er, als er Platz genommen hatte. »Aber ich muss gestehen, Ihr habt meine Geduld auf eine harte Probe gestellt. Nach der Schlacht von Crécy schient Ihr Euch in Luft aufgelöst zu haben. Ich habe jedoch nicht vergessen, mit welch abfälliger Grausamkeit Ihr mich in Algeciras in meinem eigenen Blut liegend und von Fliegen übersät dem Todeskampf überlassen habt. Ich wollte Euch für Eure Schandtat bestrafen, und das will ich immer noch. Aus diesem Grund wurde ich auch zum Schutzengel für Eudeline, um sie vor allem Unbill zu bewahren, während ich darauf wartete, dass Ihr erneut in Erscheinung treten würdet.«

»Eure Sicht der Ereignisse ist vollkommen verzerrt und krankhaft!«, rief Maynard. »Wie könnt Ihr Euch für würdig erachten, diejenige zu beschützen, der Ihr das schändlichste aller Verbrechen angetan habt?«

»Ich wusch mich von meinen Sünden rein, als ich das Kreuz nahm«, sagte Gaspar und schlug sich mit der Hand auf die Brust. »In Algeciras bin ich gestorben und in Gottes Vergebung wiederauferstanden. Ihr habt kein Recht, mich mit Anklagen zu überschütten.«

»Die Lügen, die Ihr gerade eben vorgebracht habt, waren also einzig für Euren Diener bestimmt? Ihr tatet das, um Euch seiner Treue zu vergewissern?«

»Was anderes sind Lügen als etwas, das wir mit den Toten ins Grab geben? Und Ihr werdet auch bald tot sein, mein Sohn, damit ich meine Rache bekommen und vollständig rehabilitiert sein werde.«

»Indem Ihr mich tötet, werdet Ihr die Wahrheit nicht mit begraben können. Eudeline weiß alles und wird Euch auf immer hassen.«

»Eudeline wird mit mir zurückkehren«, sagte Gaspar mit einem lüsternen Grinsen. »Ich liebe sie zu sehr, um auf sie verzichten zu können. Sie gehört mir, und wenn all dies hier vorbei ist, wird nichts mich daran hindern, sie an meiner Seite zu haben.«

Angeekelt von diesen Worten sprang Maynard auf und stieß seinen Vater so heftig zu Boden, dass die Platten der Rüstung schepperten. Er kämpfte seine eigene Schwäche nieder und zwang Gaspar, auf dem Rücken liegen zu bleiben, indem er ihm ein Knie auf die Brust presste. »Der Dämon, der von Euch Besitz ergriffen hat, muss sehr kunstfertig sein, dass er Euch so den Verstand verwirren konnte«, stieß Maynard grimmig hervor. Er streckte eine Hand nach dem Schwert des Vaters aus, doch ehe er es zu packen bekam, spürte er, wie eine Klinge gegen seinen Hals gepresst wurde.

»Warum darf dieser Schuft immer noch seinen Unsinn von sich geben?«, fragte der Araber hinter ihm. »Wo man ihm doch längst den Hals aufgeschlitzt haben müsste.« Er zerrte Maynard nach hinten, sodass dieser Gaspar loslassen musste, und stand kurz davor, ihm die Kehle durchzuschneiden.

Gaspar bedeutete ihm, den Sohn zu verschonen, und erhob sich mühsam vom Boden. »Er gehört mir, nicht dir!«

Der Araber nickte widerwillig, dann gab er Maynard frei und ließ seinen Krummsäbel unter dem Umhang verschwinden.

Maynard stellte sich wieder vor seinen Vater. »Ihr wollt mir das Leben unehrenhaft nehmen wie ein erbärmlicher Mörder?«

»Tod ist Tod«, sprach Gaspar.

»Damit hättet Ihr recht«, erwiderte Maynard wütend, »wenn mein Wunsch, Euch zu töten, nicht ebenso groß wäre wie der Eure. Doch das ist er, und daher fordere ich mein Recht ein, Euch in einem Kampf Aug in Aug gegenüberzustehen, wie es sich geziemt.«

»Ein Schwein hat nichts zu fordern!«, fuhr der Araber wütend auf.

»Schweig!«, befahl Gaspar und funkelte Maynard mit wahnsinnigen Augen an. Er zögerte einen Augenblick, versunken in dunkle Gedanken, dann erklärte er: »Sorgt dafür, dass ich meinen Besitz zurückerhalte, und ich werde Euch die Ehre zugestehen, die Ihr verlangt.«

»Es gäbe da eine Möglichkeit«, antwortete Maynard. »Aber im Austausch dafür verlange ich meine Freiheit und ein schnelles Pferd.«

»Ihr werdet beides erhalten.«

»Dann wisst, dass es genügt, wenn Ihr in Avignon bei der Apostolischen Kammer vorstellig werdet und erklärt, Ihr wärt der rechtmäßige Herr von Rocheblanche. Denn man hat die Besitztümer unseres Hauses nur beschlagnahmen können, weil man Eudeline für die letzte noch lebende Erbin unseres Hauses hielt.«

Gaspar nickte. »Sollte ich Euch vertrauen?«

»Und ich Euch?«, fragte Maynard zurück.

»In Ordnung. Ihr werdet das Pferd erhalten.«

»Und Ihr mein Versprechen, dass ich mich in genau einem Jahr vor den Toren der Burg derer von Rocheblanche einfinde, um Euren Kopf einzufordern.«

70

Abtei Santa Maria di Pomposa
2. Januar

In großer Eile schritt er durch den Eingang der Krypta und lief die gewundene Treppe nach unten, ohne sich weiter um den Schnee, der auf seinem Haupt und den Schultern lag, zu kümmern. Die Zeit war knapp, sehr knapp, und wenn er jetzt nicht schnell genug war, würde er nie mehr die Gelegenheit dazu bekommen.

Mit festem Schritt durchquerte er das unterirdische Gewölbe, sperrte mit vor Ungeduld zitternden Händen das kleine Gitter einer Nische auf und beugte sich dann über eine steinerne Falltür.

Mit einer einzigen Bewegung – so schwungvoll, dass er sich die Finger aufschürfte – hob er sie hoch. Dann ergriff er gierig ein Stoffbündel, das in der Höhlung darunter lag, und legte es vor sich auf den Boden. Sein Instinkt riet ihm, schnell von dort zu verschwinden, ehe es zu spät wäre. Aber ein noch stärkerer Impuls trieb ihn dazu, einen Moment innezuhalten, um die Reliquien Christi zu bestaunen, die unter jenem Stoff verborgen waren.

Deshalb wickelte er das Bündel aus, nur um dann fassungslos zu erstarren: Es lagen zwei Steine darin.

Bestürzt bemerkte er plötzlich die Dolchspitze, die sich ihm in den Nacken presste. Langsam drehte er sich um, die Verwirrung stand ihm ins Gesicht geschrieben.

Isabeau bedrohte ihn mit Gualtieros Basler Messer. »Wo ist mein Ehemann?«, fragte sie misstrauisch.

Abt Andrea rutschte auf Knien nach hinten. »Man hat … ihn gefangen genommen.«

Isabeaus Augen schienen Feuer zu sprühen. »Wer?«

»Die Feinde von Rocheblanche.«

»Ihr seid das gewesen! Ihr habt ihn verraten!«

Andrea spürte, wie die Klingenspitze ihm in die Wange schnitt, und er fürchtete das Schlimmste. »Nein!«, rief er und fiel kraftlos auf den Boden. »Ich bin hier, um ihn zu retten.«

»Ich habe Euch nie vertraut!«, zischte Isabeau und bedrohte ihn erneut mit dem Dolch. »Niemals!«

»Wo ist Madonna Eudeline?«, fragte Andrea, ohne auf den Vorwurf einzugehen. »Wieso sind die Reliquien nicht an ihrem Platz?«

»Eudeline ist mit Maynard abgereist«, erklärte sie, woraufhin Abt Andrea erschrocken zusammenzuckte. »Er ist vor einigen Stunden eingetroffen und hatte es schrecklich eilig. Vorher hat er sich vergewissert, dass es uns allen gut ging, und nachdem er erfahren hatte, dass Gualtiero zusammen mit Euch in Ferrara in Sicherheit wäre, hat er seine Schwester und die zwei Reliquien an sich genommen und ist in aller Eile fortgeritten.«

»Aber …«, stammelte Andrea.

»Er ist sofort aufgebrochen, um unsere Leben nicht zu gefährden«, fuhr Isabeau fort und schwang erneut bedrohlich das Basler Messer. »Und Ihr … Ihr verfluchter Mensch! Nun sagt Ihr mir, dass mein Gualtiero von diesen Bastarden gefangen genommen wurde!«

»Ich … ich …« Andrea rang nach Luft, als fühlte er sich in einem Alptraum gefangen. »Ich wusste das nicht! Das hätte ich nie angenommen!« Er schlug die Hände vors Gesicht, und als er sie wieder herunternahm, sah er, dass sie blutbefleckt waren.

»Was soll ich jetzt tun?«, fragte Isabeau. »Wie kann ich ihn zurückbekommen?«

»Es hätte eine Möglichkeit gegeben …«, seufzte Andrea verzweifelt. »Doch nur, wenn ich über die Reliquien verfügt hätte. Ich wollte sie gegen Gualtieros Leben eintauschen, versteht Ihr? Deswegen bin ich hierhergekommen. Aber jetzt … jetzt … ach, Teufel noch eins!« Er packte die zwei Steine und schleuderte sie gegen die Wand der Krypta. »Was kann ich denn jetzt zum Tausch gegen sein Leben anbieten?«

»Maynard ist inzwischen schon zu weit entfernt«, sagte Isabeau schluchzend, während sie weiter das Messer durch die Luft schwang. »Den holen wir nicht mehr ein! Nie mehr!«

Doch Andrea hörte ihr nicht mehr zu. Er war am Boden zerstört, traurig kniete er vor der leeren Nische. Er fluchte, er klagte, während sein Verstand sich verzweifelt bemühte, eine Lösung für diese schreckliche Lage zu finden. Die Zeit war knapp, sagte er sich immer wieder. Gualtiero war nicht aus demselben Holz geschnitzt wie Maynard. Er würde den Verstand verlieren vor Angst oder an der Folter sterben. Und all das nur, weil er selbst so töricht gewesen war und die Reliquien nicht schon vorher übergeben hatte, als noch Zeit dazu war.

»Einen Moment!«, rief er plötzlich und stand auf.

»Was?«

Der Abt eilte zur Treppe »Die Bibliothek!«, rief er bloß. »Vielleicht ist doch noch nicht alles verloren!«

71

Ferrara, Palast der Kurie
3. Januar

»Ich habe ihn in der Bibliothek meiner Abtei aufbewahrt, für Rocheblanche.« Pater Andrea klopfte mit dem Zeigefinger auf den dicken Codex, den er gerade vor dem Bischof auf den Schreibtisch gelegt hatte. Er wusste nur zu gut, dass er sich von einem überaus wertvollen Text trennte. Vielleicht war dies die authentischste Quelle der Christenheit. Andrea dankte stumm dem Himmel, dass Maynard vergessen hatte, den Codex ebenfalls aus Pomposa fortzuschaffen. »Ich hätte ihn schon vor langer Zeit Monsignore Guido di Baisio aushändigen sollen«, fügte er mit gespielter Zerknirschtheit hinzu. »Aber Ihr müsst das verstehen … über der großen Pest, den unzähligen Todesfällen und meinem Reformprojekt hatte ich es vollkommen vergessen.«

Mit kaum verhohlener Neugier strich Bischof Filippo d'Antella über den Rücken des Buches. »Gründen sich die Anklagen gegen Messer Maynard also auf dieses Buch?«

Andrea zuckte mit den Schultern. »Wenn es noch mehr gibt, dann entzieht sich das meiner Kenntnis. Und der junge Mann weiß schon gar nichts, der vorgestern von der Inquisition gefangen genommen wurde.«

»Lamberto da Cingoli behauptet, dass er in die Flucht dieses Rocheblanche verwickelt sei.«

»Er soll so schlau sein, einen solchen Plan auszuhecken, und dann so naiv, sich erwischen zu lassen? Im Ernst, Euer Exzellenz, nicht einmal der größte Narr würde das glauben. Gualtiero de' Bruni ist ein Handwerker, ganz gewiss nicht der Mann, um Ränke zu schmieden.«

Bischof d'Antella nickte nachdenklich. »Und Ihr, ehrwürdiger Vater?«

»Euer Gnaden?«, fragte Andrea, und seine Stimme zitterte leicht.

»Vor Monaten seid Ihr bis nach Florenz gereist, um Euch bei mir für Rocheblanche einzusetzen«, erinnerte ihn d'Antella. »Ihr habt viele Goldflorin gezahlt, um sein Urteil hinauszuzögern.«

»Weil ich in diesem Ritter eine äußerst noble Gesinnung entdeckt habe. Ich halte ihn für einen Freund, nicht nur für das eindrucksvolle Beispiel eines mutigen Mannes. Daher bedaure ich es keineswegs, dass ich versucht habe, ihm zu helfen.« Um einem misstrauischen Blick des Bischofs auszuweichen, zeigte er auf den Codex auf dem Tisch. »Dennoch ist dieses Buch das einzige Geheimnis, an dem er mich teilhaben ließ.«

Bischof d'Antella nahm sich die Zeit, den Titel auf der ersten Seite zu lesen. *»Liber … Flegetanis.«* Neugierig blickte er auf. »Habt Ihr es gelesen?«

»Nur ein paar Seiten«, log Andrea und versuchte, seine Erregung zu verbergen. Vor dem Betreten dieses Raumes hatte er sich vorgenommen, so aufrichtig wie möglich zu sein und sich darauf zu beschränken, ein paar Details der Wahrheit wegzulassen. Natürlich nur zum Wohle aller. Er räusperte sich. »Es enthält einige Auszüge aus der Bibel, die mit Passagen von mir unbekannter Herkunft verbunden sind. Vielleicht ist es eine apokryphe Schrift, daher habe ich es nicht gewagt, mich allzu sehr damit zu beschäftigen.«

D'Antella klappte das Buch wieder zu. »Eine weise Entscheidung, auch wenn sie Euch nicht von jeglichem Verdacht enthebt.«

Obwohl es in dem Palast an allen Ecken und Enden zog und eisig kalt war, kam Abt Andrea heftig ins Schwitzen. »Erklärt mir das bitte genauer«, sagte er tonlos.

»Bruder Lamberto und Monsignore Bertrand«, erklärte der Bischof, »erwähnten verloren gegangene Reliquien, aber nichts von einem Buch. Obwohl ich beschlossen habe, mich nicht einzumischen, habe ich doch die Protokolle der Verhöre gelesen, denen Rocheblanche unterzogen wurde.«

Andrea verzog ungläubig sein Gesicht. »In meiner Abtei werden keinerlei Reliquien aufbewahrt außer denen, die seit über einem Jahrhundert der Verehrung der örtlichen Heiligen dienen«, erwiderte er. »Ihr könnt gern Eure Missi schicken, um das zu überprüfen, wenn Ihr solches für nötig haltet. Noch heute, wenn ich in die Abtei zurückkehre. Sie werden feststellen, dass ich weder Messer Maynard noch sonst jemand dort verberge, der mit ihm in Verbindung steht. Falls Ihr das vermutet habt.«

Bevor er zu einer Antwort ansetzte, musterte Filippo d'Antella Andrea misstrauisch. »Ihr meint also, indem Ihr mir das Buch übergebt, habt Ihr mir genug gebeichtet.«

»So ist es«, sagte Andrea, der erfreut bemerkte, dass das Gespräch nun genau die Wende nahm, die er von Anfang an im Sinn gehabt hatte. »Darüber hinaus«, fuhr er daher rasch fort, »beweisen meine Worte die Unschuld von Gualtiero de' Bruni. Wenn das ›Liber Flegetanis‹ mir anvertraut wurde, sehe ich nichts, was er diesbezüglich wissen könnte.«

Filippo d'Antella nickte zustimmend, zeigte sich aber immer noch erstaunt und gab seine Zurückhaltung nicht auf. »Warum habt Ihr Euch wegen eines Mannes aus dem gemeinen Volk hierherbemüht?«, fragte er daher unvermittelt.

Andrea hatte auch diese Frage erwartet. »Er ist nicht irgendein Bauer, sondern der Mastro pittore, dem ich die Ausgestaltung meiner Abtei anvertraut habe. Sein Talent sucht seinesgleichen, und wenn Ihr Euch die bereits fertiggestellten Teile seines Werkes ansehen könntet, würdet Ihr keinen Moment zögern, mir recht zu geben. Gualtiero ist wertvoll ... nein, unersetzlich! Daher werdet Ihr mein Bedauern verstehen, als ich erfuhr, dass er wegen einer ungerechtfertigten Anklage gefangen gehalten wird.«

»Noch ist keine offizielle Anklage formuliert«, berichtigte ihn d'Antella und zeigte ein gewisses Entgegenkommen. »Ich weiß allerdings nicht, ob da Cingoli bereit ist, Euren Mann zu verschonen.«

»Auch nicht im Tausch für das Buch Flegetanis'?«

Gierig legte Bischof d'Antella die Hand auf den Codex. »Das Buch wird diesen Raum nicht verlassen, außer um in einem Kohlebecken zu enden.«

»Dennoch muss Bruder Lamberto Euch gehorchen«, beharrte Andrea. »Ihr seid sein Bischof, und Euch obliegt die Kontrolle über jedes kirchliche Gerichtsverfahren innerhalb dieser Diözese.«

»Da habt Ihr wohl recht«, sagte d'Antella seufzend. »Aber selbst wenn ich bereit wäre, Euch zu unterstützen, bliebe da immer noch Kardinal Bertrand du Pouget. Glaubt mir, Gott weiß, wie sehr seine Anwesenheit meine Autorität untergräbt! Ich würde ihn gern loswerden, wenn ich könnte. Aber meine Macht reicht nicht so weit.«

Da beugte Andrea sich mit einem schlauen Lächeln vor. »Was wäre, wenn bekannt würde, dass Monsignore Bertrand sich in Ferrara nicht in offizieller Funktion aufhält, sondern aus Gründen, die selbst der Kurie von Avignon unbekannt sind ... Würde dann nicht die Waage zu Euren Gunsten ausschlagen?«

»In dem Fall befände sich der Kardinal in einer äußerst unangenehmen Situation«, antwortete Filippo d'Antella in einem Anflug spontaner Begeisterung, doch nach einer kurzen Überlegung winkte er verärgert ab. »Nein, ehrwürdiger Vater. Ich bin nicht bereit, es mir mit diesem einflussreichen Prälaten zu verscherzen. Eine solche Handlung könnte sich schnell gegen mich wenden, versteht Ihr?«

»Es ist nicht notwendig, dass Ihr persönlich auftretet.«

»An was denkt Ihr?«

»An *wen*, sollte man wohl besser sagen. An Kardinal Hector de Durfort, den General des päpstlichen Heers, das sich derzeit in der Romagna aufhält. Als Kriegsherr und Botschafter seiner Heiligkeit wird er zweifelsohne über jeden Prälaten aus Avignon unterrichtet sein, der sich in den umliegenden Landen aufhält. Und ich kann mir gut vorstellen, dass er nicht bereit ist, Unbotmäßigkeiten wie die von Monsignore du Pouget zu tolerieren. Meiner Meinung nach würde es genügen, ihn mit einer anonymen Botschaft darüber in Kenntnis zu setzen, und er wird umgehend handeln.«

Filippo d'Antella strahlte. »Ihr habt mir einen ausgezeichneten Rat gegeben, ehrwürdiger Vater.«

»Es freut mich, dass ich Euch dienen konnte, Exzellenz«, sagte Andrea und erhob sich, um ihm den Ring zu küssen.

Plötzlich verfinsterte sich die Miene des Bischofs, und er zog seine Hand zurück. »Es bleibt nur noch ein Problem.«

»Noch eines?«, fragte Andrea erstaunt.

»Marchese Obizzo d'Este wird nicht gerade erfreut sein, wenn Durfort in Ferrara erscheint. Ich habe gehört, dass er ihm seit Monaten aus dem Weg geht, weil er ihm keine Männer für sein militärisches Eingreifen in der Gegend um Faenza zur Verfügung stellen wollte. Wenn er also erfährt, dass man all dies nur getan hat, um einen einfachen Maler freizubekommen ...«

»Falls es sich als nötig erweisen sollte«, gab Andrea etwas gereizt zurück, »schlagt dem Marchese doch vor, gute Miene zum bösen Spiel zu machen, wenn er verhindern will, dass die Nachricht von einem unbekannten Abkömmling des Hauses d'Este die Runde macht. Der ein weit würdigerer Nachfahre in der Erbfolge wäre als seine Söhne.«

Bischof d'Antella sprang auf. »Wenn das stimmen sollte ...«

Andrea bemerkte seine wiedererwachende Neugier, doch er hütete sich, diese zu befriedigen. »Ich denke, Ihr habt nun genügend Waffen in der Hand, mit denen Ihr Eure Autorität zurückerobern könnt. Und ich wünsche mir, dass Ihr mir diesen Gefallen erwidert.«

D'Antella zögerte kurz, doch dann nickte er. Zu viele Geheimnisse zu kennen, schien er damit sagen zu wollen, ist ein Luxus, der nur wenigen vergönnt ist. Und er reichte Andrea den Ring zum Kuss. »Ich werde mein Möglichstes tun, ehrwürdiger Vater.«

72

Drei Tage später kehrte Gualtiero nach Pomposa zurück. Er wurde vor der Abtei von einem Karren mit dem bischöflichen Wappen abgesetzt, brach jedoch nach wenigen Schritten schon erschöpft auf den verschneiten Stufen vor dem Portal zusammen.

Isabeau lief ihm sofort mit klopfendem Herzen entgegen. Sie weinte und lachte zur selben Zeit, als könnte sie sich nicht entscheiden, ob sie gerade Angst oder Freude empfand. Sie kniete sich vor ihn hin und bettete sanft seinen Kopf in ihren Schoß, so wie vor drei Jahren, als er auf der Galgenwiese angesichts des gehenkten Vaters die Besinnung verloren hatte.

»Mein Liebster«, flüsterte sie ihm ins Ohr. »Mein Liebster …«

Gualtiero zuckte zusammen. Er hatte hohes Fieber und war beinahe bewusstlos.

Doch dann strich er ihr zärtlich übers Gesicht.

Mit dem, was von seiner rechten Hand geblieben war.

73

Frankreich, Kloster Mont-Fleur
13. Mai

Maynard brachte seinen Rappen zum Stehen und bat Eudeline, im Sattel auf ihn zu warten und sich nicht vor den Wachen auf den Mauern zu fürchten, hinter denen sich mitten in einem sonnendurchfluteten Innenhof das Kloster Mont-Fleur erhob. Beim Anblick dieses Ortes des Friedens hatte Maynard zum ersten Mal nach wochenlangem düsteren Schweigen gelächelt. Die Reise war äußerst anstrengend gewesen. Schnee und Eis in den Alpen und die Wälder, in denen Räuberbanden lauerten, hatten ihn und seine Schwester auf eine harte Probe gestellt. Aber schließlich hatten sie ihr Ziel erreicht.

Im Laufe der Reise hatte er körperlich wie geistig zu seiner alten Form zurückgefunden, doch die Narben auf seinem Körper würden bleiben und ihn stets daran erinnern, dass er nie mehr derselbe sein würde. Gefangenschaft und Folter hatten, vielleicht für immer, seinen brennenden Eifer zerstört.

Nachdem er seine Waffen am Tor abgegeben hatte, durchquerte er nur mit einer Reisetasche über der Schulter den Hof und blieb vor dem gruseligen *Gorgoneion* stehen, das von der Lünette des Portals auf ihn herabsah. Alpträume und schreckliche Erinnerungen drängten sich sofort in seinen Kopf. Er wandte die Augen ab, doch seine angespannte Miene zeigte, wie sehr er sich bemühen musste, seine eigenen Dämonen zu besänftigen.

Als er seine Aufmerksamkeit wieder dem Portal widmen konnte, stand ein alter Mönch vor ihm.

»Dann seid Ihr ihm also begegnet.«

Ein kurzer Blick genügte, und Maynard erkannte in diesem Meer aus Furchen das Gesicht des weisen Abtes Manessier. Er besiegte seinen inneren Aufruhr und verbeugte sich ehrfürchtig. Auf seinem Weg nach Norden hatte er sich oft gefragt, mit welchen Worten er ihr Wiedersehen eröffnen wollte. Meistens hatte er sich dann vorgestellt, dass er die Reliquien Christi vielleicht mit einem gemurmelten Vaterunser übergeben würde. Doch wie immer, wenn er diesen alten Mann traf, konnte er seine Neugier nicht zügeln. »Von wem sprecht Ihr?«

»Vom vierten Reiter«, lachte Manessier und kam auf einen knotigen Hirtenstab gestützt näher. »Der nach der Ankunft der drei Herolde kommt.« Er zeigte sich keineswegs verwundert, ihn wiederzusehen. Als hätte er die ganze Zeit nur auf ihn gewartet.

»Dann erinnert Ihr Euch …«

»An Euren Traum? Natürlich. Ich habe lange darüber nachgedacht, vor allem nach dem Besuch des jungen Mannes, der an Eurer Stelle hierherkam.«

»Gualtiero de' Bruni.« Maynard nickte. »Ich bat ihn, Euch aufzusuchen, weil ich fürchtete, die Pest nicht zu überleben. Er hat mir erzählt, dass Ihr ihm den Lapis exilii gezeigt habt.«

»Reden wir von etwas anderem«, wich Manessier aus, der ihn durchdringend musterte. »Über das, was Eure Seele peinigt. Ihr habt Euch immer noch nicht davon befreit, nicht wahr?«

»Es zehrt mich auf …«, gestand Maynard, der auf diese Frage nicht gefasst war. »Und hält mich zugleich am Leben.«

Obwohl ihm bewusst war, dass er seinen Gast damit in Verlegenheit bringen würde, schob der alte Mönch den Umhang an dessen Hals beiseite und betrachtete die Verbrennungsmale, die sich bis zum Kinn hinaufzogen. »Ihr habt gelitten«, sagte er.

Maynard zog sich zurück. »Die Folter war hart.«

»Nicht alle Märtyrer sind dazu bestimmt, Heilige zu werden«, erwiderte Manessier die unausgesprochene Anspielung.

Maynard versteifte sich, während sein Stolz wieder aufflammte. »Wie auch immer«, sagte er, »ich habe mein Versprechen gehalten.«

Ehe der Mönch noch etwas entgegnen konnte, öffnete er die Tasche und zeigte ihm ihren Inhalt.

»Gelobt sei Gott!«, rief Manessier. Ihm waren gleichzeitig Erstaunen wie Erleichterung anzumerken. »Kommt, Messere. Kommt herein. Möge der Herr Euch segnen!«

Wenig später liefen sie die Treppe zur Krypta hinab. Manessier ging mit der Laterne in der einen Hand und Maynards Umhängetasche in der anderen voraus. Trotz der steilen Stufen, die niemals zu enden schienen, und obwohl er sich nun nicht mehr auf einen Stock stützte, konnte Maynard kaum Schritt mit dem alten Abt halten. »Der Traum von den drei Rittern«, sagte dieser plötzlich, vielleicht um die Zeit zu überbrücken. »Ihr seid bestimmt nicht der Erste, der ihn hatte, aber jedes Mal bedeutet er etwas anderes. Wie Ich Euch bereits anvertraute, steht er meiner Meinung nach für die Plagen, die von der Konjunktion von Jupiter, Mars und Saturn angekündigt wurden. Doch bei Euch könnte es sich um etwas völlig anderes handeln.«

»Ich erinnere mich noch gut an Eure Worte«, bestätigte Maynard. »Genauso wie Ihr im Ungefähren geblieben seid.«

»Oft ist ein unausgesprochenes Wort der Ansporn für den Geist.«

»Zu viel Unklarheit mag angehen für jemanden, der gern Rätsel löst«, erwiderte Maynard, »aber nicht für einen, der in einer Zelle der Inquisition verzweifelt.«

»Bemitleidet Euch nicht. Wenn Ihr jetzt hier seid, dann auch dank der Botschaft, die Ihr in Eurem Traum erhalten habt.«

»Es ist der Tod.« Maynards Stimme hallte düster durch die Dunkelheit. »Ich bin davon überzeugt, dass dies die Botschaft ist. Die drei Herolde reiten ihm voraus, wie in der Offenbarung des Johannes.«

»Wirklich?«, fragte Manessier nach, der voranschritt und ihnen mit einer Fackel den Weg leuchtete. »Und doch seid Ihr noch am Leben.«

»Der Tod, den ich meine, ist etwas anderes«, erklärte Maynard. »Er ist derjenige, der jeden von uns seit dem Tag unserer Geburt lenkt wie eine Figur auf dem Schachbrett, obwohl er unseren Augen verborgen bleibt. Er ist der ewige Feind, das *memento mori*, der Jäger, der immer darauf lauert, uns zu überraschen.«

»Ihr sprecht vom Engel des Todes!« Manessier drehte sich ruckartig um. »Der, der Asasel im dritten Buch Mose genannt wird und Samael im *Midrasch Debarim Rabba*.«

Maynard bemerkte, wie erschrocken der Abt war. »Und warum nicht der Erzengel Michael? Ist nicht er es, der die Seelen in die himmlischen Sphären geleitet?«

»Was er auch ist, ich denke, Ihr beginnt Euch in diesem Wesen wiederzuerkennen.«

»Ihr sagt das so, als wäre es etwas Schlimmes.«

»Ich sage es mit Respekt«, erklärte Manessier. »Denn Michael ist auch der göttliche Bote, so wie es einst Merkur war. Nicht zufällig erkennen Gnostiker den einen wie den anderen an und beten zu beiden.« Er legte die letzten Stufen zurück, die vor einer nietenbeschlagenen Holztür endeten. Ehe er sie öffnete, sagte er: »Aber es stimmt, Rocheblanche. Ihr seid der vierte Reiter. Und zusammen mit dem Tod bringt Ihr die wertvollste Botschaft. Die verloren gegangenen Reliquien Christi.«

Die Öffnung führte in eine Krypta mit kreisförmigem Grundriss, die nach oben in einem in den Felsen gehauenen, spitz zulaufenden Deckengewölbe auslief. Am höchsten Punkt öffnete sich ein Spalt, durch den ein Lichtstrahl auf den einzigen Gegenstand im Raum fiel.

Einen runden Tisch.

Maynard näherte sich mit dem Gefühl, dass ihn ein merkwürdiger Duft umfing oder auch ein Klang. Etwas, das in ihm tiefste Ehrfurcht hervorrief. Er legte die Hände auf den steinernen Tisch und bemerkte, dass dieser vollständig mit Worten in einer unbekannten Sprache bedeckt war.

Er schaute zu Manessier, um von ihm Antwort auf seine unausgesprochene Frage zu erhalten.

Doch der Mönch war gerade mit anderem beschäftigt. Während er ein altes Gebet leise vor sich hinsprach, holte er die beiden Reliquien aus der Tasche, um sie dann in der Mitte des Tisches zu platzieren.

Der Kelch und die Lanzenspitze. Maynard betrachtete die zwei glänzenden Gegenstände, die sich schwarz wie die Nacht im fast weißen Lichtstrahl abzeichneten. Auf unerklärliche Weise fühlte er sich auf einmal wie erfrischt. Dann beobachtete er fasziniert und voller Rührung, wie die Reliquien ganz allmählich die Farbe änderten.

Von Grau zu Weiß, schließlich zu Purpur.

Bis sie auf einmal golden strahlten.

Unwillkürlich kniete er sich hin, von einem geradezu übermächtigen Gefühl der Liebe erfasst. Nun hatte er kein Bedürfnis mehr, Fragen zu stellen oder zu wissen. Er *spürte*. Und er konnte die Tränen nicht zurückhalten.

Da legte ihm Manessier eine Hand auf den Kopf und kniete neben ihm nieder. »Ihr habt das Geschenk der Tränen erhalten«, sagte er leise.

Dann faltete er die Hände zum Gebet und stimmte einen Freudengesang an.

74

Abtei Santa Maria di Pomposa
6. Juni

Gualtiero betrachtete die Stummel an seiner rechten Hand, holte einen Kohlestift aus einem Holzetui und begann, einen Spatz zu zeichnen. Seine Finger zitterten, und so wurden auch die Linien wackelig. Er zwang sich, mehr Druck auf Mittel- und Zeigefinger auszuüben, doch das führte nur zu einem stechenden Schmerz am Ansatz der Finger.

Hatte er anfangs noch gedacht, er hätte Glück gehabt, weil er nur die als unwichtiger empfundenen Finger – Ringfinger und kleinen Finger – verloren hatte, so entdeckte er nun, wie nützlich diese waren, um eine Feder oder den Pinsel zu führen. Ohne die beiden hatte er keinen Halt und kam sich vor wie ein Betrunkener, der nicht aufrecht gehen konnte. Außerdem hatte er auch fünf Monate nach der von da Cingoli und du Pouget veranlassten Folter immer noch Schmerzen, die immer wieder zu plötzlichen Krämpfen vom Handgelenk bis hinauf zu den nicht mehr vorhandenen Fingern führten.

Gualtiero versuchte, die Schmerzen zu ignorieren und sich auf die Zeichnung zu konzentrieren. Weich und sicher müssen die Umrisse sein, sagte er sich vor. Die geraden Linien des Schwanzes und die geschwungenen für den Kopf und den Körper kosteten ihn viel Mühe, aber das Ergebnis belohnte ihn. Er gestattete sich ein Lächeln. Die Wochen der Übung schienen sich endlich auszuzahlen. Nun fuhr er nicht mehr so verbissen fort, widmete sich dem Gefieder der Flügel, den Krallen – bis der Schmerz ihm blitzartig bis in den Ellenbogen fuhr.

Mit einem wütenden Aufschrei warf er den Kohlestift fort und konnte sich gerade noch beherrschen, nicht auch noch vor Zorn die Tischplatte aus dem Schreibpult zu reißen. Vergebens, sagte er sich. Alles völlig vergebens!

Gualtiero versetzte dem Hocker einen Tritt und begann, im verlassenen Skriptorium auf und ab zu laufen. Er sollte aufhören, sich falsche Hoffnungen zu machen. Er würde nie mehr in der Lage sein zu malen. Diese elenden Schurken hatten sein Leben ruiniert.

Wütend und verzweifelt durchquerte er den Raum. Pater Andrea hatte ihm erlaubt, dort zu üben, bis er sich vollends erholt hatte und sich in der Lage fühlte, die Arbeiten an den Fresken wiederaufzunehmen. So lange, wie er es für nötig hielt. Der Abt war sehr fürsorglich und über alle Maßen verständnisvoll gewesen. Er hatte sich um ihn und um Isabeau gekümmert und den beiden ein Häuschen im Schatten der Kirche überlassen, das vormals von Dienern bewohnt worden war, und sorgte dafür, dass sie immer etwas zu essen und Feuerholz hatten.

Gualtiero war es inzwischen leid, Dankbarkeit empfinden zu müssen, ohne sich für die Unterstützung erkenntlich zeigen zu können.

Am meisten litt er jedoch darunter, dass er in sich das Bedürfnis spürte, die eigene Kreativität auszuleben. Jedes Mal wenn er seine Gedanken schweifen ließ, sah er den gesamten, bereits ausgearbeiteten Plan für die Malarbeiten vor sich. Allein bei dem Gedanken daran erfasste ihn Begeisterung. Seine Finger bewegten sich von ganz allein, weil sie diese wunderbaren Gemälde erschaffen wollten.

Ach ja, seufzte er. Die Finger.

Er lief weiter unruhig zwischen den Tischen des Skriptoriums auf und ab, während die Schatten immer länger wurden. Sein ganzes Leben hatte er einen Traum verfolgt. Und nun, da er kurz vor dessen Vollendung stand, trieb das Schicksal sein Spiel mit ihm.

»Das ist wunderschön.«

Er fuhr herum. Isabeau stand vor seinem Pult und bewunderte seine Zeichnung. »Wunderschön«, wiederholte sie.

Gualtiero brach es das Herz. Auch sie machte sich noch etwas vor. »Was tust du hier?«, fuhr er sie an. »Du weißt doch genau, dass der Abt das nicht will.«

»Um diese Zeit sind keine Mönche hier«, antwortete sie mit einem Lächeln. »Niemand, den ich in Verlegenheit bringen könnte.«

»Du solltest trotzdem nicht –«

»Du machst Fortschritte«, unterbrach ihn Isabeau und sah wieder bewundernd auf die Zeichnung mit dem Spatzen. »Das hier ist so … zart.«

Da konnte Gualtiero sich nicht mehr zurückhalten. »Ich bin nicht mehr ich!«, knurrte er sie an. »Das ist nicht meine Art zu malen!«

»Du musst Geduld haben«, sagte sie und lief zu ihm, um ihn zu umarmen. »Warten.«

Gualtiero jedoch ließ sich nicht beruhigen. »Warten worauf denn?«, stieß er bitter hervor. »Dass mir die verdammten Finger nachwachsen?«

Isabeau wich zurück. Sie musterte ihn ernst und eindringlich, bis er sie ansah. »Meinethalben musst du kein Maler sein«, sagte sie. »Ich werde dich immer lieben, egal, welchen Weg du einschlägst. Tischler, Schuster, Gaukler, Bettler … Ich bin deine Frau und werde deine Wahl annehmen.« Sie bückte sich, um den Kohlestift vom Boden aufzuheben, und reichte ihn Gualtiero. »Die Frage ist: Kannst du dich selbst annehmen?«

Gualtiero zögerte. Reglos stand er vor ihr und wusste, dass er diese Augen, in denen so viel Kraft und Schönheit lag, nicht belügen konnte. Obwohl die Antwort ihn erschreckte. »Ich … nein«, murmelte er schließlich. Er zeigte auf den Tisch mit der Skizze. »Das da bin ich. Ich möchte niemals ein anderer sein.«

»Dann wirst du eben alles von vorn lernen«, sagte sie entschlossen. »Du wirst noch einmal ganz am Anfang beginnen und lernen, mit der linken Hand zu malen.«

EPILOG

SUB OCULIS DOMINI

75

Burg Rocheblanche
1. Januar 1351

Eisengrau erhob sich die Burg auf dem schroffsten Felsen hoch über den Wäldern, die sich bis zur Marne erstreckten. Am Waldrand hielt Maynard seinen Rappen an und betrachtete die abweisend wirkenden Türme mit den Zinnen, die wie Zähne in den Himmel ragten. Der Ort, den er seit zehn Jahren mied, sein Geburtshaus. Er forderte Eudeline mit einem knappen Wink auf, einen Pfad entlangzureiten, der zu einer Lichtung am Fuße der Burg führte.

Der Schnee hatte alles weiß überzogen und sich über das Grün der Bäume und den Geruch der Erde gelegt. Maynard kannte jedoch den Weg und ritt weiter bis zu einem Platz, der von in den Boden gerammten Steinplatten übersät war, wo er aus dem Sattel stieg.

Der Grabstein seiner Mutter befand sich unter dem ausladenden Geäst einer hohen Eiche. Maynard erinnerte sich genau an diese Stelle, da er ihren toten Leib eigenhändig in einer Winternacht mit Unterstützung seiner Diener dorthin getragen hatte. Ehe er Eudeline fortgeschafft hatte. Ehe seine Welt untergegangen war. Er wischte den Schnee zur Seite, um den in den Marmor gemeißelten Namen und das Kreuz freizulegen. »Mätre«, flüsterte er. Von Kindesbeinen an hatte er sie so genannt, mit demselben Wort, das in der alten gallischen Sprache den dort vorbeiführenden Fluss bezeichnete. Mutter.

Plötzlich bemerkte er, dass seine Schwester neben ihn getreten war. Er umarmte sie und hüllte seinen Umhang um sie beide. Gemeinsam verharrten sie auf diese Weise und betrachteten in stillem Gedenken den Stein, bis die Dämmerung in den Morgen übergegangen war.

Erst da brach Maynard das Schweigen. »Du wirst alles zwischen den Bäumen verborgen aus der Entfernung beobachten.«

Sie nickte.

»Und falls ich unterliege … dann fliehe.«

»Nein«, widersprach Eudeline und zeigte ihm ein Stilett. »Wenn das geschehen sollte, werde ich mit dir sterben.«

Der Erste, der eintraf, war der Araber. In einem blutroten Umhang kam er auf einem Braunen den Abhang heruntergeritten. Am Rande der Lichtung blieb er stehen, über ihm zeichnete sich die Burg düster gegen den weißlichen Himmel ab. Ihm folgte eine Handvoll Diener, darunter auch eine Amme, die ein etwa zweijähriges Mädchen an der Hand hielt.

Maynard stand bereits kampfbereit etwa zwanzig Schritte von ihnen entfernt. Außer seinen Schwertern trug er unter seinem Umhang eine alte mehrteilige Rüstung über einer mit Platten und Lederriemen verstärkten Brünne, die der ehrwürdige Manessier ihm im Moment des Abschieds zum Geschenk überreicht hatte. Er hatte ihm erklärt, sie habe einem edlen Krieger gehört, der sechzig Jahre zuvor nach Mont-Fleur gekommen war, um für immer der Welt zu entsagen. Anderer Worte hatte es nicht bedurft, um Maynard begreiflich zu machen, woher der alte Mönch seinen Kampfgeist hatte, und er fühlte sich sehr geehrt.

Gaspar de Rocheblanche erschien als Letzter. Auf einem mit einer schwarzen Schabracke gerüsteten Pferd kam er aus dem Tor der Burg. Wie ein Rest Dunkelheit, der der Morgensonne entgangen war, näherte er sich seiner Schar Bediensteter. »Dies ist mein Sohn!«, verkündete er ihnen, während er auf Maynard deutete. »Falls er mich heute töten sollte, werden die Burg, meine Ländereien, mein Titel und alle anderen meiner Güter sowie Ihr alle in seinen Besitz übergehen.«

Dann klappte er das Visier herunter und zog sein Schwert. »Nun denn. Ihr seid so verrückt gewesen, Euer Wort zu halten«, schrie er seinem Gegner zu. »Aber passt auf, Mut allein wird nicht genügen, um Euch zum Sieger zu krönen!«

Verborgen zwischen den Bäumen verfolgte Eudeline das Geschehen, während unzählige Gefühle auf sie einstürmten. Obwohl Maynard sie auf diesen Moment vorbereitet hatte, hatte der Anblick ihres Vaters in ihr eine unermesslich tiefe Wunde geöffnet, aus der Schmerz und tief verwurzelte Ängste an die Oberfläche drängten. Festgeklammert an einen Ast betrachtete sie Gaspar, dabei quälte sie wieder die Erinnerung, wie der Vater unter dem Vorwand, sie zu lieben, ihr die Unschuld geraubt hatte. Oh, heilige Rache! Sie dachte an das unter ihrem Umhang verborgene Stilett und musste sich schwer beherrschen, um nicht auf diesen Unmenschen zuzurennen und es tief in ihn hineinzustoßen, wobei sie keinen Gedanken daran verschwendete, ob es an dessen Metallrüstung zerbrechen könnte.

Ihre Füße bewegten sich fast von allein. Die Bäume standen dicht genug, dass sie sich weiter unbemerkt der Lichtung nähern konnte, lautlos über den Schnee gleitend wie ein Wolf, der sich auf den richtigen Moment zum Angriff vorbereitet. Denn genau das wollte sie tun. Wie anmaßend von Maynard, das Recht, sich Genugtuung zu verschaffen, allein für sich zu beanspruchen! War sie es doch, der dies zustand! Mehr als jedem anderen, selbst wenn vielleicht Tausende unter Gaspar de Rocheblanche zu leiden gehabt hatten. Sie hatte keine Übung darin, mit dem Schwert zu kämpfen, und hätte auch sicher nicht den Mut aufgebracht, den Vater zu einem Zweikampf herauszufordern, aber ihr Hass auf ihn sollte mehr als genügen, dass sie sein Blut für sich fordern durfte.

Als sie hinter den Dienern stand, packte sie das Stilett noch fester und überlegte, wie sie Gaspar überraschen konnte. Wenn sie ihn einmal erreicht hätte, würde ein gezielter Stoß in den Hals oder unter die Achsel genügen, wo weder Metall noch Leder seinen Körper schützten, um ihn zu töten. Doch dazu musste sie erst unbemerkt an dem Araber vorbeikommen.

Sie sah sich um, wie die Dienerschaft postiert war, und suchte nach Möglichkeiten, um diese herumzulaufen und sich noch weiter zu nähern. Vielleicht dort zwischen den niedrigen Büschen. Doch plötzlich entdeckte sie etwas und schrak unwillkürlich zusammen.

Das Mädchen auf dem Arm der Amme.

Und der funkelnde Anhänger, der an dessen Hals baumelte.

Sie zögerte kurz, und schon hatte sie den richtigen Moment verpasst.

Gaspar gab seinem Pferd die Sporen und stürmte zum Angriff. Maynard sah, wie er in wildem Galopp mit gezücktem Schwert auf ihn zukam. Er gab sich in die Hände des Gottes der Rache und preschte los. Mit schwindelerregender Geschwindigkeit verkleinerte sich der Abstand zwischen ihnen, und doch genügte die kurze Zeit, um noch einmal den ganzen Hass, die Wut und den Blutdurst zu durchleben, die ihn bis zu diesem Augenblick geführt hatten.

Unter gewaltigem Klirren trafen die Schwerter aufeinander, um sogleich zusammen mit denen, die sie führten, wieder vom Schwung der dahinrasenden Rösser fortgerissen und getrennt zu werden. Am Waldrand wendete Maynard seinen Rappen und warf sich in die zweite Attacke. Sie hatten gerade einmal die Klingen gekreuzt, doch bereits jetzt schmerzte seine rechte Hand und erinnerte ihn an die Folterzangen in den Verliesen von San Domenico. Das ist vorbei, sagte er sich. Ich werde das durchstehen.

Ihr zweiter Zusammenstoß fiel wesentlich heftiger aus. Gaspar riss an den Zügeln, sodass sein Pferd sich aufbäumte und er einen heftigen Schlag von oben setzen konnte. Maynard parierte und antwortete mit einem Hieb in die Seite, aber zu seiner großen Überraschung sprang seine Klinge von den Platten der Rüstung weg, ohne sie auch nur anzukratzen. Ihm blieb nicht mehr die Zeit zurückzuweichen, da sah er schon den Schwertknauf seines Vaters auf seine Stirn niedergehen. Die Wucht des Aufpralls war so stark, dass es ihn aus dem Sattel warf.

Mit blutüberströmtem Gesicht landete Maynard im Schnee. Keuchend suchte er nach seiner Waffe und richtete sich schnell wieder auf, obwohl er noch wie betäubt war. Der hasserfüllte Schrei, der aus seiner Kehle drang, vereinte sich mit dem seines Vaters.

»Jetzt werde ich Euch töten!«, rief Gaspar de Rocheblanche und holte hoch zu Ross zum tödlichen Schlag aus.

Doch Maynard gelang es trotz seiner getrübten Sicht, eines seiner Beine zu ergreifen und ihn zu Boden zu reißen.

Ein edelsteinbesetztes goldenes Kreuz. Hin- und hergerissen zwischen Erstaunen und Rührung konnte Eudeline die Augen nicht von dem Anhänger abwenden. Das ist unmöglich, sagte sie sich. Unmöglich! Und doch kam ihr das Schmuckstück unglaublich vertraut vor. Wie auch die Züge dieses Mädchens. Ihre grünen Augen und die rebellischen kastanienbraunen Locken … Je länger sie es musterte, desto mehr hatte sie den Eindruck, Aleydis vor sich zu sehen.

Nein, das konnte nicht sein! Die kleine Angélique war mit der Mutter in den Straßen von Reims umgekommen, als dort die Pocken wüteten. Niemand hätte unter solchen Umständen überleben können. Niemand, und schon gar kein Säugling!

Und doch, dieses Kreuz …

Ein kriegerischer Schrei riss sie aus ihren Gedanken und zwang sie, sich wieder dem Kampfgeschehen zuzuwenden.

Seine rechte Hand war ein einziger Schmerz. Maynard musste die linke zu Hilfe nehmen, um den unerbittlichen Schlägen seines Vaters etwas entgegenzusetzen. Sie kämpften nun beide zu Fuß und rutschten immer wieder im Schnee aus, doch Gaspar überragte ihn in seinem schwarzen Metallpanzer um einiges. Er begleitete jeden Hieb mit einem kehligen Gelächter, voll höhnischer Freude, um ihn nicht nur körperlich, sondern auch moralisch zu schwächen.

Aber Maynard war weit davon entfernt, ihm diese Befriedigung zu gönnen. Um nicht unter den auf ihn einprasselnden Hieben zusammenzubrechen, schnellte er mit einem plötzlichen Satz vor, und es gelang ihm, seinen Gegner aus dem Gleichgewicht zu bringen.

Mit einem verblüfften Aufschrei fand Gaspar sich plötzlich auf dem Boden wieder, niedergedrückt vom Gewicht der eigenen

Rüstung. Er wedelte wie ein riesiger Käfer mit den Armen in dem Versuch, wieder auf die Beine zu kommen, konnte aber nicht verhindern, dass sein Sohn ihn mit einem Fuß auf der Brust dort unten hielt und ihm das Schwert an die Kehle setzte.

»Nehmt den Helm ab!«, befahl Maynard außer Atem.

Das war ein Fehler. Sobald die mit dem Dornenhandschuh bewehrten Finger den Gurt der Halsberge gelöst und die eiserne Sturmhaube abgehoben hatten, sah er in das spöttische Gesicht seines Vaters.

»Nun denn, mein Sohn«, provozierte ihn Gaspar, »wollt Ihr mich wirklich auf so unehrenhafte Weise umbringen?«

Einen endlosen Moment lang starrte Maynard in diese Augen.

Da zerriss ein Schrei aus dem dichten Gebüsch die Stille. »Töte ihn!«

Der Araber sprang so rasch aus dem Sattel, um sich ins Unterholz zu stürzen und Eudeline zu packen, dass der Stoff seines scharlachroten Umhangs flatterte. Sie spürte seinen harten Griff am Handgelenk, mit dem er sie dazu bringen wollte, das Stilett fallen zu lassen, dann wurde sie zu den Bediensteten aus der Deckung gezerrt. Du törichtes Weib!, schalt sie sich. Doch sie hatte sich nicht zurückhalten können, der Schrei hatte sich unaufhaltsam aus ihrer Kehle gedrängt. Zu sehr lechzte sie danach, den Vater tot zu sehen. Warum nur hatte Maynard gezögert?

Stolz wehrte sie sich gegen den Araber und richtete erneut den Blick auf ihren Bruder. »Töte ihn!«, wiederholte sie. »Für all das Böse! Für alles, was er mir angetan hat!«

Das Schwert wog nun unglaublich schwer in seiner Hand. Verwirrt blickte Maynard zu seiner Schwester und fragte sich, was sie dazu gedrängt hatte, sich so aus der Deckung zu begeben. Dann wandte er sich wieder seinem Vater zu, der vor ihm im Schnee lag. »Schwört mir, dass Euer Diener ihr nichts antun wird!«

»Dafür garantiert Ihr mir einen würdigen Tod!«

Ohne zu zögern, rammte Maynard sein Schwert in den Boden und half seinem Vater auf, sodass dieser dem Araber ein Zeichen geben konnte, Eudeline gehen zu lassen. Sobald er sah, dass seine Schwester wieder frei war, wandte er sich erneut dem Kampf zu. »Kommt, schwingt Euer Schwert!«, forderte er seinen Vater auf. »Es wird der letzte Angriff Eures Lebens!« Er zog sein Stockschwert aus der Scheide und befestigte es mit einem Lederband an der rechten Hand, damit er es nicht aus Versehen vor Schmerzen fallen ließ.

Dann begab er sich in die Garde.

Gaspar verfolgte ihn und setzte seinen unerbittlichen Angriff fort, den er hoch zu Ross begonnen hatte. Maynard hatte nur darauf gewartet und konnte sich einen Vorteil verschaffen, indem er seinen Gegner zum Nahkampf zwang. Er verteidigte sich weniger mit dem Ziel, ihn zu verletzen, als ihn zu erschöpfen, ohne darauf zu achten, ob er selbst erneut getroffen wurde. Und wie immer bei fordernden Zweikämpfen verwandelte sich seine Wut in Stolz, und er geriet in einen Zustand, in dem er alles, was geschah, überdeutlich wahrnahm und instinktiv darauf reagierte.

Recht bald wurden seine Gefühle eins mit Atem und Bewegungen, und er hatte den Eindruck, als würde er das Geschehen aus der Ferne beobachten. Da war er also und drehte sich zusammen mit diesem schwarzen eisernen Goliath in einem tödlichen Tanz. Er war zum Engel des Todes geworden, der tapfere Michael, der aus seinem düsteren Gefängnis gekommen war, um zu strafen, zu rächen und zu vernichten.

Schließlich wich Maynard einem Schlag aus, wirbelte um die eigene Achse und durchbrach mit einem tödlichen Hieb unter die linke Schulter die Deckung seines Vaters. Fast lautlos drang die scharfe Klinge zwischen dem Stahl ins Fleisch.

Mit ungläubiger Miene sank Gaspar de Rocheblanche röchelnd auf die Knie. Maynard zog sein Schwert aus der Wunde, das Blut spritzte im hohen Bogen auf den weißen Schnee, während sein Vater tödlich getroffen stöhnte.

»Hier, werter Vater«, sprach Maynard, während das Herz in seiner Brust heftig schlug, »hier habt Ihr nun den Tod, den Ihr verdient!«

Die Menschen versammelten sich um den Herrn von Rocheblanche, um seinem letzten Atemzug beizuwohnen. Der Araber hatte sich über ihn gebeugt und wischte ihm den Schweiß von der Stirn, die beiden Geschwister standen reglos wie Statuen zu seinen Füßen.

Plötzlich bäumte Gaspar sich noch einmal auf und schien ein letztes Wort an Eudeline richten zu wollen, doch er konnte sich bloß noch mit seinem Blick verständigen. Bosheit sprach daraus, unmäßig, abartig, verrückt. Dann bäumte er sich ein letztes Mal auf und starb.

Eudeline machte sich fest entschlossen von Maynard los und lief zu dem kleinen Mädchen. Sie kniete sich vor es hin, nahm das Kreuz zwischen die Finger und betrachtete es aufmerksam. Dann nickte sie, mehr zu sich selbst, und streichelte dem Kind über den Kopf.

»Du bist Angélique«, sagte sie mit einem sanften Lächeln. »Die Tochter derjenigen, die mich liebte und gleichzeitig hasste. Wenn du willst, werde ich von nun an deine Mutter sein.«

Maynard betrachtete die Burg von Rocheblanche und fühlte sich endlich frei. Das wilde Kampfgeschrei der Ritter war nur noch ein ferner Nachhall, fast so leise wie ein Rauschen des Windes. Zurück blieben Schmerz und Erschöpfung, doch er war dankbar für beides, denn daran konnte er ermessen, was er vollbracht hatte.

Bedauern erfasste ihn nun, wegen all dem, was er verloren hatte. Wegen der Freunde, die weit entfernt lebten, und wegen des Geheimnisses, das ihm zwar als Erinnerung blieb, aber das er dennoch niemals in Gänze erfassen würde.

Vielleicht würde er eines Tages zu Abt Manessier reisen, um sein Leben an dem abgelegensten und glücklichsten Ort der Welt zu beschließen. Aber nicht jetzt.

Er ging zu Eudeline, zog sie an sich und umarmte sie fest.

76

Abtei Santa Maria di Pomposa
13. März

Das Heilige Jahr war nun zu Ende gegangen, die letzten Pilger schoben sich durch die Via dei Romei in Richtung Ewiger Stadt. Nach und nach war der Schnee geschmolzen und hatte den immer länger werdenden Tagen und duftenden lauen Frühlingslüften das Feld überlassen.

Mit dem Fresko im Hauptschiff war es rasch vorangegangen. Der Mastro pittore beendete gerade auf seinem Gerüst stehend die Abschlussszene der Apokalypse, die sich der Abt noch für eine Stelle unter den Freskenbändern mit den Bildern aus dem Alten und Neuen Testament gewünscht hatte. Mit schnellen Pinselstrichen skizzierte er den Reiter des *verbum dei*, das ihm aus dem Mund kam, dann den mit einer Lanze bewehrten Erzengel Michael und schließlich das Schlangengetier, das in den Höllenschlund zurückgeworfen wurde.

Die Nordwand auszuschmücken war ein fast aberwitziges Unterfangen gewesen, das allein mit der Liebe und Unterstützung Isabeaus möglich geworden war. Als er das Malen noch einmal völlig neu erlernte, indem er von der rechten auf die linke Hand wechselte, bemerkte Gualtiero schnell, dass sein Stil sich dadurch veränderte und flüssiger und druckvoller, fast quälend intensiv wurde. Zumindest war es ihm so vorgekommen, als er Elia darstellte, wie er vom Feuerwagen in den Himmel entführt wird, und Habakuk in dem Augenblick, als ihn ein Erzengel im Fluge an den Haaren packt und mit sich fortnimmt. Aber mehr als in den anderen Szenen zeigte sich der Unterschied zu den früher geschaffenen Fresken in der Kreuzigungsszene. Die blutleere, fast wie in Holz geschnitzt wirkende Gestalt Christi wechselte sich mit dem tragischen Symbolismus der

Madonna ab, die unter ihrem emotionalen, aber auch dem vergeistigten Schmerz litt.

Erneut hatte es sich als nötig erwiesen, einige Fenster zuzumauern, um Platz zu schaffen für die riesigen Bilder, auf denen die Geschicke von Moses, David und den anderen Propheten dargestellt waren, bis zur Schlacht des Judas Makkabäus, um dann im Freskenband darunter mit dem Leben Jesu fortzufahren. Damit alles klar und verständlich wurde, hatte Abt Andrea ihn gebeten, jede Szene mit von ihm eigenhändig verfassten Versen in Latein zu versehen.

»Damit entfernen wir uns nur weiter vom einfachen Volk«, hatte Gualtiero erklärt.

Andrea hatte nur geheimnisvoll gelächelt und ihn gebeten, Geduld zu haben und seinen Anweisungen zu vertrauen.

Und Gott war sein Zeuge, er hatte recht gehabt.

Nachdem er letzte Hand an die Schuppen des Drachen gelegt hatte, stieg Gualtiero von seinem Gerüst, und während er sich mit den noch farbverschmierten Fingern den Schweiß von der Stirn wischte, lief er mit stolz erhobenem Haupt das Kirchenschiff entlang. Die Glocken hatten eben zur vierten Stunde geläutet, und kein Mönch würde bis nach dem Mittagsmahl hereinkommen. Es herrschte absolute Stille, und die Bilder flirrten.

Sie sprachen.

Anders konnte er es nicht beschreiben.

Er bewunderte in ihrer majestätischen Gänze den fließenden Übergang der drei biblischen Zeitalter der Offenbarung vom Begehen der Erbsünde bis hin zur symbolischen Zukunft der Apokalypse. Schließlich richtete er seinen Blick auf das Jüngste Gericht, die Posaunen der Engel, das Himmlische Jerusalem, die Seligen in Erwartung auf Abrahams Schoß und die Qualen der Hölle.

Die Geschichte von der Erlösung.

»Es ist wie eine Umarmung.«

Isabeau stand unter einem Bogen in einem Seitenschiff und beobachtete ihn freudestrahlend.

Gualtiero hatte Tränen in den Augen. Er war stolz auf sich und in einem Maße zufrieden, wie er es niemals für möglich gehalten hätte. Sein ganzes Selbst steckte in jedem dieser Bilder! Zusammen mit den Lehren von Pater Andrea, dem Mut Maynard de Rocheblanches und der Liebe seiner Frau. Er brauchte einen Moment, um diese schwindelerregenden Gefühle wieder in den Griff zu bekommen. »Vielleicht werden es nicht alle verstehen«, murmelte er.

»Und selbst wenn?« Isabeau zuckte mit den Schultern. »Sie werden genug begreifen, um sich gesegnet zu fühlen.«

Gualtiero nickte. Er blieb kurz vor der Maria der Verkündigung stehen, die mit diesen länglichen Augen und den blonden Haaren aussah wie seine Mutter Sapia. Dann lächelte er und küsste Isabeau. »Es ist Zeit zu gehen.«

Pater Andrea rollte die Botschaft ein, die er gerade von Maynard erhalten hatte, froh über die gute Nachricht, und winkte dem Paar hinterher, das sich soeben auf dem Karren entfernte.

So wie er gekommen war, verließ Gualtiero de' Bruni Pomposa.

Der Abt wusste nicht genau, wohin er wollte, ahnte aber, dass der junge Mastro pittore sein visionäres Talent über den Apennin hinaus in die Romagna, nach Umbrien und in die Toskana tragen würde, entlang der Wege, die bereits sein Vater bereist hatte.

Übermannt von Rührung sah er, wie der Karren auf einen Pfad nach Süden einbog. Nachdem er Gualtiero und Isabeau still alles erdenklich Gute gewünscht hatte, zog er sich ins Kloster zurück, um noch einmal die Fresken zu bewundern.

Bis zum Sonnenuntergang blieb er in der Kirche, so fasziniert war er. Außerdem auch ein klein wenig neugierig. Hatte Gualtiero doch unter all den unzähligen Symbolen und biblischen Bildern ein Rätsel hinterlassen.

Er hatte für das Abendmahl einen runden Tisch anstelle der üblichen rechteckigen Tafel dargestellt.

Während Gualtiero ihn malte, war Andrea mehr als einmal

versucht gewesen, ihn nach dem Grund für diese ungewöhnliche Entscheidung zu fragen, aber schließlich hatte er beschlossen, diese Frage nicht zu stellen.

Denn letzten Endes war es nicht nur das Leuchten der Farben, das dieses Fresko so einzigartig machte. Es war auch dieses Geheimnis.

Um nichts in der Welt hätte er auf das verzichten wollen, was er nach Jahren der Stille jetzt wieder mit leichter Rührung vernahm – das Rascheln von Engelsflügeln.

Anmerkungen des Autors
Das Licht in der Geschichte

Kardinal Bertrand du Pouget starb am 3. Februar 1352 in seinem Palais de Griffon in Villeneuve-lès-Avignon unter dem Eindruck des Scheiterns einer politisch-militärischen Unternehmung in Norditalien und der Erinnerung an eine der düstersten Zeiten des Mittelalters: der großen Pest. Ich hoffe, dass er es mir nicht übel nimmt, wenn ich mich seines Namens bediente, um einen Meister der Intrigen und des Bösen darzustellen. Ich könnte mich mit der Behauptung »Dumas docet« verteidigen, dass ich dem Vorbild des großen Autors folgend einen Kardinal Richelieu – im Sinne der literarischen Figur – erschaffen wollte und deswegen nicht gezögert habe, mich freizügig in den Geschichtsbüchern zu bedienen. Das Gleiche gilt für Lamberto da Cingoli (oder Rambertucius Cingulanus), der bis in die zweite Hälfte des 14. Jahrhunderts hinein einer der einflussreichsten Dominikanermönche der Lombardia inferior war. Zwischen 1329 und 1331 war er zusammen mit Egidio Galluzzi und Pace da Vedano Richter im Prozess wegen Ketzerei gegen die Anhänger von Ludwig dem Bayern. Der »Catalogus inquisitorum« von Ermenegildo Todeschini aus dem 18. Jahrhundert nennt ihn auch als Generalinquisitor von Bologna mit einem bis nach Ferrara erweiterten Kompetenzbereich bis 1338; danach war er von 1342 bis 1355 Prior des Klosters von Bologna. Seine Spuren verlieren sich nach der Ernennung zum Lektor des Studium Generale in derselben Stadt im Jahr 1356.

Es finden sich auch genau belegte Informationen zu Hector de Durfort, der 1349 mit dem Titel eines Rector Romandiolae pro Ecclesia nach Italien entsandt wurde, und zu Guido di Baisio, der am 21. April 1349 in Ferrara starb – allerdings nicht von einem Pfeil durchbohrt! In seinem Testament, das er drei Tage vor seinem Tod aufsetzte, werden die juristischen Bücher erwähnt, die sein gleichnamiger Onkel verfasste.

Innerhalb der von der Fiktion erlaubten Grenzen habe ich mich bemüht, auch in Bezug auf Filippo di Neri d'Antella und Mastro Vitale de Equis genau zu sein. Aber die größte Sorgfalt habe ich darauf verwandt, das mittelalterliche Ferrara nachzubilden, einschließlich der Bordelle (die meistbesuchten waren in den Kontraden San Romano und San Paolo).

Dann ist da noch die Abtei von Pomposa, mit ihrem Licht und ihrer Eleganz. Mit all ihrer Schönheit. Sie zu beschreiben war nicht weiter schwierig, da sie uns nahezu unverändert erhalten blieb. Auf Wunsch des Abtes Andrea im Jahr 1351 mit Fresken ausgeschmückt – so heißt es in einer Inschrift der Apsiskalotte –, bietet sie den Blicken all derer, die das Privileg haben, sie zu besuchen, die Werke eines namenlosen Künstlers. Apokalyptische Fresken, gewiss, aber sie entstanden ja auch in den Jahren unmittelbar nach der Pest, als wieder Hoffnung aufkeimte, dass die Menschheitsgeschichte doch nicht zu Ende und dass Gott seiner Kinder nicht überdrüssig geworden sei.

Die Apokalypse von Pomposa wendet sich daher an uns, die wir dort unwissend durch ein theologisches Bildnis und gotisches Meisterwerk wandeln, in dem es heißt: »Alles ist vollbracht.«

Natürlich wendet sie sich nur an einen Gläubigen.

Was mich betrifft, so glaube ich an die Kraft, die ich meinen Charakteren mitgeben wollte. Maynard, Eudeline, Gualtiero, Isabeau. Letztendlich zählt nur, wie man gelebt hat und wie bestimmte Ideen in uns fortleben. Wie sie uns inspirieren, Verbindungen zwischen uns schaffen. Und uns glauben lassen, dass auch inmitten der dunkelsten Erzählung sowie der tragischsten Kapitel der Geschichte stets ein Lichtstreif auszumachen ist, jedenfalls für den, der ihn zu suchen weiß.

Comacchio, 21. Mai 2016

Glossar

Abbas: lat. für »Abt«, Genitiv *abbatis*

Barigello: Anführer der Häscher, war in den italienischen Gemeinden der Hüter der öffentlichen Ordnung

Basler Messer: auch: Baselard, Dolch mit langer, zweischneidiger Klinge

Battuti: lat. für »Geschlagene«, Bruderschaft von Flagellanten, die sich selbst zur Buße geißelten

Biblia pauperum: lat. für »Armenbibel«, bezeichnet Bilderzyklen zu Geschichten aus der Bibel

Biforium: zweibogiges Fenster

Bliaut: weit fallendes Obergewand (mit Kellerfalten) für Frauen mit weit ausgestellten Ärmeln ab dem Ellenbogen

Bossenwerk: Mauerwerk aus Steinquadern

Bruche: Vorläufer der Unterhose

Brünne: umgangssprachlich Kettenhemd, eigentlich Ringpanzerhemd, Panzerhemd oder Kettenpanzer

Burgus: ursprünglich römische Befestigungsanlage, später Bezeichnung für eine vor einem Herrschaftshof gelegene Kaufleutesiedlung

Capa: mittelalterliches Übergewand, Radmantel

Chaperon: im ausgehenden Hochmittelalter ein Schultermantel mit langer Kapuze, später Kopfbedeckung

Chevalier: frz. für »Ritter«

Color est lux: lat. für »Farbe ist Licht«

Comoedia: lat. für »Lustspiel«, hier: Freudenspiel zur Wiederauferstehung Christi

Condottiere: Heerführer

Confectionarius: mittelalterliche Bezeichnung für Apotheker oder Drogisten

Confiteor Deo quia peccavi in cogitatione, in locutione et in opere: lat. für »Ich bekenne zu Gott, dass ich gesündigt habe in Gedanken, Worten und Werken«

Congregatio mortis: lat. für »Gemeinschaft für die Toten«, Mönche, die den zum Tode Verurteilten Trost spendeten

Crucifixus dolorosus: lat. für »leidender ans Kreuz Gehefteter«, also der gekreuzigte Jesus

Decimae: lat. für »Zehnter«, Abgabe in Höhe von zehn Prozent an eine weltliche oder geistliche Institution

De perfectione monachorum: Reformschrift zur Klosterordnung; Petrus Damiani nahm darin Stellung zu Fragen der Mönchsdisziplin

Doctor ecclesiae: lat. für »Kirchenlehrer«

Dominus: lat. für »Herr«

Domus particularis: lat. für »Privatgemach«

Esclavine: Obergewand in Form eines Kittels, Pilgerkutte

Extra moenia: lat. für »außerhalb der Stadtmauern«

Ex novo: lat. für »von Neuem«

Filioque: lat. für »und dem Sohn«, Zusatz im Glaubensbekenntnis, der einer der Hauptstreitpunkte zwischen der orthodoxen und der römisch-katholischen Kirche ist

Ganea: lat. für »Kneipe, Bordell«

Garnache: mittelalterliche Oberbekleidung, eine Mischung aus einer Tunika und einem Mantel

Gentes maleficae: lat. für »Hexenleute«

Gentes togatae: lat. für »Togaträger«

Giudecca: historisches jüdisches Viertel in der Stadt Ferrara

Gorgoneion: griech. für das Gorgonenhaupt; das Abbild des abgeschlagenen Hauptes der Medusa soll Unheil abwehren

Herba diaboli: lat. für »Teufelskraut«, Gewöhnlicher Teufelsabbiss, auch Teufelwurz, Teufelsbiss genannt

Herba luparia: lat. für »Eisenhut«, auch Wolfswurz

Herba somnifera: lat. für »schlafbringendes Kraut«

Herborist: Pflanzenkenner, Kräuterkundiger, Kräutermann

Hic et nunc: lat. für »hier und jetzt«

Illumination: Schmuckelemente in der Buchmalerei

Imaginatio gravidarum: lat. für »Blutschwamm«

Imago: lat. für »Bild«

In extremis: Hochzeit *in extremis* = auf dem Sterbebett

Infirmarius/Infirmaria: Mönch/Nonne, der/die sich um die Pflege der Kranken kümmert, auch Siechenmeister/in genannt

In pictura: lat. für »in der Malerei«

Komplet: Nachtgebet, mit dem der Tag beendet wird; Teil des liturgischen Stundengebets

Kontrade: ital. »contrada«, Stadtviertel

Lapis exilii: lat. für »Stein der Verbannung«

Liber Flegetanis: lat. für »Buch des Flegetanis«

Lombardia inferior: Südlombardei

Madonna: ital. für »Meine Dame«, mittelalterliche Anrede

Magister medicinae: lat. für »Meister der Medizin«

Magister pintor: lat. für »Meister der Malkunst«

Magnificat: Lobgesang zu Ehren Marias, Teil des Stundengebets

Maleficium: lat. für »übles Werk«, Plural *maleficia*, damit wurden Schadenzauber bzw. die Schwarze Magie von Hexen bezeichnet

Mastro: ital. (*maestro*) für »Meister«, ein *Mastro pittore* war ein Meister und Lehrer der Malkunst

Mea culpa: lat. für »meine Schuld«

Memento mori: lat. für »Denke daran, dass du sterblich bist«

Messere: ital. für »Mein Herr«, Plural *messeri*, mittelalterliche Anrede

Midrasch Debarim Rabba: rabbinische Auslegung des 5. Buch Mose

Missus: lat. für »Bote«, Plural *missi*

Narthex: Vorhalle oder Vorhof am Haupteingang einer Kirche

Noli me tangere: lat. für »Berühre mich nicht«, ikonografisches Thema nach dem Johannesevangelium, als der wiederauferstandene Jesus Maria Magdalena ermahnt, ihn nicht zu umarmen

Notarius: lat. für »Schreiber«

Padus: lateinischer Name des Flusses Po

Palatium: lat. für »Palast«, Gebäude für Repräsentationszwecke und zur Unterbringung hochrangiger Gäste

Pantokrator: griech. für »Weltenherrscher«, beliebtes Motiv in der Ikonografie

Parlatorium: lat. für »Sprechzimmer«

Phantasma: griech. für »Erscheinung, Bild«

Placet: lat. für »es gefällt«, womit man sein Einverständnis anzeigt

Poculum: lat. für »Becher«, hier stellvertretend für »Drogen«, Substanzen, Medizin, Plural *pocula*

Predigermönch: andere Bezeichnung für Dominikanermönch

Pro bono malum: lat. für »Für Gutes [erhält man] Schlechtes«

Pro requie omnium defunctorum: lat. für »für die Ruhe aller Verstorbenen«; von Odilo von Cluny wurde der 2. November zum Tag bestimmt, an dem aller Toten gedacht werden sollte (»Allerseelen«)

Quaestio: lat. für »Befragung«

Quattro arti: ital. für »vier Künste«

Rex Romanorum: lat. für »König der Römer«, Titel der deutsch-römischen Könige

Savi: der Rat der Savi war das gesetzgebende Organ der Stadt Ferrara aus zwölf weisen Männern

Scripta manent: Teil des lateinischen Sprichworts *»verba volant, scripta manent«* = »Die Worte verfliegen, das Geschriebene bleibt«

Sinopia: ockerfarbene oder rotbraune Naturfarbe für das Skizzieren von Fresken

Skapulier: Überwurf über Kopf und Schultern als Teil einer Ordenstracht

Skriptorium: lat. für »Schreibstube«

Sub oculis domini: lat. für »unter den Augen des Herrn«

Summus magister: lat. für »Hochmeister«

Symbolum depictum: lat. für »gemaltes Glaubensbekenntnis«

Vanitas: lat. für »Eitelkeit«

Verbum dei: lat. für »Wort Gottes«

Via dei Romei: alte Straße, die Venedig und Ravenna mit Rom verband

Via Francigena: lat. für »Frankenweg«, verschiedene Pilgerstraßen, die aus dem Reich der Franken nach Rom führten

Visiones: lat. für »Erscheinungen, Offenbarungen«

Vita activa et contemplativa: lat. für »tätiges und betrachtendes Leben«

Vizdom: Stellvertreter eines Herrschers

Marcello Simoni
DER HÄNDLER DER VERFLUCHTEN BÜCHER
Klappenbroschur, 368 Seiten
ISBN 978-3-95451-193-8

»Geheimnisvoll. Furios!« Joy

Marcello Simoni
DIE VERSCHWUNDENE BIBLIOTHEK DES ALCHIMISTEN
Klappenbroschur, 360 Seiten
ISBN 978-3-95451-387-1

»Mittelalterlich-düster und spannend bis zuletzt.« Neues Deutschland

www.emons-verlag.de

Marcello Simoni

DAS LABYRINTH AM ENDE DER WELT

Klappenbroschur, 384 Seiten

ISBN 978-3-95451-674-2

»Simoni gelingt es erneut, durch einen gelungenen Spannungsbogen den Leser in die düstere, brutale und todbringende Epoche des Mittelalters mitzunehmen.« ekz

EIN MITTELALTER-THRILLER VON
MARCELLO SIMONI
DIE
ABTEI
DER HUNDERT
SÜNDEN
emons: